知青小说代表作

丛书主编 孟繁华

黑骏马

张承志
史铁生
等著

等著

中国青年出版社

图书在版编目（CIP）数据

黑骏马 / 张承志等著 . — 北京：中国青年出版社，2019.1
（当代新经典文库 / 孟繁华主编 . 第一辑）
ISBN 978-7-5153-5387-6

Ⅰ . ①黑… Ⅱ . ①张… Ⅲ . ①中篇小说—小说集—中国—当代
②短篇小说—小说集—中国—当代 Ⅳ . ① I247.7

中国版本图书馆 CIP 数据核字 (2018) 第 245316 号

责任编辑：李文华
*

中国青年出版社 出版 发行

社址：北京东四12条21号　邮政编码：100708
网址：www.cyp.com.cn
编辑部电话：（010）57350504　门市部电话：（010）57350370
北京中科印刷有限公司　新华书店经销
*

710×1000　1/16　26.75印张　320千字
2019年1月北京第1版　2019年1月北京第1次印刷
定价：75.00元
本书如有印装质量问题，请凭购书发票与质检部联系调换
联系电话：（010）57350337

历史的证言　心灵的传记
——《当代新经典文库》第一辑序

　　1968年——50年前的中国，发生了一场重大的社会历史事件，这就是大规模的知识青年上山下乡运动。这场运动延续了将近十年，有两千多万的知青与这场运动有关。十年之后，数字巨大的知青通过招工、参军、高考和其他途径，又都纷纷返回了不同的城市。上山下乡运动结束了，但是，关于这场运动的文学书写却如火如荼至今没有终结。被称为"知青文学"的这一现象，已经成为中国当代文学史上重要的篇章。知青作家通过自己的创作，一方面形成了"知青文学"汹涌的大潮，将一个重大的社会历史事件用文学的方式得以表达；一方面这一现象也造就了日后中国文学强大的后备力量。时至今日，许多重要的知青作家仍站在文学创作的第一线。他们的作品和文学经验，也成为这个时代"中国经验"重要的一部分。

　　知青上山下乡，对这代人来说，是一场空前的精神洗礼和思想裂变，对他们的成长和后来的人生有关键性的作用。他们后来成了国家各行各业的栋梁之材。在文学领域，他们引领风骚40年不衰。他们至今仍然是文坛的主力阵容而难以被超越。他们的文学创作拥有如此漫长的生命周期，应该是一个奇迹。这个奇迹的发生，与他们下乡经历一定有关。现实生存的艰难、煎熬或漫长的等待以及情感世界的创伤、欢乐、矛盾等，铸就了他们理想主义情怀和坚韧不拔性格的同时，也为他们提供了持久的文学灵感和生活基础。这里编辑的《当代新经典文库》第一辑"知青小说代表作"，更多的是这代人亲历历史的文学表达，他们是这段历史的见证者。因此这些作品也更具精神和情感价值，也可以称为是这代人的"青春之歌"。知青一代是深受50年代理想主义精神哺育的一代人，他们对毛泽东时代的红色革命思想有着极深的集体记忆，他们相同的经历和教育背景使他们的"代际"特征相当明显；另一方面，"文革"和十年下乡的经历，他们中的先觉者又率先获得了反省、检讨这一历史事件和理想破碎后重新寻找新方向的强烈意愿和能力。尽管如此，这代人浪漫的理想主义精神仍然根深蒂固印痕鲜明。

知青一代的文学创作始于"文革"期间甚至更早，但形成文学潮流并为批评界所关注，则是70年代末期以后的事情。知青文学一开始出现就表现出了与"复出"作家即在50年代被打成"右派"一代的差别。"复出"的作家参与了对50年代浪漫理想精神的构建，他们对那一时代曾经有过的忠诚和信念有深刻的怀念和留恋。因此，当他们"复出"之后，那些具有"自叙传"性质的作品，总是将个人经历与国家命运联系起来，他们所遭受的苦难就是国家民族的苦难，他们个人们的不幸就是国家民族的不幸。

于是他们的苦难就被涂上了一种悲壮或崇高的诗意色彩。他们的"复出"就意味着重新获得了社会主体地位和话语权力，他们是以社会主体的身份去言说和构建曾经的过去。知青一代无论从心态还是创作实践上，都与"复出"的一代大不相同。他们虽然深受父兄一代理想主义的影响并有强烈的情感认同，但他们年轻的阅历决定了他们不是时代和社会的主角，特别是被灌输的"理想"在"文革"中幻灭，"接受再教育"的生活孤寂无援，不明和模糊的社会身份决定了他们彷徨的心境和寻找的焦虑。因此，知青文学没有一个统一的方位或价值目标，它们恰如黎明时分的远足者，目光迷乱地在没有边际的旷野茫然奔走，这种精神漂泊激情四溢，却也写出了真实的体会和感受。

知青一代过早地进入社会也使他们在思想上早熟，他们后来表现出的迷茫如同早春的旷野，举目苍茫料峭，春色若隐若现。也许正是这种"不确定性"成就了他们独具一格的文学品格，使那一时代的青春文学呈现出了独特的"心灵自传"的情感取向。较早出现的长篇小说是竹林的《生活的路》和叶辛的《蹉跎岁月》。小说虽然在伤痕文学的层面展开，但因其文学的真实性而汇入了思想解放的时代潮流，受到读者的欢迎和文学前辈的肯定。张梁、谭娟娟和柯碧舟、杜见春，也成为改革开放初期最早的知青形象。因此，这两部长篇小说的价值应该大于小说本身：它们引爆的知青文学大潮随之爆发。张承志、史铁生、梁晓声、张抗抗、韩少功、王安忆、肖复兴、吴欢、陆星儿、陈可雄、阿城、乔雪竹、晓剑、严婷婷、陈村、朱晓平、郭小东、陶正、邹静之、张曼菱、范小青、池莉、李晓、邓一光、邓贤、储福金、王小波、老鬼、王小妮、徐小斌、潘婧、张梅、肖建国、李晶、李盈、杨少衡、王松、韩

东等，构成了不同时期知青文学的主力阵容。张承志的《骑手为
什么歌唱母亲》《黑骏马》《金牧场》；史铁生的《我的遥远的
清平湾》《插队的故事》；梁晓声的《这是一片神奇的土地》《今
夜有暴风雪》；张抗抗的《北极光》《隐形伴侣》；韩少功的《西
望茅草地》《归去来》《日夜书》；阿城的《棋王》《孩子王》；
王小波的《黄金时代》；张曼菱的《有一个美丽的地方》；王松
的《哭麦》《葵花引》等，构成了知青文学具有代表性的作品方阵。

张承志的《骑手为什么歌唱母亲》发表于1978年，它是"文
革"结束后较早书写知青的短篇小说。小说显示了张承志不同的
气象和格局。当控诉的泪水在文坛汪洋恣肆之时，张承志却独自
在草原深处为额吉感动并为她祈祷，他在那里完成了精神的蜕变。
因此，"歌唱母亲"是他感动至深的文化信念的宣喻，是一个"骑
手"拥有了强大的内心力量的告白。从那个时代开始，张承志就
有幸成了一个"敢于单身鏖战"的作家。也正是在这样的意义上，
《骑手为什么歌唱母亲》于作者说来才重要无比。《黑骏马》则
是一篇游走于大地的理想主义小说。在一首悠长古老的蒙古族民
歌的旋律中，那个忧伤的蒙古族青年踏上了漫漫的寻找长途，他
要走遍草原去寻找心爱的妹妹，白音宝力格对爱情的寻找，即是
对归宿和理想的寻找。但骑着黑骏马的白音宝力格对历史和现实
的认知，视野似乎更为宽阔。民族文化的深层积淀在这个蒙古族
青年的视野和经历中被展现出来。于是他获得了检讨和反省自己
肤浅和轻狂的意识和能力。对人民和土地的倚重，对古老传统文
化的重新认识，使主人公终于找到了能够安放自己心灵的归宿。
张承志的小说成为几代读者的必读之书。梁晓声的《今夜有暴风
雪》是当年知青文学社会反响较大的一部作品。小说的背景设定

于知青返城前夕，在如何面对"去"与"留"的重大选择中，有三十六个知青毅然决然地选择了留在北大荒。这种悲壮的选择连同牺牲的战友、广袤无垠的土地和风雪交加的自然环境，一起构成了小说肃穆、凝重和崇高的文学气氛。英雄主义、热血青春是响彻小说的高昂旋律。虽然知青在北大荒历尽了生存苦难和命运挫折，但作品却通过自然环境的渲染，在展示知青与命运抗争的同时，也转化为了审美的对象。这一写作模式与红色经典构建起了历史联系，这也是激情岁月理想迸发的最高潮。张抗抗的《北极光》是一部典型的具有知青理想主义色彩的作品。"北极光"这个意象不仅是自然奇观，更重要的是它给人一种超凡脱俗远离尘世的联想。主人公陆岑岑的北极光想象隐喻了她高洁的内心和拒绝与俗世同流合污的精神信念。她的爱情履历并不是寻找爱人的过程，而是寻找精神同道的过程，她与三个男青年的关系就是对"完美"和理想的想象关系。她最后钟情于一个青年管道修理工，预示了她并不在意现实社会的身份地位，管道修理工坎坷的经历、丰富的思想以及对国家民族的深切关怀的形象，既酷似保尔，也类似牛虻。这一选择和意属，既表明了作家在那一时代对理想和完美的理解，同时也表明了她所接受的文化理想和文化认同。这个时代留下的青春文学，应该是最动人的文学景观之一。他们对理想主义和英雄主义以及价值观、人生观的探讨在今天仍然让人怦然心动；那些浪漫、感伤或多少有些戏剧化的悲壮故事，真实地反映了那个既贫瘠又富有的青春时代，它是一代人对生活、对人生以及对社会诚实思考的记录。

阿城的《棋王》虽然也是知青题材的小说，但它发表时知青文学的大潮已过，它被文学史家纳入"寻根文学"。当知青文学经历了悲喜交加之后，阿城从平常人生的角度重新书写了知青生活场景，并在日常生活中衬托了中国传统文化的深厚底色，无论在人生境界还是在修辞炼句上，也多从古代传统小说中汲取营养。从而使这部作品一时洛阳纸贵好评如潮。《棋王》对中国传统文化的皈依，也从一个方面终结了知青文学在社会性和文学性写作的单一。从此，知青文学向四方离散，从题材到书写方式，都发生了重大变化。

知青文学发展至王小波的时代，无论是社会还是作家自身，都意识到了文学的有限性和可能性，王小波使文学的面貌焕然一新。《黄金时代》无疑是王小波最好的作品，这部作品不止因获台湾《联合报》文学大奖而使王小波名噪一时，同时也为90年代以来的大陆读者格外重视。如火如荼、激情万丈的癫狂年代，在作者的叙事中仅仅成为一种底色和背景。作品对"文革"反人性的揭示，是隐含于文本之外却又是更为深刻的，从而也证实了王小波作为一个小说家超前的先锋性。

王松的"后知青小说"，发表于2004年之后。他的小说超越了知青文学经历的不同潮流。在王松的小说中，"文革"或知青下乡只是小说的整体背景，他主要讲述的是知青在乡下的生活状态和心理状态，是一种具有"原生态"意味的知青生活。当知青在乡下度过了短暂的理想主义想象之后，精神与生存的双重贫困，使知青迅速放弃了脆弱的理想主义，精神上陷入了极度危机之中，与贫下中农的师生关系也迅速形成对峙关系。民粹主义的想象在现实中坍塌，乡民的质朴、友善、诚恳也伴随着狡诈、自私等。因此，与乡民在心智上的"较量"，就不止是年轻人的恶作剧，同时也潜隐着一种恶意的报复或无意识的叛逆成分。《葵花引》

中的小椿，用蜂蜜涂抹在母牛的鼻子上，母牛为躲避蜜蜂走进池塘，当只剩鼻孔在水面呼吸时，小椿用精准的弹弓打在牛鼻子上，致使母牛溺水而亡。知青们对待牲畜的非人性态度的扭曲，在《哭麦》中得到了更有效的诠释。知青们把黄毛藏起来之后，恶作剧地将一张狼皮粘在了羊的身上，然后给它吃田鼠。这个披着狼皮的羊懵懵懂懂改变了习性，温顺为攻击所替代，食草改为食肉。村民骚动人人自危。知青人性残酷性的改变过程，与羊的性情变化就构成了一种隐喻关系。因此，王松的知青小说在本质上就是知青生活的寓言。

知青文学是这代人历史的证言，是他们心灵的传记。无论如诉如泣、慷慨悲歌还是渡尽劫波心如止水，如果用诗史互证的方法，通过知青文学，我们也大抵可以了解到那段历史的某些方面。因此，知青小说不仅塑造了大批有价值的文学形象，再现了某些历史场景，还原了那一时期社会，尤其是青年的普遍的心理状况，并通过知青文学提供的无数历史细节，呈现了一个时代的真实面貌。如果是这样的话，那么，包括知青小说在内的知青文学，就远远超越了它们自身的文学价值而流传久远。还需要指出的是，社会历史的发展和巨大变化，知青一代作家后来大多离开了知青题材，不再书写个人知青经历，他们拥有了更广阔的视野和书写对象，但知青经历对他们的文学情怀和关注对象的选择仍然意义重大。

由于规模所限，《当代新经典文库》第一辑"知青小说代表作"没有收入更多的作品，这是非常遗憾的。收入作品的选择尺度也一定是见仁见智。略感欣慰的是，找到已经出版和还将陆续出版的关于知青文学的选本并不困难，读者自有选择的巨大空间和可能性。书系在出版过程中，得到了诸多知青作家的热情支持，每每想起总有一股热流在心中流淌。一个群体的情感和情怀总是如此相似并且持久，这让我——作为编者的老知青非常感动；李师东先生既是组织者，也是严格的"审查者"，作为老朋友，他的认真、坚韧和"苛刻"，给我以深刻的印象。可以说，没有他就不会有这套丛书的诞生。因此我感谢他。

孟繁华

2018 年 8 月 5 日于北京酷暑

孟繁华

山东邹县人。沈阳师范大学特聘教授，中国文化与文学研究所所长，中国人民大学、吉林大学博士生导师，中国当代文学研究会副会长，北京文艺批评家协会主席，辽宁作协副主席。鲁迅文学奖获得者，茅盾文学奖评委。主要著作有《孟繁华文集》（十卷本）等。1968 年至 1978 年在吉林省敦化县插队。

目 录

张承志

骑手为什么歌唱母亲
3

黑骏马
18

史铁生

我的遥远的清平湾
85

插队的故事
103

邹静之

风中沙粒
219

王 松

哭 麦

269

袁 敏

深深的大草甸

319

张承志

回族。1948年生于北京，1978年开始发表作品，代表作有《黑骏马》《北方的河》《金牧场》等。已出版各类著作100余种。作品曾获首届全国短篇小说奖、全国优秀中篇小说奖、全国少数民族文学创作奖、华语文学传媒大奖年度散文家奖等。

1968年至1972年在内蒙古乌珠穆沁旗插队。

摄于知青时期

张承志

骑手为什么歌唱母亲

朋友，你喜欢蒙古族的民歌吗？那山泉一样轻快流畅的好来宝；那号角一样激动人心的摔跤歌；那曲折、辽远，拖着变幻无穷的神妙长调的《黑骏马》；那深沉、悲愤、如泣如诉的《嘎达梅林》，自古以来打动过多少人的心啊！每一个草原上的骑手都会说：马头琴的乐声沸腾了我们的血，点燃了我们的心！

我特别喜欢唱歌。来到乌珠穆沁草原以后，我深深地爱上了那些朴实无华的蒙古族长调歌子。刚穿上牧民的袍子，我就用汉字把蒙语歌词拼写在小本上，一天到晚"啊嗬咿"地唱。牧人们见我爱唱蒙古歌子，高兴地称我为"玛乃道钦"——我们的歌手。

可是，虽然我很快学会了几支流传草原的民歌，但我并没真正理解牧人歌手的心情。比如说，我就曾经好久不理解，草原上的人们为什么总是歌唱母亲。

"母亲"常是蒙古民歌的主题。渐渐，我发现了一个规律，只要你喜爱蒙古民歌，你就会发现：以母亲为主题的歌子，简直有着神话般的力量！

记得我刚到内蒙古草原插队时，有一次到牧民吉格木德爷爷家里做客。牧民们围着吉格木德爷爷喝着奶子酒谈笑。威风凛凛的吉格木德爷爷微笑着，一面拉着那把自制的、安着一个紫檀木长鬃马头的马头琴，一面唱着歌。

几支歌子唱过以后，马头琴奏起了《乃林呼和》——译过来就是《修长的青马》。这是一首驰名乌珠穆沁草原的、歌唱母亲的古歌。

当歌中唱到"头发斑白的母亲啊，你的恩情像东方的晨曦；头发银白的母亲啊，你的恩情像温暖的朝晖"时，我突然看见吉格木德爷爷那皱纹密布的紫铜色脸庞上滚下两颗泪珠。再唱到"酷夏的夜是多么难熬啊，是母亲喂给了我奶水。严冬的夜是多么冻人啊，是母亲掖紧我的皮被……"时，蒙古包里静悄悄的，男人们低下了头，女人们轻轻啜泣起来。歌声拖着委婉的长调，穿过蒙古包的天窗，轻轻地向草原飘去……

这是为什么？朋友，我相信你一定愿意听听我所找到的答案吧！这答案是我亲身经历了草原上严冬酷暑、风云变幻的艰苦生活找到的。我是多么希望告诉你这些体会啊，可是，我不知道能不能讲清楚……

和大多数在牧区插队的知识青年一样，我也有两个母亲。一个是我的生身母亲，住在北京；另一个是我的蒙古族母亲，我叫她"额吉"，住在草原。按内地的习惯，额吉算是我的"干娘"；按蒙古族的习惯，额吉把我看成她的抱养儿子。我住在额吉家的蒙古包里——那是阿拉哈哥哥结婚时，卖掉了那匹漂亮的枣红自留马置下的。在这座蒙古包的毡顶下，我们迎送过多少难忘的岁月啊！

　　至今，我还记得第一天住进额吉家的情景。那时我一句蒙语也不会讲。虽说我已经是十九岁的小伙子了，可是到了这里，我却觉得什么都新奇。一放好行李，我就跑到门口去看风景。包前的牛车上拴着一头又高又壮的花山羊，它昂着头，像个小马驹子。这是阿拉哈哥哥抓来准备杀给我吃的自留羊。我在门口溜达了一会儿以后，就打上了它的主意。我偷偷解下它的绳子，一下子骑到它背上。那家伙真厉害，噔噔噔驮着我就跑。正当我得意忘形之际，大山羊突然猛地一退，我一个趔趄摔在地上。它又不依不饶地用那尖尖的犄角狠顶了我屁股一下。

　　后来，隔了两三年，莲花嫂子还用这事取笑我。一提起这事，她先咯咯地笑个不停，逗得两个小家伙——舞蹈家达莫琳和小骆驼巴特尔也跟着笑。巴特尔一傻笑，鼻涕口水都流到他那宝贝木碗里。只有额吉不太笑，她疼爱地看我一眼，说："当时我想： 这北京孩子简直和三岁的巴特尔一样，什么时候，才能成个像样的牧人呢？"

　　唉，说起那时的事真怪不好意思的。可是你不要以为我就是那么一副淘气样，在草原上玩了几年。在乌珠穆沁辽阔的草原上，在母亲——额吉的身旁，我就像三岁马鞴上鞍子一样，一眨眼，在流矢般的岁月中成长起来了。夏天，我和额吉顶着烈日，并马驱赶着肥硕的羊群，额吉教我认着牧草的种类。冬天，额吉让我先裹着皮袍躺下，再用宽大的山羊皮被紧紧地包好我的脚。额吉掖紧的被窝是那么暖和，我躺在里面，看着额吉给我补毡袜，在驼毛线穿过毡子的哧哧声中，我香甜地入睡了。每当阿拉哈哥哥从马群回来，额吉就催他教我蒙文。一天晚上，我趴在额吉身旁，用蒙文写了一条"我的额吉好"，念给她听。她那和北京妈妈一样和蔼慈祥的眼里，溢出了幸福的泪花。她扔掉牛腿骨做的纺锤，用粗糙的手掌抚摸着我的脸，然后在我的额头亲了一下，银白的乱发触到了我的脸。

在牧民的怀里，一块石头也会揣得滚烫。我们这些还不懂得人生的年轻人的心，揣在蒙古人民的怀里，也确实变得热起来。可是，烤热的东西，哪怕它是一颗心，也有再冷却下来的可能，要想得到一颗永远火热的心，还要经过特殊的磨炼。

一九七二年的春寒，对我就是这样一场磨炼。

朋友，我不相信任何一个住在北京城里的人还能记得一九七二年春天曾有过几天阴雨的春寒。但任何一个草原的牧人都不会忘记那春寒回袭的严酷情景，不会忘记那春寒降临五月的草原时引起的可怕灾难。——是哪个熟知草原的文学家写过这样的话：白毛风，春天的白毛风，是屠杀我们牧人的刀子！

但是，并不是因为我在那场风雪后，前额上增添了牧人的皱纹；也并不是因为我在白毛风中冻伤了双颊；当然也并不是因为我亲眼看到了脱过毛的胖马被冻得在寒风中倒毙——就能说我经历了特殊的磨炼。不，风餐露宿和铺冰卧雪固然是牧人值得骄傲的经历，但它远不能称为"特殊的磨炼"。你若想知道这种磨炼是什么，还得从暴风雪刮起的时候讲起……

暴风雪像一个狰狞的怪物，半夜时分闯进了草原。清晨——说是清晨，只是因为地球的自转，使黑漆漆的混沌迷茫变成了白蒙蒙的混沌迷茫。只要跨出蒙古包，马上会被风雪裹住，就像掉进了一个嗷嗷怪叫着的深渊。粗硬的雪粒狠狠地打在脸上，又冷又疼。迈开几步，就再找不到近在咫尺的屋门。天地间飞闪着急速卷过的灰白色雪雾。迷茫中，一个白色的人影出现了，这是下夜的额吉。她顶着一条皮被屹立在羊圈门口，浑身上下披了厚厚一层白雪，完全成了个雪人。

牧民一年工作三百六十五天，无论严寒酷暑，也不问雨雪风霜。女人下夜，男人出牧，这是乌珠穆沁草原的祖传分工。我牵来冻得发抖的马，准备给它鞴鞍子。额吉蹒跚地踏着积雪，取来一条棉毯给马披上，又帮我把马鞴好。在尖厉的风啸中什么也听不见，额吉把沾满冰雪的瘦削身躯靠近我，对着我的耳朵喊道："春天的马已经脱了长毛，不小心会冻死的！"她急切的声调，使我更清楚地意识到这场风雪的严重。

等风势稍稍减弱，我就赶着羊群顶风出牧了。我用厉声的吆喊和套马杆的套索，把羊群缓缓地赶向蒙古包北面的山洼，那里有我们小心保存了一冬的牧草，专门留在白毛风的日子用的。

一切可恶的自然灾害，如台风、暴雨、风雪、地震，常是一个浪头追着一个浪头，一个冲击接着一个冲击。我那企图设法熬过这场风雪的希望，就在暴风雪的第二个冲击下被粉碎了。大约下午三点钟，尖厉嘶喊了一夜半天的空中好像响了一声闷沉的雷鸣，大地剧烈地抖动起来。呜呜的风啸变成了轰轰的狂吼，铺满草原的厚雪向天空翻卷，世界好像消失了，只剩下白花花的一片。羊群吓呆了，停下脚步，咩咩叫起来。羊的惨叫声伴着狂暴的风吼，使我突然感到了恐怖！

我好像变成了一具稻草人，吓坏的羊儿不再理会我的喊叫和马杆子的抽打，它们扭头顺风狂奔起来。白毛风得意地怪叫着鞭挞着它们，羊群就像决了堤的河水，从我马前、马后，甚至马肚子下面，蜂拥着窜过。

我下意识地拨转马头，紧紧追上羊群，来回地跑着横线，企图拦截它们。但是，浑身沾满雪块的羊群像一堆雪球，一个劲儿地顺风滚去。我的嗓子嘶哑了，头脑也呆滞了，只是机械地左挡右拦和喑哑地吆喊。小绵羊绊倒在雪坑里，我下马把它扶起来。羊群遇到冻死的马匹惊散了，我纵马把它们赶到一块……

右侧的山坡上，有一群受惊的马顺风狂奔，一个牧马人闪电似的在马群里飞驰。我只从呼呼的风吼中辨出他一声绝望的喊声——这群人马，就像腾云驾雾一样，在风暴的裹胁下倏然消逝。

不知什么时候，我的皮袍子在马鞍的银钉上划开一个大口子。风雪拼命地从那儿钻进我的怀里。冰冷的寒气扫尽了袍子里仅存的一点温暖，我的半个身子冻木了。我用一只手紧紧捂着这个破洞，继续拦截着羊群。

白毛风的呼啸中传来了一个声音："喂！——"

不管在多少只羊的叫声中，小羊羔也能辨出母亲的叫声。我马上意识到这是额吉！听："喂——小铁木尔——"

我猛地从马镫上立直身子，奋力喊着："额吉！我在这里——额吉！额——吉——"

一团雪雾冲到我身边，额吉的青马浑身披着冰甲，额吉穿着的达哈[1]也沾着片片的雪块。她的眉宇中现出一股坚毅的神情，这种神情只有在抢救孩子的慈母脸上才能找到。额吉全不像个六十岁的老人，灵活的青马驮着她飞快地穿过雪雾，一根赶牛车用的粗鞭子，随着她坚定威严的吆声，有力地打在踟蹰不前的羊儿身上。

羊群似乎和我一样，由于额吉的来临而稍稍安下心来，它们不再烦人地咩咩乱叫了。在一根套马杆和一条粗牛鞭的催赶下，在两骑快马的堵截下，羊群渐渐转身朝东，半顶风半顺风地，被赶进一个石头圈。

石圈墙挡住了白毛风。我也随着风声的减弱渐渐缓过神来。我们下了马。额吉心疼地打量了我一下："小铁木尔，你迷路了吧？这白毛风真凶。没关系，一会儿——咦，你的袍子破了！"

她慈祥的眼中又出现了刚才那种神情："穿上达哈！"说着她就脱下那件毛蓬蓬的达哈。可是额吉里面只穿着一件薄薄的羔皮袍，

---

[1]　羊毛朝外的山羊皮外套。

我坚决不答应。我一只手捂着破洞，一只手推开额吉的达哈。

"孩子，薄袍子总比破袍子强！一会儿顶着风赶羊回家时，你会冻死的！你这小铁木尔怎么不听话！快，快穿！快穿！"——额吉眼里的那种神情是无法拒绝的……

后来，我曾经为当时接过那件达哈悔恨不已。达哈挡住了要吞噬我的白毛风，而薄薄的羔皮袍子却没能保护好额吉瘦削的身躯。

万恶的寒风唤醒了潜伏在许多草原牧人体内的魔鬼——关节炎。暴风雪过去了，战胜寒潮的春天终于降临到我们的草原。可是，当我独自坐在五彩缤纷的山冈上，在轻柔的和风中，看着雪白的小山羊嬉戏的时候，额吉却倚在蒙古包的木墙上，看着莲花嫂子默默地烧茶。我的额吉，由于在白毛风中把温暖让给了我，她的下肢瘫痪了。

我再也不唱歌了，不懂事的达莫琳总求我吹口琴，给她跳舞伴奏，可我总推说有事。我也不淘气了，晚上赶羊进圈时，爱学骆驼叫的巴特尔一拿套马杆套羊玩，我就骂他，可是以前我是最爱玩这个把戏的。我不再像疯子似的纵马狂奔——过"马瘾"。我的羊群出牧最早，晚上回家时，羊儿都吃得肚子滚圆。人们都说我变了，我也觉得自己在变化。好像是在额吉病后，我才成了牧人……可是，尽管人们夸奖我，我却总是心情沉重。额吉，什么时候你能再和我一块骑马呢？

额吉可不这样。两个月后，她把一块小牛犊皮垫在膝下。挪一步，拉一下牛皮，又恢复了忙碌的生活。渐渐地，牧民们看见她跪在乳牛腿旁，膝盖下垫着块牛皮挤奶，也不再感到新鲜了。她只是不能骑马。可是，她是骑惯了马的人，额吉的丈夫去世早，她是又当男人又当女人地把独生儿子阿拉哈哥哥扶养大的。所以，她总是爱操心马的事："小铁木尔，别让马喝泥塘的脏水，到井上去饮马！""阿拉哈，我的青马该剪剪鬃了！"有时，我抚弄着她的膝盖，难过地低下头来。她却笑着摸着我的头发说："草原上的勇士不是你这个样子。像我这样的人，草原上多着呢！"

真的，你看瘸马倌敖日布，放马摔断了腿，可他总是笑呵呵的。只要马杆一撑，他就轻巧地跃上马背。还有吉格木德爷爷，骆驼倒下来，砸断了他三根肋骨。可他连医生也不找，只是每天从驼群回来，朝图雅额吉要半碗酒喝。他还蛮认真地对我说：只要喝点酒，肋骨是会自己接上的。牧人从不把伤疾看成残废，也从不过多地对不幸者讲宽心话。那场春天的暴风雪一共毁坏了我们公社七个牧人的身体。可是这七个人都重新恢复了生活的能力。这就是我们草原上的人啊！……

额吉不光是我的母亲。她对所有知识青年都像对巴特尔、达莫琳和我一样心疼。每当有知识青年来我家做客，她总是把藏在柜子里的最好的东西拿出来给他们吃；要是来了女知识青年，她就更高兴了，一面问长问短，一面催促莲花嫂子烧奶茶。人家走了，她还倚着门框，跪在牛犊皮上喃喃自语："多好的姑娘啊……"

转眼间牧草变黄，金风飒飒的秋天到了。又一场灾难袭击了我们的草原：邻队查干宝力格的牧场发生了火灾。一连几天，空气中飘浮着一股刺鼻的烟味。夜晚，遥远的地平线上一片通红。

火灾扑灭的那天早晨，爽朗的大队书记班达拉钦叔叔路过我家时说：有两个北京知识青年在打火时烧伤了。

额吉一听就焦急地扯住班达拉钦叔叔的袍角问："他们烧得重吗？现在在哪儿？"

"在公社卫生院，准备送城里治疗。其中有个姑娘，烧伤得比较严重。"

额吉立刻命令似的说："小铁木尔，给额吉套车！莲花，把箱子里的甜奶豆腐拿出来，我要去公社看看孩子们。"

我把额吉背上牛车，莲花嫂子把一口袋奶豆腐塞给我。中午，我们赶到了公社卫生院，那里已经围着不少闻讯赶来的牧民。人们焦急地期望着什么。

那个烧伤的女青年全身缠满了绷带，只露出眼睛、鼻孔和嘴。额吉一进病房，见到这情景就大哭起来。泪水在她的脸上纵横，打湿了她的前襟和紧攥着的、装满奶豆腐的布袋。额吉的哭声惊醒了那个半昏迷的病人，只见她睁开浮肿的眼睛，好像要辨认这陌生的蒙古族老妈妈是谁。

终于，她嚅动了一会嘴唇，声音颤抖地喊了一声："额吉。"声音是那么微弱，又是那么动人，好像她在这声呼唤中倾注了无限的深情。

我把那包洁白的奶豆腐轻轻地倒在她枕旁，然后小心翼翼地背起额吉，慢慢地退出病房，那双浮肿的眼睛一直凝望着额吉。

归途上，我和额吉都没有说话。牛车在草原上缓缓前行。一种崭新的意识在我心里萌芽了。好像，探求了多年的真理，这时才在我的脑海里逐渐清晰起来……牛车在草浪上颠簸，山峦、溪水、蒙古包、畜群，慢慢地向后移去，可是我的眼睛里，却仿佛只看到一个奔驰在烈火中的骑手，他高声地喊着："额吉——"

是啊，为了这样的母亲，为了这样珍贵的情谊，我们有什么舍不得献出来的呢？

我和许多伙伴是在经历了无数风雨以后，才开始体会到母亲的意义。

秋风刚吹黄了牧场，草毯就披上一层松软的雪被，又是一个冬天。我紧张地劳动着，因为再不能依赖额吉帮忙了。捂得严严实实的弱畜棚里，青贮草堆得山高；拖拉机从盐池拉来了一车车盐块，预备给畜群增加过冬的营养。牧人们也到处忙碌着。书记班达拉钦叔叔那匹大黑马，每天跑得汗淋淋的，到处都能听见他那粗犷的声音。

就在这时，一场想不到的事发生了。那是下雪后不久，旗里来了几个蹲点的干部，他们竟宣布班达拉钦是阶级异己分子，撤了他的职，并把他关在队部交代问题。听到这个决定，我简直不能相信，因为我一向把他当成草原上传奇的大力士和有名的摔跤手来崇拜。后来，读了材料才知道，班达拉钦不是贫牧成分。他是在牧主蒙古包里长大的，是牧主的养子，他叫已死的牧主阿西尼玛为父亲，应当划成牧主成分！

晚上我在家里谈起了这件事。只见阿拉哈哥哥闷头抽烟袋，缕缕青烟在包里缭绕。额吉靠在木墙上，给巴特尔补毡靴。谁也不说话，包里静静的。

好一会儿，额吉轻声叹了口气，自言自语地说："铁木尔，你懂什么叫'格林包勒'吗？"

我摇摇头。从字意听，这个词是"家奴"。

额吉停住针线，稍带激动地望着我："一顶蒙古包下面，有穷人和富人两种人。你听说过吗？"

我又摇摇头："没有。过着一样的剥削生活，父亲是什么阶级，儿子不也就是什么阶级吗？"我确实是这样想的。因为材料上写着：班达拉钦自从八岁被阿西尼玛牧主抱养为子，直到解放，他一共参与了十二年剥削生活。

额吉又拿起针来，忧伤地说："你们怎么会知道呢，就是有吃儿子血的父亲。祖祖辈辈，草原上这样的事多得很啊！……唉，你们怎么会知道呢？班达拉钦八岁就给阿西尼玛放羊。阿西尼玛用皮条把他的腿捆在鞍子上，逼他在白毛风里放牧啊！……"

一道电光闪过我的心头——"祖祖辈辈！"真的，我们不了解蒙古族人民祖祖辈辈的故事，更不了解草原的历史啊！

从那天晚上开始，我决心钻研蒙古族历史。

我借来好多介绍蒙古族的书籍。很快我就发现：自古以来——也就是额吉说的"祖祖辈辈"，蒙古族社会的剥削现象，经常是在家庭的掩蔽下进行的！在恩格斯的一本书里写着："家庭中的奴隶制度……是在不知不觉之间溶化到家族中去的。"

我把这些书也介绍给其他知识青年看。我们还在三个大队做了社会调查，除了班达拉钦叔叔以外，我们又发现了几个例子。这些事例证明：养子这种剥削方式是蒙古族社会的一个历史特点。于是，我们全队知识青年联名给旗委写信反映了这一情况。

不久，旗委派调查组来进行了调查。半个月后，调查组召开社员大会，说班达拉钦从八岁起就受尽了压迫，宣布目前对他的处理是完全错误的！

至今我还记得班达拉钦叔叔那天的神情。他扑过去抓住调查组干部的手，热泪滚滚。他那又宽又厚的胸脯急速地起伏着，半晌，他才说出一句话："党，毛主席……"

谁能理解我们那时的激动和喜悦呢？我飞马赶回家，拉着额吉的手又笑又叫……人民的命运，人民的利益，还有人民的团结，就像草原上冬尽春来时的鲜花一样，我们要珍惜她，保护她，让她到秋天结下累累的果实，而绝不能让偷袭而来的暴风雪把她摧残……

冬去春来，美丽的夏天接踵而至，我们的草原美极了。雪白的毡包在夏牧场的绿草里星罗棋布；接完羔的羊群一下子膨胀起来，像晶莹洁白的珍珠在草原上徐徐滚动；家家门口拴着肥壮剽悍的骏马，人人身上换了色彩鲜艳的"特里克"[1]。

一个喜讯传到我们家里。

远方三百里外的阿拉坦公社，来了一个银发飘洒的老奶奶。她是个妙手回春的民间医生。她在阿拉坦已经治好了三个半身不遂的病人。人们都说她像神仙一样灵验！

阿拉哈哥哥和我争着要陪额吉去治病。可是莲花嫂子胸有成竹地说："你们一个放着马群，一人放着羊群，哪里离得开呢？还是我带着孩子和帐篷，住到白发老奶奶那儿去，彻底治好额吉的腿再回来。"几天后，我们送走了她们的牛车。自此，没有一天我不在思念着额吉。羊群静静吃草的时候，我总是打马走上附近的山顶，眺望着那浩渺的通往阿拉坦公社的天际。那里有一道若隐若现的淡蓝色山影，听人们讲，翻过那道山，再走一天就是阿拉坦。

额吉瘫痪已经一年多了，白发老奶奶真的能靠她那起死回生的医术，把我的额吉治好吗？

额吉一去就是两个月。两个月里，我茶饭不香。要不是羊群缠着，我早就骑上马去看额吉了。我变得比以前更不爱讲话，一天到晚总是坐在羊群旁边，默默地出神。这时，如果有人来安慰我，我会烦得跨上马就跑掉。

夜里做梦也总是想着额吉。有一天夜里，我梦见一个白发飘拂的老奶奶，身穿一袭古铜色的蒙古袍子和一双古铜色的翘头靴子。她的眉毛和头发像擦亮的银丝一样雪白，看上去怕有一百岁了。她笑眯眯地对我说："小铁木尔，你额吉的病已经好了，可以走路了，只是她没有马靴穿，回不来。"我慌忙抓住老奶奶的袖子大声喊："有莲花嫂子的牛车！有牛车啊！"

---

[1] 夏季穿的布袍子。

阿拉哈哥哥提醒我问："什么牛车？铁木尔，你在做梦吧？"我发现自己手里紧紧攥着被角，急出了一头汗。

第二天，我就悄悄地买了一双三十六号的马靴。啊，我是多么盼望额吉能再穿上靴子，啊怕只是穿着靴子站一站啊……

一个傍晚，我牵着自己的红马和额吉的青马，去井台饮马。斜阳的金晖洒在水槽里的水面上，闪着粼粼的光。周围一个人也没有。突然从井旁吉格木德爷爷的蒙古包里飘出一阵马头琴声，伴和着一个低沉沙哑的男低音。那熟悉的委婉曲调，一下子揪住了我的心：

> 头发斑白的母亲啊
> 你的恩情像东方的晨曦
> 头发银白的母亲啊
> 你的恩情像温暖的朝晖
>
> 酷夏的夜是多么难熬啊
> 是母亲喂给了我奶水
> 严冬的夜是多么冻人啊
> 是母亲披紧我的皮被

长久积郁心底的感情一下子冲上来，我再也忍不住了，一撒手，帆布桶摔在水槽里。我蹲在地上，呜呜地哭起来。正在埋头长饮的两匹马儿吃惊地抬起头来，不安地望着我……

然而终于到了这一天——

额吉走后第四个月的一天，正是剪秋毛的日子。牧场上一个个棚圈里都挤满了肥壮的羊群。圈外的牛车上拴满了毛皮闪亮的乘马。男男女女的牧民们谈笑着，敏捷地把厚墩墩的羊毛剪下来。

小孩子们抱着大人的马杆子，装模作样地甩着，追逐那些剪过毛的羊。

一个女人喊起来："铁木尔！你家额吉回来了！"

我浑身一震，站起身来一望：西南方的山嘴那里，正缓缓地绕过两辆牛车，隐约可以辨认出第一辆车上套的是头白牛——啊，是真的！

我跳过一只只捆翻在地的羊儿，冲出圈门，抓过一匹马，飞也似的迎着牛车的方向狂奔！

近了，近了！是额吉！她正坐在第一辆车上，挽着大白牛的缰绳。第二辆车上，莲花嫂子朝我挥舞着花头巾，她的背后，并排伸出两个小脑袋。

近了，近了！额吉扯住了大白牛。啊，额吉下了牛车！啊，额吉走着，走过来了！

"额吉！额——吉——"我翻身下马大叫着跑了过去，一头扎在额吉的怀里……

亲爱的朋友，我想，故事就讲到这里吧！因为这样的故事，用一千张纸也不能写到尽头。它就像蒙古袍子上的针脚一样，密密地缝在我们生活的路上。骑手究竟为什么歌唱母亲呢？我想你已找到了答案。你可能从没到过我们的草原，但是你也生活在母亲一样的人民中间。

你会猜得到：额吉又骑上了她的青马，而且是穿着我为她准备的马靴。而我呢，又变成一个爱唱歌的骑手，让歌声飞上了蓝天。当然，我最喜爱的歌子，还是那首有名的古歌。

每当我在高高的山冈上放声唱起这首歌的时候，我觉得自己唱出了那么多的内容：酷暑、严寒、草原和山河，团结、友谊、民族和人民。在"额吉——母亲"这个普通的单词中,含有那么动人的、深邃的意义。母亲——人民,这是我们生命中的永恒主题!

这个永恒的主题,是用金子铸成的,无论岁月流逝,无论地动山摇,她的光芒将永远永远闪烁!

1978 年 6 月

张承志

黑骏马

　　也许应当归咎于那些流传太广的牧歌吧，我常发现人们有着一种误解。他们总认为，草原只是一个罗曼蒂克的摇篮。每当他们听说我来自那样一个世界时，就会流露出一种好奇的神色。我能从那种神色中立即读到诸如白云、鲜花、姑娘和醇酒等诱人的字眼儿。看来，这些朋友很难体味那些歌子传达的一种心绪，一种作为牧人心理基本素质的心绪。

　　辽阔的大草原上，茫茫草海中有一骑在踽踽独行。炎炎的烈日烘烤着他，他一连几天在静默中颠簸。大自然蒸腾着浓烈呛人的草味儿，但他已习以为常。他双眉紧锁，肤色黧黑，他在细细地回忆往事，思念亲人，咀嚼艰难的生活。他淡漠地忍受着缺憾、歉疚和内心的创痛，迎着舒缓起伏的草原，一言不发地、默默地走着。一丝难以捕捉的心绪从他胸中飘浮出来，轻盈地、低低地在他的马儿前后盘旋。这是一种莫名的、连他自己也未曾发觉的心绪。

这心绪不会被理睬或抚慰。天地之间，古来只有这片被严寒酷暑轮番改造了无数个世纪的一派青草。于是，人们变得粗犷强悍，心底的一切都被那冷冷的、男性的面容挡住。如果没有烈性酒或是什么特殊的东西来摧毁这道防线，并释放出人们柔软的那部分天性的话——你永远休想突破彼此的隔膜而去深入一个歪骑着马的男人的心。

不过，灵性是真实存在的。在骑手们心底积压太久的那丝心绪，已经悄然上升。它徘徊着，化成一种旋律，一种抒发不尽、描写不完而又简朴不过的滋味，一种独特的灵性。这灵性没有声音，却带着似乎命定的音乐感——包括低缓的节奏、生活般周而复始的旋律，以及或绿或蓝的色彩。那些沉默了太久的骑马人，不觉之间在这灵性的催动和包围中哼起来了。他们开始诉说自己的心事，卸下心灵的重荷。

相信我，这就是蒙古民歌的起源。

高亢悲怆的长调响起来了，它叩击着大地的胸膛，冲撞着低巡的流云。在强烈扭曲的、疾飞向上和低哑呻吟的节拍上，新的一句在追赶着前一句的回声。草原如同注入了血液，万物都有了新的内容。那歌儿激越起来了，它尽情尽意地向遥远的天际传去。

歌手骑着的马走着，听着。只有它在点着头，默默地向主人表示同情。有时人的泪珠会噗地溅在马儿的秀鬃上：歌手找到了知音。就这样，几乎所有年深日久的古歌就都有了一个骏马的名字：《修长的青马》《紫红快马》《铁青马》，等等，等等。

古歌《钢嘎·哈拉》——《黑骏马》就是这无数之中的一首。我第一次听到它的旋律还是在孩提时代。记得当时我呆住了，双手垂下，在草地里静静地站着，一直等到那歌声在风中消逝。我觉得心里充满了一种亲切感。后来，随着我的长大成人，不觉之间我对它有了偏爱，虽然我远未将它心领神会。即便现在，我也不敢说自己已经理解了它那几行平淡至极的歌词。这是一首什么歌呢？也许，它可以算一首描写爱情的歌？

后来，当我遇到一位据说是思想深刻的作家时，便把这个问题向他请教。他解释说："很简单。那不过是未开的童心被强大的人性的一次冲击。其实，这首歌尽管堪称质朴无华，但并没有很强的感染力。"我怀疑地问："那么，它为什么能自古流传呢？而且，为什么我总觉得它在我心头徘徊呢？"他笑了，宽厚地捏捏我的粗胳臂："因为你已经成熟。明白吗？白音宝力格，那是因为爱情本身的优美。她，在吸引着你。"

我哪里想到，很久以后，我居然不是唱，而是亲身把这首古歌重复了一遍！

当我把深埋在草丛里的头抬起来，凝望着蓝空，聆听着云层间和草梢上掠过的那低哑歌句，在静谧中寻找那看不见的灵性时，我渐渐感到，那些过于激昂和辽远的尾音，那此世难逢的感伤，那古朴的悲剧故事；还有，那深沉而挚切的爱情，都不过是一些倚托或框架。或者说，都只是那灵性赖以音乐化的色彩和调子。而那古歌内在的真正灵魂却要隐蔽得多，复杂得多。就是它，世世代代地给我们的祖先和我们以铭心的感受，却又永远不让我们有彻底体味它的可能。我出神地凝望着那歌声逝入的长天，一个鸣叫着的雁阵掠过，打断了我的求索。我想起那位为我崇拜许久的作家，第一次感到名人的肤浅……

哦，现在，该重新把这个问题提出来了。我想问问自己，也问问人们，问问那些从未见过面、却又和我心心相印的朋友：《黑骏马》究竟是一首歌唱什么的歌子呢？这首古歌为什么能这样从远古唱到今天呢？

一

> 漂亮善跑的——我的黑骏马哟
> 拴在那门外——那榆木的车上

在远离神圣的古时会盟敖包和母亲湖、锡林河的荒僻草地深处，你能看到一条名叫伯勒根[1]的明净小河。牧人们笑谑地解释说，也许是哪位大嫂子在这里出了名，所以河水就得到这样有趣的名字。然而我曾经听白发的奶奶亲口说过：伯勒根，远在我们蒙古人的祖先还没有游牧到这儿时，已经是出嫁姑娘"给了"那异姓的婆家，和送行的父母分手的一道小河。

我骑着马哗哗地蹚着流水，马儿自顾自地停下来，在清澈的中流埋头长饮。我抬起头来，顾盼着四周熟悉又陌生的景色。二十年啦，伯勒根小河依旧如故。记得我第一次来到这里时，父亲曾按着我的脑袋，吆喝说："喂，趴下去！小牛犊子。喝几口，这是草原家乡的水呵！"

前不久，我陪同畜牧厅规划处的几位专家来这一带调查仔畜价格问题，当我专程赶到邻旗人民委员会探望父亲时，他不知为什么又对我发了火："哼！陪专家？当翻译？哼！牛犊子，你别以为现在就可以不挨我的鞭子……你应当滚到伯勒根河的芦苇丛里去，在河水里泡上三天三夜，洗掉你这股大翻译、大干部的臭味儿再来看我！"

父亲，难道你认为，只有你们才对草原怀着诚挚的爱么？别忘了，经历不能替代，人人都在生活……

---

[1] 现代蒙古语指"嫂子"，但有证据表明它是一个突厥词源的借词。它是一个名词化的形动词，词根是"给"。

　　河湾里和湿润的草地上密密地丛生着绒花雪白的芦荻。大雁在高空鸣叫着，排着变幻不定的队列。穿行在苇墙里的骑手有时简直无法前进：刚刚降落的雁群吵嚷着，欢叫着，用翅膀扑棱棱地拍溅着浪花，芦苇被挤得哗哗乱响。大雁们在忙着安顿一个温暖的窠，它们是不会理睬自然界中那些思虑重重的人的。

　　我催马踏上了陡峭的河岸，熟悉的景物映入眼帘。这就是我曾生活过的摇篮，我阔别已久的草原。父亲——他一听到我准备来这里看望就熄了怒火，可他根本不理解我重返故乡的心境……哦，故乡，你像梦境里一样青绿迷蒙。你可知道，你给那些弃你远去的人带来过怎样的痛苦么？

　　左侧山冈上有一群散开的羊在吃草，我远远看见，那牧羊人正歪在草地上晒太阳。我朝他驰去。

　　"呃，不认识的朋友，你好！呃……好漂亮的黑马哟！"他乜斜着眼睛，瞟着我的黑马。

　　"您好。这马么，跑得还不坏——是公社借给我的。"我随口应酬着。

　　"呃，当然是公社借你的——我认识它。嗯，这是钢嘎·哈拉。错不了。去年它在赛马会上跑第一的时候，我曾经远远地看过它一眼。所以，错不了。公社把最有名的钢嘎·哈拉借给你啦？"

　　钢嘎·哈拉？！像是一个炸雷在我眼前轰响，我双眼昏眩，骑坐不稳，险些栽下马来。但我还是沉住了气："您的羊群已经上膘啦，大哥。"我说着下了马，坐在他旁边，递给他一支烟。

　　哦，钢嘎·哈拉……我注视着这匹骨架高大、脚踝细直、宽宽的前胸凸隆着块块肌腱的黑马。阳光下，它的毛皮像黑缎子一样闪闪发光。我的小黑马驹，我的黑骏马！我默默地呼唤着它。我怎么认不出你了呢？这个牧羊人仅仅望过你一眼，就如同刀刻一样把你留在他的记忆里。而我呢，你是知道的，当你作为一个生命刚刚来到这个世界上时，也许只有我曾对你怀有过那么热烈的希望。是我给你取了这个骄傲的名字：钢嘎·哈拉。你看，十四年过去了，时光像草原上的风，消失在比淡蓝的远山和伯勒根河源更远的大地尽头。它拂面而过，逝而不返，只在人心上留下一丝令人神伤的感触。我一去九年，从牧人变成了畜牧厅的科学工作者；你呢，成了名扬远近的骏马之星。你好吗？我的小伙伴？你在嗅着我，你在舐着我的衣襟。你像这个牧羊人一样眼光敏锐，你认出了我。那么——你能告诉我，她在哪里吗？我同她别后就两无音讯，你就是这时光的证明。你该明白我是多么惦念着她，因为我深知她前途的泥泞。你在摇头？你在点头？她——索米娅在哪儿呢？

"呃，抽烟。"牧羊人递给我一支他的烟。

"好好。哦……晒晒太阳真舒服！大哥，你是伯勒根生产队的人么？"我问。

"不是。不过，我们住得很近。"

……那时，父亲在这个公社当社长。他把我驮在马鞍后面，来到奶奶家。

"额吉！"他嚷着，"这不，我把白音宝力格交给你啦。他住在公社镇子里已经越学越坏。最近，居然偷武装部的枪玩，把天花板打了一个大洞！我哪有时间管他呢？整天在牧业队跑。"

白头发的奶奶高兴得笑眯了眼。她扔给父亲一个牛皮酒壶，然后亲热地把我揽进怀里，喷的一声在我额上亲了一下，亲得头皮那儿水滑滑的。我使劲挣出她油腻的怀抱，但又不敢坐在父亲身边，于是慢慢蹭到一个在一旁文静地喝茶的、黑眼睛的小姑娘旁边。她望望我，我望望她；她笑了，我也笑了。

"你叫什么名字？"我打听道。

"索米娅。你是叫白音宝力格吗？"她的嗓音甜甜的，挺好听。

父亲喝足了奶酒，微醉地扶着我的肩头，走到外面去抓马。盛夏的草地湿乎乎的，露水珠儿在草尖上沾挂着，闪着一层迷蒙晶莹的微光。我快活地跑着，捉住父亲的铁青走马，使劲解着皮马绊。

"白音宝力格！"父亲一把扳过我的肩头。我看见他满腮的黑胡子在抖着。"孩子，从你母亲死掉那天，我就一直想找到这样一个人家……你该知道我有多忙。在这儿长大吧，就像你爷爷和父亲一样。好好干，小牛犊。额吉家没有男子汉，得靠你啦。要像那些骑马的男人一样！懂么？"

"骑马？"我向往地问，"我会有自己的马吗？"

父亲不以为然地答道："当然。可是要紧的是，你不能在公社镇上变成个小流氓。"

这样，我成了一个帐篷里的孩子。我学会了拾粪，捉牛犊，轰赶春季里的带羔羊；学会了套上犍牛去芨芨草丛里的井台上拖水；学会了用自己粗制滥造的小马杆套羯羊和当年的马驹子。我和索米娅同岁，都是羊年生的，也都是白发奶奶的宝贝。我们俩一块干活儿，也一块在小学里念过三年蒙古文和算术；夏天在正式的学校里，冬天则在民办教师的毡包里。她喊我"巴帕"；我呢，有时喊她"沙娜"，有时喊她"吉伽"——至今我也不明白草原小孩怎么会制造出那么多奇怪的称呼来，这些称呼可能会使研究亲属称谓的民族学家大费脑筋吧。

草原那么大、那么美和那么使人玩得痛快。它拥抱着我，融化着我，使我习惯了它并且离不开它。父亲骑着铁青走马下乡时，常常来看我，但我已经不愿缠他。只要包门外响起牛犊偷吃粮食或是狗撞翻木桶的声音，我就立即丢开父亲，撞开门出去教训它们。有时父亲正在朝我大发指示，我听见索米娅在门外吆牛套车，也立即就冲了出去。

当我神气活现地骑在牛背上，架着木轮车朝远处的水井进发的时候，回头一望，一个骑铁青马的人正孤零零地从我们家离开。不知怎么，我心里升起一种战胜父亲尊严的自豪感。我已经用不着他来对我发号施令了。在这片青青的、可爱的原野上，我已经是个独当一面的男子汉。我望望索米娅，她正小心翼翼地坐在大木缸上，信赖而折服地注视着我。我威风凛凛地挺直身子，顺手给了犍牛一鞭。蓝翅膀的燕子在牛头前面纷纷闪开，粗直的芨芨草在车轮下叭叭地折断。我心满意足地驱车前进，时时扯开嗓子，吼上一两句歌子。

十四年前是羊年：我和索米娅都十三岁了。

十三岁是蒙古儿童第一次得到众人礼遇的年头。过年的时候，奶奶给我和索米娅都穿上用牛粪烟熏得鲜黄的、花边鲜艳的新皮袍。我们套上牛车到处去串门。因为是我们的本命年，所以牧人们照规矩送给我们各式各样的礼物。索米娅高兴地数着自己的礼物，一个个地翻看着那些月饼、花手巾、瓷茶碗。而我，却不免开始有了一丝感慨：在这样重要的节日，我居然和女人家一样，赶着牛车去串门；而其他有畜群人家的孩子，却神气地跨着剪齐鬃毛的高头大马，随着大人的马队，在飞扬的雪雾中吆喊着，从一个蒙古包驰向另一个蒙古包。唉！我什么时候才能有匹马呢？

索米娅安慰我说："别急，会有的。奶奶说，过两年，我们向队里要一群牛放。那时你就有整整五匹乘马啦！"

"哼！两年！"我愤愤地朝她喊道，"可是这两年里怎么办？"

没想到，事情变化得那么快。

春天，热清明前几天的一个夜里，刮了一场天昏地暗的风雪。整夜我们都缩在皮被里，挤在奶奶身边，倾听着嗷嗷的风吼声、包顶咔咔的摇晃声和分辨不清的马群的驰骤。奶奶不安地拖长了声说："唔，马群被风雪抓跑啦……唔，怀驹的骒马要死啦……"

第二天清晨，奇迹出现了！

我和索米娅使劲推开被雪封住的木门后，突然看见，在我们包门外站着一匹漆黑漆黑的马驹子。远处依然在刮着白毛风的雪坡上，隐隐可以望见一匹黑骒马的僵尸。

我们惊叫着，又牵又抱地把马驹拉进了包内。它害怕地睁着泪汪汪的眼睛，四肢弯曲着，靠着毡墙打战。炉火烤化了它身上冻硬的毛片，愈发显得漆黑闪亮。

奶奶连腰带都顾不上系了，她颤巍巍地搂住马驹，用自己的袖子揩干它的身体，然后把袍子解开，紧紧地把小马驹搂在怀里。她一下下亲着露在她袍襟外面的马驹的脑门儿，絮叨叨地说着一套又一套的迷信话。她说，这黑马驹很可能是神打发来的。因为白音宝力格已经到了骑马的年龄。白音宝力格是好孩子，是神给她的男孩，所以神应该记着给白音宝力格一匹好马。如果不是这样，有谁见过骒马在风雪中产驹冻死，而一口奶还没吃的马驹子反而能从山坡上走下来，躲到蒙古包门口呢？她还说，她一辈子见过多少马驹子，可是没见过这么漂亮的。看来，把这马驹子养活喂大，是神打发她这把老骨头这辈子干的最后一件事啦……

我和索米娅听得入了迷。我们完全被奶奶的思想征服了。后来，我们看到她在用红布块给黑马驹缝护身符时，我们都忘了老师教过我们的、要反对迷信的教导。

晚雪尚未化净，山野还是一片斑驳。每天，黑马驹喝了一小桶牛奶以后，常在柔软的草地上挺直脖颈，轻轻跃起，又缓缓卧下，久久地凝望着山峦和流云。我和索米娅在山坡上拾粪回来时，总喜欢鼓起腮，尖尖地打个呼哨；或者拖长声音喊一声"嘀——依——"黑马驹会像灵巧的兔子一样，蹦蹦跳跳地躲闪着它害怕的马莲草丛和牛粪堆，用那让人心疼又美丽无比的步法飞一般朝我们奔来。我们则扔下筐，帮它把弄脏的黑皮毛擦净，把歪了的红布护身符挂正，把我们省下来的月饼块、红糖、油果子，一块块地喂给它吃。远处，奶奶飘着一头银发，勤奋地忙碌着，挤奶、拴牛犊，像是为着一项神圣的使命。我们当然不让它在外面过夜，晚上总是用软羊毛绳把它拴在包里的炉火旁。小马驹加入了我们的家，我们四个愉快地生活着，享受着它给我们带来的无限乐趣。

一天，我们正在逗黑马驹玩呢，蹲在乳牛脚旁的奶奶突然来了兴致。她一面挤着奶，一面哼起了一支歌子，那就是《钢嘎·哈拉》[1]——《黑骏马》。

奶奶旁若无人地干着活儿，唱着。她挤完奶，又把豆饼掰成小块，放进木食槽里，挨个地牵过乳牛和牛犊。她唱着、教训着贪嘴的牛："漂亮的善跑的——黑骏马，嘀哟……滚开！白鼻子！还吃不够么！——拴在……那榆木的车上，嘀哟……"

奶奶在情在意地唱着。没料到，她还是一个歌手呢！在她拖出婉转的长长的尾音时，她的嗓音嘶哑而高亢，似乎她能随便唱出很难唱的花音。也许是我以前听惯了学校教的那些节奏欢快的儿童歌曲吧，这朴直古老的《黑骏马》，使我觉得那么新奇。索米娅和我对着，连气也不敢出，呆呆地听着奶奶自我陶醉的吟唱。奶奶唱的是一个哥哥骑着一匹美丽绝伦的黑骏马，跋涉着迢迢的路程，穿越了茫茫的草原，去寻找他的妹妹的故事。她总是在一个曲折无穷的尾腔上

----

[1] 蒙古语，漂亮的黑马，黑骏马。

咏叹不已，直到把我们折磨够了才简单地用一两个词告诉我们这一步寻找的结果。那骑手哥哥一次次地总是找不到久别的妹妹，连我们在一旁听着都为他心急如焚。哦，这是多么新鲜、多么动人的歌啊！它像一道清清的雪水溪，像一阵吹得人身透明的风，浸漫过我的肌肤，轻抚着我的心……我失神地默立在草地上，握紧拳头听着。神妙的曲调在我心灵中唤起的阵阵感动，渐渐地化成一匹浑身宛如黑缎的、昂首长嘶的骏马。这匹黑马的一举足一甩鬃都在我脑海里印下了那么深、那么逼真的印象。

歌子唱完了。我醒过来。索米娅正搂着黑马驹的脖子，不出声地流着泪。我大喊道："喂，沙娜！我要给这匹马取一个响亮的名字！你知道吗，它就是奶奶唱的那黑马的儿子。我要叫它'钢嘎·哈拉'！它一定会成为一名真正的快马。嘿，多棒的名字：黑骏马……我要骑着它去追那些讨厌的老牛。我，我要骑着它走遍乌珠穆沁，走遍锡林郭勒，走遍整个草原！"

索米娅惊讶地看着我，她说："当然啦，它会是一匹黑骏马。你看，它刚生下来就有本事穿过风雪跑到咱们家门口……可是，巴帕，"她闪着黑黑的眼睛盯着我，"嗯，等你真的走遍了锡林郭勒和全部草原以后，你会像奶奶唱的那样，骑着你的钢嘎·哈拉回到这里，来看看我吗？"

"当然！"我毫不迟疑地回答。

"喂！喂！"牧羊人推了我一把，"你怎么，生病了吗？朋友，你的气色很不好！"

我猛然一惊，"噢，没什么，"我回答说，"天气真暖和。"随即，我站起来，拉过钢嘎·哈拉。

二

善良心好的——我的妹妹哟
嫁到了山外——那遥远的地方

十四年光阴如流水。钢嘎·哈拉已经显得骨骼粗大，不再像以前那样修长苗条。它的胸脯虽然显得更加宽厚结实，可是作为一匹在赛会上与精选的好马争一步之短长的骏马来说，它的黄金时光已近结束。就像我们已经成人立业，步入坚实的中年，结束了那充满激情和幻想的青春年华一样。

牧羊人和我并马走着。他显然觉得独自陪伴羊群很无聊，乐意陪我走几步，消磨时间。

伯勒根小河在这里缓缓地绕了一个巨大的半圆。当马儿登上唔伽·古塔尔的阪道，走上山坡时，我看见蓝玻璃般的河水静静地嵌入浓暗的绿草，在远远的大地上划出我的故乡和邻队的界限。望着河湾里影绰可辨的星点毡包，我不觉带住了钢嘎·哈拉的嚼子。故乡——我默念着这个词。故乡，我的摇篮，我的爱情，我的母亲！河滩右侧的山冈下，那黄石头垒成的牛圈依然如故。在青格尔敖包和曼卡泰·海勒罕之间的狭长山谷里，还是蓝幽幽地开满着马莲花。哦，在这块对我来说是那么熟识、那么亲切的草原上，掩埋着我童年的幸福和青春的欢乐，也掩埋着我和索米娅的美好的爱情……

我离开她整整九年。我曾经那样愤慨和暴躁地离她而去，因为我认为自己要循着一条纯洁的理想之路走向明天。像许多年轻的朋友一样，我们总是在举手之间便轻易地割舍了历史，选择了新途。我们总是在现实的痛击下身心交瘁之际，才顾上抱恨前科。我们总是在永远失去以后，才想起去珍惜往日曾挥霍和厌倦的一切，包括故乡，包括友谊，也包括自己的过去。九年了，那匹刚进五岁的、宽胸细腰的黑马，真的成了夺标常胜的钢嘎·哈拉。而你呢？白音宝力格，你得到了什么呢？是事业的建树，还是人生的真谛？在喧嚣的气浪中拥挤；刻板枯燥的公文；无止无休的会议；数不清的人与人的摩擦；一步步逼人就范的关系门路。或者，在伯勒根草原的语言无法翻译的沙龙里，看看真正文明的生活？观察那些痛恨特权的人也在心安理得地享受特权？听那些准备移居加拿大或美国的朋友大谈民族的振兴？

而索米娅如今又怎么样呢？远处那星星点点的毡帐，哪一座才是她的家呢？

"呃，羊群远啦。老弟，再见吧。"牧羊人打个哈欠，扯开了马头。

"等等！大哥，"我拦住他，"请指给我，哪个是索米娅和她奶奶的蒙古包？要知道……"

他眯着眼睛想了一阵。"噢——你说的是伯勒根的白发额吉呀！她家已经不在啦。"

"怎么？不在了？"我急了。

"呃，老人早死了，那姑娘嫁了人。"想了想，他又说："嫁到白音乌拉——很远的地方去啦。"

说罢，牧羊人纵马朝背后的羊群驰去。

暮色已经降临，西方半个天空斜斜地布着暗蓝色的条云。正将沉没的残阳把那厚重的云层底部烧得蓝里透红。暮霭轻轻飘荡，和远方盆地里的晚炊融成一片。我骑着钢嘎·哈拉，向罩着蓝红色晚霞的西方走着，水一样清凉的风扑入心里，我周身发冷。我心情沉重而坚决地朝西走着，像古代骑手走向自己的末日一样。

在分开伯勒根河流域和外部草原的那条峥嵘的山谷里，我追上了快要逝尽的落霞。这儿是一条人迹罕至的山沟。自古以来，畜群从不来这儿吃草，人家也不靠近这儿居住。如果细细察看的话，可以看见，那高得齐腰的幽深野草中有一簇簇白得晃眼的东西。那就是一代代长辞我们而去的牧人的白骨。他们降生在这草中，辛劳在这草中，从这草中寻求到了幸福和快乐，最后又把自己失去灵魂的躯体还给这片青草。我亲爱的银发额吉，同时给了我以母爱和老人之爱的奶奶，一定也天葬在这里。

她把我从小抚养成人，而我却在羽毛丰满时，就弃她远去，一去不返。我不知道在她死去的时候，她是否想到过我；我只明白，这件送葬老人的事情，本来应当是由我，由她唯一的男孩子来承当的……额吉，饶恕我。你不肖的孙子在为你祈祝安息。

夜幕四合。

傍晚时已高悬半空的那弯镰月，此刻显得银光照人。我勒紧马肚带，整理了一下鞍鞯。在上马之前，我默默地单膝跪下，双手拔起一束野草，向这哺育过我的伯勒根草原告别。奶奶已溘然长逝，索米娅又远嫁异乡，我和这片青青草原之间维系的血脉断了。

我跨上马。突然，钢嘎·哈拉猛地竖起前蹄，在空中转了半周，然后用立着的两条后腿一蹬，嗖地冲了出去。正前方，是白音乌拉大山的依稀远影。

哦，白音乌拉，索米娅远嫁的地方！钢嘎·哈拉已经决定我们立刻去看她。我不能再做迟到的悔恨者。也许，我的沙娜正在生活的旋流中呼喊着我，等着我向她伸出救援的手……

索米娅，我来了。黑骏马像箭一样笔直地朝着朦胧的白音乌拉大山飞驰。宁静的夜激动了……

尽管我一本正经地给黑马驹命名为"钢嘎·哈拉"，而且弄得全牧业队的男女老幼都习惯了这样称呼它，但我倒并没有像索米娅那样常常哼着《黑骏马》。对我来说，那支歌子毕竟还是古怪了一些。那时被我喜爱的歌子是《阿洛淖尔》，一支简单明快的骏马赞歌。因为在《阿洛淖尔》里，叙述了一匹神马从一岁开始，到两岁，到长成熟的种种奇迹和本事。一直到"在达赖喇嘛的赛会上，它七十三次跑第一"那样的总结。从黑马驹降临的那个可庆幸的春天开始，我差不多整整一年反复哼着"还是一岁驹哟，你就备上鞍。"等到第二年，它的大脑袋刚刚显得小了点，小沙狐般的短尾巴刚刚能甩上几甩，我就眼巴巴地盼它长大，盼它超过全公社的千万马群。那时，我简直是发急地对它唱着："刚是二岁马哟，你就像飞箭。"有时，早晨在迷糊中被奶奶或索米娅推醒，我揉着发黏的眼皮，打着哈欠。直到端起奶茶碗，还没有清醒过来，只是觉得该说点儿什么。一张口，"二岁马哟……像飞箭！"

奶奶笑了。索米娅也咯咯地笑了。

第三个春天——奶奶从棚车深处找出一盘破碎的鞍子，央求附近的牧民修理。她说，这是索米娅的父亲留下的。自他死后，这个只有女人的家里就没人用它。而现在该收拾齐整啦。钢嘎·哈拉已经成为三岁马，很快就要调教出来。白音宝力格也过了十五岁，是男子汉啦。

十五岁是儿童和青年的分界，对早熟的草原少年更是如此。那时，我正一心钻研畜牧业机械和兽医技术，索米娅则在给邻居家的羊群守夜。我早已不再傻乎乎地把半句《阿洛淖尔》哼个没完了，那时我寡言少语，喜欢思索。父亲来看我时已很少要威风，因为我常常正在安静地读一本图文并茂的《怎样经营牧业》，或者是赤着上身在用镐头刨着圈里的羊粪砖——我的汗水淋淋的两臂肌肉发达，他看看就会明白：白音宝力格已经成人了。

那天天气晴朗，是春季里的一个好天。我束紧腰带，走到草地上，解下钢嘎·哈拉的马绊。昨天晚上我们商量过：如果天气好，就正式给马备上鞍，把它调教出来。

索米娅朝我跑来。可能因为天热的缘故吧，也可能是为了帮我调马，她脱去了臃肿的皮袍子，穿着一件奶奶穿旧的、显得很小很窄的旱獭皮薄袍。她气喘吁吁地跑来，阳光直射着她的脸。她抬起手臂擦着汗珠，紧束着的腰带立即勒出了她躯体的曲线。刹那时，我的心动了一下：呵……我说不出心里的滋味儿，只觉得跑来的好像不是那个和我耳鬓厮磨地一块儿生活了六七年的沙娜了。沙娜——那个为我熟悉的小索米娅是多么小、多么胖乎乎，眼睛眯得是多么可笑呵，而差几步就要跑到我面前的，却分明一个颀长、健壮、曲线分明、在阳光下向我射出异彩的姑娘。

"巴帕，真的今天就骑么？嘿，真高兴！"她的大眼睛闪着喜悦的光。以前她也常为些小事兴高采烈的，但那时从来没有这样一种奇怪的味道。我的心绪乱了，不知为什么生起气来。我暴躁地把皮马绊摔到地上，粗声吆喝她："喂，收好马绊子！"接着我揪紧马鬃，跃上了马背。

钢嘎·哈拉挣咬着旋转起来。索米娅高喊着："骑稳，巴帕！"她的声音也完全不像从前那样甜甜的，而是那么圆润，扰得人心神不安。我朝她吼道："别乱嚷！"随即松松马缰，黑马立即发疯般又踢又跳起来。

晚春的三岁马没有多大劲儿。傍晚时，钢嘎·哈拉已经学会在马鞭子的拨弄下，忽左忽右地顺路小跑了。我下了马，把它绊好放开，让它去啃刚冒芽的绿草尖。

已经融得一片斑驳的残雪，在渐渐黯淡的天色里显得白亮亮的。露出去年枯草的土地，在薄暮中颜色很黑。凉风阵阵拂过，使山凹里的积雪、袅袅的炊烟和整个春牧场都涂上了一分纯净的青色。我和索米娅抱着鞍鞯鞭绊，吱吱地踩着含水很多的雪地朝家走去。索米娅快活得很，她总是一面说话，一面朝我转过身子，或者干脆侧着走，说着，哼着什么歌子。

"巴帕，你骑得真不错！我原来以为，恐怕钢嘎·哈拉会把你摔下来。喂，喂！你听着吗？"她像以前一样，扳着我的肩头，摇着我。

"嗯。喂——"我觉得自己在费劲地寻找话题。这是多么奇怪的、异样的感觉呐。"我说，今天晚上，吃什么好呢？"

"吃肉饼！"索米娅欢叫起来，"哈哈，我们吃肉饼！我去取肉！"她一阵风似的向前跑了。我注视着她的背影，惊奇她怎么会用这种婀娜的姿态在草地上奔跑……

哦，成年的日子！当油然而生、连自己也无法理解的那异样的兴奋和萌动，突然间从心田里破土而出的时候，惶惑中的我们究竟能理解它的几分含义呢？我们根本没有理解，甚至不知道这就是青春的来临。我们只记得心中涌起的，那神圣的激动……我真切地感到，自己正在体验着一个纯净透明的世界和一个可怕的、令人羞耻的心跳的世界的啮咬和更替。我在初次爱上了生活的同时，也意识到自己失去的东西。我们再不会在冬夜里一块钻进老奶奶的皮被，你捅我一下，我打你一下地瞎闹；再不会在开着蓝花的青草地上滚成一团，争抢一个染红的羊拐骨；再不会一块骑在犍牛的背上，后一个扶着前一个的肩，沿着一条被成行的牛群踏出的蜿蜒小道，去水井拉水啦……索米娅穿的那旧袍子太窄了，腰带也束得太紧了。她在明媚的阳光里朝我跑来的时候，突然蜕去了过去的躯壳。她以完全陌生的东西敲击了一下我的心扉，并在一瞬间完成了一次惊人的启蒙。哦，男子汉！我从那么小就盼着长成一个男子汉。可是男子汉原来完全不仅仅是拥有一匹骏马。我根本没有料到，也没有理解这一切，我太年轻了。

在我独自咀嚼着这模糊的感受的时候，索米娅似乎也同时悟到了什么。第二天，我看见她一个人套上牛车去拉水。她没有骑牛，而是像女人们那样，斜斜地坐在车辕一侧。她没有喊我，我也明白，不该再去插手女人们的家务活儿了。我望着她的影子消失在低洼不平的盐碱地里，然后提着十字镐和斧头走出去。那天，我把家里的木轮车一一修好，并且刨了整整半圈羊粪砖。

新的生活开始了，尽管没有人宣布过它的开始。不觉间，奶奶不太去张罗门口和停列成一排的勒勒车那儿的活计了，她更多的是撑起身子，在昏暗的包内发表着她对里里外外各种事情的看法。在阳光强烈的夏天，她喜欢蹒跚地迈出包门，舒服地晒着太阳，捉捉虱子。过路的牧人向她致意："好舒服呀，额吉！"她乐呵呵地说："当然。两个孩子都大了嘛！没有我干的活儿啰。"我已经成了见习兽医，每天跟着老兽医四处转悠，去对付一些难产的骒马和不要犊的乳牛。没事的时候，我喜欢读书，尤其爱读那本《怎样经营牧业》。那本书是有模范牧民参与讨论、由专家分门别类写成的。我不仅从那里面读到了知识，也从那里窥见了为我不知的、新鲜而博大的世界。当我吃力地读完一段时，就伸手去摸茶碗。"等一下，巴帕。"一个低柔的、姑娘的声音传来，索米娅在给我斟着茶。我看见她低垂着的、微微闪动的黑睫毛和红润的一侧脸颊。我念不下去了，于是推门出去，牵过钢嘎·哈拉。它已经是新四岁的马了。我喊着："喂！拿剪刀来！"索米娅跑出来，递给我剪刀。我给黑马修整着打齐的鬃，时而瞟索米娅一眼，那时，她会对我微微地一笑。

这样，到了我们十七岁的那个秋天。

一天，我们把一秋天拾来晒干的白蘑菇运到公社供销社去卖。索米娅和奶奶赶着装满蘑菇的棚车，我骑着钢嘎·哈拉相随。

在公社耽搁了好久——父亲要招待奶奶和我们吃饭。等我们返回伯勒根河湾的时候，天色已晚。索米娅拾来一些早枯的芦叶和干马粪；我在河畔的硝土岸上架起一口小锅。我们打算架起篝火，用河水煮一锅茶，吃些东西再赶路。

硝土岸旁长着细嫩多盐的碱草。芨芨草丛粗硬的根茎旁，也还有一些没有变白的绿叶。犍牛和钢嘎·哈拉贪婪地嚼着，几乎一步不移，任阵阵浮动的炊烟漫过它们黝黑的身体。我们祖孙三人围坐在篝火旁，随意闲谈着。河湾青蒙蒙的，通红的火焰里溅着橘橙色的火星，烤着我们的胸怀。流水跳跃着磷光，平坦无声地滑过。我们注视着恬静的家乡，心里充满了美好的感受。

"就是这儿。孩子们，"奶奶啜着茶，用浑浊的眼光注视着河湾，"这儿就是出嫁姑娘告别亲人的地方。唉，这一辈子，我看见多少姑娘，喏，就像你一样的年轻姑娘，索米娅——跨过这条小河，就再也没有见过面呀。我也一样，自从跨过这条河，来到这儿，已经整整五十多年啰……老人们唱过这样的歌：'伯勒根，伯勒根，姑娘涉过河水，不见故乡亲人'……"

我们收拾了锅碗，熄灭了篝火，准备继续赶路时，奶奶突然扯住我们俩。她急急地、紧张地说："索米娅！唉，如果你也跨过这条河，给了那遥远的地方，我，我会愁死的！我看，我看，你们俩就在咱们自己的家里成亲吧！你们结成夫妻！这样，我一个宝贝也不会丢掉……"

我们俩同时从奶奶怀里挣脱出来。我跳上马，连抽几鞭。在呼啸的风声中，黑马一蹦子冲上了山冈。等我勒住马时，身后响起了歌声。我扯转马头，远远看见那银发的老奶奶正精神抖擞地边走边唱，她一手牵着牛车，一手牵着姑娘。她步履坚定，银发在夜风中一飘一飘。她准是看见了一种最实在、最鼓舞她的美景，才滋生了如此蓬勃的精神。

当天夜里，奶奶执拗地躲到蒙古包西侧去睡。炉火正北的、属于男女主人的那块白垫毡空出来了……

三

> 走过了一口——叫作"哈莱"的井呵
> 那井台上没有——水桶和水槽

钢嘎·哈拉顺着黑黝黝的峡谷奔驰着。我紧闭着双眼，伏在马鬃上。河湾，芦苇，整个伯勒根草原，包括那肃穆的天葬沟，对我都已不堪回首。我知道，此刻也许奶奶正在哪丛茅草旁，责备地、目不转睛地注视着我。奶奶，忘掉我吧……我催马更快地跑着。奶奶，忘掉昔日的白音宝力格吧！是他粉碎了你人生流年的最后一个梦想，因为索米娅最终还是跨过了那道河水，给了陌生的异乡。我纵马跑着。夜，延伸着它黑色的温暖怀抱，默默地、同情地跟随着我，仿佛它洞悉我无法倾诉的委屈。当然，只有它，只有这孕育光辉黎明的夜草原才知晓一切。它知道在自己深邃怀抱里往事的细节，知道我——愚蠢而粗野的白音宝力格也曾有过真正温柔和善良的一瞬……

我和索米娅并没有占用炉灶北侧那块最大的白垫毡。奶奶好心的饶舌，反而使我们真的疏远了。我在一心迷入书本和兽医知识以后，已经开始不善言笑和有点儿不像草地上长大的年轻人。索米娅在给羊群下夜时，常常在门口的棚车里过夜。我们彼此间已经短少话语，但我们又都在相互猜测。好像，我们都愿意长久地、这样日复一日地过下去，并悄悄地保护住一株珍奇的、无形的嫩芽。只有在我们一块商议一些生活琐事时，比如准备给谁缝一件袍子啦，把在公社忙昏了头的父亲接来吃顿羊肉啦——我才发现，索米娅总是非常兴奋。她热心于每一件日常的小小的高兴事，甚至吃一次从公社买来的"酱"，她也那么兴致十足。我清楚地感到，她的身上已经燃起了一股灼人的希望之火。一个像明媚春光一样的幸福未来，已经迫不及待地要闯进我们的破毡包来了！

就在那时，父亲奉命调动工作。在他出发赴邻旗的一个边远公社前，曾来和我们告别。我蹲在外面宰羊时，听见奶奶在和他叽叽咕咕地说些什么。后来听见父亲的声音："他们还太年轻，刚十七岁多一点……不过，额吉，一切就按你的主意吧。白音宝力格首先是你的孩子啊……咦，有酒吗？应该喝点……我真是个有福气的人哪！"

他临走时，猛地把我搂住了。他浑身的骨节嘎巴嘎巴地响。我很不好意思，可是又推不开他。他喉音浓重地嘟囔着说：

"白音宝力格！我真高兴。你母亲若是活着，唉——算了！我说，你真是个好小子！"

过了些日子，公社兽医站发给我一个通知：旗里准备开办一个牧技训练班，为牧业生产队培养畜牧兽医骨干，为期半年。

几年来，我一直对真正的专业学习向往不已。因为我觉得，如果继续跟着老兽医学下去，很可能会堕入旁门左道。想想看，把拖拉机排气管插进乳牛肛门吹气，医治那些不要犊的乳牛啦；用狗奶灌骒马，打下马肚子里的死胎啦，等等。这套办法虽然经常确是卓有成效，可是难道能用理论来阐明吗？也许，这个训练班将带我走进真正的牧业科学，我决定不放过这对一个牧民孩子来说是得之不易的机会。

我当然想到了索米娅。或者说正是因为她的缘故，我才有了这个抉择。等我半年后回来时，钢嘎·哈拉将是五岁马，真正的大马。

我呢，也将满了十八岁。十八岁，成人的、使草原刮目相看的年龄，独立的男人和成家立业的年龄。十八岁的我将带着魁梧的身量和铁块一样的肌肉，还有一身本领回到草原。当然，十八岁的索米娅也会更勤劳，更能干，更善良和更美丽。那时，我将以坚毅的神情和成熟的大人气，向她建议我们的生活。我和她将有一个使整个草原羡慕不已的家，在幸福中照顾好我们亲爱的奶奶，让她享受一个充满安慰的晚年。呵，我深深地被自己的计划迷醉了。我渴望走向这样的未来，渴望着那跨着黑缎子般漂亮的黑骏马重归草原的日子。生活已经朝我敞开大门，那全部的劳动、温暖、充实和休憩正强烈地召唤着我的心。

我喊来索米娅，递给她那张通知书："喂，我准备去旗里参加学习，帮我收拾一下东西。"

她赶快去找马褡子，我也再没有多说什么——一切都留到将来再说吧。第二天，有一辆卡车来我们生产队拉秋毛，我同司机说好，搭他的车去旗里报到。那司机是个直爽的汉族小伙子，他说，驾驶室里已经有两个人先我一步占了座位，不过，他可以在装羊毛时，用羊毛捆在车顶给我搭一个没有顶的房子。"保险像坐飞机一样舒服。"他说。

我们伯勒根草原离旗所在地很远。为了当天赶到，司机嘱咐我：夜里——也就是凌晨三点钟就要开车。

家里商量，决定由索米娅送我到旗里，帮助我安顿下来，顺便买点儿东西，再乘这辆车返回。

夜里，我俩攀着粗硬的绳索，爬上了装得比一座蒙古包还高的羊毛垛上。顶上，有一个用长方形的羊毛捆拦成的凹字形，这就是司机讲的房子啦。

汽车轮碾着草地上光滑的海勒格纳草，发出了均匀的密密切切的哔剥声。墨黑的天穹上星光稀疏，上半夜悬在中天的弦月潜进了辨不出形状的一抹暗云。夜，深远而浩莽。卡车偶尔驶上一道山梁时，苍茫的视野中一下子闪出一些橘黄色的光点，那是些帐篷里未熄抑或是早燃的灯火。而车子冲下黑暗的山谷时，神秘跳跃的火光熄灭了，只有座座朦胧的山影四下围合，并迎面向我们送来阵阵袭人的秋寒。

"喏，冷么？"我裹紧身上的薄皮袍，问她。

"冷。嗯，风太大……"她牙齿在打战。

我想了想，解开腰带，把宽大的袍子平摊开来，盖住我们两人的膝盖和前胸。靠着高高的羊毛捆，后背并不冷。只是冰冷的寒风马上从没盖严的肩头钻进来，我扯住袍角。

"不行，还是穿上吧。你会冻病的。"索米娅转过身来对我说。

"不。"

"你冻病了，奶奶会骂我。她会——"

"住嘴。"我顺嘴训她一句。

"喂！白音宝力格，挤过来些，你太冷啦！"

"我才不怕！"我故意坐得更高些，眺望着黯淡星光下起伏不定的原野。我们的卡车隆隆地吼着前进，路旁惊醒的黄羊从梦里跳了起来，痴呆地盯着我们这庞然大物。当车厢掠过它们伫立不动的侧影时，我觉得这些黄羊简直就像草坡上嶙峋的黑色岩石。伯勒根河上游的很多溪水在这儿汩汩地、昼夜不息地汇集着，流淌着，好像在引导着我们的车子奔向天明。我遐想着，心里突然涌起一阵激情。不是吗？像这样不辞劳苦的溪流一样，我也正在穿过荒僻空旷的漠野，把过去了的幼稚生活长留身后。就在这个宁静的草原之夜，故乡的姑娘正送我走上旅程。我当然不会感到什么冷的，傻丫头。脱下皮袍子又算什么？你知道我将来会怎样保护你和关怀你么……索米娅正在我身旁可怜巴巴地缩成一团，像只小羊一样躲在我搭在她身上的皮袍下面。在星光下，我看见她的大眼睛在一眨一眨地注视着黑暗，注视着这博大的夜草原。我的心里一下子涨起了一股强烈的、怜爱的潮水，一股要保卫这纯洁姑娘不受欺负和痛苦的决心。我猛然翻身掀起皮袍，把整个袍子都裹到她的身上。我不理睬她吃惊的叫唤和阻挠，起劲地把袍子塞紧在她的肩下、腰下和腿下。虽然寒风立即吹透了我里面穿的绒衣，呛得我喘不过气来，但我却感到那么痛快，不，是满足或者自豪。我从未有过这样的英勇的自豪感。

"不——"索米娅挣扎着跳起来，"巴帕——白音宝力格……你疯啦？你会冻死的！"她吃惊地喊着，双手举着皮袍扑向我。

这时，汽车忽地一斜，冲进了一条浅浅的小溪，满载的羊毛捆沉重地晃了一下。我坐不稳，一下子倒在"房子"的侧墙上。索米娅叫了一声，重重地栽在我的怀里，她冰凉的脸颊一下子碰到了我的脖颈。我胸中轰然掀起了雄壮的波涛，心儿像一面骤然响起的战鼓。我不顾一切地、疯狂地把她搂在自己的怀里，胡乱地抚摸着、亲吻着她。我把她搂得那么紧，以致她低低地呻吟起来。我激动得语无伦次，只顾一个劲儿嘟囔着："索米娅，沙娜，沙娜……"

索米娅使劲贴紧我，把头死死地扎在我的怀里，不肯抬起来。等到我贴身的衣服热乎乎地湿了一小片时，我才发现，她哭了。

这时汽车正在一条开阔的、流水纵横的戈壁里行驶。马达轰鸣着，高高的羊毛捆一摇一晃。我摇晃着索米娅的身子，伸手捧起她的腮，我着急地朝她喊着："索米娅！你这傻瓜别哭！听我说，我早想好啦，等我明年回来，就——结婚！听见吗？半年，结婚！"

索米娅啜泣着，用力地点了点头。

就这样，我们紧紧抱着，用青春的热和更暖人心怀的美好憧憬，驱走了拂晓前秋夜的寒冷。卡车愈开愈快，宛如一匹高大的、黝黑的巨马。茫茫的草地，条条的山梁，都呼啸着从两侧疾疾退去。哦，世界多辽阔！未来多美好！我禁不住小声地哼起歌来。但是索米娅止住了我。她伸出手捂住我的嘴，然后轻柔地摸着我的脸。最后，她把手指插进我的头发，把它弄乱，又抚平。她久久地、一言不发地亲吻着我，吻得那么潮湿、温暖，又使人心酸。黑暗中，她那双大眼睛一眨不眨地凝望着我，眸子深处那么晶莹。我胸中的涛声和鼓点又激越起来，带着幸福的晕眩，莫名的烦乱和守护神般的、男人式的责任感。我又把皮袍子给索米娅裹紧，然后紧握住她的小手。车轮溅起溪流的水花，飞扬的水珠高高四散，像是碰上了我们灼热的脸。头顶上方可能浮盖着一层厚厚的云，我们看不见它，但可以相信：是它遮住了天上的乔里玛星和那片残月。我们拥抱着，默默地把手握在一起，让手心热得冒汗。东方的天空已经褪去那种夜的清冷。它虽然仍是一片墨蓝，轻缀其中的几簇残星虽然也依旧熠熠闪亮，但是那缀着星星的墨幕后面，已经苏醒般地升起，并悄然朝这儿飘来了一支壮美音乐的最初和声。它听不见，也许根本没有音响，但它确实已经出现并愈来愈近。它使莽莽的长夜失去了均匀的平静。也许它就是爱情吧，它汹涌而来，把不安宁的、富有活力的情绪注入这已经黑暗了太久的夜草原。

索米娅用鬓发触着我的面颊。她用几乎听不见的声音轻轻说道："你真好！巴帕……"

就在这一瞬间，我们的大卡车轰鸣着冲上了青格尔敖包一线最高的山口。朝向我的索米娅的脸庞在那一瞬突然变成通红通红的、妩媚的颜色。我吃惊地转向东方一看——

啊，日出……极远极远的，大概在几万里以外的、草原以东的大海那儿吧，耀眼的地平线上，有半轮鲜红欲滴的、不安地颤动的太阳露了出来。从我们头顶上方一直伸延东去的那块遮满长空的蓝黑色云层，在那儿被火红的朝阳烧熔了边缘。熊熊燃烧的，那红艳醉人的一道霞光，正在坦荡无垠的大地尽头蔓延和跳跃，势不可挡地在那遥远的东方截断了草原漫长的夜。

呵，话语已不能形容。这是我一生中见到的最美好、最壮丽的一次黎明。

我们已经不觉站立起来，在那强劲而热情地喷薄而来的束束霞光中望着东方。索米娅惊讶万分地睁大眼睛，注视着那天际烧沸的红云，她的脸上久久凝着感动的神情。金红的朝霞辉映着她黑亮的眸子，在那儿变成了一星喜悦的火花。我忍着心跳，屏住了呼吸，牢牢地抓住她的手。那半轮红日转动着，轻跳着，终于整个挣出了大地，跃进了人间。索米娅忽然抱住了我，我也把她紧贴在胸前。我们目不转睛地望着这千载难逢的美景，心里由衷地感激着太阳和大地，感激着我们的草原母亲，感激着她们对我们的祝福。

……哦，黎明，朝霞染红的黎明！你带给我们多么醉人的开始啊！

直到如今，我仍然认为，即使我失去了这美好的一切，即使我只能在忐忑不安中跋涉草原，去找寻我往昔的姑娘，而且明知她已不复属我；即使我知道自己无非是在倔强地决心找到她，而找到她也只能重温那可怕的痛苦——我仍然认为，我是个幸福的人。因为我毕竟那样地生活过。因为生活毕竟给过我一个那样难忘的开始。我将永远回忆那绚美难再的朝霞和那颤动着从大地尽头一跃而出的太阳。我觉得那天的太阳也曾显示过最纯洁、最优美的人间的感情。哪怕我现在正踏在古歌《黑骏马》周而复始、低回无尽的悲怆节拍上，细细咀嚼并吞咽着我该受的和强加于我的罪过与痛苦，我还是觉得：能做个内心丰富的人，明晓爱憎因由的人，毕竟还是人生之幸。

四

> 路过了两家——当作艾勒[1]的帐篷
> 那人家里没有——我思念的妹妹

钢嘎·哈拉确实是匹好马。尽管它年纪稍嫌老了些，可是跑起来又快又稳。我骑着它，上坡走，下坡跑，一夜一天赶了二百多里路。道路左侧，已经可以看见白音乌拉大山巍峨的侧影在渐渐移近。

傍晚时分，在这片白音乌拉的草滩上，我信马走着，打量着每一个远远的女人的身影。直到天黑透了，我才下了决心，在一个破烂灰黑的小毡包前下了马。

我推开门，朝昏暗的包内问着好。好久才辨清毡子上端坐着两个默默吸烟的老头。简单的交谈中，我打量着这个包。没有女人。从简陋而有条有理的家什用具来看，我明白，这一定是两个过去的喇嘛。这种人家正是我最满意的宿处。

一个老头取出一块案板，从案板背的横木里抽出菜刀，慢腾腾地切了些肉，然后在那块尺来方的案板上擀着面条。等他终于把面条下了锅，把案板翻过盖在锅上之后，我谨慎地向他们询问索米娅的消息。煮面条的老头说：

---

[1] 读作 ail，意指人家、聚落、邻居。元代汉译为"阿寅勒"。

"知道啦，你问的是大车老板达瓦仓的老婆。不过，唔……他们不在草地上住。好像住在公社那边，是么？"他问另一个老汉。

那老汉又装上一袋烟，点燃。他久久地咂着假玉石的烟嘴，好久才懒懒地说：

"嗯，达瓦仓住在诺盖淖尔。前两天，我还见到过他老婆。"说罢，他伸出腿，仔细地在靴底上磕着烟袋锅里的灰。我没有再问下去。他打了个哈欠，开始收拾枕头皮被，然后躺下了。油灯熄了。我裹紧毯子，枕着手臂，望着天窗外面的夜空。

这已经是白音乌拉草原的夜。

索米娅真的在这片夜空之下么……

那次的牧业技术训练班延长了两个月。等我回到伯勒根草原时，已经是五月初，草皮泛青的季节了。

我学得很好，在小畜改良和兽医这两门课程上，我都得到教师的赞扬。结业式上，我得到了一张奖状和一套奖品——一个装满兽医用的器械的皮药箱。

旗畜牧局李局长说，内蒙古农牧学院畜牧系和兽医系今年都在我们这里招收新生，根据我的学习成绩，如果我愿意的话，旗畜牧局愿意推荐我去其中任何一个系去上学深造。我看了那份表格，又还给了李局长。我说，这实在太诱人啦，但是我不愿离开草原。李局长劝我再考虑考虑。他说："你应当懂得什么叫机会。并不是每一个草原青年都能遇上它的。"而我却在第二天一早，就跨上一匹借来的马，朝伯勒根河湾飞驰而去。

走近家门口时，远远看见奶奶和索米娅都站在门口。风儿正掀得她们的袍角上下翻飞。

呵，这才是千金难买的机会！和心爱的姑娘一起，劳动、生活，迎接一个个红霞燃烧的早晨，做一个真正的男子汉。这样的前景是怎样地吸引着我啊！

奶奶依然饶舌地问这问那，索米娅给我搬出了那么多好吃的东西。我整理着带回来的一大包书籍，心里很快活。我把这些书齐齐地码在箱盖上，觉得我们的家已经焕然一新。一切都要开始啦，我们郑重地、仔细地商量了我和索米娅结婚的事。我们想等到秋天，等到忙完了接羔、剪毛和畜群检疫以后，而且那时父亲也许也能有些空闲。奶奶准备在夏天给他烧一大桶子酒，让他来这儿尽情地喝个痛快。

有了书，我当然更喜欢读书了。我还是习惯地在读完一页以后，就伸手去端茶碗。索米娅还是在那时立刻把热腾腾、香喷喷的奶茶斟进我手中的碗里。

那时，我照旧望她一眼，有时会遇见她出神的、直直地望着我的目光。但是，她的目光和神情非常古怪，甚至可以说是神色黯伤。她小心地、迟疑地盯着我，那眼光不仅使我感到陌生，而且似乎含着敌意的警惕。那是一种女人的眼神。

我奇怪了。难道新娘对她的未婚夫是这么疑心重重么？我说："索米娅，你怎么啦？唉，过来。"而她却慌忙连连摇头，急匆匆地推门出去。没系腰带的宽大袍子绊着她的脚。

回家几天后的一个傍晚，我出诊去一户牧人家医治几头跛腿的山羊。等我干完后，主人搬出一个塑料桶来，请我喝酒。这时又来了一群闲逛的牧民。于是，大家便围着炉火喝起来。

喝一阵，唱一会儿，大家都醉了。我的兴致很好，歌子唱得也特别响亮。这时，黄头发的希拉醉醺醺地扳过我的肩，问道：

"白音宝力格，你……可真高兴呀，把、把高兴事说给我们……听听嘛！"

"是这样，希拉兄弟，"我兴奋地对他倾吐心曲，"我不久就要……就要和索米娅结婚啦！我不去农牧学院！不去！我要永远和……和索米娅……和额吉，嗯……永远！"我的舌头僵硬，可是心里却满是甜蜜。

"索米娅么？嘎、嘎、嘎——"希拉怪声怪气地哑笑起来。他端起半碗酒，咕咚咚地灌下肚，又凑向我："那可真是……真是头漂亮的小乳牛哇……嘿嘿，那奶——那奶，甜哟——"他开心得前仰后合，最后竟哼唱起来。

昏暗中，有人厉声呵斥他："住嘴！希拉！""你胡说些什么！""住嘴，你喝醉了！"

"我胡说？"希拉突然蹦起来，呼呼地喷着浓烈的酒气，血红的眼珠乜斜着，恶狠狠地扫视着屋里的人。最后，他盯住了我，盯了好久。接着，他无耻地笑起来："反正白音宝力格最明白！对吧！你那漂亮的……小乳牛快下犊了吧？对！黄牛犊……嘎嘎嘎……对吧，兄弟？"

我气疯了。我暴跳起来，甩开揪扯着我的牧人，狠狠地抬起靴子，一脚把这个黄毛踢翻在毡子上，随即冲出了包门。

当我气急败坏地扯过钢嘎·哈拉的缰绳，踏住马镫时，包里传出那卑劣的黄毛恶毒的、发狂的怪吼声："滚回去吧！摸摸你那头小乳牛……我希拉把她连牛犊子都送给你啦！"

我狠狠地鞭打着马，黑马的四蹄在石头上重重地击出一串串火星。这黄毛鬼的恶毒诅咒气昏了我。自从我生长在这片草原，还从没有听到过这样肮脏的话！我后悔没有揍那张污秽的嘴，或者用头号粗针头给他扎上一针冬眠灵——他居然如此放肆地侮辱和中伤我的爱情，还有我亲爱的索米娅！

黑马在门口猛地停住，我翻身下马，一下子撞开了家门。同时，我听见一声尖厉的惊叫。

索米娅正在换衣服，她还来不及扣上袍子的前襟。我的眼睛被牢牢地吸住了——在她敞开的长袍里面，我看见一个高高凸起的肚子。

我呆住了，手扶着门框一动不动，只顾直直地盯住她那怀孕至少五六个月的、隆起的肚子。刹那间，我似乎突然明白了黄毛希拉那些毒言恶语的含义，也明白了几天来索米娅古怪的神情和敌意的目光。

奶奶在一旁呼呼熟睡着。索米娅惶惑地、害怕地望着我，慢慢朝角落退去。她扣着袍子上的纽扣，可是总扣不上。我看见她睁圆的眼睛里溢满了泪水。酒精和狂怒已经攫住了我，但一种莫名的难过又一下涌来，使我痛苦而悲伤。我一步步地朝她走去，她一步步地退着。我绝望地问她：

"真的吗……是黄毛鬼希拉吗？"我听着自己的声音，觉得它简直像是哭。

索米娅紧紧靠着毡墙，颤抖着。她一言不发地死死盯着我，脸上已是泪水纵横。

我的眼前黑了……哦，黄头发希拉是一个真正的恶棍。他耍弄过的牧民妇女究竟有多少，没有谁数得清。草原上已经有不少孩子长着一头丑陋的黄发，用呆滞阴沉的眼睛看人。我不止一次听到人们指着那些孩子说："哼，都是黄毛希拉的种子！"

我勃然大怒了，可怕的痉挛阵阵袭来，我觉得眼前直冒金星。我猛扑过去，抓住索米娅的衣领，拼命地摇撼着她，要她开口。可她却倔强地愈发沉默。我发狂地吼叫起来，更用力地摇着她："你说！你说呀！为什么……说……你说！那个黄毛恶鬼！"

"松开——"索米娅忽然锐声地尖叫起来，"孩子！我的孩子！

你——松开！松开——"她哭叫着，在我死命钳住她的手里挣扎着。突然，她一低头，狠狠地在我僵硬的手上咬了一口！

我痛得倒抽了一口凉气，手瘫软地松开了。索米娅愣怔了一下，一下子捂住脸号啕大哭起来，她撞开我，披头散发地奔到外面去了。

我揩去手上的血，伤口处立即又渗出新的一层血珠。我颓然坐下，猛地看见白发蓬松的奶奶正在一旁神色冷峻地注视着我。原来她早就坐在一旁。我想喊她一声"奶奶"，但是喊不出来。她那样隔膜地看着我，使我感到很不是滋味。一种真正可怕的念头破天荒地出现了：我突然想到自己原来并不是这老人亲生的骨肉。

奶奶慢条斯理地开口了。她讲了很多，但我没有听进去，也不愿听进去。那无非是古老草原上比比皆是的一些过程，是我们久已耳闻并决心在我们这一代结束它的丑恶。这些丑恶的东西就像黑夜追逐着太阳一样，到处追逐着、玷污着，甚至扼杀着过于脆弱的美好的东西。所以，索米娅也无法逃避在打水路上遇见黄毛希拉时的那种厄运。"唉，自从你去学习以后，那个希拉闹腾得叫我们一秋天都不得安宁，"奶奶感慨地说，"这狗东西。"听她的口气，显然也没有觉得事情有多严重。

我沉默了。包里一片寂静。奶奶低着头数着她的那串念珠。门外，在远处传来的声声狗吠中，隐约能听见索米娅在棚车里的啜泣。

我打开箱子，摸出一柄父亲送我的蒙古刀。我悲愤地用力拔出刀子，雪亮的刀光在灯下一闪。奶奶抬起头来，不解地望着我。

"白音宝力格，怎么？"她用充满了奇怪的口吻说，"怎么孩子，难道为了这件事也值得去杀人么？"

我生气了。我怨恨地、愤愤地朝她问道：

"怎么？难道那样的坏蛋还配活到明天？"

她不以为然地摇摇头，然后开始搔着那一头的白发。她嘟囔地说："不，孩子。佛爷和牧人们都会反对你。希拉那狗东西……也没有什么太大的罪过。"她朝我伸过一只瘦骨嶙峋的手来，"给我，好孩子。让我收起你那吓人的玩意儿来吧……有什么呢？女人——世世代代还不就是这样吗？嗯，知道索米娅能生养，也是件让人放心的事呀。"

我气得浑身哆嗦。但我更感到无法忍受的孤独。手里的匕首沉重地落在地上。我一句话也说不出，只是痛苦地、感慨地凝视着这一头银发的老人。我推门走到包外，皎好的银月正静挂中天。我倚门站着，久久注视着这一望迷茫的广袤草原。

钢嘎·哈拉嘶鸣起来。我看见它正披鞍挂镫，精神抖擞地跺着脚，像是等待着我。不，已经用不着我们去复仇啦，我的朋友。我走近它，开始松开它的肚带。那肚带勒得很紧。我解着它，流血的手背一阵疼痛。我感到身心交瘁，就把脸埋在骏马的鬃毛里，马儿不安地打着响鼻，用前蹄刨着草地。

……也许是因为几年来读书的习惯渐渐陶冶了我的另一种素质吧，也许就因为我从根本上讲毕竟不是土生土长的牧人，我发现了自己和这里的差异。我不能容忍奶奶习惯了的那草原的习性和它的自然法律，尽管我爱它爱得是那样一往情深。我在黑暗中搂着钢嘎·哈拉的脖颈，忍受着内心的可怕的煎熬。不管我怎样拼命地阻止自己，不管我怎样用滚滚的往事之河淹灭那一点诱惑的火星，但一种新鲜的渴望已经在痛苦中诞生了。这种渴望在召唤我，驱使我去追求更纯洁、更文明、更尊重人的美好，也更富有事业魅力的人生。

但我绝不能没有索米娅。我回忆着远自童年就开始了的那漫长的十几年生活。昔日的生活是那样亲切，就像春季化雪时节在山谷里浸过草根，汩汩淌着的溪流。那溪水清澄又甘甜，浸泡着我心田的一寸一分。我仿佛又看见了那些两小无猜、无忧无虑的日子；又看到索米娅美丽眸子里的明亮火花，和那熊熊燃烧的、使一切自然界和人间的美都相形见绌的绚丽红霞。我走到棚车前面，轻声地呼唤着索米娅。我盼望她马上跳下车来，像以前那样使劲地紧贴着我的胸膛。我盼望她能再用湿润的嘴唇吻着我，把手指插进我的头发。我等着她把满腹的委屈和痛苦向我诉说。我最终是会原谅她的，而且我坚信会有办法让恶魔希拉一直到死都不得安生。

索米娅已经不再哭了，但她不回答我的呼唤。我又在棚车旁站了许久，才回到包里。那一夜，我彻夜未眠。

两天过去了。索米娅已经恢复了平静。我一直在等着她来向我倾诉。每当我饮马回来，出诊回来，或者在夜里走到棚车附近时，我总以为，她会立即出现在我眼前并扑向我。

但是没有。两天就这样过去了。

第三天早晨，我去伯勒根河湾里赶牛，在一块被芦苇隔开的浅滩草地上，遇上了我的仇人：黄毛希拉。

他骑着一匹棕白相间的小花马，歪戴着一顶软软的鸭舌帽。他见了我，有些手足无措，似乎想搭讪着和我讲些话。可是他的嘴角刚一动，我就看见了那个恶毒下流的笑容。

我的怒火燃烧起来了。痉挛的手几乎握不住缰绳。突然间，钢嘎·哈拉嘶叫着跳了起来，朝着他冲上去。我也用力挥起马鞭，狠狠地朝他那丑恶的嘴脸抽过去。鸭舌帽打飞了，我看见那个焦黄的头倒栽向河滩的盐碱地。我下了马，朝他走去，希拉凶狠地瞪着我，突然一跃而起，朝我扑来。

我和他扭打了许久，踏倒了一大片芦苇。我的小腹被他踢得疼痛难忍，但他最终还是被我一拳打翻在蓝色的河水里，浪花溅得很高很远。

我浑身打着战，忍着小腹的剧疼，跨上黑马，慢慢走回家来。

在门外，我听见包里索米娅正在和奶奶说话。我捂着腹部，艰难地一步步挨到门口。我听见索米娅的声音："奶奶，这布多好看啊！"我的脚步太轻了，她们都没有听见。我口渴得要命，恶心得想呕吐。我想喊索米娅来扶我一下，可是喊不出声来。我费劲地拉开门，索米娅的声音停住了。我看见她正慌忙藏起一双红花绒缝的婴儿鞋子。她警惕地望着我，把那双为腹中婴儿准备的小鞋子藏在背后，一声不响。

一阵从未体验过的绝望和伤心笼罩了我。我觉得一股酸酸的东西堵住了喉头。我转过脸，把一口黏稠的血吐在外面的草地上——像她们一样，我也没有让她们看见。我无力地倚着门框，缓缓地滑坐在门槛上，目不转睛地望着索米娅。而索米娅却像是想起来什么一样，突然不顾一切地朝门口冲来。我抬起一只手臂，轻轻地说："别到棚车那儿去了……索米娅，这里是你的家啊！"

一句话不知怎样滑了出来。后来，我曾经长久地感到奇怪：自己从哪儿找到了这样的一句话。我说：

"你不要走——是该我走了……索米娅，奶奶，我要走了。"

五

向一个放羊的人打听音讯

他说，听说她运羊粪去了

诺盖淖尔是个深幽幽的小湖。由于白音乌拉山侧面的陡壁斜斜插入湖水，所以从南面看去，这小湖很像融雪蓄成的那种山中湖，而和一般锡林郭勒草原上常见的那种洼地和泉眼生成的浅湖大有不同。由于深，所以湖水并不浑浊。清晨，在牲畜前来饮水之前，它平静地、蓝晶晶地在山谷里闪着光。大概为着这难得的水源吧，白音乌拉公社的许多单位都移建于此：乳粉厂、皮革作坊、食品公司收购站，还有小学。当我驱马走近这里时，甚至有一种觉得是离开了牧区的陌生感。这儿甚至还有啄食的母鸡和鸭子。索米娅难道会生活在这么一个地方么？

我找到了赶马车人达瓦仓的小泥屋。

这是一座傍着湖岸修成的、只有三面墙的那种低矮的地窝子式土坯屋。木门旁有一个烧得焦黑的泥炉灶，旁边停放着一辆双辕高高翘起的马车。车上已满载着货物，马轭、马套散乱一地。绳子上晾晒着五颜六色的衣服，我还发现尘土里埋着一个廉价的橡皮动物玩具。

我犹豫着，迟迟没有下马，索米娅就在这土屋里面。我是敲门呢，还是喊一声？哦，所谓人生的重逢就要在我眼前出现啦……我的心跳了起来。不远的湖面上，灰蒙蒙的水均匀地一摇一荡，让人如刻如镂地感受着这难熬的时间。

我咬咬牙，把钢嘎·哈拉拴在马车跨杠上，然后踩着门前的羊骨头、牛粪块朝门走去。我俯身拾起一件踩在土里的格子布小衣服，然后用力推开了门。

屋里，充斥视野的是一条大炕。炕沿上的镶木少了一半，露出磨得圆滑的草泥坯。在炕上的皮被、大氅、山羊皮、蒙古式袍子和汉式棉袄中间，我数出三个酣睡着的小孩。他们七横八竖地挤作一团，污垢厚厚的光脚丫乱蹬着那些衣被——没有大人。西墙上还有一个小门，我推开那小门，一眼看见一个蛛网尘封的黝黑的蒙古包木格天窗。旁边堆着折叠的哈那墙，俄尼棍，还有一扇紫红色的小木门。我的眼睛湿润了：这是我们的家，这是我们祖孙三人，不，还有黑马驹曾一块儿生活其中的那个家……

我凝视着这个被拆散了的蒙古包，是的，索米娅真的在这儿。她真的嫁到了这个离我们伯勒根河湾那样遥远的地方。她已经像藏起这架毡包般地藏起了过去，在外面那间临湖的肮脏泥屋，迎送着沉重的、而又是大家都在过着的生活。

"哟！你找谁？"一个女人的清脆声音在我脑后响起。我吓得浑身哆嗦了一下。

我转过身来。一个穿着西式女上衣、梳着齐耳短发的女人正温和地打量着我——不是她。我吁了口气，用汉语回答说：

"我找索米娅……噢，就是达瓦仓的……老婆。她是我的妹妹，我从伯勒根草原来。"

"啊，白音宝力格同志！"她惊喜地大叫起来，"我知道你！你不是念大学去了吗？"

"唔，是的。大学——已经毕业了。"我说，心里忐忑不安。她知道我？知道我多少呢？

"上的哪个学校？内大？师院？什么专业？唉，索米娅姐总说不清！"她兴致勃勃地问。

"农牧学院，"我回答说，"您是……"

她笑了，扶扶眼镜："哈，我姓林，是这儿的学校老师。内蒙古师院毕业的——真难得啊，我第一次在这儿碰上个大学生。而且是我的小其其格的亲戚！"

"其其格？"我赶快追问了一句。

"怎么，你忘啦？索米娅姐姐的大女儿嘛！已经上二年级啦！一直是我的学生！"

　　我当然不会忘记。我永远不会忘记那一切的，连同那个万恶的淫棍。哦，在向奶奶天葬的山沟告别的时候，我没有想起来该去见见那个黄毛希拉。我们的账还没有结清……其其格，其其格，我默默念着这个名字。不幸的孩子，可怜的小花啊，你不至于真的长着那种污脏的黄头发吧？女孩总该比男孩纯洁些，就像索米娅比我要纯洁一样，我实心实意地愿这孩子能学好，能爱她的母亲。因为她毕竟是降生于索米娅的怀腹之中。不论我是否愿意，此时此刻我已经绝不能否认她的存在了……

　　"林老师，其其格这孩子……听话吗？我想，嗯，她长得一定很高了？"

　　"长得很高？哈哈！哪里……看来，你上了大学以后，什么也不知道呀！"女教师叫嚷着，突然想起来什么："咦，你看，我是来帮忙的！索米娅姐姐今天不回来，要我帮助提水呢！"

　　她麻利地拎来铁桶，歪着头望着我问："你呢，是坐在这儿等，还是也帮我去提一桶？"

　　我提起一对铁桶，在她带领下朝湖畔走去。苍茫天色和薄暮中的湖面融成一片，使我心绪淡凉。我等着她继续讲下去，因为这都是我所不知道的故事。而林老师并没有觉察到我的情绪，兴致勃勃地闲扯了好多，才转回原题：

　　"你猜，其其格刚生下来有多大？哈哈——你猜不着！一支勺子！真的，我是在这孩子已经三岁那年才来到这里的，如果现在我不是确实了解我的学生的年龄，我怎么也不会相信那时她有三岁……天哪，比别人六个月的婴儿还要小呐！咦，你信吗，白音宝力格同志？"

　　"唔。"我含糊地答应着。

　　"索米娅姐姐告诉我，这孩子生下来时，还不满一尺长！一只小脚比不上你的大拇指！脑袋只有——唉！她像一只小猫崽那么小！"这年轻女教师激动了，她耸动着眉毛，用力挥着手，急匆匆地讲着。我拎着两只铁桶，小心不让它们晃响，紧张地听着。

"太小了！可能是不足月……你们伯勒根草原的人都跑去看新鲜，男人们用大拇指比比她的脚，孩子们用拳头比比她的脑袋。她小得出奇。用一张旱獭皮就能包起来。人们都说，不行呀，扔了吧，这样的孩子养不活呀！听说也有人恶言恶语，说索米娅生的不是人，是怪物！可是，索米娅姐姐的老奶奶——喂，白音宝力格同志，你总不会连你奶奶也忘了吧？哈哈！"她开玩笑地问我。

"唔，没有。"我嘟囔了一声，心里很难受。

"……你们的老奶奶坐在门槛上，对那些牧人说：'住嘴！愚蠢的东西！这是一条命呀！命！我活了七十多岁，从来没有把一条活着的命扔到野草滩上，不管是牛羊还是猫狗……把有命的扔掉，亏你们说得出嘴！我用自己的奶喂活的羊羔子今天已经能拴成一排！我养活的马驹子成了有名的好马……钢嘎·哈拉，你们这些瞎子难道还没有看见钢嘎·哈拉吗？只怕你们还没有福气骑那样的好马！哼，扔了吧——把这孩子扔给乳牛，乳牛也会舔她。走吧！你们走开吧！别用你们的脏手碰我的小宝贝儿！你们几年别来才好！等我把她养成个人，变成一朵鲜花，再让你们来看看！'"

林老师兴奋地说着，激动得满脸通红。这时我们已经来到湖边。她蹲下来，用手撩着湖水，突然又睁大眼睛朝向我：

"啊，你们的奶奶真好啊，你知道吗？自从听说了这个故事，每当我和小其其格在一块儿，给她讲课的时候，我总觉得自己错过了机会，没能亲眼见见这位老人，这位伟大的女性！"

……我再也听不见什么了，尽管这位热情的汉族姑娘还在抑制不住地谈着她对我奶奶的无限崇拜。暮色中的湖水宁静幽暗，西斜的太阳在这暗色的水面上洒着一些耀眼的、粉末般的光点。我把铁桶浸进水里，荡起的涟漪更使那浮动的波光闪烁无尽。我望着湖水，觉得那闪闪的银光正摇动着，现出奶奶飘拂的银发。我提出满盛的桶，那银发又化成奶奶昏花而灼人的眼睛。我闭上了眼睛。我真想把这位有点学生腔的女教师立即支开，然后纵身跳进湖水，跳进奶奶那微微颤动着的、一闪一闪的呼唤中去，把我满心的痛苦、难言的委屈和悔恨，都埋进她那亲切温暖的银发和浑浊而深邃的目光中去。

我没有让林老师帮忙，一个人提着两桶水向小泥屋走去。女教师默默地跟着我，像是在回味刚才那故事的感受，也许，是我的沉默使她感到不解。我抱歉地说：

"林老师，再讲点什么吧。你知道，我离开得太久了，什么都不知道……"

"讲就讲……哼，你呀，真不像话。你还不知道索米娅姐姐有多好。唉，我总觉得，就算我这一辈子扔在这荒草地上，碌碌无为吧，但是认识了她，也可以说是有点收获啦……知道么？我总是摆脱不了这样一种幻觉：我总觉得索米娅姐姐是个刚刚生了孩子的女人。我总觉得，她一连多少年总是抱着一个哇哇哭的婴儿在这条路上慢慢走着，就这种幻觉。后来，有一天她来找我，说：'林老师，收下我的其其格做学生吧！'我非常奇怪，就问她：'姐姐，你的其其格能上学么？她顶多才三岁吧？'她急了，说：'哪里！我女儿已经七岁啦！求求你，收下她吧！我可以每天给你提水，烧茶，做饭！我可以给你挤乳牛，可以到草地上去给你拾牛粪烧！'唉，她说着说着就哭起来了，后来简直是号啕大哭，哇哇的，撕扯着我衣服。啊，那样子真惨……她为什么那样伤心呢？我想，一定是为了把这孩子养大，她熬得太艰难啦……"

女教师低下头，擦了擦眼角，又说下去：

"当时，我把其其格揽到怀里——噢，这哪里像个学龄儿童呀，又瘦又矮，看上去像是刚刚学会走路。可是，索米娅姐姐哭得那么凶，她穿的一件蓝布袍子湿了一大片。头发乱蓬蓬的，脸上又是泪水又是鼻涕。我——唉，也陪着她哭了一顿……就这样，开学时，我把其其格安排在我讲桌前面的位子上。我想，这样孩子离我很近，我可以随时发现她的一切。我不敢大意——要知道，索米娅姐姐常常躲在教室窗子外面听着。有时候，外面下着雨，她就那样淋着，呆呆地站在窗子外面呀……"

直到我们回到那熏黑的小泥屋的门口，女教师还在不停地讲着。此时已经不是我要听，而是她自己要讲了。我觉得她一定是受了太深的感染，才如此对人倾吐。当然，我看得出她是个直肠快语的人，这样的人喜欢用强烈的方式来表达内心。而不像我，只是默默地吞咽一切。从她瞟着我的眼神看，她似乎在怀疑我能否理解她的索米娅姐姐。也许，她的怀疑是对的。因为我实实在在地觉得，她描述的那个女人的作为不像是我的索米娅。我不能想象那一切，我也没有她那种幻觉。我的脑海里只深刻着一个脸颊妩媚的姑娘，她正动情地凝视着一派幸福醉人的红霞……索米娅，你哪里会像她讲叙的那样呢？你是个多么温柔、多么单纯的小姑娘呵！

推开门，我看见一个小姑娘正在忙碌着。

"其其格！"林老师高兴地喊着，"其其格，快喊舅舅！这是白音宝力格舅舅。知道吗？他是你妈妈的哥哥！"

小姑娘停下了手中的活儿，转过身来，目不转睛地盯着我。

看上去，这女孩子只有六七岁，她穿着一件打着补丁的汉族女孩儿那种对襟花布衫和一条蓝布裤子，光脚穿着一双显然尺寸和样式都不合适的黄球鞋。我发现乱七八糟的屋子已经被她收拾干净了，炕上靠里面叠放着一层层码齐的被褥和衣袍。地扫过了，连着土坯炕的灶里，干透的羊粪烧得轰轰响。炕上，三个一律剃成锅盖头的小孩正围着一块案板，跃跃欲试地想把小黑手伸向案板上的面团。

小姑娘拘谨地、慢慢地搓着手上沾着的面屑，忧郁地望着我。这眼光里混杂着惊讶、隔阂和思索。我还无法分辨出它究竟是友善的还是猜忌的。我有些手足无措，半晌，才喃喃地开口说：

"其其格，你好。我是……"

小姑娘的嘴唇轻轻地嚅动了一下——

"巴帕。"她小声叫道。

一股酸酸的滋味猛地涌向我的喉头和鼻尖。

"巴帕，我看见了门口拴着的黑马，"小女孩怯生生地说，"妈妈以前说过，我的巴帕会骑着一匹黑骏马来看我们。"

六

朝一个牧牛的人询问消息
他说，听说她拾牛粪去了

门外响起一阵纷沓的马蹄声，伴着一个粗嗓门的吆喝。女教师笑道："瞧，是达瓦仓回来了。喂——"她朝门外喊着，"车老板！来客人啦！索米娅的哥哥来啦！"

门外那个粗嘎的嗓门大声赞叹着："哈，好威风的一匹大黑马！"随即，一个四十来岁的魁梧大汉推开门跨进来。

女教师给我们介绍了一番，然后起身告辞。

"我回家啦，白音宝力格同志。你妹妹要明天才能回来——她给学校运煤去了。如果没事，明天到学校来玩吧，还没有听你讲讲城里的事情呢。"说罢，她走了。

大汉拍着我的肩头，"坐，坐。上炕。嘿——"他朝炕上那几个小家伙吼着，"滚下来！让纳合齐[1]上炕坐！狗崽子们，把炕弄成狗窝啦！"一面吼着，他顺手把已经爬到炕沿的两个小孩一扒拉，两个孩子嗵地摔在地上。我慌忙伸手去扶，但那两个小机灵鬼却是司空见惯，打个滚儿爬起来，"赶马去哟！赶马去！"闹嚷着，撞开门朝外面奔去。最小的那个在炕上哇哇哭了，连滚带爬地要追随哥哥们出去。大汉一把揪住他的开裆裤，把孩子提溜起来，搂在怀里。

"宝贝——别跑，别跟他们乱跑，给阿爸当宝贝——喷！"他粗鲁地用大嘴在那小孩的屁股上亲了一口，一巴掌抹掉孩子脸上的两道黄鼻涕，又顺手抹在炕褥上。"上炕坐嘛，白音宝力格兄弟……嘿！其其格，愣着干什么？快做饭呀！哼！"

我搭讪地说："一共这四个孩子么？"

"就这四个啦。没听说么，公社卫生院正到处抓女人，连劁带阉。哼，妈的！索米娅——你妹妹，去年就给他们——咦，其其格！看我不揍肿你的脸！怎么还愣在那里？等死么？"他突然又暴怒起来，凶恶地朝小姑娘吼着。

"面条已经擀好了。"女孩子低声说。她靠着炕沿坐着，显得那么矮小。

"那么就去给纳合齐饮马！马房子后面找条绳子，把纳合齐的黑马和我的黄辕马连在一起放去吃草！怎么，你准备让马饿死么？"他挺着胸，唾沫星子乱溅在怀里的小男孩和我身上。我连忙跳下炕说："还是我自己去饮马吧，这马不太老实呢。"

"那么就去给纳合齐带路！提上我的帆布水斗，黑马如果不喝湖水，就去井台！"他继续盘着腿大吼大叫，神气十足。"喂，白

[1] 母亲系统亲戚的泛称。

音宝力格兄弟，快去快回！我等你——今天咱们好好喝他一瓶子！"

天还没有黑透，我和其其格默默地走在通向湖畔的路上。这女孩子走路脚步很轻，而且一句话也不说。但是，每当我转脸看她一眼时，她都迅速地和我对视一下，并瞟瞟我牵着的钢嘎·哈拉。

"其其格，你妈妈给你讲过这匹马么？"我小心翼翼地开口问道。

"嗯，讲过的。"她简单地回答。

静静地走了一会儿。这回是她主动开口了：

"巴帕——这马真的名叫钢嘎·哈拉吗？"

"当然。"

她转过身来，轻轻地朝黑马喊道："钢嘎·哈拉！钢嘎·哈拉！"

黑马猛地扬起头来，呼噜噜地打了一个响鼻。小女孩欣喜地笑了。"多好啊！"她说。

我感动地蹲了下来，轻轻抱起了她。她很轻，像一片羽毛。我把她举起来放到黑马的背上。这样，她才差不多和我一样高了。我扶着她的小小的肩头，仔细地端详着她。

我没有在她脸上找到我记忆中的那个少女的痕迹。她不像她的母亲。索米娅没有这样瘦削，也没有这样忧郁的眼神。而她呢，也没有索米娅那红扑扑的脸颊和温柔的表情。不过，我还是得承认，这小女孩生得挺好看。昏暗中，她默默地跨在马上，双手抚弄着黑马肩上的长鬃，小小的躯干显得那么单薄和弱小。我想把目光移向她的头发，突然又感到这样很可耻。于是，我提起帆布桶，牵着马，继续朝湖边走去。

钢嘎·哈拉埋头长饮。从它埋入嘴唇的地方，湖水漾起一圈圈次第扩展的波纹，在黯淡的湖面上画出条条闪光的弧线，一直密集地排向对岸轮廓朦胧的陡峭山崖。

其其格蹲在黑马旁边，洗着手上面粉结成的硬垢。"才九岁，已经在给家里做饭了。"我想着，想着她。黑马喝足了，侧过头来，好奇地打量着这个女孩。其其格高兴地伸出小手，触着马儿毛茸茸的嘴唇。

我凑过去问："你在学校里高兴么，学习好么，其其格？"

"昨天算术考坏了。林老师给了我二分。"

"题很难？"

"不，"她抬起脸望着我，"因为妈妈昨天一早就去海拉金山里运煤了。去年她是暑假里去的。所以我也一块去了。那地方很远，我知道。"

"你不该想妈妈，其其格。应当只想着怎样把题算对。"我开导说。

"嗯，是的，"女孩子说，"去年在回来的路上，有一辆勒勒车的轮子散了，妈妈抱着我，在黑地里坐了一夜……今年，牛车会不会又在那里坏了呢？我想着，就把题算错啦。今年她赶了四辆牛车。"

小女孩又沉默了，我也再说不出什么。我们牵着马，朝家走去。走了一会儿，我忍不住又问这孩子：

"其其格，阿爸对你妈妈——我是说，为什么你阿爸不去运煤呢？那么远。"

"不，那是妈妈的事，她在给学校干活儿呢。不光运煤，还挤奶、拉水。学校呢，就每个月都给我们钱。"

天全黑了。其其格把马笼头交给我，自己跑进黑暗中。一会儿，"嗨！嗨！"传来了她的吆喝声。一匹辨不出颜色的高头大马被她赶来。她把一条绳子拴在那马的双腿绊上，然后递给我绳子的另一头。"呶，让钢嘎·哈拉去吃草吧。我也该去煮面条啦。"她说。

我接过那绳头，触着了她凉冰冰的小手。

孩子默默地任我攥着她的手。半晌，她说：

"巴帕，要我明天带你去看妈妈的奶牛么？可好看啦！"然后，她小心地捏了捏我的手背。

达瓦仓已经脱了上衣，露着肌肉隆起的、黑毛丛丛的胸脯。那个小儿子在他怀里闹腾着，咬着他胸上那个硬硬的乳头。另外两个，则在旁边扭作一团，撕抢着什么东西。"白音宝力格兄弟！"他喜气洋洋地招呼着我，"快上炕！先喝一碗再吃饭！其其格，下面条！"

我们对饮起来。见到大人喝酒，那两个小鬼头更来了劲。他们拼命抢着酒瓶子和我们手里的杯盏，一边给我们添酒一边尖声喊叫。下午我曾觉得那么冷清凄凉的小泥屋沸腾起来，弥漫着面汤的蒸汽、呛鼻的酒味儿和孩子们的喊叫。

我想起了一首什么时候读过的小诗。那诗令人感受真切地描写了一个充满橘黄色火苗的温暖的家庭晚餐。和这位虎背熊腰的赶车人一块儿喝着烈酒，我似乎又感受到了那小诗的意境。达瓦仓开心地饮着，说着，时时用粗野难听的骂人话吆喝着三个小狗崽般在炕上闹的小孩。干透的泥草墙吸着熊熊炉火的热，又把这热散向歪斜小屋里的生活。孩子们的吵嚷震着我的耳鼓，我有些微微发醉。车老板舒服地仰面躺着，和我议论着天气、风俗和草场的优劣。我发现，这魁梧大汉尽管粗野，但却也不失为豪爽有力。他无疑是这个家庭的坚强支柱和当然的主人。哦，可以想象，索米娅在这间小屋里度过的日子尽管可能艰难，但绝非是无法容忍和水深火热。如果此刻她也在这间小屋里面，无论是蹲在灶火旁，坐在炕沿上，或躺在被垛上，都会使这温暖起来的小泥屋增添更多的温暖和亲切。看来，人的热力是能够点燃世界任何冰冷角落的生命的。真正被生活抛弃的，只是像我这样不能随遇而安的人。也许，这就是我的悲剧……

不过，其其格和这热烘烘的天伦之乐也不尽协调。整整一个晚上，她一直坐在屋角的一堆鞍具上，手里揉弄着一本皱巴巴的课本。只要我看她一眼，总是碰上她逃避般慌忙移开的眼睛。整个晚上，尽管我在和达瓦仓谈天论地，但我总觉得那小姑娘在用火辣辣的目光盯着我，那目光好像穿透了我的衣服和肌肤，灼得我的心隐隐作痛。

夜深了。透过窗户框子里嵌着的玻璃，我看见墨蓝的夜空和泛着灰白色的湖浪。不觉之间，那三个淘气鬼已经睡熟了，一个枕着另一个。达瓦仓打了个酒嗝，开始扯住小孩的腿和胳膊，把他们拉成一排。最后把一条大皮被用力摔在小其其格身上，嘴角泄出一句低沉的咒骂。"哼！这鬼老婆今天还不知道死在哪里！呃，连个铺炕的人都没有……"他狠狠地咬得牙响。眼角一瞥，我们的目光相遇了。他马上闭上了嘴。但我在那一瞬却感觉到了些什么。

难堪的寂静只持续了几秒钟。也许是借着酒力吧，我扳住了他粗壮的肩头：

"你大概讨厌我吧？"我问。

赶车人喘着粗气，想了一会儿，又斟上半碗酒。他沉吟了一下，低低地开口了：

"兄弟，我的话可能不好听——说真的，我们早把你忘了。我根本没想到你还会来看看。我以为，城里人就是那么没心肝，亲娘老子死了也不理睬……"

我难堪地低下了头。

达瓦仓和解地递过酒碗，宽容地说："唉，今天我才知道，是我想错了。看看，你这不是骑着马，爬山过河地找到我们白音乌拉来了？来，喝酒，喝酒。"

我看了看这碗苦酒，然后咕咚咚一饮而尽。我能说什么呢？

我俩挨着斜靠着一垛皮被躺着，默默地啜着酒。大车老板自言自语地说起来："唉，兄弟！说真的，那个时候你不该不在哟……那些事，实在不能甩给一个女人家呀！噢，快十年啰……"

我坐起来，缓缓地给他斟上酒。

"那天夜里，我吆着空车在月亮地里赶路。嗨，太困，睡着啦。后来，又不知怎么醒了。我好像听见一个女人的哭号声。说真的，我吓得浑身打战。可是，准是鬼催的——我吆着马，朝那个哭音寻去啦。走近一看，哈！是个女人守着一辆碎了木轮子的牛车，哭得哇哇响。我下了车问她。噢——她是给她奶奶送葬呢！黑夜里，路不好，车坏了，又伤心，就哭开啦。呶，还抱着孩子——那孩子像条剥了皮的猫，小得吓人。见她哭，我也心软啦。我说，姑娘，别哭啦！就算你家额吉有我这个儿子吧！这会儿他刚赶来给老人家送葬……就这样，我把包着老太婆的毡子抱上大车，又把她那辆倒霉的破车拆开，装上大车，把老人家运到了那个山沟里……等我把她们母子送回蒙古包以后，我问她，以后，你们打算怎么过呢？她说，不知道。后来，我就吆上车离开啦，回去以后，我总想起她。越想越觉得她可怜。这样，我就又赶上车，开了张结婚证，第二次去了伯勒根河湾……"

他端起酒，呷了一口。下炕给蜷在炉灶旁睡熟的其其格盖严了皮被，又在我身边躺下来。

"后来，我问过你妹妹，我问她，索米娅，你们家就没有个男人亲戚？送葬——那种事也非要你一个姑娘干？她说，有个哥哥，他上大学进城啦。兄弟，我这才知道还有个你。我又问她，那就一定要抱着个猫崽子自己去送老人？草原上有那么多人家！她说，我不愿意求别人，该我去。唉——真傻呀！"

　　第二天，天气晴朗。达瓦仓早早起来，把四匹马套上了大车。他在屋子里翻腾了好一阵，大概是没有找到什么像样的干粮吧，最后，他骂骂咧咧地把一壶酒揣进怀里，走出门来。

　　他拔下那杆大鞭，然后拍拍我的肩头："兄弟，天不坏，我要出车送货去啦。你饿了就催其其格那小猫崽子烧茶。我半路上能碰上你妹妹，她用不了天黑就能回来。我会催她狠狠地揍着学校那几头懒猪似的老牛跑的。哼，瞧她这个临时工……喂，"他又想起来什么，"你就多住几天吧。等我三五天回来，咱们再一块儿喝两瓶。你酒量不坏。"

　　他吆着车走了，顺着一条直直攀上湖畔高高山梁的车道。他赶车很凶，鞭梢尖锐地炸响着。车轮扬起弥漫的黄尘。他挺胸坐在跨杠上，粗声叫骂着，神气十足。"是条好汉子。"我独自想，一阵怅惘又漾上了心头。

　　学校课间休息的时候，其其格领着我去看了学校的奶牛。原来是我在大学里研究过的荷兰种改良牛。那些长着大块大块黑白相间的毛皮的乳牛优雅地踱着步子，在一个小小院子里晒着太阳。我走进了那稀泥塘一样的院子。污泥在我脚下咕叽咕叽响着。我在那烂泥地里站了好久。是的，索米娅每天都蹲在这片泥地里挤奶……其其格又把我领去看了学校的厨房后院，那儿堆着小山般的冬季燃料：黄褐的牛粪，黑亮的煤。当这女孩子领着我走近湖边的时候，上课铃响起来了，其其格远远地指给我湖畔的一块青石板，就慌忙跑去上课了。

　　我走到湖旁，在那块青石板上慢慢坐下。在冰封千里的冬天，索米娅就是在这块石头上蹲着，用力凿开诺盖淖尔的坚冰，把一桶桶水汲进水缸，运到学校。

我找到了她留在这片土地上的步步足迹。我看见了她的生活和劳动。一天一夜的耳闻目睹，使我视野里充斥着纷乱炫目的、简直应接不暇的印象。但是，我仍然不能相信和接受它们，尽管它们是如此真实。我仍然只是看见她的那个形象：那是一个面对着朝霞的、眸子中闪跳着金红色的憧憬的美好姑娘。我伏在岸边的草丛里，难过地闭上了眼睛，竭力不去再想这一切往事。后来，我睡熟了。

很久，我抬起头来，太阳已经偏西。我看见钢嘎·哈拉在我旁边的湖水里站着，它浑身的毛皮在湖水里洗过之后，像纯净的炭一样漆黑，向阳的一面闪着漂亮的漆光。

它笔直地站在清波摇荡的湖水浅滩里，一动不动。它高高地昂着头，箭一般的双耳耸立着——它在注意地眺望着什么。

我忙起身朝那边望去——在那条宛如浮在湖面蒸腾的烟气之上的青灰色的高高山梁上，在那青青山梁上的那条宛如扶摇直上的轻烟般的车道上，有一连串四个小黑点，是四辆首尾相连的牛车，正在朝着这儿蜿蜒而下。

七

我举目眺望那茫茫的四野呵
那长满艾可的山梁上有她的影子

哦，如果我们能早些懂得人生的真谛，如果我们能读一本书，可以从中知晓一切哲理而避开那些必须步步实践的泥泞的逆旅和必须口口亲尝的酸涩苦果，也许我们会及时地抓住幸福，而不致和它失之交臂。可是，哪怕是为着最平凡、微小的追求吧，想完美如愿也竟是那样艰难莫测。也许，正因此人们才交口感叹生活。我们成长着，强壮和充实起来，而感情的重负和缺憾也在增加着，使我们渐渐学会了认真的感慨。而当我们突然觉得在思想上长大了一岁，并实在地看清了前方时，往事却不能追赶，遗恨已无法挽回。我们望着比我们年轻些的后来者，望着他们的无畏、幻想和激情，会有一点儿深沉些的目光。在清风中，在人群里，我们神情平静地走着，暗暗地加快了一点儿步伐……

当见到了索米娅以后，我体会到了上述的这一切。

我们见面时，并没有出现什么戏剧性的情景。索米娅用力拽着牛鼻绳，大步迎面走来。她笑着向我问好："呵，白音宝力格！我听达瓦仓说你来啦。怎么样，路上累么？工作好么？你还是老样子？嗬——嘿！"她使劲拉着缰绳。

她牵着首车的一头红花牛，和我并排走着，她并没有哇地哭出来，更没有一下子扑进我的怀里，甚至也没有喊我"巴帕"。她丝毫没有流露对往事的伤感和这劳苦生涯的委屈。甚至在我挡开她，用力挥着三齿耙和平底锨，替她把那四车煤炭卸在学校伙房后面时，也是一样。她随口说着什么，若无其事。

她变了。若是没有那熟悉的脸庞，那斜削的肩膀和那黑黑的眼睛，或许我会真的认不出她来。毕竟我们已阔别九年。她身上消逝了一种我永远记得的气味，一种从小时、从她骑在牛背上扶着我的肩头时就留在我记忆里的温馨。她比以前粗壮多了，棱角分明，声音沙哑，说话带着一点大嫂子和老太婆那样的、急匆匆的口气和随和的尾音。她穿着一件磨烂了肘部的破蓝布袍子，袍襟上沾满黑污的煤迹和油腻。她毫不在意地抱起沉重的大煤块，贴着胸口把它们搬开，我注意到她的手指又红又粗糙。当我推开她，用三齿耙去对付那些煤块时，她似乎并没有觉察到我的心情，马上又从牛车另一侧再抱下一块。她絮叨叨地和我以及前来帮忙的炊事员聊着天气和一路见闻，又自然又平静。但是，我相信这只是她的一层薄薄的外壳。因为，此刻的我在她眼里也一定同样是既平静又有分寸。生活教给了我们同样的本领，使我们能在那层外壳后面隐藏内心的真实。我们一块儿干着活儿，轰轰地卸着煤块；我们也一定正想着同样的往事，让它在心中激起轰轰的震响。

下午的诺盖淖尔湖边小镇阳光明丽。已经放了学的孩子们像小鸟一样在索米娅周围又吵又嚷。休息的教师们，乳品厂的临时工，还有蹒跚着串门的老汉，都围着这堆刚卸下的煤品头品足地议论。我发觉索米娅在这里人缘很好，她总是被那些人们喊住，谈笑上几句什么。

直到活儿干完了，她领着我回家时，我们还是用这样的方式随意闲谈着。当我们转过学校前面的低缓土坡，顺着湖畔的小路朝那间半地穴式的小泥坯屋走去的时候，突然传来一阵急促的马嘶。钢嘎·哈拉拖着脚绊，一蹦一跳地奔来，直到马儿蹦跳着来到我们跟前，不管不顾地径自把脖颈伸向索米娅，把颤动着的嘴唇伸到她的怀里时，我才明白了这黑马所具备的一切。

我惊奇万分地望着钢嘎·哈拉。它一声不吭地用黑黑的大脑袋在索米娅怀里揉搓着，双耳一耸一耸，不安地睁大着那对琥珀色的眼睛，好像在无言地诉说着什么。

索米娅用沾满煤末的手轻轻搂着黑骏马的头，久久地抚摸着它。我看见，她的眼睛里盈满着泪水，肩膀在微微地发抖。但是她始终背朝着我，一句话也没有说。

她飞快地收拾着屋子。打开窗子，点燃炉火，刷洗所有锅碗什物，挨个地给三个男孩洗掉脸蛋上的脏污，把其其格支使得团团转。

　　泥屋里又充满了温暖，但不是昨夜那种热烘烘、乱糟糟。她烧了一大锅浓浓的酽茶，把大茶壶煨在炉灶旁的红灰上。她找出一罐黄油和一包黑砂糖，煎了很多黄澄澄的小面饼。她把炸饼摆在我面前，那散着诱人甜香的饼上，油花在嗞嗞地响着。

　　山那边白音乌拉公社没有送过柴油机发的电来，天黑了，屋里一片昏暗。索米娅点燃了煤油灯。又一个傍晚，我一直盼望着、又一直害怕的傍晚降临了。炉灶里的牛粪火闪着橘黄色的火焰。这活泼的暖色点缀了浓暮灰蓝的阴暗色彩，一闪一跳地，把那被严严压实的不安和激动引了出来，像一阵气浪，像一支无声的旋律，在这低矮的小泥屋里愈来愈浓郁地回旋着。

　　小面饼又甜又香，我吃了好多。这时我才想起：中午我在湖畔睡着了，忘了喝午茶。

　　孩子们在炕上闹着，争抢着被褥和枕头。

　　索米娅吩咐其其格给我铺一条新毡子。小姑娘跑进旁边的小屋，很快抱来一块白条毡。她把条毡铺在靠墙的炕头，又麻利地扫净上面的草末。最后，她把一个新皮袍子摊开在条毡上，然后下了炕，站在一旁，默默地望望母亲，又望望我。不知为了什么，我忍不住一把拉过她来，抚摸了一下她的头发。接着，我躺下了。

　　索米娅一口吹熄了灯。

　　黑暗中，我睁着眼睛，仔细地倾听着隔着四个孩子的土坑那一头传来的每一点轻微的声响。好久，我都判断不出索米娅是否已经躺下。我茫然望着屋顶，而那里也是混沌一片，数不清究竟有几条橡檩。最小的那个男孩，也就是马车夫的宝贝心肝突然哼了起来。于是我听见索米娅开始小声哄着他。我屏住呼吸，倾听着她低柔的嗓音。她在用那种只有母亲和孩子才懂的，只有在沉睡的蒙古包里才能听到的甜美的、气声很重的絮语在说着什么。这种声音使人近如咫尺地感觉到女人独有的浓郁气息……就这样，我和我昔日的姑娘，和我的沙娜躺在一个低矮的屋顶之下，躺在一条土炕上。我们都竭力使自己弄出的声响小些。我们是那么疏远，那么直似路人。哦，别了，我的草原上的百灵鸟儿。我的披着红霞的、眸子黑黑的姑娘，我已经永远地失去了你……

没有月光。夜空上大概布满了乌云，连窗棂那儿也是昏黑一片。只有炉膛里残存的牛粪火亮着微弱的红光，时而响起一星半点清晰的爆裂声。屋子里响起了均匀的鼾声：孩子们都睡熟了。

这时，我听见索米娅发出一声压低的、长长的叹息，像是一声颤抖的、呻吟般的、缓缓舒出的叹息。

像是听见了召唤的号角，我猛地坐了起来。我宁愿去死也不能继续在这沉寂中煎熬。我哧哧喘着，对着黑暗大声说：

"索米娅！不，沙娜！你……你说点什么吧！"

说罢我就使劲闭上眼睛，死命咬着嘴唇。

过了好久，索米娅开口了。她低声说道：

"奶奶死了。"

又是沉默。我明白，该我对那湮没的质问回答了。

我开始艰难地讲起来。自从我跨着黑骏马踏上旅途，这个问题已经不止一次地撕扯着我的心。九年多了，在学院里和机关里，在研究室同事当中和在一切朋友之间，我从来没有想到荒僻草原上有这样一个严厉的法庭，在准备着对我的灵魂的审判。现在由索米娅进行的，也许是最后一次。我费劲地讲着，讲到了那条山石峥嵘的山谷，讲到了天葬的牧人遗骨，讲到了我怎样在那里向亲爱的奶奶告别并请求她的饶恕。我也讲到了赶车人达瓦仓对我的责备。我讲着，泪水止不住哗哗流下。

这是我第一次哭。以前我从来没有流过眼泪。甚至，我曾怀疑这是自己的一种生理缺陷。我总是咬着牙关，皱紧眉头，把一切痛楚强咽而下；人们则常常因此认定我是个冷酷和无情无义的家伙……

我拼命咬着袖子，生怕吵醒沉睡的孩子们。但是这次忍不住了，我已经说不下去，只管没出息地发出一声声难听的哭声。

"别这样，白音宝力格……"索米娅低声唤着我。她哑声说："难道有永远活着的老人么？"

而我已经悲恸难禁。我已经分不清究竟是在为奶奶，还是在为自己而哭泣。我想到自己把匕首扔在地上时对那老人的蔑视，也想到自己捂着被踢伤的小腹挣扎回家的情形。我想到荒凉的天葬沟旁那清冷孤单的感觉，也想到自己把皮袍披在索米娅身上时的柔情。我想到那红霞，那黑马驹，那卑污的希拉，那可怕的分离；又想到了像一柄勺子和一条小猫般大小的婴儿，想到女教师、马车夫和诺盖淖尔湖的清波。我想到自己那已无法分辩的委屈，更想起了那些简直已经无法全部记忆的、使我从一个儿童长成一个青年的许许多多的岁月，想起父亲怎样把幼年丧母的我托付给那个慈祥的老人……"奶——奶！"我伤心极了，只顾把头埋在手里呜呜地哭着。"奶——奶！"我只想拼命拉回那不归的老人，然后对着她痛快地大哭一场。

索米娅轻轻地下了地，往炉膛里添了些牛粪块，然后给我端来一碗茶。

她坐在炕沿上，看着我咽着茶水。喝完了茶，我渐渐平静了下来。

炉火在轻轻地闪跳。暗红的火焰摇动着索米娅映在土墙上的影子，无声地和我们一起默送着流逝的时间。

"索米娅。"我谨慎地用这个称呼叫着她。

"嗯？"她刚才仿佛沉入了遐思。

"你给学校干临时工，累吧？"我问。

"不，没什么，反正我也要干活儿的。一个月能挣四十五块钱呢。"

"昨天，一个姓林的女老师给我讲了好多你的事。她可喜欢你啦。"

索米娅淡然笑了。"她心肠好。"她说。

我又说："达瓦仓昨晚和我喝了好多酒，他也是个好人。"

索米娅没有回答。一会儿，她轻轻地说：

"白音宝力格，你还记得吗？那条伯勒根小河……"

"什么？我们家乡的伯勒根小河么？"

"嗯，"她的声音低得几乎听不见，"还记得么，奶奶讲过那样的歌谣：'伯勒根，伯勒根，姑娘涉过河水，不见故乡亲人'……奶奶还说过，希望我永远也不要跨过伯勒根小河嫁到异乡去。可是，看来，我还是没能叫她称心。知道吗，那天，我坐着丈夫的马车，离开了咱们住过那么多年的营盘。那营盘光秃秃的，只留着一层青灰的羊粪。蒙古包拆掉啦，装到了车上。钢嘎·哈拉……因为你走了，我把它卖给了公社。那天风刮得很凶，马车走进伯勒根河的芦苇里，风刮得苇叶哗啦啦地响。后来，我们路过了那个地方，那个咱们曾经和奶奶一块烧茶休息的硝土岸上的地方。那时候，我突然想起了奶奶说过的话，想起了她讲过的那个歌谣……我哭了。呵，我想，我到底还是没能逃开蒙古女人的命运；到底还是跨过了伯勒根的河水，成了这白音乌拉地方的伯勒根……"

索米娅终于讲完了。我听着，什么也没有说，从窗棂子往外望去，好像浮云已经褪尽，微微发亮的夜空上，闪着几颗晶亮的星。我转过身望见索米娅黑暗里的面影，觉得那儿也闪着晶莹的光亮。我想伸出手去替她擦掉那些泪珠，可是我没敢。

　　这时，索米娅又讲了："白音宝力格，那时我猜不出你在哪里，我只记得马车一摇一晃地走在河水里，车轮子溅起冰凉的浪头，溅了我一脸一身。我使劲搂紧女儿，把脸藏在她身子后面。哦，那时我多么感激其其格呀，我觉得只有这块小小的血肉在暖和着我……当然，白音宝力格，这样的话你是不愿意听的。我知道，你非常讨厌我有这么一个女儿……"

　　"不！"我绝望地喊起来。我打断了她的话，激动地分辩说："沙娜！你错了。我喜欢她，其其格是个好孩子……而且，好像她也、也喜欢我。她喊我'巴帕'。她还知道钢嘎•哈拉。我发现，和我在一块的时候，这孩子就爱说话……"

　　索米娅叹了口气，我似乎感到她在暗影里惨然一笑。

　　"你不知道真情，白音宝力格。"她迟疑着，犹豫了一阵，才继续说道：

　　"是这样的：我丈夫不喜欢这个女儿。去年他喝醉啦，打其其格，还骂她是……野狗养的。后来，啊，女儿就一直盯着我。天哪，一连几天盯着我，那眼神很吓人。我慌了，就悄悄对她说：其其格，你有一个巴帕，现在正骑着一匹举世无双的漂亮黑马在闯荡世界。我们给这匹马取名叫钢嘎•哈拉——黑骏马。这巴帕就是你的父亲，他的名字叫白音宝力格。会有一天，他突然骑着黑骏马来到这里，来看我们……"

　　我望望炕上，其其格正拥着一角毯子睡着，小手枕在脸颊下面。索米娅疲惫地垂下了头，吁了长长一口气。

　　"别记恨我吧，白音宝力格！"她用微弱的声音喃喃着，"我实在没有别的办法。我想，反正这一生再也不会见到你啦……"

　　我鼓足勇气，向她伸出手去，抚摸着她蓬乱的头发。索米娅佝偻着身子，用双手紧紧掩着脸庞。随着我的抚摸，她浑身剧烈地颤抖着。

过了许久，她猛然昂起头来，用一种异样的、嘶哑的声调大声问我：

"为什么你不是其其格的父亲呢？为什么？如果是你该多好啊……哪怕你远走高飞，哪怕你今天也不来看我！"

我木然地、僵硬地坐着，好久答不上话来。后来，我不知背诵了一句谁的话：

"我不能够……索米娅，你是多么美好呵。"

炉膛里的牛粪火完全熄灭了。灶口那儿早已没有了那种枯黄的或是暗红的火光。可是，这间小泥屋里已经不再那么黑暗，木窗框里乌蒙蒙的玻璃上泛出了一层白亮。不觉之间，我们的周围已经流进了晨曦。

天亮了。

这又是一个难忘的、我们俩的黎明。

八

黑骏马昂首飞奔哟，跑上那山梁
那熟识的绰约身影哟，却不是她

我在索米娅家的小泥屋里一共住了五夜，从那天黎明以后我们再也没有去回顾那些不堪回首的往事。我想等达瓦仓回来以后再告辞，从各方面来讲，那样都更好些。

在诺盖淖尔湖畔的这个清净的小镇上，我们度过了平和的三天。每天除开照料黑马之外，我就到学校的乳牛圈和伙房后面去，尽力帮助索米娅干点活儿。此外，我把心思都花在其其格身上。我骑马从白音乌拉供销社给她买来新的书包和钢笔，还有一条天蓝色的纱巾。我想暗中帮助索米娅巩固那个谎言。为什么不呢？为什么要让这不满十岁的女孩子心里那一星幻想的火花熄灭呢？就让她继续把我想象成她的父亲吧，我愿一生致力于扮演这个角色。也许，这对于我要比对于她更为重要和迫切。

　　但是，我已经发现事情将不会那么简单。因为她在更固执地，用那种尖锐的眼神盯着我。她并没有变得更快乐一些或者更孩子气一些。

　　我想起在城里，我曾在一个朋友那儿看到过一帧他女儿的照片。那是一张寄自美国的、大幅柯达相纸印的彩色照片。照片上那女孩也和其其格差不多大小，她被已经同父亲离了婚的母亲带到了那个极乐世界。在那张彩色照片上，我看到那女孩穿着一件胸前印着"HAPPY"的套头衫，正在起劲地和一群黄发碧眼的小朋友嬉戏。她笑得真是那么快乐和幸福。我曾感慨，她就那么无忧无虑地忘掉了父亲和自己的祖国。而其其格却完全不同。她衣衫褴褛，乱蓬蓬的头发结成毡片。她吃力地迈着小腿和挥着小手，从湖边提来满桶的水。她令人发笑也使人心疼地抱着比自己小不了多少的弟弟。她默默地接过我买的书包、钢笔和头巾，然后默默地走到一边翻弄课本，她时时用那清澈而严肃的眼神望着我，仿佛在和我的心灵进行着无止无休的辩论。

　　我懂了，这种留在孩子心灵深处的创伤是不会愈合的，这伤疤将随着他们的渐通世事而流血发疼。我恨透了制造这创伤的丑恶力量，难道还有比这更严重的残害么？

　　索米娅从那天天亮以后，也忘却了悲伤。当她来到学校的时候，我看见她脸上满是兴奋的，甚至是喜气洋洋的光彩。她走近那头高贵的黑白花荷兰乳牛，亲切地拍拍它的额头。那奶牛转动着闪着缎光的脖颈，聪慧地睁大温柔的眼睛等着她。她蹲下，把木桶放稳在袍襟上。唰，唰，雪白的奶浆一股股射向桶底。其余几头奶牛也慢腾腾地踱过来，围着她站成一圈，等着轮到自己。她挥动着双臂，上身一动一动地摇着，用力地挤着，脸上浮着平和的微笑。我站在圈墙外面看着她，看得出神。下课铃响了，一大群孩子喧闹着冲来，小脑袋在圈墙上露出齐齐的一排。他们七嘴八舌地议论着，争执着，用清脆的童声向索米娅问好。索米娅挤满一小桶，孩子们就震耳欲聋地喊成一片，拼命地朝她伸出手臂。她把奶桶递给孩子们，微笑地嘱咐着他们，目送着他们把奶桶送到伙房。铃声又响了，孩子们吵嚷着奔回教室，圈墙外面像是飞走了一群乱叫的小鸟。

索米娅拴紧圈门，又走到住宿的牧区孩子的宿舍。在那儿，她已经用我提的湖水泡上了一大堆要洗的窗帘和被单。早晨的太阳已经高高升上了白音乌拉大山。诺盖淖尔湖畔的这几排简陋的土房子渐渐显出了平稳的秩序和劳动的活力。索米娅洗着衣服，用湿漉漉的手撩着脸上的散发，随口和路过的人们说着话。阳光照着她黧色的面颊和黑黑的眼睛，她显得安详、自信而平静。不久，白杨树干上扯起了一条条绳子，洗好的床单在绳索上迎风飞舞，像成排的旗子。索米娅吃力地站了起来，轻轻捶着后腰，拖着沉重的步子朝湖畔的泥屋蹒跚走去，随手在地上拾起一段铁丝、几块牛粪和木头。她从邻居的汉族老太婆家里把儿子们吆回来，顺便给那户人家养的一只山羊羔喂了奶。她点燃炉灶，用斧头砸碎茶砖。一家人围坐在炕上，奶茶正在铁锅里沸腾。

我长久地观察着她的一举一动。我觉得自己似乎看见了她过去的日子，也看清了她未来还要继续度过的生活。

我临行的前一天，达瓦仓赶着马车回来了。那天中午，学校的林老师跑来，把我们全家请到她的宿舍去吃午饭。

我们三个大人率领着四个孩子，一一围着她的炕桌坐好。这时，女教师乐不可支地咯咯笑着，满面红光地告诉我们一个消息：

"啊呀，你们听着，学校刚刚开完了会，会上决定，把索米娅姐姐转为正式职工啦！嗯，听说是让你专门管理学生内务。索米娅姐姐，知道吗？以后，孩子们就要喊你'老师'啦！"她快活地嚷着，一面飞快地把冒热气的白馒头摆在桌上。"嘿，真高兴呀，哈哈！喂——车老板！你瞪什么眼？"

她朝达瓦仓喊着。马车夫不以为然地晃晃脑袋，端起酒杯，对我说道："喝，白音宝力格兄弟。你瞧，她也能当老师！很可能，明天会派我去当自治区书记。唉！"

女教师摆着菜，骂着达瓦仓说："不害羞！你算什么？除了赶大车就会喝酒。可索米娅姐姐呢，开会时，有的老师说，只要索米娅在，住宿生就不会想家啦。"

索米娅惶恐地、害羞地坐着，不安地揉弄着筷子，忘记了吃饭。她呆呆地看着几个狼吞虎咽的儿女，好久没有说一句话。后来，她仿佛刚刚醒悟过来般失声叫了起来："哎哟！弄错啦……我怎么能，怎么能喊我老师呢！"

她丢掉筷子，双手捂住了脸。可是，我已经在她的脸上看到了一种复活了的美丽神采，那是羞怯和紧张都遮掩不住的、一种难得出现的神采。林老师说笑着，给孩子们添着菜，给我们男人添着酒。其其格一面吃着，一面翻看着一本连环画。达瓦仓喝干一杯酒，就忙着教训一下伺机捣乱的儿子。只有索米娅坐在角落里，独自静静地出神。她在想什么呢？孩子们在吵闹，女教师在谈笑，丈夫在饮酒。她只是茫然向他们投去一瞥，随即又陷入自己的遐思。也许此时她第一次感到了疲乏和劳累，第一次有机会歇息一会儿。她一定正在安详地回想着那难熬的岁月，回想着那些快要淡漠的酸辛了。她的神情松弛了，痴痴的目光像是在注视着什么，那目光里充满了使我感到新奇的怜爱和慈祥。你变了。我的沙娜，我的朝霞般的姑娘。像草原上所有的姑娘一样，你也走完了那条蜿蜒在草丛里的小路，经历了她们都经历过的快乐、艰难、忍受和侮辱。你已一去不返，草原上又成熟了一个新的女人。

在古歌《黑骏马》的终句里，那骑手最后发现，他在长满了青灰色艾可草的青青山梁上找到的那个女人，原来并不是他寻找的妹妹。小时候，当我听着这两句叠唱的长调时，曾经百思不得其解。后来，成年以后，当我为思念索米娅哼起这首歌的时候，我一直认为这支古歌在这儿完成了优美的升华。它用"不是"这个平淡无奇的单词，以千钧之力结束了循环不已的悬念，铸成了无穷的感伤意境和古朴的、悲剧的美。

但是，这一回，当我真的踏着这古歌的节奏，亲身体味了歌中概括的生活以后，我不能不再次沉入了深深的思索。

第二天清晨，我牵着钢嘎·哈拉，告别了达瓦仓、其其格和孩子们。索米娅陪着我，牵马绕过了清澄的、早晨的诺盖淖尔湖水，慢慢地走上直插旗所在地的那条小路。

我尽量开朗地和她闲谈着，讲叙着我在自治区畜牧厅的工作和生活。当然也商量了许多事情，包括怎样抚养和教育正在长大的其其格。

那天早晨，湖面上低低地流动着淡白色的浓雾，天上湿润的云彩拉成长长的薄丝，在峡谷的避风处和湖雾连成一片。只有天幕后面那轮巨大的淡红朝日正在无声升起，把一束束微红的光线穿过流雾，斜斜地投向蓝幽幽的水面。

索米娅低着头走在我身旁，露水打湿了她的袍襟。在小路开始向山坡上伸延而去的一片马莲草地上，我转过身来。我决心不再制造那种感伤的离别场面，于是，我说了一声"再见吧，索米娅"，就奋力跃上马背。

"巴帕！"索米娅突然撼人肺腑地喊了一声。

我浑身一震，猛地收住马缰。这是我第一次，也是最后一次听见她这样亲切地称呼我。

索米娅急急跑上几步，双手抓住马勒，气喘吁吁地说：

"我有一件心事，不，有一个请求。我不知道是不是该说——"她满怀希望地凝视着我的眼睛，犹豫了一下。突然又用热烈的、兴奋的声调对我说："如果，如果你将来有了孩子，而且……她又不嫌弃的话，就把那孩子送来吧……把孩子送到我这里来！懂么？我养大了再还给你们！"她的眼睛里一下涌满了泪水。"你知道，我已经不能再生孩子啦，可是，我受不了！我得有个婴儿抱着！我总觉得，要是没有那种吃奶的孩子，我就没法活下去……我一直打算着抱养一个。啊，你以后结了婚，工作多，答应我，生了孩子送吧，我养成个人再还给你……"

我震惊地听着她的表白。

我想起了我的奶奶。想起了奶奶总是一本正经地讲述而被我挤着鬼脸嘲笑过的、那许许多多的哲理。奶奶已经长眠不醒，但我此刻相信她一定得到了真正的安宁。我几乎要对索米娅冲动地说："沙娜，我的好姑娘！你将来一定会像奶奶一样慈祥！"可是我没敢说。而且，这样说也许并不正确。我只是僵坐在马鞍上，目瞪口呆地听着她的倾吐。我觉得，像我这样的人是很难彻底理解她们的一切的。我目不转睛地望着索米娅。那个梳着羊犄角小辫和我同骑一牛的小女孩，那个紧束着腰带朝我奔来的少女，那个红霞中的姑娘，还有那个赶车人泥屋里的主妇，都闪电般地从我眼前掠过。我似乎已经从中辨出一道轨迹，看到了一个震撼人心的人生和人性的故事。快点成熟吧！我暗暗呼唤着自己。

我放开勒紧的马嚼，钢嘎·哈拉抖动着满颈黑鬃，飞一样地冲向前方，把激动的风儿甩在身后，久久带着一阵远去的呼哨。我驰上了地平线，在高高的山冈上扯转马头。在茫茫的草海里，索米娅微小的背影正在向彼岸踽踽前行。再见吧，我的沙娜，继续走向你的人生。让我带着对你的思念，带着我们永远不会玷污的爱情，带着你给我的力量和思索，也去开辟我的前途……如果我将来能有一个儿子，我一定再骑着黑骏马，不辞千里把他送来，把他托付给你，让他和其其格一块生活，就像我的父亲当年把我托付给我们亲爱的白发奶奶一样。但是，我绝不会像父亲那样简单和不负责任。我要和你一块儿，拿出我们的全部力量，让我们的后代得到更多的幸福，而不被丑恶的黑暗湮灭。

钢嘎·哈拉沿着开阔的山坡飞驰。畜牧厅规划处的同事们一定已经完成了在旗里的调查。我要快马加鞭去和他们会合，然后去开始新的工作。

此刻，宇宙深处轻轻地飘来了一丝音响。它愈来愈近，但难以捕捉，像是在草原上空的浓郁空气中传递着一个不安的消息。等我刚刚辨出了它的时候，它突然排山倒海地飞扬而至，掀起一阵壮美的风暴，我被它牢牢地吸引住了。黑骏马追赶着它的步伐。接着，从那狂风般的雄浑前奏中，流出了一个优美悲怆的旋律，它激烈而又委婉地起伏着，好像在诉说着草原古老的生活。

那一浪浪涌来的、苍凉古朴的调子叩击着我的心，又伴和着钢嘎·哈拉急骤的蹄音，把我们的心绪向莽莽的大草原传递。在这天宇和大地奏起的浑厚音乐中，我低低地唱起了《黑骏马》，从那古歌的第一节开始，一直唱到终止的"不是"那个词。

　　当我的长调和全部音乐那久久不散的余音终于悄然逝尽的一霎间，我滚鞍下马，猛地把身体扑进青青的茂密草丛之中。我悄悄地亲吻着这苦涩的草地，亲吻着这片留下了我和索米娅的斑斑足迹和炽热爱情，这出现过我永志不忘的美丽红霞和伸展着我的亲人们生路的大草原。我悄悄地哭了。青绿的草茎和嫩叶上，沾挂着我饱含丰富的、告别昔日的泪珠。我想把已成过去的一切都倾洒于此，然后怀着一颗更丰富、更湿润的心去迎接明天，就像古歌中那个骑着黑骏马的牧人一样。

1981 年 12 月

史 铁 生（1951—2010）

北京人。主要作品有中短篇小说《我的遥远的
清平湾》《插队的故事》《命若琴弦》，长篇
小说《务虚笔记》《我的丁一之旅》，散文《我
与地坛》等。作品曾获全国优秀短篇小说奖、
鲁迅文学奖等，多部作品被译为日、英、法、
德等文字在海外出版。

1969 年去延安地区插队落户，1972 年因双腿
瘫痪回到北京。

陕西延川县关家庄大队全体男知青，后排左二为史铁生

史铁生

我的遥远的清平湾

北方的黄牛一般分为蒙古牛和华北牛。华北牛中要数秦川牛和南阳牛最好，个儿大，肩峰很高，劲儿足。华北牛和蒙古牛杂交的牛更漂亮，犄角向前弯去，顶架也厉害，而且皮实、好养。对北方的黄牛，我多少懂一点。这么说吧：现在要是有谁想买牛，我担保能给他挑头好的。看体形，看牙口，看精神儿，这谁都知道。光凭这些也许能挑到一头不坏的，可未必能挑到一头真正的好牛。关键是得看脾气。拿根鞭子，一甩，"嗖"的一声，好牛就会瞪圆了眼睛，左蹦右跳。这样的牛干起活儿来下死劲，走得欢。疲牛呢？听见鞭子响准是把腰往下一塌，闭一下眼睛，忍了。这样的牛，别要。

我插队的时候喂过两年牛，那是在陕北的一个小山村儿——清平湾。

我们那个地方虽然也还算是黄土高原，却只有黄土，见不到真正的平坦的塬地了。由于洪水年年吞噬，塬地总在塌方，顺着沟、渠、小河，流进了黄河。从洛川再往北，全是一座座黄的山峁或一道道黄的山梁，绵延不断。树很少，少到哪座山上有几棵什么树，老乡们都记得清清楚楚；只有打新窑或是做棺木的时候，才放倒一两棵。碗口粗的柏树就稀罕得不得了。要是谁能做上一口薄柏木板的棺材，大伙儿就都佩服，方圆几十里内都会传开。在山上拦牛的时候，我常想，要是那一座座黄土山都是谷堆、麦垛，山坡上的胡蒿和沟壑里的狼牙刺都是柏树林，就好了。和我一起拦牛的老汉总是"吸溜吸溜"地抽着旱烟，笑笑，说："那可就一股劲儿吃白馍馍了。老汉儿家、老婆儿家都睡一口好材。"

和我一起拦牛的老汉姓白。陕北话里，"白"发"破"的音，我们都管他叫"破老汉"。也许还因为他穷吧，英语中的"poor"就是"穷"的意思。或者还因为别的：那几颗零零碎碎的牙，那几根稀稀拉拉的胡子，尤其是他的嗓子——他爱唱，可嗓子像破锣。傍晚赶着牛回村的时候，最后一缕阳光照在崖畔上，红的。破老汉用镢把挑起一捆柴，扛着，一路走一路唱："崖畔上开花崖畔上红；受苦人[1]过得好光景……"声音拉得很长，虽不洪亮，但颤巍巍的，悠扬。碰巧了，崖顶上探出两个小脑瓜，竖着耳朵听一阵，跑了；可能是狐狸，也可能是野羊。不过，要想靠打猎为生可不行，野兽很少。我们那地方突出的特点是穷，穷山穷水，"好光景"永远是"受苦人"的一种盼望。天快黑的时候，进山寻野菜的孩子们也都回村了，大的拉着小的，小的扯着更小的，每人的臂弯里都扢着个小篮儿，装的苦菜、苋菜，或者小蒜、蘑菇……孩子们跟在牛群后面，"叽叽嘎嘎"地吵，争抢着把牛粪撮回窑里[2]去。

越是穷地方，农活也越重。春天播种；夏天收麦；秋天玉米、

---

[1]　庄稼人。

[2]　家里。

高粱、谷子都熟了，更忙；冬天打坝、修梯田，总不得闲。单说春种吧，往山上送粪全靠人挑。一担粪六七十斤，一早上就得送四五趟；挣两个工分，合六分钱。在北京，才够买两根冰棍儿的。那地方当然没有冰棍儿，在山上干活儿渴急了，什么水都喝。天不亮，耕地的人们就扛着木犁、赶着牛上山了。太阳出来，已经耕完了几垧地。火红的太阳把牛和人的影子长长地印在山坡上，扶犁的后面跟着撒粪的，撒粪的后头跟着点籽的，点籽的后头是打土坷垃的，一行人慢慢地、有节奏地向前移动，随着那悠长的吆牛声。吆牛声有时疲惫、凄婉；有时又欢快、诙谐，引动一片笑声。那情景几乎使我忘记自己是生活在哪个世纪，默默地想着人类遥远而漫长的历史。人类好像就是这么走过来的。

　　清明节的时候我病倒了，腰腿疼得厉害。那时只以为是坐骨神经疼，或是腰肌劳损，没想到会发展到现在这么严重。陕北的清明前后爱刮风，天都是黄的。太阳白蒙蒙的。窑洞的窗纸被风沙打得"唰啦啦"响。我一个人躺在土炕上……

　　那天，队长端来了一碗白馍……

　　陕北的风俗，清明节家家都蒸白馍，再穷也要蒸几个。白馍被染得红红绿绿的，老乡管那叫" zi chui"。开始我们不知道是哪两个字，也不知道什么意思，跟着叫"紫锤"。后来才知道，是叫"子推"，是为了纪念春秋时期一个叫介子推的人的。破老汉说，那是个刚强的人，宁可被人烧死在山里，也不出去做官。我没有考证过，也不知史学家们对此做何评价。反正吃一顿白馍，清平湾的老老少少都很高兴。尤其是孩子们，头好几天就喊着要吃子推馍馍了。春秋距今两千多年了，陕北的文化很古老，就像黄河。譬如，陕北话中有好些很文的字眼："喊"不说"喊"，要说"呐喊"；香菜，叫芫荽；"骗人"也不说"骗人"，叫作"玄谎"……连最没文化的老婆儿也会用"酝酿"这词儿。开社员会时，黑压压坐了一窑人，小油灯冒着黑烟，四下里闪着烟袋锅的红光。支书念完了文件，喊一声："不敢睡！大家讨论个一下！"人群中于是息了鼾声，不紧不慢地应着："酝酿酝酿了再……"这"酝酿"二字使人想到那儿确是革命圣地，老乡们还记得当年的好作风。可在我们插队的那些年里，"酝酿"不过是一种习惯了的口头语罢了。乡亲们说"酝酿"的时候，心里也明白：屎事不顶！可支书让发言，大伙儿总得有个说的；支书也是难，其实那些政策条文早已经定了。最后，支书再喊一声："同意啊不？"大伙儿回答"同意——"然后回窑睡觉。

那天，队长把一碗"子推"放在炕沿上，让我吃。他也坐在炕沿上，"吧嗒吧嗒"地抽烟。"子推"浮头用的是头两茬面，很白；里头都是黑面，麸子全磨了进去。队长看着我吃，不言语。临走时，他吹吹烟锅儿，说："唉！心儿家不容易，离家远。""心儿"就是孩子的意思。队里再开会时，队长提议让我喂牛。社员们都赞成。"年轻后生家，不敢让腰腿坐下病，好好价把咱的牛喂上！"老老小小见了我都这么说。在那个地方，担粪、砍柴、挑水、清明磨豆腐、端午做凉粉、出麻油、打窑洞……全靠自己动手。腰腿可是劳动的本钱；唯一能够代替人力的牛简直是宝贝。老乡们把喂牛这样的机要工作交给我，我心里很感动，嘴上却说不出什么。农民们不看嘴，看手。

我喂十头，破老汉喂十头，在同一个饲养场上。饲养场建在村子的最高处，一片平地，两排牛棚，三眼堆放草料的破石窑。清平河水整日价"哗哗啦啦"的，水很浅，在村前拐了一个弯，形成了一个水潭。河湾的一边是石崖，另一边是一片开阔的河滩。夏天，村里的孩子们光着屁股在河滩上折腾，往水潭里"扑通扑通"地跳，有时候捉到一只鳖，又笑又嚷，闹翻了天。破老汉坐在饲养场前面的窑顶上看着，一袋接一袋地抽烟。"心儿家不晓得愁。"他说，然后就哑着个嗓子唱起来，"提起那家来，家有名，家住在绥德三十里铺村……"破老汉是绥德人，年轻时打短工来到清平湾，就住下了。绥德出打短工的，出石匠，出说书的，那地方更穷。

绥德还出吹手。农历年夕前后，坐在饲养场上，常能听到那欢乐的唢呐声。那些吹手也有从米脂、佳县来的，但多数是从绥德。他们到处串，随便站在谁家窑前就吹上一阵。如果碰巧哪家要娶媳妇，他们就被请去，"呜里哇啦"地吹一天，吃一天好饭。要是运气不好，吹完了，就只能向人家要一点吃的或钱。或多或少，家家都给，破老汉尤其给得多。他说："谁也有难下的时候。"原先，他也干过那营生，吃是能吃饱，可是常要受冻，要是没人请，夜里就得住寒窑。"揽工人儿难，哎哟，揽工人儿难；正月里上工十月里满，受的牛马苦，吃的猪狗饭……"他唱着，给牛添草。破老汉一肚子歌。

小时候就知道陕北民歌。到清平湾不久，干活儿歇下的时候我们就请老乡唱，大伙儿都说破老汉爱唱，也唱得好。"老汉的日子熬煎咧，人愁了才唱得好山歌。"确实，陕北的民歌多半都有一种忧伤的调子。但是，一唱起来，人就快活了。有时候赶着牛出村，破老汉憋细了嗓子唱《走西口》："哥哥你走西口，小妹妹也难留，手拉着哥哥的手，送哥到大门口。走路你走大路，再不要走小路，大路上人马多，来回解忧愁……"场院上的婆姨、女子们嘻嘻哈哈地冲我嚷："让老汉儿唱个《光棍儿哭妻》嘛，老汉儿唱得可美！"破老汉只作没听见，调子一转，唱起了《女儿嫁》："一更里叮当响，小哥哥进了我的绣房。娘问女孩儿什么响，西北风刮得门闩响嘛哎哟……"往下的歌词就不宜言传了。我和老汉赶着牛走出很远了，还听见婆姨、女子们在场院上骂。老汉冲我眨眨眼，撅一根柳条，赶着牛，唱一路。

破老汉只带着个七八岁的小孙女过。那孩子小名儿叫"留小儿"。两口人的饭常是她做。

把牛赶到山里，正是晌午。太阳把黄土烤得发红，要冒火似的。草丛里不知名的小虫子"嗞——嗞——"地叫。群山也显得疲乏，无精打采地互相挨靠着。方圆十几里内只有我和破老汉，只有我们的吆牛声。哪儿有泉水，破老汉都知道；几镢头挖成一个小土坑，一会儿坑里就积起了水。细珠子似的小气泡一串串地往上冒，水很小，又凉又甜。"你看下我来，我也看下你……"老汉喝口水，抹抹嘴，扯着嗓子又唱一句。不知他又想起了什么。

夏天拦牛可不轻闲，好草都长在田边，离庄稼很近。我们东奔西跑地吆喝着，骂着。破老汉骂牛就像骂人，爹、娘、八辈儿祖宗，骂得那么亲热。稍不留神，哪个狡猾的家伙就会偷吃了田苗。最讨厌的是破老汉喂的那头老黑牛，称得上是"老谋深算"。它能把野草和田苗分得一清二楚。它假装吃着田边的草，慢慢接近田苗，低着头，眼睛却溜着我。我看着它的时候，田苗离它再近它也不吃，一副廉洁奉公的样儿；等我刚一回头，它就趁机啃倒一棵玉米或高粱，调头便走。我识破了它的诡计，它再接近田苗时，假装不看它，等它确信无虞把舌头伸向禁区之际，我才大吼一声。老家伙趔趔趄趄地后退，既惊慌又愧悔，那样子倒是有点可怜。

陕北的牛也是苦，有时候看着它们累得草也不想吃，"呼哧呼哧"喘粗气，身子都跟着晃，我真害怕它们趴架。尤其是当那些牛争抢着去舔地上渗出的盐碱的时候，真觉得造物主太不公平。我几次想给它们买些盐，但自己嘴又馋，家里寄来的钱都买鸡蛋吃了。

每天晚上，我和破老汉都要在饲养场上待到十一二点，一遍遍给牛添草。草添得要勤，每次不能太多。留小儿跟在老汉身边，寸步不离。她的小手绢里总包两块红薯或一把玉米粒。破老汉用牛吃剩下的草疙结打起一堆火，干的"噼噼啪啪"响，湿的"噬噬"冒烟。火光照亮了饲养场，照着吃草的牛，四周的山显得更高，黑魆魆的。留小儿把红薯或者玉米埋在烧尽的草灰里，如果是玉米，就得用树枝拨来拨去，"啪"地一响，爆出了一个玉米花。那是山里娃最好的零嘴儿了。

留小儿没完没了地问我北京的事。"真个是在窑里看电影？""不是窑，是电影院。""前回你说是窑里。""噢，那是电视。一个方匣匣，和电影一样。"她歪着头想，大约想象不出，又问起别的。"啥时想吃肉，就吃？""嗯。""玄谎！""真的。""成天价想吃呢？""那就成天价吃。"这些话她问过好多次了，也知道我怎么回答，但还是问。"你说北京人都不爱吃白肉？"她觉得北京人不爱吃肥肉，很奇怪。她仰着小脸儿，望着天上的星星；北京的神秘，对她来说，不亚于那道银河。

"山里的娃娃什么也解[1]不开。"破老汉说。破老汉是见过世面的，他三七年就入了党，跟队伍一直打到广州。他常常讲起广州：霓虹灯成宿地点着，广州人连蛇也吃，到处是高楼，楼里有电梯……留小儿听得觉也不睡。我说："城里人也不懂得农村的事呢。""城里人解开个狗吗？"留小儿问，"咯咯"地笑。她指的是我们刚到清平湾的时候，被狗追得满村跑。"学生价连犍牛和生牛也解不开。"留小儿说着去摸摸正在吃草的牛，一边数叨："红犍牛、猴犍牛[2]、花生牛……爷！老黑牛怕是难活[3]下了，不肯吃！""它老了，熬[4]了。"老汉说。山里的夜晚静极了，只听得见牛吃草的"沙沙"声，蛐蛐儿叫，

---

[1]　陕北方言读 hai。

[2]　小犍牛。"候"意指小。

[3]　病。

[4]　累。

有时远处还传来狼嗥。破老汉有把破胡琴，"吱吱嘎嘎"地拉起来，唱："一九头上才立冬，闯王领兵下河东，幽州困住杨文广，年太平，金花小姐领大兵……"把历史唱了个颠三倒四。

留小儿最常问的还是天安门。"你常去天安门？""常去。""常能照着[1]毛主席？""哪的来，我从来没见过。""咦?! 他就盛[2]在天安门上，你去了会照不着？"她大概以为毛主席总站在天安门上，像画上画的那样。有一回她趴在我耳边说："你冬里回北京把我引上行不？"我说："就怕你爷爷不让。""你跟他说说嘛，他可相信你说的了。盘缠我有。""你哪儿来的钱？""卖鸡蛋的钱，我爷爷不要，都给了我，让我买裰裰儿的。""多少？""五块！""不够。""嘻，我哄你，看，八块半！"她掏出个小布包，打开，有两张一块的，其余全是一毛、两毛的。那些钱大半是我买了鸡蛋给破老汉的。平时实在是饿得够呛，想解解馋，也就是买几个鸡蛋。我怎么跟留小儿说呢？我真想冬天回家时把她带上。可就在那年冬天，我病厉害了。

其实，喂牛没什么难的，用破老汉的话说，只要勤谨，肯操心就行。喂牛，苦不重[3]，就是熬人，夜里得起来好几趟，一年到头睡不成个囫囵觉。冬天，半夜从热被窝里爬出来的滋味可不是好受的。尤其五更天给牛拌料，牛埋下头吃得香，我坐在牛槽边的青石板上能睡好几觉。破老汉在我耳边叨唠：黑市的粮价又涨了，合作社来了花条绒，留小儿的袄烂得露了花……我"哼哼哈哈"地应着，刚梦见全聚德的烤鸭，又忽然掉进了什刹海的冰窟窿，打个冷战醒了，破老汉还没唠叨完。"要不回窑睡去吧，二次料我给你拌上了。"

---

[1]　望着。

[2]　住。

[3]　活儿不重。

老汉说。天上划过一道亮光,是流星。月亮也躲进了山谷。星星和山峦,不知是谁望着谁,或者谁忘了谁。"这营生不是后生家做的,后生家正是好睡觉的时候。"破老汉说,然后"唉,唉——"地发着感慨。我又迷迷糊糊地入了梦乡。

碰上下雨下雪,我们俩就躲进牛棚。牛棚里净是粪尿,连打个盹的地方也没有。那时候我的腿和腰就总酸疼。"倒运的天!"破老汉骂,然后对我说:"北京够咋美,偏来这山沟沟里做什么嘛!""您那时候怎么没留在广州?"我随便问。他抓抓那几根黄胡子,用烟锅儿在烟荷包里不停地剜,瞪着眼睛愣半天,说:"咋!让你把我问着了,我也不晓咋价日鬼的。"然后又愣半天,似乎回忆着到底是什么原因。"唉,屎毛擀不成个毡,山里人当不成个官。"他说,"我那辰儿要是不回来,这辰儿也住上洋楼了,也把警卫员带上了。山里人憨着咧,只想打罢了仗就回家,哪搭儿也不胜窑里好。屎!要不,我的留小儿这辰儿还愁穿不上个条绒袄儿?"

每回家里给我寄钱来,破老汉总嚷着让我请他抽纸烟。"行!"我说,"'牡丹'的怎么样?""嘻——'黄金叶'的就拔尖了!""可有个条件,"我凑到他耳边,"得给后沟里的送几根去。""憨娃娃!"他骂。"后沟里的"指的是住在后沟里的一个寡妇,比破老汉小十几岁,村里人都知道那寡妇对破老汉不错。老汉抽着纸烟,望着远处。我也唱一句:"你看下我来,我也看下你……"递给他几根纸烟,向后沟的方向示意。他不言传,笑眯眯地不知想着什么。末了,他把几根纸烟装进烟荷包,说:"留小儿大了嫁到北京去呀!"说罢笑笑,知道那是不沾边儿的事。

在后山上拦牛的时候,远远地望着后沟里的那眼土窑洞,我问破老汉:"那婆姨怎么样?""亮亮妈,人可好。"他说。我问:"那你干吗不跟她过?""嘻——老了老了还……"他打岔。"算了吧!"

我说，"那你夜里常往她窑里跑？"我其实是开玩笑。"咦！不敢瞎说！"他装得一本正经。我诈他："我都看见了，你还不承认！"他不言传了，尴尬地笑着。其实我什么也没看见。

　破老汉望着山脚下的那眼窑洞。窑前，亮亮妈正费力地劈着一疙瘩树根；一个男孩子帮着她劈，是亮亮。"我看你就把她娶了吧，她一个人也够难的。再说，也就有人给你缝衣裳了。""唉，丢下留小儿谁管？""一搭里过嘛！""她的亮亮也娇惯得危险[1]，留小儿要受气呢。后妈总不顶亲的。""什么后妈，留小儿得管她叫奶奶了。""还不一样？"山里没人，我们敞开了说。亮亮家的窑顶上冒起了炊烟。老汉呆呆地望着，一缕蓝色的青烟在山沟里飘绕。小学校放学的钟声"当当"地敲响了。太阳下山了，收工的人们扛着锄头在暮霭中走。拦羊的也吆喝着羊群回村了，大羊喊，小羊叫，"咩咩"地响成一片。老汉还是呆呆地坐着，闷闷地抽烟。他分明是心动了，可又怕对不起留小儿。留小儿的大[2]死得惨，平时谁也不敢向破老汉问起这事。据说，老汉一想起就哭，自己打自己的嘴巴。听说，都是因为破老汉舍不得给大夫多送些礼，把儿子的病给耽误了；其实，送十来斤米或者面就行。那些年月啊！

　秋天，在山里拦牛简直是一种享受。庄稼都收完了，地里光秃秃的，山洼、沟掌里的荒草却长得茂盛。把牛往沟里一轰，可以躺在沟门上睡觉；或是把牛赶上山，在下山的路口上坐下，看书。秋天的色彩也不再那么单调：半崖上小灌木的叶子红了，杜梨树的叶子黄了，酸枣棵子缀满了珊瑚珠似的小酸枣……尤其是山坡上绽开了一丛丛野花，淡蓝色的，一丛挨着一丛，雾蒙蒙的。灰色的小田

---

[1]　严重、厉害。

[2]　爹，父亲。

鼠从黄土坷垃后面探头探脑；野鸽子从悬崖上的洞里钻出来，"扑棱棱"飞上天；野鸡"咕咕嘎嘎"地叫，时而出现在崖顶上，时而又钻进了草丛……我很奇怪，生活那么苦，竟然没人捕食这些小动物。也许是因为没有枪，也许是因为这些鸟太小也太少，不过多半还是因为别的。譬如：春天燕子飞来时，家家都把窗户打开，希望燕子到窑里来做窝；很多家窑里都住着一窝燕儿，没人伤害它们。谁要是说燕子的肉也能吃，老乡们就会露出惊讶的神色，瞪你一眼："咦！燕儿嘛！"仿佛那无异于亵渎了神灵。

种完了麦子，牛就都闲下了，我和破老汉整天在山里拦牛。老汉不闲着，把牛赶到地方，跟我交代几句就不见了。有时忽然见他出现在半崖上，奋力地劈砍着一棵小灌木。吃的难，烧的也难，为了一把柴，常要爬上很高很陡的悬崖。老汉说，过去不是这样，过去人少，山里的好柴砍也砍不完，密密匝匝的，人也钻不进去。老人们最怀恋的是红军刚到陕北的时候，打倒了地主，分了地，单干。"才红了[1]那辰儿，吃也有的吃，烧也有的烧，这咋会儿，做过啦！[2]"老乡们都这么说。真是，"这咋会儿"迷信活动倒死灰复燃。有一回，传说从黄河东来了神神，有些老乡到十几里外的一个破庙去祷告，许愿。破老汉不去。我问他为什么，他皱着眉头不说，又哼哼起《山丹丹开花红艳艳》。那是才红了那辰儿的歌。过了半天，使劲磕磕烟袋锅，叹了口气："都是那号婆姨闹的！""哪号儿？"我有点明知故问。他用烟袋指指天，摇摇头，撇撇嘴："那号婆姨，我一照就晓得……"如此算来，破老汉反"四人帮"要比"四五"运动早好几年呢！

在山里，有那些牛做伴，即便剩我一个人也并不寂寞。我半天半天地看着那些牛，它们的一举一动都意味着什么，我全懂。平时，

---

[1] 指红军刚到陕北。

[2] 弄糟了。

牛不爱叫，只有奶着犊子的生牛才爱叫。太阳一偏西，奶着犊儿的生牛就急着要回村了，你要是不让它回，它就"哞——哞——"地叫个不停，急得团团转，无心再吃草。有一回，我在山洼洼里，睡着了，醒来太阳已经挨近了山顶。我和破老汉吆起牛回村，忽然发现少了一头。山里常有被雨水冲成的暗洞，牛踩上就会掉下去摔坏。破老汉先也一惊，但马上看明白了，说："没麻搭，它想儿，回去了。"我才发现，少了的是一头奶犊儿的生牛。离村老远，就听见饲养场上一声声牛叫了，儿一声，娘一声，似乎一天不见，母子间有说不完的贴心话。牛不老[1]在母亲肚子底下一下一下地撞，吃奶。母牛的目光充满了温柔、慈爱，神态那么满足、平静。我喜欢那头母牛，喜欢那只牛不老。我最喜欢的是一头红犍牛，高高的肩峰，腰长腿壮，单套也能拉得动大步犁。红犍牛的犄角长得好，又粗又长，向前弯去；几次碰上邻村的牛群，它都把对方的首领顶得败阵而逃。我总是多给它拌些料，犒劳它。但它不是首领。最讨厌的还是那头老黑牛，不仅老奸巨猾，而且专横跋扈，双套它也会气喘吁吁，却占着首领的位置。遇到外"部落"的首领，它倒也勇敢，但不下两个回合，便跑得比平时都快了。那头老生牛就好，虽然比老黑牛还老，却和蔼得很，再小的牛冲它伸伸脖子，它也会耐心地为之舔毛。和牛在一起，也可谓其乐无穷了，不然怎么办呢？方圆十几里内看不见一个人，全是山。偶尔有拦羊的从山梁上走过，冲我呐喊两声。黑色的山羊在陡峭的岩壁上走，如走平地，远远看去像是悬挂着的棋盘；白色的绵羊走在下边，是白棋子。山沟里有泉水，渴了就喝，热了就脱个精光，洗一通。那生活倒是自由自在，就是常常饿肚子。

破老汉有个弟弟，我就是顶替了他喂牛的。据说那人奸猾，偷牛料；头几年还因为投机倒把坐过县大狱。我倒不觉得那人有多坏，

---

[1]　牛犊。

他不过是蒸了白馍跑到几十里外的车站上去卖高价，从中赚出几升玉米、高粱米。白面自家舍不得吃。还说他捉了乌鸦，做熟了当鸡卖，而且白馍里也掺了假。破老汉看不上他弟弟，破老汉佩服的是老老实实的受苦人。

一阵山歌，破老汉担着两捆柴回来了。"饿了吧？"他问我。"我把你的干粮吃了。"我说。"吃得下那号干粮？"他似乎感到快慰。他"哼哼唉唉"地唱着，带我到山背洼里的一棵大杜梨树下。"咋吃！"他说着爬上树去。他那年已经五十六岁了，看上去还要老，可爬起树来却比我强。他站在树上，把一杈杈结满了杜梨的树枝撅下来，扔给我。那果实是古铜色的，小指甲盖儿大小，上面有黄色的碎斑点，酸极了，倒牙。老汉坐在树杈上吃，又唱起来："对面价沟里流河水，横山里下来些游击队……"那是《信天游》。老汉大约又想起了当年。他说他给刘志丹抬过棺材，守过灵。别人说他是吹牛。破老汉有时是好吹吹牛。"牵牛牛开花羊跑青，二月里见罢到如今……"还是《信天游》。我冲他喊："不是夜来黑喽[1]才见罢吗？""憨娃娃，你还不赶紧寻个婆姨？操心把心儿耽误下！"他反唇相讥。"后沟里的可会迷男人？""咦！亮亮妈，人可好！""这两捆柴，敢是给亮亮妈砍的吧？""谁情愿要，谁扛去。"这话是真的，老汉穷，可不小气。

有一回我半夜起来去喂牛，借着一缕淡淡的月光，摸进草窑。刚要揽草，忽然从草堆里站起两个人来，吓得我头皮发麻，不禁喊了一声，把那两个人也吓得够呛。一个岁数大些的连忙说："别怕，我们是好人。"破老汉提着个马灯跑了来，以为是有了狼。那两个人是瞎子说书的，从绥德来。天黑了，就摸进草窑，睡。破老汉把他们引回自家窑里，端出剩干粮让他们吃。陕北有句民谣："老乡

[1] 昨天晚上。

见老乡，两眼泪汪汪。"老汉和两个瞎子长吁短叹，唠了一宿。

第二天晚上，破老汉操持着，全村人出钱请两个瞎子说了一回书。书说得乱七八糟，李玉和也有，姜太公也有，一会儿是伍子胥一夜白了头，一会儿又是主席语录。窑顶上、院墙上、磨盘上，坐得全是人，都听得入神。可说的是什么，谁也含糊。人们听的是那么个调调儿。陕北的说书实际是唱，弹着三弦儿，哀哀怨怨地唱，如泣如诉，像是村前汩汩而流的清平河水。河水上跳动着月光。满山的高粱、谷子被晚风吹得"沙沙"响。时不时传来一阵响亮的驴叫。破老汉搂着留小儿坐在人堆里，小声跟着唱。亮亮妈带着亮亮坐在窑顶上，穿得齐齐整整。留小儿在老汉怀里睡着了，她本想是听完了书再去饲养场上爆玉米花的，手里攥着那个小手绢包儿。山村里难得热闹那么一回。

我倒宁愿去看牛顶架，那实在也是一项有益的娱乐，给人一种力量的感受，一种拼搏的激励。我对牛打架颇有研究。二十头牛（主要是那十几头犍牛、公牛）都排了座次，当然不是以姓氏笔画为序，但究竟根据什么，我一开始也糊涂。我喂的那头最壮的红犍牛却敬畏破老汉喂的那头老黑牛。红犍牛正是年轻力壮的时候，肩峰上的肌肉像一座小山，走起路来步履生风；而老黑牛却已显出龙钟老态，也瘦，只剩了一副高大的骨架。然而，老黑牛却是首领。遇上有哪头母牛发了情，老黑牛便几乎不吃不喝地看定在那母牛身旁，绝不允许其他同性接近。我几次怂恿红犍牛向它挑战，然而只要老黑牛晃晃犄角，红犍牛便慌忙躲开。我实在憎恨老黑牛的狂妄、专横，又为红犍牛的怯懦而生气。后来我才知道，牛的排座次是根据每年一度的角斗，谁夺了魁，便在这一年中被尊崇为首领，享有"三宫六院"的特权，即便它在这一年中变得病弱或衰老，其他的牛也仍为它当年的威风所震慑，不敢贸然不恭。习惯势力到处在起作用。

可是，一开春就不同了，闲了一冬，十几头犍牛、公牛都积攒了气力，是重新较量、争魁的时候了。"男子汉"们各自权衡了对手和自己的实力，自然地推举出一头（有时是两头）体魄最大，实力最强的新秀，与前冠军进行决赛。那年春天，我的红犍牛正处在新秀的位置上，开始对老黑牛有所怠慢了。我悄悄促成它们的决斗，把它们引到开阔的河滩上去（否则会有危险）。这事不能让破老汉发觉，否则他会骂。一开始，红犍牛仍有些胆怯，老黑牛尚有余威。但也许是春天的母牛们都显得越发俊俏吧，红犍牛终于受不住异性的吸引或是轻蔑，"哞——哞——"地叫着向老黑牛挑战了。它们拉开了架势，对峙着，用蹄子刨土，瞪红了眼睛，慢慢地接近，接近……猛地扭打到一起。这时候需要的是力量，是勇气。犄角的形状起很大作用，倘是两只粗长而向前弯去的角，便极有利，左右一晃就会顶到对方的虚弱处。然而，红犍牛和老黑牛都长了这样两只角。这就要比机智了。前冠军毕竟老朽了，过于相信自己的势力和威风，新秀却认真、敏捷。红犍牛占据了有利地形（站在高一些的地方比较有利），逼得老黑牛步步退却，只剩招架之功。红犍牛毫不松懈，瞧准机会把头一低，一晃一冲，顶到了对方的脖子。老黑牛转身败走，红犍牛追上去再给老首领的屁股上加一道失败的标记。第一回合就此结束。这样的较量通常是五局三胜制或九局五胜制。新秀连胜几局，元老便自愿到一旁回忆自己当年的矫勇去了。

为了这事，破老汉阴沉着脸给我看。我笑嘻嘻地递过一根纸烟去。他抽着烟，望着老黑牛屁股上的伤痕，说："它老了呀！它救过人的命……"

据说，有一年除夕夜里，家家都在窑里喝米酒，吃油馍，破老汉忽然听见牛叫、狼嗥。他想起了一只出生不久的牛不老，赶紧跑到牛棚。好家伙，就见这黑牛把一只狼顶在墙旮旯里。黑牛的脸被狼抓得流着血，但它一动不动，把犄角牢牢地插进了狼的肚子。老汉打死了那只狼，卖了狼皮，全村人抽了一回纸烟。

"不，不是这。"破老汉说，"那一年村里的牛死的死，杀的杀（他没说是哪年），快光了。全凭好歹留下来的这头黑牛和那头老生牛，村里的牛才又多起来。全靠了它，要不全村人倒运吧！"破老汉摸摸老黑牛的犄角。他对它分外敬重。"这牛死了，可不敢吃它的肉，得埋了它。"破老汉说。

可是，老黑牛最终还是被人拖到河滩上杀了。那年冬天，老黑牛不小心踩上了山坡上的暗洞，摔断了腿。牛被杀的时候要流泪，是真的。只有破老汉和我没有吃它的肉。那天村里处处飘着肉香。老汉呆坐在老黑牛空荡荡的槽前，只是一个劲儿抽烟。

我至今还记得这么件事：有天夜里，我几次起来给牛添草，都发现老黑牛站着，不卧下。别的牛都累得早早地卧下睡了，只有它喘着粗气，站着。我以为它病了，走进牛棚，摸摸它的耳朵，这才发现，在它肚皮底下卧着一只牛不老。小牛犊正睡得香，响着均匀的鼾声。牛棚很窄，各有各的"床位"，如果老黑牛卧下，就会把小牛犊压坏。我把小牛犊赶开（它睡的是"自由床位"），老黑牛"扑通"一声卧倒了。它看着我，我看着它。它一定是感激我了，它不知道谁应该感激它。

那年冬天，我的腿忽然用不上劲儿了，回到北京不久，两条腿都开始萎缩。

住在医院里的时候，一个从陕北回京探亲的同学来看我，带来了乡亲们捎给我的东西：小米、绿豆、红枣、芝麻……我认出了一个小手绢包儿，我知道那里头准是玉米花。

那个同学最后从兜里摸出一张十斤的粮票，说是破老汉让他捎给我的。粮票很破，渍透了油污，背面中间用一条白纸相连。

"我对他说这是陕西省通用的，在北京不能用。破老汉不信，说：'咦！你们北京就那么高级？我卖了十斤好小米换来的，咋啦不能用?！'我只好带给你。破老汉说你治病时会用得上。"

唔，我记得他儿子的病是怎么耽误了的，他以为北京也和那儿一样。

十年过去了。前年留小儿来了趟北京，她真的自个儿攒够了盘缠！她说这两年农村的生活好多了，能吃饱，一年还能吃好多回肉。她说，黑肉 [1] 真的还是比白肉 [2] 好吃些。

"清平河水还流吗？"我糊里巴涂地这样问。

"流哩嘛！"留小儿"咯咯"地笑。

"我那头红犍牛还活着吗？""在哩！老下了。"

我想象不出我那头浑身是劲儿的红犍牛老了会是什么样，大概跟老黑牛差不多吧，既专横又慈爱……

留小儿给他爷爷买了把新二胡。自己想买台缝纫机，可是没买到。

"你爷爷还爱唱吗？"

"整天价瞎唱。"

"还唱《走西口》吗？"

"唱。"

"《揽工调》呢？"

"什么都唱。"

"不是愁了才唱吗？"

[1]　瘦肉或精肉。

[2]　肥肉。

"咦？！谁说？"

关于民歌产生的原因，还是请音乐家和美学家们去研究吧。我只是常常记起牛群在土地上舔食那些渗出的盐的情景，于是就又想起破老汉那悠悠的山歌："崖畔上开花崖畔上红，受苦人过得好光景……"如今，"好光景"已不仅仅是"受苦人"的一种盼望了。老汉唱的本也不是崖畔上那一缕残阳的红光，而是长在崖畔上的一种野花，叫山丹丹，红的，年年开。

哦，我的白老汉，我的牛群，我的遥远的清平湾。

1982 年

史铁生

插队的故事

一

去年我竟做梦似的回了趟陕北。

想回一趟陕北，回我当年插队的地方去看看，想了快十年了。我的精神没什么毛病，一直都明白那不过是梦想。我插队的那地方离北京几千里路，坐了火车再坐火车，倒了汽车再倒汽车，然后还有几十里山路连汽车也不通。我这人唯一的优点是精神正常，对这两条残腿表示了深恶痛绝，就又回到现实中来。何况这两条腿给我的遗憾又并非唯此为大。

前年我写了一篇关于插队的小说，不少人说还像那么回事。我就跟几个也写小说的朋友说起了我的梦想。大家说我的梦想从来就不少，不过这一回倒未必是，如果作家协会肯帮忙，他们哥儿几个愿意把我背着扛着走一回陕北。我在交友方面永远能得金牌，可惜没这项比赛。

作家协会的同志说我怎么不早说，我说我要是知道行我早就说了，大伙儿都说"咳！——"

　　连着几夜失眠。我一头一头地想着我喂过的那群牛的模样，不知道它们当中是不是还有活着的。耕牛的寿命一般只有十几年。我又逐个地想一遍村里的老乡，肯定有些已经老得认不出了，有些长大了变了模样，我走后出生的娃娃当然更不会认得。就又想我们当年住过的那几眼旧石窑，不知现在还有没有。又去想那些山梁、山峁、山沟的名字，有些已经记不清了。我拦过两年牛，为了知道哪儿有好草，那些山梁、山峁、山沟我全走遍……

　　很快定了行期。我每晚吃一片安定，养精蓄锐。我又想起我的一个朋友，当年在晋中插队，现在是北京某剧团的编剧，三十二岁成家，带着老婆到他当年插队的地方去旅行结婚，据说火车一过娘子关这小子就再没说过话，离他待过的村子越近他的脸色越青。进了村子碰见第一个人，一瞧认得，这小子胡子拉碴的二话没说先咧开大嘴哭了。我想很多插过队的人都能理解，不过为什么哭大约没人能说清。不过我想我最好别那样。不过我们这帮搞文艺的是他妈好像精神都有点儿毛病。不过我不这么看。

　　一行七人，除我之外都没到过陕北，其中五个都兴致很高，不知从哪儿学来几句陕北民歌，哼哼叽叽地唱。我说，你们唱的这些都是被篡改过的，丢了很多人情味儿。只一人例外，说要不是为了我，他干吗要去陕北？"我不如用这半个月假回一趟太行山。"他在太行山当过几年兵。一路上他总说起他的太行山，说他的太行山比我的黄土高原要壮观得多，美得多。我说也许正相反。他说："民歌也不比你们那儿的差。"于是扯了脖子唱"干妹子好来果然是好"，我便跟他一块儿唱："走起路来好像水上漂……""扯淡！这明明是陕北民歌。""扯淡！"他也说，"当然是太行山的。"过了一会儿有人提醒我们：太行山也是黄土高原的一部分。"陕北也不过是黄土高原的一部分。"他说，似乎找到了一点儿平衡。

　　十几年前我离开那儿的时候，老乡就说，这一走不晓今生再得见不得见。我那时只是腰腿疼，走路有些吃力，回北京来看病，没想到会这么厉害。老乡们也没料到我的腿会残废，但却已料到我不会再回去。那是春天，那年春天雨水又少，漫山遍野刮着黄风。太阳灰蒙蒙的，从东山上升起来。山里受苦[1]去的人们扛着老镢，扛着锄，扛着弯曲的木犁，站在村头高高的土崖上远远地望着我。我能猜出他们在说什么："咋，回北京去呀。""咋，不要在这搭儿受熬煎了。""这些迟早都要走哇。"老乡们把知识青年统称为"这些"或"那些"。仲伟帮我把行李搬上驴车，绑好。他和随随送我到县城。娃娃们追过河，追着我们的驴车跑，终于追不上了，就都站下来定定地望着我们走远。驴车沿着清平河走，清平河只剩了几尺宽的细流。随随赶着车，总担心到县里住宿要花很多钱，想当天返回来。仲伟说："来回一百六七十里，把驴打死你也赶不回来。放心，房钱饭钱一分不用你出。"随随这才松了口气，又对我说："这一走怕再不得回。"随随比我大几岁，念过三年书。"得回哩？怕记也记不起。"他在鞋底上磕磕烟锅儿，蓝布鞋帮上用白线密密地纳了云彩似的图案。我光是说："怎么会忘呢？不会。"村头那面高高的土崖上，好像还有人站在那儿朝我们望……

　　十几年了，想回去看看，看看那块地方，看看那儿的人，不为别的。

二

　　有人说，我们这些插过队的人总好念叨那些插队的日子，不是因为别的，只是因为我们最好的年华是在插队中度过的。谁会忘记

---

[1]　种庄稼。

自己十七八岁、二十出头的时候呢？谁会不记得自己的初恋，或者头一遭被异性搅乱了心的时候呢？于是，你不仅记住了那个姑娘或是那个小伙子，也记住了那个地方，那段生活。

得承认，这话说得很有些道理。不过我感觉说这话的人没插过队，否则他不会说"只是因为"。使我们记住那些日子的原因太多了。

我常默默地去想，终于想不清楚。

夜里就又做梦：无边的黄土连着天。起伏绵延的山群，像一只只巨大的恐龙伏卧着，用光秃秃的脊背没日没夜地驮着落日、驮着星光。河水吃够了泥土，流得沉重、艰辛。只在半崖上默默地生着几丛葛针、狼牙刺，也都蒙满黄尘。天地沉寂，原始一样的荒凉……忽然，不知是从哪儿，缓缓地响起了歌声，仿佛是从深深的峡谷里，也像是从天上，"咿哟哟——哟嗬——"听不清唱的什么。于是贫瘠的土地上有深褐色的犁迹在走，在伸长；镢头的闪光在山背洼里一落一扬；人的脊背和牛的脊背在血红的太阳里蠕动；山风把那断断续续的歌声吹散开在高原上，"咿呀咳——哟喂——"还是听不清唱些什么，也雄浑，也缠绵，辽远而哀壮……

又梦见一群少男少女在高原上走，偶尔有人停下来弯腰捡些什么，又直起腰来继续走，又有人弯腰捡起些什么，大家都停步看一阵，又继续走，村里的钟声便"当当当"地响起来……

前不久仲伟带着他四岁的女儿来我家，碰巧金涛也来了，带着儿子。金涛的儿子三岁多。孩子和孩子一见面就熟起来，屋里屋外地跑，尖声叫，一会儿哭了一个，一会儿又都笑，让人觉得时光过得太快了点儿。去插队的时候我们也还都是孩子，十七岁，有的还不到。后来两个孩子趴在床上翻我的旧相册，翻着翻着嚷起来："这是我爸爸在陕北！""的（这）是我爸爸带（在）清平湾！""叔叔，你怎么也有这张照片？"女孩子说。男孩子也说："叔叔，的当道片

（这张照片）我们家也有。""看，黄土高原。""才不是呢，的（这）是山！""也是山，也是黄土高原！这些山都是水冲出来的，把挺平挺平的高原冲成这样的……"

仲伟满意地看着他的女儿。

男孩子感到自己处于劣势，一把夺过相册去："我爸爸带（在）那儿它（插）过队！"

"我爸爸也在那儿插过队。"毕竟姑娘脾气好。

"你爸爸旦（干）吗它（插）队？"金涛说他儿子从来不懂什么叫没话说，就是有点儿大舌头。

小姑娘转过脸去询问般地看着她的爸爸。

越来越多的人开始评判知识青年上山下乡的得失功过了。也许，这不是我们这辈人的事。后人会比我们看得清楚（譬如眼前这个小姑娘），会给出一个冷静的判断，不像我们，带了那么多感情……

我、仲伟、金涛也都凑过去看那些旧照片。

有一张是十个头上裹了白羊肚手巾的小伙子。还有一张十个穿着又肥又大的破制服的姑娘。这就是我们一块儿在清平湾插队的二十个人。背景都是光秃秃的山梁、山峁、冒着炊烟的窑洞，村前那条没不了膝的河。金涛和李卓坐在麦垛上。仲伟一本正经扛着老镢站在河滩里。袁小彬一条腿蹬在磨盘上，身旁卧着"玩主"。"玩主"是我们养的狗。数我照得浪漫些，抱着我的牛犊子。那牛犊子才出世四天，我记得很清楚。去年回清平湾去，我估计我那群牛中最可能还活着的就是它，我向老乡问起，人们说那牛也老了，年昔[1]牵到集上卖了。

可惜的是，竟没有一张男女生全体的合影——小伙子们和姑娘们刚刚不吵架了，刚刚有了和解的趋势，就匆匆地分手了，各奔东西。

---

[1]　去年。

那时我们二十一二岁。那张全体女生的合影，还是两年前我见到沈梦苹时跟她要的。她说："那时候刘溪几次说，男女生应该一起照张相。"我说："那你们干吗不早说？"她说："谁敢跟你们男生说呀。"我说："恐怕不是不敢，是怕丢了你们女生的威风。"她就笑，说："真的，是不敢。""现在敢了？""现在晚了。""不知道谁怕谁呢。""谁怕谁也晚了。"

那条河叫清平河，那道川叫清平川，我们的村子叫清平湾。几十户人家，几十眼窑洞，坐落在山腰。清平河在山前转弯东去，七八十里到了县城，再几十里就到了黄河边。黄河岸边陡岩峭壁，细小的清平河水在那儿注入了黄河。黄河，自然是宽阔得多也壮伟得多。

我们那二十个人如今再难聚到一起了。有在河北的，有在湖南的，有的留在了陕西。两个人出了国，李卓在芝加哥，徐悦悦也在美国。多数又回到北京，差不多都结了婚有了孩子，各自忙着一摊事。偶尔碰上，学理工的、学文史的、学农林的、学经济和企业管理的，干什么的都有，共同的话题倒少了。唯一提起插队，大家兴致就都高。

"那时候真该多照些照片。"

"那会儿怎么就没想起来呢？"

"光想革命了。"

"还有饿！"

"还有把后沟里的果树砍了造田。"

"用破裤子去换烟抽，这位老兄的首创。"

"不要这样嘛，没有你？"

"饿着肚子抽烟，他妈越抽越饿……"

话多起来，比手画脚起来，坐着的站起来，站着的满屋子转开，说得兴奋了也许就一仰在床上躺下，脚丫子跷上桌，都没了规矩，仿佛又都回到窑洞里。反复说起那些往事，平淡甚至琐碎，却又说到很晚很晚。直到哪位忽然想起了老婆孩子，众人就纷纷看表，起立，告辞，说是不得了，老婆要发火了。

三

　　去插队的那年，我十七岁。直到上了火车，直到火车开了，我仍然觉得不过像是去什么地方玩一趟，跟下乡去麦收差不多，也有点儿像大串联。大串联的时候我还小，什么都不懂，起哄似的跟着人家跑了几个城市，又抄大字报又印传单，什么也不懂。其实我最愿意这么大家在一块儿热热闹闹的，有男的有女的，都差不多大，到一个遥远的地方去干一点儿什么事。

　　火车很平稳地启动了。老实说我一点儿都没悲伤，倒也不是有多么革命，只是很兴奋。老实说，我也不知道我那么兴奋都是因为什么。譬如说，一想到从现在开始指不定会碰上什么事，就兴奋。譬如说火车要是出轨翻车了，那群女生准得吓得又喊又叫，我想我应该很镇静，说不定我们男生还得好歹把她们女生救出来。不过由此又联想到死，心里却含糊。

　　这时金涛凑到我跟前来，满脸诡秘的笑，说："刚才仲伟他妈跟他姐真够神的……"

　　"嘿，说真的你怕死吗？"我忽然说。然后我装出想考考他的样子。

　　"怕死？不怕呀？干吗？"

　　"不干吗。问问。"

　　金涛挺认真地看着我，猜不透我到底什么意思。

"没事儿。我就问问。你刚才说什么？"

"仲伟他妈跟他姐姐真神，"他满脸又涌起诡秘的笑，"刚才跟仲伟说，你们也得对女同学好点儿，都不小了，要是有什么事你们得多关心人家。神不神？"

"这怎么了？"我说，"这有什么。"

金涛咽了口唾沫，脸上的笑纹变浅。我的反应有点儿出乎他的意料。老实说也出乎我自己的意料。

"仲伟跟你说的？"

"不是。是我听见的，当时我就在旁边。"他脸上的笑纹又加深，紧盯着我，希望我能对他这一发现表示出足够的兴趣。

我想着别的：假如需要死，我敢不敢。

"蒙你是孙子。"金涛又说。

"说真的，你真的怕死不怕？"我说。

"你吃错什么药了？"

"甭废话，你真的怕不怕？"

他严肃地想了大约一秒钟："不怕。你呢？"

"废话。"我说。

车厢剧烈地晃动起来，火车在变换轨道，发出令人不安的铁和铁的摩擦声。许多条铁轨穿叉交错。

"仲伟他妈跟他姐真够神的。"金涛还在说。

金涛是我们当中年纪最小的，个子并不矮，但是瘦，脸小，脸上纵横着几道皱纹，外号却叫"牛"。这小子在车厢里四处乱窜，又怪模怪样学起女人哭来，嘴里念念有词抑扬顿挫，自己并不笑。大伙儿都说学得像，都笑。车启动的那会儿，站台上有个中年妇女猛地大哭大喊，像是死了人。

车开之前，车上车下就有不少人在抹眼泪，只是没那么邪乎。

那会儿我和李卓勾肩搭背在站台上瞎溜达，一边吃果脯——李卓带了一盒果脯，说不如这会儿给吃完就算了。他不时地捅捅我，说："快瞧，那儿又有俩哭的。""快瞧快瞧，又一个。"我们在人群中穿来穿去，希望那些抹眼泪的人能注意到我们泰然自若的神态，同时希望抹眼泪的人不妨再多点儿，再邪乎点儿。所谓唯恐天下不乱。我暗自庆幸没有让母亲来车站送我，否则她也非得跟着瞎哭不可。

我和李卓又逛了一阵儿，拣个人少的地方靠着根石柱子坐下，开始认真地吃那盒果脯。

"你妈今儿早上哭了吗？"李卓问我。

"你妈哭了吗？"

"我妈这回够呛，她们系里的人说不定要整她。不过她什么也没干。"

停了一会儿，李卓又说："反正没做亏心事不怕鬼叫门。"

"她们系里说她什么？"

"海外关系。你可别跟别人说。"

"放心。"我说，然后严肃地向毛主席做了保证。后来我才知道这事本用不着我去跟别人说，他自己跟谁都说。

这时候仲伟不知从哪儿喘吁吁地钻出来，说："你们俩上哪儿了？我这找你们劲儿的！"

"你妈和你姐姐她们呢？"我问仲伟。

"我让她们回去了。"

"你妈哭了吗？"李卓问。

仲伟装着没听见，也靠着石柱子坐下。

"嘿，你妈哭了吗？"

我说："牛他们也不知哪儿去了。"

"仲伟，你妈哭没哭？"

我赶紧又说："金涛和小彬他们也不知上哪儿去了。"

"嘿，仲伟，你妈哭……"

"你妈！"我说，踹了李卓一脚。

火车头开始喷起气来。

仲伟一直紧闭着嘴发愣，这会儿问："吃什么呢你们？"

我们三个坐在石柱子那儿直把那盒果脯吃光，然后把纸盒子扔到火车底下的铁道上去。一个铁路工人瞪了我们一眼。火车喷气的声音非常响，如果你站在离车头很近的地方你就知道了，那声音非常响。

后来不知怎么就上了火车，火车就开了。似乎一切都太简单，还没过够瘾。我觉得就跟出去玩一趟一样。后来金涛就学那个中年妇女哭，"天呀地呀"的。

"牛！别瞎学了，那是徐悦悦她妈！"——不知从哪儿传出了这么个消息。我至今不知道这是不是真的，估计不过是源于一句玩笑。

小伙子们却添了兴致，纷纷上厕所，厕所在车厢前边，女生们都坐在前边。我们先是想看看那个又漂亮又厉害的徐悦悦哭没哭，哭起来是不是还那么傲慢，后来则发现，到车厢前边去走一趟，朝女生群中扫两眼，原是一件颇得乐趣的事情。女生中似乎有几个眼边发红，这又让"男子汉"们感到几分优越。"头发太长。"金涛说。徐悦悦并没哭，是件小遗憾。

四

火车在大平原上跑，拉着长长的烟和长长的嘶鸣。已经是冬天，车窗外北风刮得凶，树和荒草东倒西摇，愈见荒凉了，愈感到离北京远了。土路上慢吞吞地走着一辆马车,赶车的抱着鞭子,下巴缩到领口里。马车上还坐着个孩子,两只手尽力往袖筒里插。弯曲的土路通向远处一个村落。这会儿我想了一下家,想了一下母亲,也并没想得太久。

我心里盼着天黑,盼着一种诗境的降临。"在九曲黄河的上游,在西去列车的窗口,是大西北一个平静的夏夜,是高原上月在中天的时候……"还有什么塞外的风吧;滚滚的延河水啦;一群青年人,姑娘和小伙子怎么怎么了吧;一条火龙般辉煌的列车,在深蓝色的夜的天地间飞走,等等。还有隐约而欢快的手风琴声,等等。想得呆,想得陶醉。

嗐,你正经得承认诗的作用,尤其是对十六七岁的人来说。尤其是那个时代的十六七岁。

当然,发自心底想去插队的人是极少数。像我这么随潮流,而又怀了一堆空设的诗意去插队的就多些。更多数呢?其实都不想去,不得不去罢了;不得不去便情愿相信这事原是光荣壮烈的。其实能不去呢,还是不去。今天有不少人说,那时多少多少万知青"满怀豪情壮志",如何如何告别故乡,奔赴什么什么地方。感情常常影响了记忆,冷静下来便想起本不是那么回事。

延安对我确有吸引力。不过如果那时候说,也可以到儒勒·凡尔纳的"神秘岛"去插队,我想我的积极性会更高。我那时既不懂发愁,也不太去想什么前途,一切单凭兴趣,随潮流。

第一回听说"插队"这个词,是在六七年秋天。那年我十五岁。听说有几个高中同学自愿去东北农村插队,户口也迁去,城市户口换成农村户口,不挣工资,挣工分,一辈子。

"光靠挣工分?"

"废话。"

"跟农民一样光挣工分？"

"多——新鲜！"或者"多新——鲜！"

我问仲伟："你去吗，要是你？"

"到时候再说。你呢？"

"去不了工厂再说。牛，你去吗？"

"不去！"金涛正满嘴嚼着江米条。

那时我们几个正在清华园里闲逛。"文化大革命"开始不久，学校里的伙食质量就下降，接近忆苦饭水平，我们这些住宿生就建立了"补养大军"，经常浩浩荡荡光顾清华园里的食品店。大家都不阔，无非是每人一包江米条，一毛一，一两粮票，或者一包炸排叉儿，价格同上。嘴里嘎吱嘎吱响亮地嚼，在清华园里逛。瞧见大字报就看大字报，碰上批斗会也听一会儿批斗会。有时正赶上哪位首长来清华下指示，就挤上去拼命看个明白。事后金涛就吹嘘，那位首长跟他握了手或者差点儿要跟他握手，大伙儿就说："牛！"金涛就粗着脖子讲当时的细节，大伙儿还是说："牛！"因为每一回首长都差点儿要跟他握手。嘴里的东西嚼完了，一伙人依然晃晃悠悠地走，有人把包装纸揉成团，随便别在路边哪辆自行车的辐条上。

"文化大革命"已经进行到费解又散漫的地步，我们都是逍遥派。我们几个既非红五类子弟又非黑五类出身，因而不是敌人，也不想找麻烦去与人为敌。这大约正是由阶级地位所决定。为此心里由衷地惭愧。何以解惭愧？唯有读马列的书。便认认真真地读了些马列经典，条条杠杠地在书上画，像过去背外语单词般地记住了很多。有机会与人就当下的什么事辩论起来，就知道那书没有白读，惭愧少了些，添之以骄傲。在辩论中取胜的方法有二：一是引出大段大段与自己观点合拍的马列的话；一是引出大段大段与对方观点类似的托洛茨基的话，考茨基、布哈林、杜林等人的话。这就看谁功夫深了。只要你能不断大段大段地引出，对方必定就心虚害怕，旁观者也不由得站到你一边。

不过去插队之前，我真正感兴趣的是千方百计找一本本"毒草"来读，当然得说是为了批判。再就是到圆明园的小河沟里去摸鱼。我们学校在圆明园旁边。通常是和仲伟、李卓、金涛，我们四个，在小河最窄的地方筑起两道坝，小河很浅且水流速度很慢，用脸盆把两坝之间的水掏干，可以摸到鲫鱼、黑鱼、小白鲢、泥鳅，有时还能抓到黄鳝。鱼都不大，主要为了玩。六八年秋天，正是我们摸鱼的兴致高涨之际，传开了一个消息，说是谁也别做梦想留在北京当工人了，都得去插队，连大学生和出身好的人也得去。"谁说的？""多——新鲜！""真的？蒙人是什么？""孙子！"这有点儿让我失望，我满心盼望当了工人以后自己能有点儿钱，能买一双"回力"球鞋的——那是当时的中学生们最以为时髦的鞋，十块多钱一双，在当时算很贵。"都去哪儿？""全中国，哪儿都去。""都得去？""不错，拍拍脑袋算一个。"这还有什么可说的？

"报名了？"母亲问我。

"报了。"

"去哪儿？"

"东北内蒙古山西陕西云南，没准儿。"

母亲呆呆的。

"给我钱吧，我去买插队用的东西。"

我买了一只箱子，几身衣服，一顶皮帽子，终于买了一双白色的"回力"鞋。我妈也没说我。没想到这竟是个机会，我妈忽然慷慨起来，无论我想买什么，她都不再嫌贵，痛痛快快地掏钱。好像一夜之间我成了大人，让你觉得单为这个去插队也值得。我醉心于整理行装，醉心于把我的财产一样一样码在箱子里，反复地码来码去。有机会我就对人说："我要走了，插队去，八成儿近不了。"我妈开始叹气，开始暗暗地落泪。好多成年人对此也都叹气，或流露出叹气般的表情。我也迎合以煞有介事的叹气，手里摇着箱子钥匙，端详着那只箱子做沉思状，觉得那样才更不像个孩子了，才更像要出远门去的样子。后来定了去延安。我妈一天说好几回"毕竟那是老区"，眼泪少了些。我却盼着走，盼着"高原上月在中天的时候"，盼着"在那春光明媚的早晨，列车奔向远方"……以后呢？管那么多跟老娘们儿似的！我总觉得好运气在等着我，总觉得有什么新鲜、美妙的事向我走近了。

五

分组的方法，新鲜而且美妙：一个村子一个知识青年小组，每个小组都是按男女生名额各半分配的。这是什么意思？又宣传什么"安家落户"，又是这么个分配法。十六七岁的"男子汉"群中起了骚动，爆发了一阵抵抗："我们组只要男生，光男生就够了！""好家伙，这得腻烦死多少人哪。""我们可不负责养活她们！"……其实掩盖着某种兴奋和激动。掩盖得又很拙劣，因为抵抗得并不顽强。姑娘们当时怎么想，我不知道。现在想来，十六七岁的"男子汉"都憨直，又想在姑娘们面前显显能，又不愿意承认异性对自己的引力，欲盖弥彰。好在十六七岁的姑娘们还看不穿这些，否则就不会又喊又跳，气得要哭了。

也许是因为那个时代，也许是那个年龄，我们以对女性不感兴趣来显示"男子汉"的革命精神。平时，我们看见她们就装没看见，扭着头走过去。不过总是心神不安定，走过去之后要活动活动脖子。

她们迎面碰上我们多半是低下头——也许这对脖子要好一些。

袁小彬不同凡响，他是为了刘溪才去插队的。刘溪是我们班一个女生。小彬本来可以去当兵，他爹是高干，老战友遍天下。当兵在当时是最难得的，比进工厂还让人羡慕。这小子却偏要去插队，跟家里也吵翻了，住在学校不回去。一开始我们还直劝他："至于那么革命嘛，驴奔儿！"他光说他觉得插队挺有意思。

小彬那时身高已经一米八六，块头也大，外号"大驴奔儿"或者"驴奔儿"，干事从来不同凡响，愣。"文革"前有一回上体育课，全班在操场上站好队，体育老师说："女同学例假的出列。"四五个女生站出去。男生队伍里便隐隐有不满的唏嘘声。已经不是第一回了，近来体育课上总发生这事。忽然小彬也站了出去。体育老师一愣："你什么事？""请例假。"回答得很有底气。体育老师直发蒙。"凭什么光让女生请，不让男生请？"小彬问得有理。女生都低下头悄悄笑，互相使眼色。这更把男生都激怒。老师只好说："她们身体不好。""我们身体也不好！"男生群里嚷开了，说肚子疼的，说脚崴了的，闪了腰的。"她们怎么了？往食堂跑时比谁都快！""再说，身体不好才应该锻炼锻炼呢！"一个个又都正义凛然。那节体育课没上成，一直吵。那时我们真太小了。那时没有性教育，也没人给讲生理。

这回我们还以为驴奔儿是在犯愣。事情是这么败露的：刘溪和我们分在一组，小彬也要求分在我们组，可"光荣榜"公布时，刘溪的名字被错写到别的组去了，小彬于是也要求调到那个组去，等到工宣队批准他调过去了，光荣榜上的错误又被改正，小彬又要求再调回来。"男子汉"们对此类事从来反应灵敏。

"干吗刘溪上哪个组你就上哪个组呀？"

"嘿，看来你主要不是想跟我们哥儿几个在一块儿。"

"驴奔儿，你多半儿看上刘溪了吧？"

"看上了就说看上了，哥儿几个给你保密。"

这是件开心事，小伙子们都聚拢来，眼里闪着异样的光彩。我们以为驴奔儿肯定会否认，会赌咒发誓说他没那么想。可这家伙不吭声。

"是不是为了刘溪你才不去当兵的？"

"说话呀驴奔儿。肯定保密，说话算数。"

"真的，"我对所有在场的人说，"就这几个人知道，谁说出去大伙儿一块儿治他。"

大伙儿都说，谁说出去谁是孙子。

小彬点头承认。

我们原以为可以大笑一场的，可是预备好了的笑容都在脸上凝固、消失，气氛竟然严肃。小彬眨巴眼睛，长出气，似乎求所有人原谅。大伙儿面面相觑。我觉得心里有些乱。金涛说小彬够意思，对咱们够信任的，咱们得挨个儿保证不说出去。于是在场的人都很感动，纷纷指天发誓，像真正的男子汉那样安慰小彬，说刘溪也没什么了不起，这事能成。还有人说，谁早晚都得有这事，怕什么的？

那天下午，我、仲伟、李卓、金涛又去圆明园摸鱼。已经秋深，小河上漂着金黄的落叶，像一条条小鱼悄然游去。四个人兴致都不高，都说水太凉，光是坐在岸上把搪瓷脸盆敲得叮当响。谁都不说起上午的事，不说起袁小彬，也不说起刘溪。中午仲伟曾特地跑来跟我说："哎，刘溪可是'井冈山'的。"我明白他的意思——袁小彬是老红卫兵的，和刘溪是对立派。我没理他，我那会儿不怎么高兴，心里无端地乱。

圆明园的秋天色彩缤纷，树林静静的。

远处的红楼是我们的学校，我们的教室。我记起阳光投在黑板上，白杨树的影子在那儿摇，老师用教鞭敲着黑板："注意啦，注意啦！……"

太阳快落山的时候，金涛说："嘿，犯什么傻呢，赶紧再摸一回吧。"

"真的，下个月就该走了，再摸一回吧。"

仿佛单单是摸鱼这件事，使我们感到了一点儿离别的味道，感到了一点儿人生的严肃。我们在小河上筑坝、淘水，摸了不少鱼，摸到很晚。月亮出来的时候，我们坐在小河边搓着冻麻了的腿和脚，又觉得很快活了。鱼在水盆里泛着银光，"扑棱扑棱"想往外跳。仲伟说："小彬跟刘溪可不是一派的。"金涛说："那有什么新鲜的，我爸跟我妈就不一派……"

六

十六年过去，弹指一挥间。有一回李卓从美国来信还提到当年在圆明园摸鱼的事。他在读博士。他说他买了一辆旧"丰田"，很便宜，暑假里开着车出去旅游，从芝加哥到亚利桑那，看了科罗拉多大峡谷。"可惜没有咱们那哥儿几个在一块儿。"他说。他说美国实在是很不错，可他每一秒钟都忘不了那是人家的。他说等他回国后，"咱们哥儿几个也来一次旅游，回清平湾去看看"。我说别忘了，那会儿你就没有"丰田"了。

从北京到清平湾有两条路。一条是走西安，那条路好走些。另一条路是走太原，走介休，然后换汽车从军渡过黄河，到绥德歇一宿，再换汽车到永坪，下了汽车再走三四十里山路。插队那些年我们多半是走这条路，难走，却能少花几块钱。这条路建筑和保养得都差，逢上雨雪，汽车说不定在沿途的哪个小镇子上就走不动了。我们就花三毛钱在车马大店的长炕上找一个位置，盼着天晴。三毛钱只够在那条长炕上躺直，没有铺盖；走这条路原本是为省钱，当然不舍得再花五毛钱去租一条油光光的被子。

去年回清平湾去，当然走了头一条路。

同行的几个人连背带抱把我弄上卧铺车厢。我平生头一回坐卧铺。追溯到上一回坐火车，还是在插队的时候。

北京站没有什么变化，和十六年前去插队的时候差不多。不过站台上人群的色彩变了。那时候都是蓝的、灰的、国防绿，如果见点儿红色，确定无疑是袖章或者语录本。现在处处是披肩发、牛仔裤、国际流行色。不过十几年罢，历史的脚步不算慢。换一种说法也对：十几年啦！还不算慢？还要怎样才算慢？我是想：历史以自己的脚步在向前走，旁若无人。

火车又很平稳地启动了，仿佛就在昨天。

于是眼前渐渐开阔。火车行驶的声音在旷野上散开，也显得弱小、轻飘。

凡是树木茂盛处，就是一个村落。

村子里的人见了火车头也不抬。

在我们那儿，不少老婆儿连汽车也没见过，更别说火车。清平湾不通汽车，要看汽车得翻两架大山到几十里外的小镇上去，那些老婆儿们的三寸金莲又走不动。套上驴车专程去看一回吧，她们又觉得那太近奢侈和浪费。她们倒都见过飞机，是胡宗南的轰炸机。

同行的几个人都说，命运其实不公平。在太行山当过兵的那个说，他家请了个小保姆，从安徽农村来，十七岁。有一回他在这屋里写东西，偶尔到那屋去找一本书，见那小保姆正在穿衣镜前做一个舞蹈姿势，显然是从电视里学的，学得确实很到家。他说他马上想起在太行山时认识的一个小女孩儿。那时他们时常给邻近的老乡演点样板戏一类，他能拉两下子小提琴，那女孩儿就来缠他，央告着也让她拉两下，"看我拉得响不。"这孩子颇有灵气。他离开太行山时，那孩子拉得已经不比他差。"可惜没有个像样的老师教。"他说，"那孩子现在也得有十七八了。"然后他又细推算一回，说哪止十七八呀，他离开那儿已经十五年，那孩子应该已经出嫁，没准儿都成了孩子妈。

一伙人又都感慨：人不知道被命运安排在哪儿，又不知道为什么被安排在那儿。

我于是想起明娃。

七

有一年明娃和明娃妈跟我们一起到北京来，给明娃治病。母子俩都头一回坐火车，头一回见平原，一天一宿不睡也不困，扒着窗口往外望，说："受苦也这搭儿介受哩，麦种得够咋稠。"说："做牲灵也要在这搭儿做哩，一满是平川地。"正是清晨，广阔的平原上阳光渐渐铺开，雾气也变得辉煌。明娃却忽然叹气，说："今生不顶事了，不胜早些儿死下再托生。"明娃妈眼角的皱纹立刻都散开，沉了脸怨他："又瞎说哩！"散开的皱纹都是一道道白痕，因为那儿太阳晒得少些。我们也劝明娃别胡想，来北京不正是为了把病治好吗。明娃再不言传。母子俩都不再说话，望着窗外，窗外仿佛全是虚空。

明娃的病是先天性心脏病。

才到清平湾时，我们自己的窑洞还没有，就先住了明娃家一眼旧石窑，在村头那面高高的土崖上，离崖边二三十米，终日听见清平河的水声。明娃的大[1]叫"疤子",不记得他的学名。陕北话管麻子叫疤子。明娃妈也叫疤子婆姨,叫个什么凤英或者什么玉英。明娃是老大,下面六个都是小子,排几就叫几元儿。

明娃若生在北京,至少不会那么年轻就死。生在我们那地方,除去是动弹不得,总就是个受苦吧。山里的苦都不轻,就是跟在牛屁股后头打土坷垃,你也得抢着老镢慌慌地走;一个成年劳力打土坷垃,要跟得住三四簌牛。十七八岁往成年劳力过渡,最要付出大气力,别人不情愿承认你长大了,不情愿给你记十分工。明娃正是这年纪,拼着命想挣十分工。除非你在体魂和力气上先就压倒了许多成年劳力,否则就难。明娃长得不矮,却叫病闹得瘦。收工时众人纷纷往回村走,他要站在地头喘一阵子气,拄着镢把,嘴唇没有血色。后走的人劝他不要贪图着工分倒把身体垮了,他便硬充着笑,说"咋也不咋",连着喘,声音低得像在对自己说。

书上这么介绍我们那儿:地表破碎,梁峁起伏,沟壑纵横。黄河沿岸地带,山梁狭窄,坡陡沟深,基岩裸露,形成峡谷峭壁……

据说是风把黄土搬来,成了那一片纵横几千公里的高原,水又在漫长的年月里把它们切割得破碎。六九年初去的时候,浩浩荡荡几十辆卡车,扬起几里滚滚黄尘,"哼……哼……"地在高原上爬。人蜷在车棚里颠。不久看见了窑洞,一排排很革命的样子,大伙儿都慨叹。一会儿又见了羊群,拦羊老汉披着老羊皮袄,大家又从心里崇敬,冲老汉招手,老汉却只顾了他的羊群。然后又看见了戴白羊肚手巾的人群拥在塬畔上,木然且疑惑地看我们的车队,我们又冲人家招手,人家仍旧木然且疑惑地站着。塬地平坦而开阔,就像平原,一望无际。忽然,汽车仿佛开到了大地的尽头,平平的塬地斧砍刀劈般塌下去一大片深谷,往下看头晕目眩。深谷中也有人

---

[1] 爹,父亲。

家，炊烟袅袅，犬吠鸡鸣，牲灵和赶牲灵的人小得如蚂蚁在爬。越往北走这样的深谷越多，越大，渐渐不见了平地，全是起伏不断的山梁。然后到了延安。然后发现宝塔山并不"巍巍"，延河又因在冬天不能"滚滚流"。然后遇见有人朝我们伸来饭碗，被带队的县干部吼开。我心里的诗意遭了挫折。李卓在牙间"咝——"了一声，歪着脑袋想了半天。

到了我们县境内。在小镇上下了卡车，带队的县干部问，是歇一宿再走那几十里山路，还是现在走？男男女女都赛着英雄，说来也来了，就再不怕什么，现在走就现在走。几个干部引上我们走，翻了山又过沟，过了沟又翻山，说是寻一条近路。几十个老乡扛上我们的行李，迈着骆驼一样的步伐往山上爬；哪一件行李都有七八十斤重。山都又高又陡，一样的光秃，羊肠小道盘在上面。半天才走下一道山梁，半天才又爬上一座山峁，四下望去，仍是不尽的山梁、山峁、深沟大壑，莽莽与天相连。

山顶上却都是平整整的松土。仲伟喘着问我："这上面还种庄稼？""不可能。"金涛说，也喘。女生中也有人问："这么高的地方还种东西吗？""是风刮的吧，这么平？"老乡们笑起来："有那来便宜的风？还要往这搭儿送粪哩！""怎么送？""人担哩嘛。""种什么？""麦。""亩产多少？""两三斗。""是多少斤？""合上七八十斤。""一亩？""嘛。""一亩才七八十斤?!""噫！那就拔尖，还要赶上好年成。"行了，这下弄懂什么叫"傻眼"了，都默默地低下头走，不知是这些老乡在骗我们，还是临来时学校的工宣队骗了我们。腿下于是沉重起来。那翻松的土地上确实长着麦苗，阵阵山风吹得它们发抖。

疤子撅着屁股"吭吭"地走，扛的正是我那只装了书的箱子。我知道那箱子有多沉，里面装了不少精装的马列经典和文学的、哲学的名著，心想既是走入社会，以后当然要想些正事，不能再去想摸鱼了。疤子不知道他正扛着那么多思想和主义，似乎也奇怪这不大的箱子何以会这么沉。看他额头上渗出汗来，我也绝没胆量说一句"让我来扛一会儿"，我只是惭愧地问："沉吗？"疤子眼角上、额头上立刻堆起笑纹，"咳呀！"他说，然后满脸笑纹一直保持着，扛着箱子愈走愈欢。半天他才又寻出一句话，问我："北京起身呀是？"我说是从北京来。"咳呀！"他说，满脸笑纹又一直保持着，努力想，却再寻不出别的话。"多会儿回？"另一个老乡问。我说不回去了，以后就在清平湾。"咳呀！！"所有的老乡都喊起来，笑个不停，仿佛听见了鬼话。

这"咳呀！"含意很多，与北京话中的"没治了"略似，说好说坏，是惊讶，是嘲笑，还是赞叹、羡慕，得视具体情况定。到清平湾第二天，早晨一睁眼，炕沿前已经站满一排人，老汉、娃娃、后生。那儿的人习惯不敲门就进窑里来串。一排脑袋瞪着一排眼睛，正"咳呀咳呀"地轻声慨叹。捏捏厚厚的铺盖，"咳呀！"摸摸照得出人影的箱子，"咳呀！"捅捅李卓的半导体，不知道能派什么用场，又都"咳呀！"仲伟的假牙放在窗台上的漱口杯里，一排人轮番看过，都不言传了。一个老汉悄声问："什吗介？"一个后生回答："不晓屎。"疤子挤到前边，看了说："屎——狗牙。"我们都笑得醒过来，知道不能再睡了。疤子还在争辩："人说公社里姚书记家婆姨，年昔肚子疼得一满不行，到西安换了节狗肠肠。噢嘛，尺二长！"他歪着头比画，把周围的人都看一遍，看有敢对此表示怀疑的人没有，脸上的麻子全变红。"这事我晓得哩。"一个老汉做证说。那老汉像是在众人里有些威望。

李卓开了半导体，音乐一响，满窑又是"咳呀咳呀"的惊叹声。婆姨、女子们原都远远地站着望，这时也不顾了，进到窑里来贴墙站着，几个小女子悄悄地互相推搡。那是清平湾的人头一回见到半导体——那么一个小东西却能唱得那么红火。

八

疤子那年三十七岁，看上去像有五十。疤子是不大会发愁的人，或者也会，只是旁人看不出。他生来好像只为做两件事，一是受苦，一是抽烟，两件事都做得愉快。担粪上山，众人的筐更像盘子，疤子的筐却如一对坛子。他光记得力气用不完，却忘了多出力要多吃饭，窑里的粮却有限。明娃妈骂他"憨脑"，他坐在碾盘上"嗞嗞"地抽烟，仿佛研究烟的道理。明娃妈三十五，这年龄要在北京，尚可飘飘扬扬地穿一身连衣裙。明娃妈已经有了七个儿子。山沟里生孩子，随便找把剪子就把脐带剪断，死亡率很高。明娃妈倒是生了七个就活了七个。除去明娃，个个都活蹦蹦的，结实着哩。冬天的早晨，雪刚停，五元儿、六元儿站在窑前撒尿，光着屁股在雪地里跳，在雪地里嚷，在雪地上尿出一排排小洞。晚上，一条炕上睡一排，一个比一个短一截，横盖一条被。这时候明娃妈就坐到炕里去，开始纺线或者织布。油灯又跳又摇，冒着黑烟。疤子或者一心抽烟，或者边抽烟边响起鼾声。

"人说黑市上粮价涨了。"明娃妈说。那时私人卖粮是犯法的事。

"噢。"疤子应道，停了鼾声。

"卖上几升玉米吧。"

"噫，窑里吃甚？"

"卖了玉米换些红薯回来。"明娃妈盘算，这就又能余下些钱。

明娃睡不着了，又为自己只挣七个工分心焦，起身到我们窑里来。

袁小彬和金涛正就"生产力和生产关系"的事在喊，我和李卓也不时参加进去。那时我们开始想些正经事了。小彬一上手就读《资本论》。我和李卓想，斯大林的《苏联社会主义经济问题》或许更实用。仲伟每晚都拉小提琴，偶尔给我们评判一下谁说的更合逻辑，然后吱吱嘎嘎地拉，每日都不见长进。明娃却如一首梦幻曲，无声地在灶火前坐下，无声地往灶膛里添柴，瘦削的脸上光剩了眼睛，火光在那儿闪亮，又在那儿熄灭。

半夜起来出去撒尿，还听见明娃妈的织布机声，看见窗纸上印着她的影子，头发垂在脸边顾不上拢。

在她手里，你看不出有什么东西需要花钱买。线，自己纺的；布，自己织的；鞋和衣裳都是自己做；油，自己出，把麻籽儿炒了，再放大锅里熬，慢慢地麻渣沉下去，青亮亮的麻油浮上来；酱也是自己酿，用麦麸，或者也加些黑豆。单是买些盐。还要买些颜料，把织好的布染黑。钱都抬起[1]，钢镚儿变票票，小票票变大票票。明娃妈有一桩要用钱的事：去给明娃把病治了，县上不行上延安，再不行去西安，去北京。明娃已经问下婆姨，那女子是三十里外赵家河人。

"咋看到了北京什么病治不了！"明娃妈跟明娃说。在她想来，北京还有治不了的病吗？

"治罢病，咱也去天安门看一回。"她故意说得轻松，怕明娃心疼钱。

明娃坐在窑前的磨盘上化玉米，不言传。化玉米就是把玉米粒从玉米棒上搓下来。

明娃妈在纳鞋底，把麻线扯得哧啦啦响。

"不要叫我大炭窑上去。"明娃忽然说。

明娃妈愣一下，继续纳鞋底，只是眼角的皱纹又散成一道道白痕。

---

[1]　存起来。

“不要叫去。”

明娃妈不搭话。

“不要叫去！”

不去又怎么办？明娃妈停下手里的事。卖猪、卖鸡蛋、卖青油，直能卖多少？治病的钱多会儿能攒够？母亲望着儿子。她有七个儿子，不因为有七个，就对其中的一个爱得轻些。

九

炭窑就是煤矿。我们那地方有煤，不过煤层很薄，且分布零散。只是公社一级常组织些开采，设备极原始，称不上矿，叫炭窑很恰当。打一眼井，比一般的水井大些，井口上一个辘轳，也比一般的辘轳大，几个人摇，把掏炭的人吊下去，把掏好的炭吊上来。地下水也是从这井口吊上来——用一张大牛皮兜着，吊上来倒掉。几班人轮番不停地摇辘轳，用肌肉代替吊车，代替抽水机，“哼哼咳咳”地喊。掏炭的人嘴上叼一盏小油灯，攀在绳索上下去，三四丈深到了煤层。巷道只一米来高，又很窄，没有坑木——用不着也用不起。掏炭的人在里头爬，有时要爬几里地，挖一块煤，几百斤，用绳拖在身后，再往回爬。膝盖磨烂了，然后磨出膙子。煤吊上来了，然后掏炭的人也吊上来了，人和煤都湿漉漉的。冬天井口上挂满了冰凌。所谓安全设备，就是地面上有几根不高的烟筒，为通风用，不能没有。

留传下来一个不成文的规矩：哪个人下了炭窑，他就是欠了你再多的钱粮，你也不能去催要了，不然就是逼人去死。下了炭窑就是说已经到了山穷水尽的地步。讨饭只是不顾了脸，掏炭却是不顾了命。然而我们在的那些年，这规矩只成了一个传说，实际人们却争着下炭窑。一个人下炭窑，一家人的日子就好过些。下炭窑的人能吃饱，吃白馍，吃小米，吃不掺麸也不掺糠的净玉米干粮，偶尔还能吃一顿大肉，有些萝卜、洋芋，主要是能给窑里挣回些钱。

疤子一直羡慕人家去掏炭，自己没机会。这年疤子的哥哥在公社灶房上给干部们做饭，慢慢跟些人混熟，给疤子争来了这机会。同是走后门搞不正之风，有人给自家的儿女弄得去上大学，有人给自家的兄弟弄个舍命的事做。炭窑上的窑头也看得下疤子，知道他苦好[1]，厚道，有力气。

明娃妈想，等把明娃治病的钱攒够，就不再叫男人下炭窑。她想，一天总能挣回一块钱，一年三百几，两年下来就再不叫疤子下炭窑去。

十

老乡们都烧柴。煤价虽不高，但总要钱买。柴可以自己去山里砍，只要有力气。煤都运到公社，运到县上，运到邮局、医院、商店、车站去。"给公家儿的烧去！"老乡们管挣工资的人叫"公家儿的"，就是公家的儿子。"看给公家为儿够咋美，消消停停倒把钱挣下。"或者说，"看那些公家儿的咋着意，烧炭火，吃白馍。"话里含了怨气，自然也含了羡慕。所以老乡们的审美标准也与"公家儿的"有关。新媳妇出嫁，要在花条绒袄外再披一件制服棉袄，要在红红绿绿的头巾上再加一顶黑呢子制帽。小伙子去相亲呢，要有一包纸烟，要在上衣兜里别支钢笔。这确实是一条唯物主义

---

[1]　活儿干得好。

美学观的佐证。

"明娃的相好来啦！"听见娃娃们喊，我们都跑去看。纷纷扬扬的大雪落白了群山，让人想起那首打油诗：江山一笼统，井上黑窟窿，黑狗身上白，白狗身上肿。娃娃们也喊，狗也叫，呐喊山寂静的小路上下来两个人，前面一个黑的，后面一个红的。前边的头上裹一条白手巾，后边的戴一条花头巾加一顶黑呢子帽，下得呐喊山，走过呐喊坪，朝庄里来了。所谓"呐喊山""呐喊坪"，就是村子对面最近的山和坪，在那儿呐喊一声全村都能听见，因而得名。黑呢子帽下根本是一个还没有长大的小姑娘，胸脯瘪瘪的，头发黄黄的，穿了一身红条绒，怯怯地跟在一个中年汉子身后走，臂弯里扎个篮，篮子上盖块花布。中年汉子在前边背起手悠悠地迈着大步。一群嘎娃娃追在那小女子身后，问："寻明娃了是？""明娃在哩，等得心焦哩。""给明娃做婆姨了是？"……小女子红了脸紧走，忽然反转身来喊："看把人家的鞋踩掉了没嘛！"娃娃们笑嚷着散开。她弯腰去提鞋，篮子上的花布开了，里面是蒸的白馍，每个馍上一个红点，如同北京人串亲戚常拿一盒点心。这就是碧莲，虚岁才十七。

随随站在小学校的窑顶上，两手插在袖筒里。下雪天，他没去拦羊。女生们也都站在小学校的窑顶上。

"随随，你问下婆姨了没？"徐悦悦问。女生们都嘻嘻哈哈地笑。只是跟老乡们说话时她们才这么大方。

"问下啦！"随随一本正经。

"怎么没见过？"庄宁问。

"常来串哩，你们倒没见着？"

"哪个村儿的？"

随随想想："朱家沟，叫个黑玉英。"

众人都笑起来。

"笑什么你们？"

"照[1]，"一个老婆儿说，"'黑玉英'串来啦。"

不远处哼哼地晃过来一只老母猪。

女生们都骂，自然是北京妇女界最传统的用词："流氓！"我们不敢笑。凡女生们参与其中的事，我们都视而不见，听而不闻，否则她们会以为我们多么希望理她们。她们也只当我们不在场。活到三十几岁回过头来想，才知道：倘小伙子们不在场，姑娘们也不至于那么叽叽嘎嘎嚷得欢。

"噫，敢是没钱嘛！"随随说，"寻个婆姨，没有五六百块不得过去。"

明娃的婆姨六百块。那天疤子又给碧莲大交了十五块钱。交够了数数过门，那儿的规矩。

没想到所谓"老区""圣地"竟还是这样。倒真是"信知生男恶，反是生女好"。如果这一家养的女子多，这家便富裕些。疤子的七个全是儿子，七六四千二百块，幸亏七个儿子不是同时都长大。徐悦悦为这事去找疤子辩论。"你就不给，看他敢怎么着！""噫，不能不给嘛。""怎么不能？""咳呀，你买了人家东西，不给人家钱能行哩？""你说什么？这是买东西呀？碧莲是人！""人哩嘛，不喽出六百块？""你是不是贫下中农？！"徐悦悦急了，要上纲上线了。疤子全然不怵这一套："贫农咋啦？咳呀，贫农也出得起六百块。"……

那年明娃来北京治病，我们带他看了天安门，照了相，又逛了颐和园、动物园、王府井。病却不能治，大夫说若是早几年或许还可以做手术，现在只好吃些药，多注意保养。明娃妈背着明娃哭了几场，便不吝惜钱，让明娃在北京美美地玩几回，吃几回，买几件

[1] 看，瞧。

像样的衣裳。明娃明白母亲的心愿，便显出高兴的样子，说清平湾的人有几个能像他这样到北京来逛过呢。从北京回去后，明娃妈把攒下治病的钱一回全交给了碧莲大，不久碧莲过了门。明娃妈说，不能让明娃这辈子连婆姨也没有过。一年后碧莲给明娃生了个儿子。这孩子倒很壮实。这孩子一岁多时，明娃死了，死在山里，正掏地[1]便倒在山上，抬回村里已经不出气。明娃妈让那孩子也戴上孝，抱着去给明娃送葬。碧莲哭得死去活来，说她才晓得明娃有这么重的病，哭得众人都落泪……

十一

随随家是全村数得着的穷户。

随随的大是个瞎子。据说他三岁上害了场大病，险些送了命，小棺材也打下了他又没死，单是把一双眼睛瞎了。六十年，他没走出过清平湾，也没有成亲。随随是他收养的别人的孩子。窑里短个女人，日子穷半边，衣裳要求人缝，穿鞋要买着穿。

他先前是跟着哥哥嫂嫂一搭里过。他能旋磨，能捻毛线，能担水劈柴，还能铡草挣些工分。一把铡刀，两个人，一个人搌草，一个人掌刀。这瞎子掌刀。谁把草搌得太长他也觉得出，笑骂一句："你狗日的懒！"把铡刀悬在半空不往下落。所以不用担心他会铡到别人的手。每天去饲养场上铡半晌草，挣四分，有时候铡一整天就挣八分，工分全交给哥嫂，自己除去吃穿再无所求，反倒帮助哥嫂把光景过得强些。有个跳大神的巫婆给他说过："这瞎子四十五岁上能成家哩。"他笑笑，摇头，不言传。是不相信呢，是无所谓呢，还是心想要是

[1] 刨地、翻地。

那样敢情好呢？众人都没想起问。

常见他一个人半晌半晌地仰着脸，枯瘪的眼窝不住地蠕动。他依稀记得山川的模样。

偏偏在他四十六岁这年，从绥德来了个吹手，提着一把唢呐，带个三四岁的男娃。天黑时，吹手领着孩子走到了清平湾，睡在了呐喊山上的小庙里。吹手病倒了，病得很重。过了两天，要不是那个男孩子哭喊，众人还不晓得呐喊山的小庙里住着父子俩。众人来看时，吹手已经不行了。吹手撂下了一把唢呐和一个孩子，这孩子就是随随。瞎子不顾一切地要收养这孩子，求人去给扯布做衣裳，求人去供销社给称糖，搂着随随不放手。嫂嫂说："咱再养不起了嘛！"他回答得坚定："我个人养。"哥哥说："你能养得活？""咋啦倒不能？"他心底的父性忽然炽烈地爆发，或者也是母性。众人想起了那个巫婆的话。"咳呀，那跳神的婆姨真格有法哩！""只晚了一年。""噫，说周岁瞎子不正是四十五哩？"其实算命哪有论周岁的。"咳呀！"随后人们又都记起，那巫婆说的不是"成亲"，是"成家"。

瞎子从此有了自己的家——他和随随。

他们住在垴畔山后羊圈旁的一眼小土窑里。这窑原来也是羊圈，比一般的窑洞要低矮得多，也没有门窗。众人帮忙在窑口垒起一面土墙，单是两扇门不得不用了些木料；门上边像栅栏一样竖几根椽，算作窗户。土窑洞里昏暗暗的，反正他也无所谓。陕北的土窑造价本来十分低廉，除去做门窗要花些钱，黄土山是足够大，只要你不断向纵深挖掘，便可任意扩大自己的居住面积。

白天他去铡草，随随自己在窑里。窑旁就是羊圈，羊羔羔也盼着老羊回来。随随蹲在栅栏外，羊羔站在栅栏里。随随拔些青草喂羊羔，羊羔在圈里又蹦又跳，随随在窑前又滚又爬。羊羔羔比随随长得快。

瞎子把草铡得更细、更好，怕丢了这营生。铡下的草喂大了多少头牛，铡草的人靠这营生养活随随。按平均一天六分算，三百六十天不误一个工，一年下来刚好不用再给人家交粮钱。再有用钱的地方呢？年复一年总是欠着债。他盼着随随长大。随随给他带来了无穷的欢乐，因为随随不是管别人而是管他叫大。

村里的人都叫他瞎老汉。大人们这么叫，娃娃们也这么叫，语气中绝无讥嘲，却是含着亲近和尊敬。

"瞎老汉，哪搭儿去？"娃娃们喊。

"哪搭儿也不去。"他说。

"哪搭儿不去你走得可慌慌介？"

"噢，我在这崖畔上望望。"

人们不以为奇怪，甚至相信他能看见明眼人看不见的东西。

那土崖有五六丈高，刀削般陡峭的崖面上有野鸽子在那儿做窝，长着几株葛针和黄蒿，清平河常年在它脚下流。这高高的黄土崖是清平湾的标志和象征。远路回家来的人，翻山越岭，山转路回，忽然眼前一亮，远远地先看见那面土崖。离家去谋生的人，沿着川道走出几里远，回头还望见这土崖，望见亲人站在崖畔上。正如歌中所唱：

> 他哥哥就在大路哟子边，干妹子就在崖畔上哟嘀站。

或者：

> 走一回三边买一回盐，小妹妹想你在崖畔上看。

不知道瞎老汉能望见什么。

土崖有时候塌方，依着山势，越塌越显得高峻。轰隆一声，几十吨黄土塌下去，把清平河都变黄。瞎老汉每天都爬上崖去，众人担心他迟早会蹾下去，却不知道他靠了什么神灵指点，再走一步就要掉下去的时候他停下来。六十年了，清平湾的每一寸黄土他都清楚。他站在崖畔上，或者坐在那儿，默默地长久地面对群山。"花脑"蹲在他身旁，也那么无声地瞭望。"花脑"是一只小母狗，浑身黄土色，脑袋上有些黑斑。

"做什么哩，瞎老汉？"娃娃们又问。

"什么也不做。"

"能照见随随哩？"

他很有把握地笑笑："随随在苦行山梁上。"

随随长大了。小时候跟羊羔羔一搭耍，谁想长大了也拦羊。随随十五岁上就拦起队里一群羊。拦一群羊挣八分，包工，无论老少。若是早晨再上山受一阵苦，一天就能挣十分。随随想早些承担起做儿子的责任。

"你咋晓得是在苦行山上？"

"这程儿又上了葫芦峁。"

众人说，这父子俩有神神给传话哩。随随投错了胎，随随当根儿就是瞎老汉的儿哩。老天爷不晓咋介闹混乱了，一照，噫，咋看弄成了个甚？咋差那吹手把随随送了来。

苦行山和葫芦峁离村里少说有五六里远，瞎老汉却说他听见了随随的吆羊声和歌声。

"这程儿随随又到了哪搭儿？"

"往窑里回啦。"

山背洼里的阴影爬高了，夕阳把群山的峰顶都染红。

娃娃们都回家了。瞎老汉还坐在崖畔上。

野鸽子也归巢了，在他脚下飞，"咕咕"地叫。

村里便处处升起晚炊的薄烟。

忽然"花脑"兴奋地叫起来。顺着落日最后的余光，呐喊山后隐隐传过来山歌：

> 不来哟就说你不来的话，
> 省得一个蓝花花常等下。
> 你要来哟你早早些儿来，
> 来迟了蓝花花门不开。

这是陕北民歌中最有名的一首，男女老少都会唱。蓝花花是个胆大又苦命的女子。

瞎老汉便又想起随随到了该寻婆姨的年纪，可窑里没有钱。他近两年常为这事心焦。

> 梳头中间亲了个口，
> 你要什么哥哥也有。

> 不爱你东来不爱你西，
> 单爱上哥哥的二十一。

黑的山羊，白的绵羊，从呐喊沟里转出来，"咩咩"地叫，有的嗓音低沉喑哑，有的高亢娇嫩，像是散了什么集会。随随出现在呐喊山的山腰上，挥起羊铲喊一声："花脑儿——来！"那只狗又蹿又跳下了土崖，摇着尾巴迎过河去。

瞎老汉站起身，往窑里回，心里依然盘算着钱的事。随随大了，光景本该好过了，可他却老了。他近几年身上总是难活[1]，不是这搭儿就是那搭儿，常出些毛病。唉，老了，屎势了。胃里准也是有了病，在饲养场上铡着草，常就吐下一摊摊酸水，夜里心口疼得一

---

[1]　不舒服，病了。

满睡不成，随随拉上架子车送他到公社、县上都去过，闹糟蹋了钱，不顶事。

羊都进了圈，天完全黑了。随随回到窑里，瞎老汉已经做熟了饭。天天是这样，随随"一五一十"地把羊放进圈去的时候，还听见自家窑里"呼嗒呼嗒"的风箱响，进得窑来瞎老汉正把饭菜摆上炕。因为这饭菜太简单——半瓦盆豆钱饭，抓上一把盐，再有一小钵辣子。随随点上灯，小油灯只照亮半个炕。父子俩盘腿炕上坐，喝着比清水稠很多的豆钱饭，"吸溜吸溜"地响。

这会儿清平湾家家户户都是这响亮的"吸溜"声。那些年人们已经忘记了晚上也可以吃干粮。

"大，叫你做些白面嘛。"

"想吃白面哩？"

"屎，我吃甚也能行。你不要今儿黑地又闹得睡不成。"

豆钱饭就是把黑豆在碾子上轧扁，然后兑上充足的水，熬成粥，也叫钱钱饭。因为黑豆轧扁了样子像钱吧？人缺什么想什么，什么都不缺的就写一条"艰苦奋斗"的字幅挂在客厅里。

"夜来黑地心口疼得好些儿没？"

"好些儿。"

"玄谎哩，我听着你又吃止痛片。"

其实这药对胃不仅无益反而有害，可这是老乡们的"万应灵丹"，不管什么病都先吃止痛片。一则便宜，二则累了一天浑身都酸疼，吃一片可以解乏，无论什么病也就仿佛见轻。

"再不好，秋后卖些粮上延安去。"

"冬里饿死去？"

"今年年成差不多儿。"

"几时给你问下婆姨，几时我的病才得好。"

常就是说到这儿没了话。响亮的"吸溜"声。勺子刮得瓦盆底响。灯花"嗞嗞剥剥"地爆。

十二

随随想起后晌在苦行山梁上遇见英娥的事。苦行山离沙家沟不远了，山那边就是沙家沟的地界。那程儿随随正攀在半崖上砍柴，听见有人喊："谁的羊！吃上黍啦！"黍就是高粱。随随循声望去，见山洼洼里走上来个女子，穿的崭新的一双红条绒鞋。是英娥。随随认得英娥，英娥认不得随随。她常来清平湾串亲戚，是刘志高家婆姨的妹妹。刘志高家婆姨，被认为是全村年轻婆姨当中最漂亮最能干的一个。英娥更俊，腿长，身上很丰满，又不像她姐姐那么太显得壮。英娥又喊："拦羊的死到哪搭儿去啦！"随随生性嘎，便唱："你妈打你不成才，露水水地里穿红鞋。"

英娥气了，骂开："哪庄里的个黑皮，羊吃了人家的黍，还逞什么哩！"

随随装作没听见，又唱："你穿红鞋坡坡儿上站，把我们年轻人心搅乱。"

"噫，看把你能的！这号酸曲儿谁解不开？"

随随再唱："我穿红鞋我好看，与你们旁人尿相干。"

英娥咯咯地笑开了："没眉脸！"

"哪搭儿去？"随随问。

"你管！"英娥又板起脸。

随随吆喝了几声羊，反转身去砍柴。英娥仰着脸看随随。

"你是哪庄里的？"英娥问。

"你管！"

"谁管你咧！"英娥说，却不动，依旧仰了脸望随随。

"不说我也晓得哩，敢是马家坪看王康儿去。"

英娥腾地红了脸，但立刻又现出怒气："谁去！看他哩，看个鬼！"

"那你这程儿哪搭儿去？"

"在这洼洼里寻菜哩嘛。""寻菜哩？'六月里黄瓜下了架，巧口口说下哄人的话。'"随随又唱。

"谁哄你！"英娥把臂弯里的篮子举给随随看，里面果然是些苦苦菜。

王康儿随随认得，那人实在是长得丑。随随记得听刘志高说过，英娥不情愿那门亲事。随随也觉得王康儿实在配不上英娥。不知为什么随随却说：

"王康儿给你捎话来，想你想得难活下了。"

"爬远！"

"大青石上卧白云，难活不过人想人……想你想得眼发花，土坷垃看成个枣红马。"

"爬屎远远的！"英娥一扭身下了山坡。

随随纳罕：英娥的声音里怎么会带了哭腔。他独自想了一阵，似乎有些觉悟。

这一夜随随睡得很迟。

"花脑"卧在窑前，不住地耸耸鼻子，空气里似乎有什么诱人的气味儿。

千山万壑都浸在月光里，像一张宽大无比的牛皮纸揉皱了，又铺展开。寂静的星辰挨着寂静的峰峦。

清平河水夜里也不停歇，在月光下赶着路程。

老绵羊半夜里咳嗽，声音就像人。

窗纸上有个窟窿，正看见一个又圆又远的月亮。随随又想到窑里没有钱，又想到他大的病要赶紧治。而像英娥那么好的婆姨，没有一千块钱就怕问不下。

"花脑"仰天长吠几声，那声音颤颤的有些古怪……

第二天随随早早起身去拦羊，心里慌慌的又上了苦行山。英娥已经在那山洼里，依旧穿了那双耀眼的红条绒鞋。"我晓得你是哪庄里的了！""你比你姐姐还能！"这一天两个人再没说旁的话，都感到对方炽热的目光。

第三天两个人又都来，一个拦羊，一个寻菜。

> 白格生生脸脸太阳晒，
> 巧格溜溜手手拔苦菜。

> 白布衫衫缀飘带，
> 人好心好脾气坏。

第四天……第十天，两个人还都来。

> 洋芋开花土里埋，
> 半崖上招手半崖上来。

> 打碗碗花就地开，
> 有什么心事慢慢来。

以后两个人便常见面，在苦行山，在葫芦峁，在随随拦羊的每条小路上。随随拦羊净往沙家沟近处走。

> 一对对山羊串串走，

谁和我相好手拖手。

人人呀都说咱们两个好，
阿弥陀佛天知道。

百灵子雀儿百灵子蛋，
谁不知道妹子没好汉。

百灵子雀儿百灵子窝，
谁不知道哥哥没老婆。

三十三棵荞麦九十九道棱，
妹子虽好是人家的人。

蛤蟆口灶火烧干柴，
越烧越热离不开。
……

十三

好了，我的想象过于浪漫了。事实上也许完全不像我想象的这样。事实上我们到了清平湾的时候，随随和英娥的罗曼史已告结束。我的想象是根据了村里的传说和陕北动人的情歌。

去年回陕北去，一路上我这想象逐渐清晰，便讲给同行的六个人听。大家都被这情歌打动，有老婆的想起了老婆，没有老婆的便说应该赶紧找了，不然日子有点儿难熬。那位"太行山人士"也说这歌词歌曲实在作得太好，然后又不失时机地讲起他的太行山，希望他认识的那女娃不要有英娥似的命运。他已料到英娥和随随的事不会成。

但无论如何那是清平湾历史上有数的几桩自由恋爱之一，而且确实极富浪漫色彩。人说，"砍柴时见二人在苦行山洼里走哩"，"见随随把英娥捉起亲口哩"，"英娥睡倒在随随怀里，咋才叫羊把沙家沟的黍闹糟蹋啦"！随随是在拦羊时与英娥建立和发展了爱情，这一点确凿无疑。

六七年冬里英娥嫁到了马家坪。王康儿是个老实人，心里明白英娥看不下他，便连话也很少敢跟英娥说，一个人不吭不哈地受苦、做饭、喂猪，有了钱给英娥买衣裳。英娥不穿他买的衣裳，也不给做饭，也不让他跟她一块儿睡。英娥还是常往随随拦羊的路上跑。于是英娥娘家的人就跑到随随窑前来骂，把瞎老汉也捎上，说："叫你跟你大一样把眼窝瞎了！"随随急了，抄起老镢跑出去，说："你狗日的骂谁哩？谁的事说谁的事！"众人把双方拉开。王康儿家的人告到了公社，公社里来人把随随叫去整治了一顿。英娥听说了便要寻死。据说水银吃了能死人，据说镜子背后涂的就是水银，英娥就刮了镜子背后的"水银"吃，不顶事。她以为那层红的涂料就是水银。她又把镜子摔了，用碎玻璃割脖子，被众人发现拽住。随随也想过死，但又想到撂下瞎老汉谁管？这些都是我们到清平湾之前的事。我们来之后，风波全已平息。只是听说英娥结婚两年还是没有怀娃娃。第三年还是没有。第四年生了一个儿子，第五年又生了一个女子。众人说这下没麻搭[1]了。

---

[1] 麻烦。

我在清平湾的几年中，没听随随说过半句这往事。他还是穷得问不下婆姨，却似乎也不急。别人问他，他就随机说些嘎话，大家一笑。

瞎老汉却心焦。他还是总到那土崖上去，和那条狗在一块儿，从太阳偏西望到暮色苍茫，望得随随拦羊回来。随随不再唱山歌。山歌差不多都是情歌。瞎老汉草也铡不了多少了，总是病病歪歪。他一辈子不知道婆姨的味儿，心想不能再拖累得随随也娶不上婆姨。

那时李卓干起了赤脚医生，靠一本《农村医疗手册》，自己买了听诊器、注射器，开始给老乡们开药、打针、扎针灸。李卓傻大胆，真干起来也心细，又买了麻药和手术刀，给村里一个十三四岁的男孩做了包皮切除术，竟很成功。那确是急用先学，上午抱着书看几遍，把器械都消了毒（无非是一把刀两把镊子），下午就去做，手术的时候书翻开在旁边，不时再看几眼。老乡说："要看书哩嘛，不看书能治好个病？"绝对相信他的手艺，相信他不时看看书是必要的。我也跟李卓一起去给人打过针，把针使劲往人家屁股上一戳，没进去，针头弯了，李卓就忙说："这针头不行，换一个。"老乡们就相信那全不是因为我的手艺不济。李卓的医道于是日渐高超了。瞎老汉的病却难治。李卓再胆大，那时也还不敢做胃溃疡的手术。上延安去治就又要借钱，瞎老汉说死不去。"不顶事了，再不要瞎糟蹋了钱。"他说，"我死了你就好好介打上两眼窑。"瞎老汉跟随随说，"我死了你就结婚下婆姨好好介过。"随随就急得喊："多会儿死咧，咱俩相跟上！"有这话瞎老汉心里就满足，于是又想起那个吹手，说："也常要给你亲大上坟哩。把我也埋在前川枣树滩里。"随随不耐烦听，出去和"花脑"在窑前坐一会儿，然后使足了力气劈柴。

有一天瞎老汉又走上那土崖。看见的人说，他走得缓慢又镇静，身后也没跟着那条狗。瞎老汉往崖畔上走，差一步就要掉下去的时候人们以为他会像往常那样停住，可他没停。那崖几丈高。"花脑"
这时跑来，站在崖上一望，又反身跑开，直往山里去。众人惊叫着
跑下崖去，见瞎老汉正在河滩上翻身爬起，愣瞌瞌坐着，浑身是泥，
只在脸上被沙砾划破一道口子，洇出血来。这事有点儿让人难以相信，
众人一时都不敢上前。瞎老汉愣了一会儿，对众人说："小鬼儿不接
我去哩，还要再拖累随随哩。日这小鬼儿的先人！"

　　"花脑"带着随随走来时，挤了满满一窑人，瞎老汉坐在炕上，
脸上只贴了块纱布。瞎老汉只说是自己不留神才出了这乱子，咋也
不咋。有人还记得他坐在河滩里说的话，就把原话悄悄说给随随。
有人又记起那条狗当时被拴在窑前，便把狗叫来看，脖颈上还有半
截被咬断的绳子。随随大哭了一场，发誓要给他大娶下儿媳妇。众
人又劝随随，说这是天意，好人总要有好报；说神神保佑着这老汉哩，
往后的日子要好过了。

　　这之后大约半年，随随和碧莲好上了。随随的话是："碧莲母
子命苦咧。"碧莲是说："随随人好哩，心忠哩。"这事便在村里
传开，人人都说这倒又是神神牵线，天配就的。这时明娃已经殁下
一年多。碧莲是十二分地看得下随随，比随随要心急得多，催随随
托人去跟公婆说。随随自己去找疤子，说："明娃的儿还是姓明娃
的姓，明娃在时和我可好哩，我不能错待了他的儿。"疤子没主意，
叫他去问明娃妈。随随去了又是这一套话。明娃妈眼圈又红，沉了
好一阵子，说："就这，明娃的儿还是姓明娃的姓，你窑里我窑里
都是这娃的家。你给咱出上四百块，我家二元儿也十七了，问婆姨
又要使唤钱哩。"随随愣了半晌，回去。他自然是拿不出四百块。
这关头碧莲却充当了男子汉的角色，说："不怕，她不讲理，一个
二婚的倒要你那么多钱？不怕她，有理走遍天下。"火在心里烧，
眼见的好男人不能丢，碧莲胆子大了，抱了孩子拉了随随去找李卓

他们，又找徐悦悦她们。那时我已经离开清平湾，正住在北京的医院里，听金涛来信说起这事。碧莲知道明娃妈最信知识青年的话，知道徐悦悦和金涛的嘴能说，知道那年明娃母子来北京时吃住都在李卓家，李卓在明娃妈面前说话最顶事。李卓他们和徐悦悦她们便轮番去跟明娃妈说，都感觉负了正义又神圣的使命，动之以情，晓之以理，成篇大套的恋爱自由经典学说。男女生间的隔阂于这时开始融化，我在北京听说了这一节，心里很是羡慕。明娃妈落了泪，说："疤子下炭窑去挣来的钱，好不容易给明娃娶了婆姨，六百块钱来得那么容易？再要给二元儿问婆姨，又要五六百块哩。"那几个经典学说的信仰者立刻都没了话。明娃妈又说："我晓得随随穷，二百块总要出哩吧？"几个人再能说也都没的说。瞎老汉竟然悄悄存了些钱，把疤子喊来，从枕头里摸出一百零六块，全给了疤子。疤子说："咳呀！——"瞎老汉说："再欠的钱我死前准定给你还上，能行不？""咳呀！——"疤子说。

我们那地方娶媳妇很热闹。一队人马从女家的村里出来，顺着山路走。最前面是四五个吹手，每人一把唢呐。吹手后头是一个迎亲的老汉或老婆儿，骑着驴。然后是新媳妇，也骑了驴（要是骑骡子就更排场），经常也并没有盖头，脸反正是垂到众人看不明白的程度。再后边是几匹驴驮了嫁妆，大致是木箱和被褥，多与少便标志出穷与富。最后又是一个老汉或者老婆儿，是送亲的。一队人在大山里悠悠地走，除了新媳妇之外似乎都不急，翻梁越岭。都是在冬天，庄稼早都收光，漫山遍野是裸露的黄土，更显荒莽，幸而天是格外的蓝，格外深远。远远望见个村子，吹手们把唢呐高高扬起，让那自由欢畅的曲调信着天游开，顺着天游开。《信天游》或《顺天游》这曲牌名都不是瞎起的。村子里的人便都跑出来，辨认这是哪村里的女子，都露着白牙笑。有相识的就朝那迎亲的或送亲的呐喊两声，对方很高兴回答。新媳妇浑身都抽紧。过了村子，吹手们歇下，一队人就走得有些寂寞。新媳妇松口气，不知是应该笑一回还是想哭一顿。再走一程，唢呐声又信天游开。

十四

一九六九年一月十七日到清平湾，这日子记得清楚，永远不会忘。不久就过年，当然是阴历年，那儿没有人承认阳历。过阴历年，过清明，过端午，过中秋，不过"十一"和"五一"。不少人稀里糊涂地知道有个"五一"，却不知道有劳动节。劳动就是受苦，谈何节哉？每日都过。我们第一回上山受苦是在大南山掏地，李卓和金涛疯狂地抢着老镢掏向山顶，不久便都似终点线上的马拉松运动员，被人搀扶着安慰着拖到一边去休息。最被重视的是阴历年，不用受苦，在热炕上款款盛下 [1]，喝米酒，吃大肉，吃油糕和油馍，吃豆腐和漏粉，吃白馍和扁食……这才是过节。夜晚，家家窑前吊一盏油灯，在漆黑的山间如一片朦胧的星光。

这一冬，烧的柴是队里派人给我们砍下的。大队革委会主任叫徐财，跟我们说，公社通知，知青的烧柴，队里只管这一冬，然后赔着笑脸。徐财是个老好人，既无能力也无威信，既怕公社领导也怕村里的乡亲。我们无端地想起老书上说的地保，就叫他徐地保。徐地保任何时候都显出张皇与和蔼。真正有本事有威望的原大队书记，两年前被公社降为第二把手。

山上雪化了的时候，我们自己去砍柴。提上小镢，背上书包，牵上栓儿家的"黑黑"，上山去。"黑黑"是条公狗，常追踪着随随

---

[1] 待着。

家的"花脑"。"花脑"对它时冷时热。我们想得挺好，砍一阵儿柴看一会儿书，书包里背着《国家与革命》《家庭、私有制和国家的起源》等等。

雪化了，风和泥土都湿润润的，山野间有了清新的生气。清平河开始解冻，早晨的太阳照在疏松的冰层上。这季节的河水也清冽，哗哗啦啦如同奏乐，轻缓而安然，像它的名字。我们牵着"黑黑"在大山上跑，喊。村里的一群孩子也提了小镢，追在我们屁股后头。孩子们请求："吹个曲儿嘛！"仲伟带了个口琴。

站在山顶上看清平河，一条金属似的带子，蜿蜒东西不见头。清平湾上浮着薄雾，隐约可见家家窑檐下耀眼的红辣椒，隐约可闻石碾的吱扭声，人的吆驴骂狗声，狗惭愧的讨饶声和驴的引吭高歌。蓝天，黄土，地远天高。云彩的影子在山地上起伏赛跑，几座山峁忽地暗了，几座山峁骤然又辉煌灿烂。那时候你觉得，或许在这儿待一辈子也凑合吧？

"吹个曲儿嘛。"娃娃们蹲着、跪着、趴着，把仲伟围住。吹了个《三套车》，又吹了《山楂树》，又吹《小路》和《红河谷》，我们跟着哼，遇到"姑娘""爱情"一类的字眼儿就含混过去，不咬得太清楚。唱到《货郎与小姐》的插曲时，就尤其乱了节奏，舌头都不大利落。娃娃们听不懂，但都满意，因为那么个东西竟能吹成个曲儿。"吹个道情！"娃娃们说，"随随唱道情唱得好，这程儿不唱了。喂牛的老汉这程儿还唱，也唱得好。"有个大些的男孩儿就唱一句："半夜里想起干妹妹，狼吃了哥哥不后悔。"所有的孩子都笑，说："这狗日的骚情咧。"那男孩儿又唱一句："村子小来路又僻，呼啦啦来了些游击队。"忽然发现，远处山梁上女生们正在那儿照相，她们有人带了个相机。红头巾、绿头巾、蓝头巾，在黄土的大山上分外鲜明。李卓说："快看驴奔儿。"小彬望着那个蓝头巾又犯傻。

仲伟吹起《海港之夜》，我们齐声唱："当天已发亮，在那船尾上，又见那蓝头巾在飘扬！"小彬说："×，别逗了，我看那边儿那山呢。"李卓说："没错儿，那边儿那山上。"小彬一下把李卓扭倒，大巴掌照屁股上猛抽。我们重复唱最后一句："又见那蓝头巾在飘扬！又见那蓝头巾在飘扬！"李卓在地上翻滚，狂呼救命。

对面山梁上的头巾都扭过去，变成脸，奇怪我们这边出了什么事。

"说真格的，小彬。"金涛说，"你写封信，我负责送到刘溪手里。"

"牛！——你敢送去？"

"只要小彬敢写。"

"我替他写，你送不送？"

"那不行。""牛！"大伙儿都说，"你知道驴奔儿不敢写。"

"要不然我去跟刘溪说，就说小彬跟她借相机用用。怎么样？"

大伙儿认为这主意好，说要去现在就去。

"现在不行。"

"牛！你就牛吧。"

"你们懂什么，这事得瞅机会。"

"牛×！"

大伙儿哼着歌散开，去砍柴。

那天我们六七个人只砍了一捆黄蒿。黄蒿好烧，一点就着，不过不禁烧，老乡只用它引火。晌午我们背着那捆黄蒿往回村走，以为不算少。那群和我们一道上山来的娃娃这时纷纷不知从哪儿都冒出来，一人背一大捆柴，弯着腰走，见了我们的一捆黄蒿，都扭起脸来，学着大人的腔调"咳呀咳呀"地嘲笑，脸上全是黄泥汗。孩子还不如一捆柴高，远看只有一捆柴在山坡上一跃一跃地移动。晚上烧了一大锅热水洗脸洗脚，就把那捆黄蒿全用光。几个人脱了衣服在灯下抓虱子，浑身起鸡皮疙瘩。李卓让大伙儿看他屁股上的血印，说："驴奔儿这小子真他妈驴，手真狠。"

十五

那天砍柴回来的路上，看见个八九岁的小姑娘坐在山坡上哭，身旁放了一捆柴。这小姑娘也是追在我们屁股后头上山来砍柴的。

"怎么了你？"

她光流泪，不哭出声，用小脏手在脸上抹。

"怎么不回家？"

"砍柴时，把买本本儿的钱撂了。"

小姑娘小鼻子小眼长得挺秀气，脸被抹脏了，头发上挂着碎黄蒿。

"买什么本本儿？"

"小学校要开学哩。"

"丢在哪儿啦？"

"不晓得。这山上彻走遍，再寻不着。"

"几块钱？"

"三毛。还有买笔的。"

"这好办，回家吧。"

小姑娘嘤嘤地哭出声："我大要打死我咧……"

"谁带钱了？"

大伙儿都摸兜。只小彬带了一块钱。小姑娘不接，却盯着那一块钱住了哭声。小彬把钱放在她膝上，她低头看着不动手，直到一阵风要把那张票子吹掉，她才一把捂住。这小姑娘就是怀月儿。

这事我已经忘记，去年回清平湾见了怀月儿，她跟我说起这事，我才依稀记起。她说她常记得这件事，记得小彬，"小彬的个子高得危险哩。他这程儿做什么？"我说："他在一家公司里，当了官了。""他跟刘溪结婚了是？""你怎么知道他们俩的事？""你们不是常笑他咧？""不行，他们俩没成。"怀月儿听了沉默一会儿。

回来我跟小彬说起怀月儿还记得他给了她一块钱的事，小彬却说"有这回事吗？"怎么也想不起来了。我说怀月儿你总记得吧，他说这名字记得。我说怀月儿是金涛的得意门生。他说金涛当小学老师那会儿，他已经当兵走了。我说怀月儿家就住在芦根沟门上。"芦根沟？沟门上？"我说怀月儿的大就是张富贵。这下他才想起来。

十六

张富贵就是前大队书记，在朝鲜打过仗，在国内也打过，头上一块很大的伤疤不长头发，所以总戴着帽子。帽子还是当兵时的帽子，已经发白，上了补丁，补丁也已发白。他之所以被降为第二把手，是因为他反对大队分红，主张小队核算。清平湾老少三百余口，土地是全川最好的，公社决定在这里搞大队分红试点，为了早日实现共产主义。

知识青年都赞成公社这主张，认为此乃历史前进必然之途径，改天换地当然之招法。由小集体到大集体再到全民所有制，最后消灭阶级以及赖阶级以生存的国家才能寰球一片红，使三分之二还在水深火热中的人们全都过上好日子，这，无疑是一条革命的康庄大道。男女生坐在一起开了会，在女生窑里。男生低头耷脑地进来，女生都躲到一个角落去，油灯微光照亮之处都没人坐。然后开始互相催促着发言，渐渐说起来，总听见"我觉得""我觉得""我觉得"，大家都觉得站到斗争前列去，坚决支持大队分红，要与张富贵斗争，但张富贵毕竟是同志，所以还应该把矛头指向真正的阶级敌人。村里有一个地主。"谁呀？""是谁呀？"都不知道，光知道有一个地主。又严肃认真地探讨了一回理论。说到"生产力决定生产关系"一节时，产生了疑问：清平湾目前没有半点机械化，人力、牛力、犁、镢头，与几百年前绝无不同，何以产生新的生产关系呢？大家沉默着坐了半晌。终于小彬想到：政治思想工作第一，生产工具不是生产力，掌握生产工具的人才是生产力，掌握了革命思想的人才是最先进的生产力。解决了理论问题，大家才松了一口气。油灯跳跃着，我心想这土窑洞里还真有马列主义。小彬说话时，刘溪一直看着他，这让他永生难忘。其实大家都一直看着他。

我们去找张富贵，想争取他。我们自信比梁生宝[1]和萧长春[2]水平高。张富贵偏偏是第二把手，这像小说。小说中的二把手常是要人来争取的。

张富贵不在窑里。炕上坐着个老汉，是怀月儿的爷爷，正捻毛线。在陕北，捻毛线，织毛衣、毛袜，都是男人的事。

"您说，大队分红好，还是小队分红好？"

怀月儿爷爷啰啰唆唆说很多，他不识字，又结巴，说得我们打了哈欠还不知道他要说明什么。窑里只有两只木箱，几个瓦罐。猪在灶台边"吭哧吭哧"蹭痒痒。灶台上睡着一只猫，时而睁一下眼睛看那只瘦猪。猪卷动了几下尾巴走开了。炕上一条毛毡，两条被。窑掌[3]里一个很大的荆条编的囤子。木架上整整齐齐码了些红薯。满窑里就再没别的东西。

---

[1] 柳青《创业史》中的人物。

[2] 浩然《艳阳天》中的人物。

[3] 窑洞最深处。

"那就好咧——"怀月儿爷爷终于告一段落。

"什么好咧？大队分红好咧？"

"就是的，小队分红好咧。"他还有点儿聋。

"小队分红好？"

"啾嘛！"这次回答得明确。

男生看女生，女生看男生，又都四周看。怀月儿对我们的到来感到高兴，带着两个弟弟在炕上抛一只猪尿脬。猪尿脬里吹足了气，用线扎紧，像一只土黄色的气球。墙上贴了很多布票，仔细看，有过期的也有当年的。家家都买不起那么多布，娃娃们就把布票贴在墙上当画画儿看。

"那您说，是小队分红好呢，还是单干好？"

我们想引导他忆苦思甜。似乎只要证明了小队分红比单干好，就自然证明了大队分红更具优越性。

怀月儿爷爷愣了一下，把脸凑近些，压低声音问："能哩？"颇为怀疑地看我们每一个人。

"什么能哩？"

"屎，谁解不下这事？不是不敢言传？众人心里明格楚楚儿介。小队分红好，可还是不顶单干。"

大家又互相看，都没敢轻易相信自己听见了什么。怀月儿爷爷是彻底的贫农，烈属，有三个儿子，一个死在青化砭，一个死在沙家店。

"这号话不敢乱说哩。"他从我们的神情中大约觉察出了什么，又专心于他的毛线了。一会儿又说："随咋介。受苦人解开个屎。"

我们又去问徐财，村里那个地主是谁。徐财说那人叫李正发，已经死了三年。

十七

在清平湾的头一年我们吃的国库粮，每人每月四十五斤，玉米、麦子、谷，还有几两青油。老乡们就说我们也都是"公家儿的"。老乡们常要吃麸子，吃糠，还吃一种叫"叶子"的东西（我至今不知该是哪两个字，查了《辞海》也无结果，总之比糠还难下咽）；若吃一顿净玉米干粮便如过节般喜庆。老乡说我们："这些窑里有办法。""这些的老子都是中央的干部咧！"说的听的都点头，确认我们给公家为儿乃天经地义，每月吃四十几斤好粮无可厚非。

婆姨们常拿着鞋底聚到我们灶房前来纳，赞叹说，"这些吃的好干粮！""洋芋菜、萝卜菜，浮面常见漂的油！"然后纷纷给我们以指教。北京式的窝头引得他们笑，说"这看糟践成了甚！"玉米面还是要发了蒸"黄儿"才是正道。菜要煮烂，否则岂不是生吃了？白面不如掺了豆面擀成杂面条条，切得细细的，调上酱和辣子，光吃白面能吃几回？我们二十个人，轮流每两个人做一天饭，都叫苦连天，手艺本来不济，被众婆姨一指点就更乱了套路，昏天黑地。这时就有见义勇为者，麻线绕在鞋底子上，挽了袖子下手帮我们做。做一顿好饭比做不上一顿好饭当然多了乐趣。另一个婆姨又帮着烧火，说灶火该整顿了，不然柴就费得厉害，等她家掌柜的山里回来给整顿一下，她家掌柜的整顿灶火有方法。她们都很称赞北京带来的粉丝，比她们漏的粉又白又细。饭做熟了，我们壮着胆子请她们也尝尝，她们都退却，开始骂腿底下的娃不听话，依旧拿起鞋底来纳。我们给几个娃掰一点儿白馍吃，娃的妈眼里亮起光彩，才想起让娃管我们都叫一遍叔叔。女生们没法儿叫，那儿没有相当于阿姨的叫法。

二十个人都宁可上山受苦，也不愿意做饭。那灶火实在难摆弄，常常天不亮就起来生火，直到太阳很高，仍然是满窑浓烟不见人，光听见风箱拉得发疯似的响。风箱声忽然停歇，浓烟中便趔趔趄趄地跳出两个人来，抹眼泪，喘粗气，坐在磨盘上，蹲在院当心，于朝阳光中和鸡鸣声里相对无言想一阵，又钻回烟中去。要把煤火烧得旺盛，必须有好柴。譬如狼牙刺，有油性，烧起来火势既猛又耐久。然而这柴砍来费劲。我们先跟老乡借一些，借的次数多了自觉无理，就只好偷一些，反正一样，都不还。偷的次数一多，又觉有违于"知识青年到农村去"的教导，便终于发现了呐喊山上小庙的门窗和门槛。

小庙不知经历了多少年风雨，残垣断壁，处处长满荒草，几间小殿堂也表示随时要歪倒的愿望。那腐朽的门槛，干裂的窗棂、门框，正是上好的柴。我和金涛有一次到那儿去，先发现了这能源，能源有限，不宜告诉别人。轮到我们俩做饭时，就拿一把斧头去砍一块好柴。先用光了窗棂，又砍门槛。金涛说，这门槛不知是否祥林嫂捐的那条。

小庙里几尊泥佛，斑斑驳驳还有些彩饰在身上，中间一尊仿佛观世音。据说每个佛都有一颗心，或者金的，或者银的、铜的。我们俩在那泥胎后背砍开一个洞，果然掏出一颗心，是木头的。金涛掂掂那木头心，说这就够做一顿饭了，不用再砍门槛，门槛已经所剩不多。佛像前铺了许多麦秸，时常有些外乡人来这儿过夜。

从榆林来过两个卖艺的，在这庙里住过几天。一个瘸子，一个十几岁的孩子。孩子很瘦，头上很多疮在流黄水。两个人来到村子中心的空地上，瘸子就敲起一面小鼓，大喊："表演一回榆林的硬势子！"孩子把上衣脱光，显出一串脊椎骨和两扇分明的肋骨，也喊："操心看下，演上一回榆林的硬势子！"瘌子把一根铁丝缠在孩子胸上，再把鼓敲一阵。孩子憋足一口气，弯腰跺脚就地团团转，想把那铁丝崩断。铁丝没断，孩子直起身惶然地看那瘌子。瘌子很机灵，冲众人说："这娃几天没吃干粮了，光喝了一肚子稀米汤。"围看的人都笑。孩子又弯腰跺脚用了一回力气，铁丝终于崩断。然后换了孩子敲鼓，瘌子抡拳摇掌比画了一阵，发出歇斯底里般的叫喊，险些跌倒。

那小庙不知接待过多少流浪的吹手、石匠、说书的、卖艺的。佛像前总有些新烧就的灰烬。

有一年那小庙恢复了一阵香火。那年到处传说，从黄河东过来了神神，方圆几百里内的寺庙都兴旺了一阵，寺庙的神灵都复活。人们去庙里跪拜、许愿、烧香。那时没有卖香的，便只好用纸烟代替，指定要"延安牌"的，说那是神神看下的牌子，以致"延安牌"烟脱销了很久。呐喊山小庙的门框和门槛都被补上，窗户用席遮住，观世音后背的窟窿填满泥，刷了白灰。殿堂里光线昏暗，烟雾缭绕，人声嗡嗡。有病的求神神给些药，没儿的求神神给个儿子，缺粮欠债的求神神保佑年年风调雨顺且公粮不要收得太多。瞎老汉烧了一包烟，求神神帮助随随娶下婆姨，那时随随还是单身。明娃还在世，明娃妈卖了一罐青油，差疤子去百十里外的一个大庙去磕头。据说那庙神灵大，有求必应。县里、公社里都出动了人，把跪拜的人群驱散，挑几个不大顺眼的绑走。黄河东的神神也才回了黄河东。疤子失魂落魄地跑回来，说花了十几块钱，"咳呀，险忽儿叫捉去！"明娃死后，明娃妈仍对那神神抱着希望，认为这下明娃转世要有好光景过了。

十八

接近垴畔山的山顶处，有一眼孤零零的窑洞，与呐喊山上的小庙隔河相望，三面土夯的矮墙围成一个小院落。每天太阳最先照到它的西墙，最后离开它的东墙。窑里安安静静地住着一对老人。老汉是全村最高寿的老汉，七十七岁。老婆儿是全村岁数最大的人，八十岁。老两口自己过，不靠儿孙。并非是儿孙不孝，实在是儿孙的光景过得都还不如他们。老两口养了二十几只鸡，养两头老母猪。二十几只鸡能下不少蛋，托人拿到集上卖了，一年下来够一个人的粮钱。六七十块钱就顶一千工分，交到队里，队里给分粮。两只老母猪一年下几窝猪儿子，卖了，又够一个人的粮钱还有富余。

年富力壮的人不能这么干，否则就挨一顿批判，或者被公社来人绑一绳。那时惩罚农民的办法只剩这一种，无论什么罪，偷了一升黑豆也好，复辟了资本主义也罢，都是绑一绳。一根粗绳，五花大绑，推推搡搡地送走关个把月。

村里人都羡慕这老两口，认为这老两口前生必是做下好事。

知识青年们问："咱村里有老红军吗？"

"噫，那老汉就是。"

"打过仗吗？"

"咳呀，那老汉就打过，炮弹把耳朵震得一满聋下。"

"咱村有人见过毛主席吗？"

"那老汉就见过，在瓦窑堡。那老汉烧炭。"

"张思德也是烧炭。"

"还怕就在一搭里烧哩。"

"张思德是在安塞烧炭。"

"咳呀，那就不晓得在不在一搭里。那老汉打了几年仗，把耳朵聋了下。那老婆儿在窑里听说，哭得一满弄不成，咋托人捎话去，老汉就回来。"

从来没听那老汉说过话。每天早晨总见他到河对面去担水，慢慢地走过河，慢慢俯下身把木桶探进井里，水面很高，满满地提一桶水上来，再提一桶上来，慢慢地担了往回走，沿着小路走上堖畔山，白发银须轻轻地颤。担完水他就到近处的山里寻些喂猪的野菜，或者在村前村后转着捡碎柴。无论碰见谁他也不打招呼，不管你是公社干部还是县里的干部，他照旧捡他的柴，偶尔角度适合看你一眼，倒让你有些怀疑。知识青年的到来，应该算是古今罕事，却也不给他任何惊动。他站在人群中看一会儿，目光和面容都极平静，仿佛早已料到要有上山下乡运动发生。

那老婆儿呢？却听说了知识青年爱吃鸡蛋，时常用围裙兜十几个鸡蛋，小脚跷跷地走来问知识青年要不要。

那小院落总安安静静的，在朝阳里或在落日中，给人一点儿神秘感。

村里的一切事似乎全与他们无关。明娃死了，从那老汉的表情看，未必就是灾祸。随随成亲了，从那老婆儿的神态看，未必不是苦难。

老两口有一对好棺材，柏木打的，远近闻名。老汉每年给它们上一遍漆，漆得很仔细，很耐心。棺材放在堖畔山腰的一眼闲窑里，窑口堆满了柴草以遮挡风雨。有一回小彬偷柴偷到此处，看看四下没人，抱一捆柴正要走，黑乎乎见了那两口棺材，又见一个满头白发、满脸银须的老人正扶着棺材看着他，他拖了柴赶紧跑，老人一声不响，继续漆他的棺材。

有一天早晨，老汉起来倒了尿盆，担了水，扫了院子，回到窑里就躺在炕上，叫老婆儿把他的寿衣拿来。无非一身黑条绒袄，老婆儿以为他又要看看，就去拿来。拿来老汉就穿上，说："再没有旁的事了。"就闭了眼。

那老汉入殓的时候，几乎半个村子的人都戴了孝，都是他的晚辈。男人们跪下来粗声粗气"呜呜"一阵，女人们哭得有腔有调。那老婆儿平平静静地坐在棺材旁，摸摸棺材上的漆。

又过两个月，老婆儿也死了。

那座小院落就更加静寂，主要是没有了猪和鸡的声音。

随后村里闹了一阵子"鬼"。好些人都说又见了那老汉和老婆儿，有说见二人相跟着在村里走的；有说见他俩在那院前坐着，老汉问明日吃啥，老婆儿说白馍大肉都有哩，情愿吃啥就吃啥。公社来人吓唬了一顿，又拿来一条粗绳，才没有人再说。

十九

电影放映队要来了，从县城出发了，自下川往上川走，每到一个村子演一晚上。电影队还在几十里外，消息就传到清平湾，全村人都盼着。总共三部片子，《地道战》《地雷战》《列宁在十月》，各村任选一部。

娃娃们扳着指头算日子，一面回忆起曾经看过的一部电影，就所有能想到的细节争论不休，譬如：上了刺刀的步枪是否还能放响？倘能放响，何必不放响呢？两个人刺刀对刺刀，你干吗不搂机子？你先搂机子，对方不就先"死他妈×"了吗？然后说到拼刺刀的场面，娃娃们都兴奋得捋胳膊挽袖子，跑到场院里滚成一团，直到四元儿把五元儿的头打出血。五元儿并不哭，用手捂住伤口，想把血捂回去。四元儿却吓得脸发白，实指望五元儿能把血捂回去。疤子正到场里来，四元儿赶紧跑，所有的孩子都跑散，只剩了五元儿。五元儿既流了血，屁股上又挨了疤子两脚，这才觉得委屈，一个人哭着回窑去。

年轻后生们在山上锄地，从电影说到当兵；说到当兵吃国库粮，每月还有好几块钱挣；说到赵家河有个人年昔当兵走了南方，来信说一股劲儿吃大米、白面，往饱里吃，不计数数；又说到有个人当了几年兵回来，就分配在县里供销社工作，一个月挣四十几块。"不用打仗他狗日的，咱也去当一回兵，怕不能？""立个战功回来，日那些妈的，再不要受。"打过仗的老汉们就嘲笑这些年轻人："把你能成了什么！炸弹一响，保险你狗日的趴下。""三天不得过去，你狗日的就要想回窑搂老婆了。""操心机关枪把你狗日的屎打烂！"几个老汉瘪着嘴笑。

电影队近了，离清平湾还隔着两个村子，老乡们就都跑去看了，走二十几里路，看一回无数颗地雷乱炸，像是看焰火。婆姨女子们都穿了出门的衣裳。年轻的后生就可能买一包纸烟，享受享受，排场排场。地雷一炸，娃娃们都喝彩。清平川没有电，电影队自带一部脚踏式人力发电机，样子像自行车，两个壮劳力轮流骑在上面拼力蹬。有时蹬机器的人光顾了看电影，看得入了迷，脚下的速度就放慢，于是电影的速度也放慢，银幕上的光变暗，人物的对话走腔走调，地雷的爆炸声也不同凡响。娃娃们又喝彩，大家都笑，觉得愈发有了看头。散了电影，再走二十几里路回来，山路上洒满月光，四处庄稼叶子响，一群人吵吵嚷嚷，回味着各式各样的地雷，嘲笑日本鬼子的丑态，以为战争本来十分有趣。我们也去看，虽然几部片子在北京都看过，但生活需要有点儿变化，需要红火。有的老乡要连着看五六个晚上，不怕五六个村子都选《地雷战》。爱看打仗的人多，因此选择片名上有"战"字的，地雷又比地道显见得红火。

在清平湾演的那天，我们跟徐财说："看《列宁在十月》吧。"电影队长在一旁听见，说："那要多出五块钱，这片子是进口的。"这也是各村都选《地雷战》的原因之一。我们那儿，一个大队如果有百八十块钱公积金，就算得富队。徐财为难了，把队干部都叫来商量，大家说，还是看个便宜的就对尿了，队里的架子车的轮胎烂了好几条还没有钱换。我们赶紧说："不在这五块钱上。《列宁在十月》老美气。""咋？""有男的女的亲嘴儿！"李卓说。这一计策果然妙，在场的人都说："咳呀，那就看上一回。穷死不在这五块钱上。"

看罢《列宁在十月》，老乡们都称赞瓦西里。"瓦西里好身体，个子怕比袁小彬还高。""瓦西里能行，心忠哩！一疙瘩干粮还给婆姨撂下。""看那瓦西里的婆姨，生得够咋美！"公认这片子确凿是比《地雷战》好看。议论要延续好多天，延续到窑里、场院里、山里。有些见识的人说："外国人亲口和咱这搭儿握手一样样儿。"多数人不信："尿，你和你婆姨倒常握手来？"于是有人说出不宜见诸文字的话来。又有人唱了："抓住胳膊端起手，扳转肩肩亲上一个口。"有人又和："把住情人亲个嘴，心里的疙瘩化成水。"又唱："要吃砂糖化成水，要吃冰糖嘴对嘴。"又和："砂糖不如冰糖甜，冰糖不如胳膊弯里绵。"再唱："墙头上跑马还嫌低，面对面睡下还想你。"再和："你是哥哥的命蛋蛋，搂在怀里打颤颤。"再唱："一把捉住哥哥的手，说不下日子你难走。"……

电影队不定几年才来一回。

二十

有一篇外国小说中写过这么一件事：一个负责计划生育的官员，到贫民区去调查情况，兼而做一次"少生儿女可以使生活富裕起来"的宣传。那儿的人告诉她："到了晚上，有钱人去看戏了，去跳舞了，去听音乐会了，我们上哪儿？上床。于是一个接一个的孩子就出世了。"

不过清平湾没有床，人都是睡炕。全村三百多人，大约一半是孩子。平均每家四五个娃。少则两三个，多则八九个。

村里办着小学校。小学校有一眼窑，一个老师，几十个学生。窑前的树上挂一块胡宗南留下的炮弹皮，上课下课时就把那炮弹皮"当当当"地敲响。学生多是八九岁，再小的学校不收，再大的就都能上山受苦，家长不让来了。学生分成两班，一个班在窑里上课时，另一个班就在窑前写字，因为窑太小。轮在窑里的不得不跟着老师朗朗地读书："胸怀祖国。""胸——怀——祖——国——""不要看外头！——放眼世界。""放——眼——世——界——""不要看外头！敢教日月换……"这时窑外的一个班不知出了什么事，笑嚷声震天响。老师出来猛吼几声，抓出一个来问，才知四元儿用墨水把自己两腿之间的东西染成了蓝色。老师把四元儿推搡到窑里去罚站，剩下的孩子都安静下来，纷纷跪在窑前的空地上撅着屁股写"鸠山设宴和我交朋友"，写二十遍。写字的本子各式各样，有从供销社买来，也有用糊窗纸订的。五元儿的本子竟是用装肥皂粉的纸袋拆开后订成的，那纸袋只可能从知识青年窑里捡来。五元儿头上的伤还没好，缠着布条，转着脸四处看，嘻嘻笑，手下写得飞快。

老师是本村的，上过县高中，眼睛近视得厉害，永远眯着，不和你撞个满怀绝不能发现你，发现你以后还要再看你一分钟，然后微笑着叫出你的名字，不保证一定叫得对。

"干吗不配副眼镜？"

"有一副，打碎了。"

"再配一副呢？"

"又要十几块钱，还不晓得啥时间又打碎。"所以他宁可总眯着眼睛。

老师这营生也苦，一天上六节课，只挣八分。逢上农忙还要带着学生上山支农。

"年昔娃娃们捡的麦穗，打了几斗麦。"老师对徐财说。

"噢。"

"卖了几十块钱。看是咋介？……"老师很想给学校添些用具。

"这事要队委会商量。"徐财从不独断专行。

队干部会上一商量，大家都说那股子娃娃也不容易，不如割些大肉让娃娃们吃一顿。于是大肉买来了，小学校放两天假，教室窑里的灶火整顿好，支起大锅来炖肉。又买了漏粉，发了豆芽。所有的队干部都来帮忙，整宿守候在大锅旁。肉炖熟了，众干部就都先尝一碗。然后又一锅一锅地蒸白馍。馍蒸熟了，众干部又都先尝几个。

早晨，娃娃们过节般地早早爬起来，抱着父母早给预备下的大碗到学校来。几十个娃娃排好队，坐成一片，捧着碗望着教室，出声地吸着鼻子，捕捉教室里流出的肉香，赞叹声不绝于耳，逐渐地又打闹起来。徐财喊："悄悄儿！谁日怪哩？不给狗日的吃大肉。"娃娃们都闭上嘴，屏住呼吸。大肉白馍全端出来，娃娃们都把大碗举向半空，所有的眼睛都眯着第一个分到大肉和白馍的孩子，一时间全村都很静。每个娃娃分得一个白馍，小半碗肉，大半碗漏粉、豆芽和肉汤。娃娃们都很快乐，互相比着谁分到的肉更多，而且更肥。都先喝一口肉汤，吃一点儿豆芽和漏粉，看见别人碗里的肉没动，自己也不动。四元儿忍不住吃了一大口肉，别的娃娃都笑他，都往他碗里看，笑他碗里已经没有原来那么多肉了。

"咋，狗日的们操心吃！"徐财喊，也很快乐。

怀月儿先端着碗往回窑走了，说是要给她大、她爷、她妈、她兄弟都尝尝。所有的娃娃都想起窑里，骄傲地端着碗往回走，一边用筷子蘸点儿肉汤在嘴里嗫。

五元儿永远是个倒运鬼，飞似的往窑里跑，肉和菜全扣在地上，一只大碗也捣烂，又遭了疤子一顿骂。肉和菜捡起来洗洗还能吃，半碗汤却全喂了狗。狗把那块地舔成一个坑。

二十一

五月里，麦子黄时下起了暴雨。

我们那地方树少草少，山上存不住水，只要二十分钟大暴雨，山洪就下来。那地方的雨也来得快，刚才还是明晃晃的烈日，什么时候天边藏了几块发亮的云彩，忽然响了雷，那云彩立刻黑压压爬上来，在山里拦羊、拦牛的人常常跑不回村，雨就下来。

那天我们正在山上锄谷，一抬头忽然觉得远山一片模糊，像是罩在雾中，老乡们就喊："下得来啦！"队长捏着下巴看一会儿，说："回！"每天上山来就盼着这一个"回"字，扛起锄赶紧往回村跑。跑一阵回头望，近处的山野也变得朦胧，天变得低矮，地显得苍白，齐刷刷一道雨线几十里拉开，横着在身后追来，看看跑不脱了，就钻进半崖上的小土窑。山里常见这样的小土窑，半人高，是人们打了专为避雨用的。蹲在小土窑里再往外看，群山都隐没在大雨中。

那天亏得我们跑回了村。我们先是躲在大南沟口的小窑里，感谢老天爷的照顾，心想可以美美地歇上一后晌了。那时我们盼下雨如同小学生盼星期天。若是早晨还在梦中先就听见雨声，准有一位怪声地高呼万岁，然后打响一连串喜不自禁的哈欠，把别人也吵醒。被吵醒的人都从窗口看看雨势大小，浑身上下挠一阵再躺下，骂第一个人多事，吵了大家的好觉。下雨就是我们的星期天，可以歇着，不用天不亮就滚起来去干活儿，也不用为不出工而在心里谴责自己没有好好接受再教育，心安理得地躺在窑里看会儿书，打会儿牌，直着脖子唱一阵。最窝心的是唱着唱着雨过天晴，又听见队长站在谁家的窑顶上喊"山里走！"那天的雨真下得大，栓儿看看天，云层越来越厚，栓儿说："不敢盛了，操心一程儿山水下来把咱拦在河这头。"

河水已经涨了，好不容易扭扭歪歪地蹚过去。村里一片叮叮当当的敲盆敲罐声。人们站在窑檐下，用木棍、石块儿把盆盆罐罐敲响。"老天爷爷，可不敢下冷子！"婆姨们一边念叨，神情严峻。仿佛老天爷下雹子专门是为了把盆盆罐罐敲响，人替天敲，天就可以省了这份麻烦。雨紧一阵，叮叮当当的声音也紧一阵。男人们仰面凝神望着天。我想，锣鼓的由来是否与冰雹有关。

山洪下来了。几里远先听见了隆隆的喧响，转眼，墙一样高出水面的洪峰就过来，挟裹着山间的泥土沙砾、枯草败叶，呼啸呐喊着奔过清平湾。清平河再不是那么清平舒缓，骤然间变成几十丈宽的急流，惊涛汹涌，浊浪拍天，似乎生怕辱没了它黄河子孙的声名。

我们披了雨衣跑向河边。雷声雨声水声，响成一片，面对面说话也要喊。天色灰黑，水色昏黄，乌云紧贴着山头翻滚，滔滔黄水如与天相连。闪电在云水之间划开，竟显出火一样的红色。村庄如一座蚁穴，弱小、飘摇。我们站在岸上惊叹着，光看见对方张着大嘴喊，听不清喊什么。清平河只是黄河上一条无名的支流，由此能想见黄河的气势了。

平时可以游泳的那个水潭不见了，急流在那儿形成一个大漩涡，掀起两三丈高的大浪。浪峰上有时托起一块上百斤重的大树根，然后又把它重重地摔进河底，一会儿又见它在远处的急流里翻滚上来。一百多斤的好柴被洪水抢走。

栓儿头一个跑来捞河柴，身上披一块破麻袋片，拿了木叉、镰刀和一根很长的木杆。那儿的规矩，不管什么东西，放在山里绝没人偷，但只要被洪水推走，谁把它从急流中捞上来，谁就是它的新主人。多是些碎柴，偶尔也有一两根原木被推下来。一根原木上百块，谁捞了也高兴，但又想起它的旧主人，真心叹道："日这洪水的妈。不晓得又把谁做过了[1]。"然后把原木抬回窑去。

女生们也站在河边，又嚷又笑，似乎还唱。

"笑咧！一程儿冷子下来全不要笑！"栓儿在我耳边喊。他正把镰刀往那根长木杆上绑。

"冷子一打，一年的苦顶喂了狗！"他又在我耳边喊。

"什么？"

"麦子全落在地里，水一推，屁毛搁不下一根！"

我愣一下。

"哄你？玉米、黍也敢屁势。"

"会下吗？"

栓儿再看看天："敢哩！"

我们都安静下来，感到了一点恐怖，想到明年不能再吃国库粮，往后的日子与收成的好坏有联系，不觉中都仰脸凝神望着天。

"怎么办，那？——"

"弄上根绳。"

---

[1]　叫谁倒霉了。

"绳？"

"把脖颈扎起！"栓儿说，像在说一个平常的玩笑，却不笑。

二十二

担粪上山，沟里走几里，山上再爬几里，六七十斤的担子压在肩上。有条沟叫愁牛沟，意思是牛走起来也发愁。愁牛沟的尽头就是苦行山，那架山梁又高又长，是说在那山上走最是件苦事呢，还是说谁能担粪爬上那架山，谁就最是好受苦人呢？北京话说"活儿干得好"，陕北话是说"苦行"。还有座山叫日天峁，是全村的最高点。绝不是说它高得接近了太阳和天。提醒一句：那山又高又陡，几乎直上直下。老乡们的想象极大胆。

我和仲伟、小彬在日天峁上掏过地。掏地就是刨地，或者叫翻地，七八个人楼梯似的站成一斜行，从东走到西，再从西走到东，一步一镢，慢慢从山脚掏向山顶。牛耕不过来就人掏。一把老镢六七斤重，举起来画一个弧，落下，腰一塌屁股一撅，借点惯力，一镢一镢地把整座山一寸不落地刨开。看着太阳升起来，变红，变白，变热，身后掏下的地已经不少；看着太阳落下去，变红，变大，变冷，眼前没有掏开的地似乎还那么多。除了黄土还是黄土，漫无边际的黄褐色。说笑声便低落，渐渐变成无声，世界上只有镢头砍得地球响，黄土飞扬处一群人奋力挣扎兼而喘息。

就盼着队长喊——"歇一程儿！"立刻把老镢一扔，咕咚咕咚纷纷倒地，把两只鞋摞起来当枕头，白羊肚手巾盖在脸上，如同死去。想睡一会儿，因为人会累。可是又渴了，因为人又会渴。这些弱点都不如机器。山沟里就有泉眼，这最糟，还不如没有，没有倒可以死心塌地歇一会儿了。现在看你是忍着渴歇一会儿呢，还是放弃休息去解解渴呢！山太高，跑下沟底去喝一顿再爬上来，多半正赶上队长喊"落灶"[1]。那时你不会再有另外的感想，只想骂天了，才更觉出"日天峁"这名字的妙处。"日这老天爷的娘！"

　　仲伟从家里带来块四十年代的老"罗马"。清平湾的人从没在近处观察过手表，于是全体传看一遍后，都对它倍加崇拜。开始歇歇儿时，队长郑重地问一声："仲伟，给咱把表看好。""三点半！"仲伟说。过了好一阵子，队长问："几点了？"仲伟早已把表往回拨过，说："三点三十五！"队长想，才过了五分钟，再歇一会儿吧。我们再把表往回拨。又过了一阵子，队长又问。仲伟说："三点四十！"队长望望太阳，心里起疑，扳过仲伟的腕子看，果然三点四十。"尿，什么介日怪[2]表。落灶！"我们只好抢起老镢继续掏地，深悔搞得太过，致使队长对老"罗马"失去信任。再一个偷懒的办法，说出来大不雅——去拉屎。掏地的人中有婆姨女子，找个背人处去方便方便是颇通情理的，队长没话说。北京人只懂吃饭是一种享受，绝难理解另一种形式的乐趣。如果再闹闹肚子，就更不失为一种艺术。找个远而背人的地方，自然闹不起很多肚子，我们就各找了位置躺一会儿，长吁短叹，"这他妈不是人干的活儿。"我瞪着天，发觉这辈子有点儿不堪前瞻了。一天两天好受，一年两年也凑合活，一辈子呢？北京又传来消息，说是没来插队的人都分配了好工作。我们搜肠刮肚用尽所掌握的脏话大骂一阵，躺在山坡上，再没别的主意。"小彬，你真不如去当兵。"仲伟说。小彬愣愣的。鹞鹰在天上盘旋。山的影子在拉长。闹肚子也不能闹到天黑去，只好又爬起来灰不塌塌往山上走。肚子咕咕叫，浑身都酸软，对日天峁的理解又深一步——

---

[1]　开始。

[2]　介，助词；日怪：奇怪。

老天爷不公平。

山上，一行人还在上了发条一般缓缓移动，镢起镢落，镢起镢落，像一排灵活的农具。清平湾的人世世代代就这样。太阳默默沉到山后去，山谷里漫起迷蒙的暮霭。镢头依然砍得地球"硿硿"响，仿佛宇宙中无始无终的脚步。忽然响起山歌，由弱渐强，优美二字不便形容。"咿哟喂！——""哟嗬嘞！——"不过像全力挣扎中的呼喊，不过像疲劳寂寞时的长叹。也不太拘泥拍节，尤其起句和结束，可以任意拖长，大约依据山野的宽阔度而定，也可能依据心中愿望的焦灼度。歌声在天地间飘荡，沉重得像要把人间捧入天堂。其中有顽强也有祈望，顽强唱给自己，祈望是对着苍天。

苍天不开恩，一年的力都白出。

插过队的人，懂了那祈望的虔诚与恐惧。

老天爷，可别下雹子！

二十三

也有人不去敲盆敲罐。也许是不那么信奉神灵，也许是受惯了生活意外的掠夺。他们大约更相信，只要出力气，随时也能得到上苍的恩助。河岸上站了村子里最精壮的男人们，拿着叉、耙、长把镰刀，呼唤呐喊着捞河柴，呼喊声和浪涛声交融在一起，想让掠夺者留下买路钱。

栓儿四十岁，个子不高，却很壮，膀阔腰圆，小腿肚子上的肌肉隆起来像一盏灯笼。你不由得要想，他凭了什么能从糠麸掺半的食物中榨取这么一身筋肉？你就想想牛吧，牛从柴火一样的干草中能提炼出多少力气。栓儿端着长把镰刀立在河岸上，两眼盯着上游的浪峰。他指望捞一根原木。他看不下那号绒柴，多一把柴烧顶屄个甚？一根原木能换回几斗麦！已经有两根原木从靠近对岸的地方漂走，几个壮汉瞪眼看着，骂爹骂娘，像一群背运的强盗。栓儿身旁站了另外两个男人，每人也端一把长镰刀，三个人说好，得了原木三家平分。栓儿实在不情愿同旁人合伙。但要想捞到大根原木，至少得三个人，原木像一匹野兽从上游横蹿竖跳地奔过来，三把镰刀得一头、一腰、一尾同时剁上去。一个人不行，原木会把人也拖进洪流。据说栓儿被拖走过一回，那回他拦住了一根合抱粗的大原木，镰刀剁得很深，他拼死力往岸边拉，原木被水冲得横过来，拖着他往前跑。众人喊他放手。合抱粗的一根杜梨木呀！他舍不得，再说也不能就这么倒赔了一把镰刀。原木把他拖进河心，他撒手了镰刀，攀住原木，就那么让浪头挟裹着，摔打着，漂了几十里，没死，也没放手那原木，清平河一个急转弯把人和木头一起扔上了岸，只是浑身被水中的沙砾、树枝拉剐得鲜血淋淋。那样的事只可做一回。那时年轻，又没有婆姨娃娃牵挂着。

栓儿的力气是全村第一。栓儿的饭量全川第二。都说上川的贾家坪有个人更是好吃法，一顿吃过二十几个白馍，一顿吃过一簸箕油圐圙儿。有年八月十五，那人割了八斤大肉，放在锅里煮熟，婆姨捞一块切一块，那人吃一块，吃了一程儿那人说："对屄了，也给你们娘儿几个留些儿。"婆姨再去捞时，净撂下一锅汤。在山里受苦时，老乡们总爱讲这个故事，讲得有板有眼，语气和表情都掌握得恰当。单是肉的数量一节，常常引起争论。"不止八斤咧，八斤了，我吃着也老消停！""怕够十斤哩！""噫，十二斤也够！不信咋?!"说十二斤的人脸也红，脖子也粗，青筋暴胀，仿佛受了许多年冤枉。其实没有人压制他，众人都情愿信任他，就像情愿信任老天爷是有眼的。说十二斤的慢慢平定了情绪，沉思着点烟。众人也都静静地追忆或畅想，气氛异常和睦起来。这故事我听人讲过不下十次，肉的数量最高到过十六斤，只有"放在锅里煮熟，婆姨捞一块切一块，那人吃一块"这一情节不变，而且讲的时候音调温柔得如嫩柳轻扬。我渐渐醒悟，那是一个美好的传说，若长久地饥饿便能长久地流传，最终如灶王爷、城隍爷、赵公元帅一般，又生出一路神仙，主管人间吃肉的事务，保护众生吃肉的权利。

栓儿是全村第一个好受苦人。别人担两趟粪，他只用一趟，一趟把两担粪全担上山，剩下的工夫可以整自留地，可以鼓捣他的小铁匠炉。他有一套铁匠的家具和一份打铁的手艺，能打除拖拉机之外的一切农具。他还是个不坏的木匠，手艺当然比不上宝生，宝生是专业木匠。但要是破木方、立柱架梁，人们宁愿请栓儿。宝生专做细木工，而且老了。但那时只有上山受苦算社会主义，担个铁匠挑子去揽活儿做就不如直接去县大狱。县里、公社都有铁匠铺，没有木器加工厂，因而宝生获准可以出去揽营生，但每日所得要全数交到队里，队里给宝生记十分工。即便如此，栓儿还是羡慕宝生，一天三顿饭吃在雇主头上，省了自家的粮。在栓儿眼里，天下幸福者莫过于宝生。还有榆林、绥德下来的那些匠人，出了力就能见到钱，钱是旱不死冲不走的。大约榆林、绥德有另外的政策，我们这地方穷得还不够。有年冬天，栓儿半夜起身，冒了大雪，担着铁匠挑子偷偷离了清平湾。婆姨只对人说他是去串亲戚了。那一年是遭了旱灾，家家囤子都见底，再看看栓儿的铁匠家具全不见了，谁还解不开他做什么去了？栓儿出去了一冬，回来时一根粗绳等着他，五花大绑被请到县大狱去。那些年，人们渐渐不把坐大狱看成太可怕的事。犯人亦可谓"公家儿的"，遭不遭灾都有饭吃，监狱以外的人倒难免吃糠、挨饿。乡下人也不在乎什么档案不档案，想不出将来会有什么好事要受档案影响。栓儿在狱里养了几个月，白白胖胖的放回来，庄里人都说："咳呀，做得了嘛！"译成北京话就是"赚啦"或者"不亏"。只是亏了窑里人。栓儿婆姨挺着个大肚子正在地里锄豌豆，听说男人回来，慌慌地往回跑，见了栓儿眼泪汪汪坐倒在窑前。当夜又为栓儿生下第四个儿。

栓儿在队里受苦再不多出力，只是譬如捞河柴的时候，他才又绷紧了浑身的筋肉。

二十四

谢天谢地，雨渐渐小了，没有下雹子。

骤然天开了，夕阳异常辉煌，山川灿烂，清平河宽阔、浩荡。水声依然震耳，大浪还逞着余威，浪峰上托出被淹死的羊。

阳光又爬上崖畔，瞎老汉和"花脑"坐在崖顶上。清平湾又恢复了安详。婆姨、娃娃都跑向河边，小脚老婆儿也跷跷地往河边去。

大水翻滚得好看，夕阳在每一个浪尖上点亮一炬火把，像在庆祝一个节日，狂呼狂舞着去黄河。

岸上的人群也像在庆祝一个节日。很多人捞到了死羊，喊，笑，把羊往窑里抬。又都真诚地喟叹，"不晓哪庄里又倒了运……"

我们也找来镰刀绑在木杆上，七捞八捞也截住了一只死羊，使劲往岸上钩。全体女生不近不远地围在我们身后，模棱两可地念些贺词："呀！——""哎哟——眼睛还睁着哪！""真惨噢。""小心别掉下去。""呀！——"众男性就感到身体里添了燃料，七手八脚出了许多笨力气。羊腿一颤，贺词也一颤："哎呀……"纷纷退一步。男生退一步进两步，抓了羊腿，抓了羊头，镇静如一帮元帅。

把羊抬到灶房，当即剥皮、剔肉。女生仍都围在四周，想帮点儿忙似的，提醒应该拿一个盆来，再拿一个盆来。

"你们还不赶紧和面。"男生说。

"和面？"

"啊？"

"白面？"

"当然白面。"

"干吗？"

"吃！废话。"

"废话！吃什么？"谁也不是好惹的。

"饺子。"

饺子很鼓舞人。大家都变得勤快、大度、和气。月亮升起来，饺子熟了。男生聚在碾盘周围"稀里呼噜"地吞；女生围住磨盘，吃态雅不了太多，终归噪音小些。大家都一样甩汗。几条狗远远地坐在暗处。一只猫跳进灶房，被打出来。猪也哼哼唧唧地过来晃，听说人们吃的羊肉，自己有点儿放心。小彬吃出一块糖来，女生们都笑眯眯地把目光投向他，说吃着了的有福。

这是男女生双边关系史上的一个里程碑。

晚上躺在炕上，心里胃里身上都舒服，大伙儿又记起小彬有福。"驴奔儿算有着落了，你们几个还得让我费心。""这孙子！咱们先给他张罗一个怎么样？""行，给我张罗谁吧？""沈梦苹怎么样？""不行，沈梦苹看上仲伟了。""听他妈这小子放屁呢！"仲伟说。"那算了，给你说庄宁吧。""庄宁？庄宁看上金涛了。""真的？何以见得她看上我了？"金涛比仲伟有幽默感。"捞羊那会儿她老看你，没发现？""没发现。你发现了？""当然。""你老看她来着？"这时候李卓出去上厕所，提着裤子跳进来："嘘！——别嚷啦，女生就在疤子窑里呢。"我们和疤子家住隔壁。"真的？谁？""好几个。"
大家侧耳细听，崖下的水声很大，疤子窑里是像有她们的声音。"得，
这回可他妈现了。""别说话，听！"再听，水声依然大，疤子窑里
又像没有她们，明娃妈在织布。"精神病，你们。""李卓这小子，
甭给他张罗！""小点儿声！你们听——"又都支棱起耳朵来，疤子
窑里确实有细声细气的北京话。大家都闷了，面面相觑了一会儿，
又都压低声音笑起来，说这下可恶心了。"咱们刚才都说什么了？"
大伙儿逐句回忆一遍，无疑不妙。"她们也许听不见？""没法儿听
不见，多大声儿呢！""顶他妈牛小子声儿大。""你呢？你他妈
不比我声儿大？"大家都有点儿傻眼。

我们虽然有时开些没分寸的玩笑，但心里都把爱情看得纯洁、
神圣。那夜集体失眠，不断有人去上厕所。头一回正正经经地探讨
了爱情问题，知无不言，大家都多懂了不少。

天亮，小彬去问疤子，昨晚女生是否到他窑里去过，疤子说没有。

二十五

不久，另一个庄里插队的同学来串，说起他们那儿遭了雹灾。
麦子全打烂在山里，老乡们拿着笤帚、簸箕上山去，把混了麦粒的
黄土撮起来，一点儿一点儿地簸。娃娃们在黄土里一颗一颗地捡。
不少婆姨簸着簸着哭倒在山坡上。我们听得肃然又悚然。

"国家会给救济粮吧？"

"给哩。给不闹。"

"能给多少？"

"尿不顶，"老乡说，"要饭去呀！"

“要饭去？”

“不了咋介？饿死去？”

这言论可算反动。不过那是北京的习惯，在我们那儿行不通。我们那儿的规矩是，出去赚钱要绑一绳，出去要饭可以随便，方圆几千里内保证没有外国人。西哈努克来过一回延安，据说那几天延安街头没有要饭的。要饭多在冬天，一来闲下无事，二来窑里剩的几斗粮要留到春天吃，否则农忙时靠什么来转换成牛一样的力气呢？有时是一个人，拖一根木棍，提一个布袋，木棍随时指向身后称职的狗。有时是一家人，男人喊一声：“打发上个儿！”婆姨牵定娃娃站在男人身后。挨家挨户地要，只要给，无论多少都满意。给的人体会要的人难，要的人看出给的人距自己也只差一步。

刚到清平湾时，我们还信奉着“在我们国家，要饭者必为好吃懒做之徒”的理论。茫茫大雪中，走来一个拖着木棍的人。村里的狗叫起来。那人走到我们灶房前，喊：“打发上个儿！”那人长得挺魁伟。

“你干吗不好好劳动？”徐悦悦先去质问那人。

“使嘛[1]介？”那人没听懂，声音很和气，以为是在和他商量一件什么事。

“不劳动者不得食！”沈梦苹说。

那人愈茫然，怔怔地站着，才发现这群人的语言和穿戴都奇异。

“你身体这么好还要饭哪？”

“你是什么农？”

“打发上个儿。”那人低声说。他既不懂我们的话，又不知道再该说什么。

明娃妈走到那人跟前，给了他一块干粮，说：“这些才从北京来，解不开咱这搭儿的事。”

---

[1] 什么。

那人拖着木棍走了，不时惶惑地回头来望。

冬天，我们熟悉的人中也有出去要饭的了。我们知道那些人实在都是干活儿不惜力的好受苦人。清平湾虽没遭雹子打，但公粮收得太多，年昔欠下的公购粮又要补上。年昔我们庄也是因为遭了灾，公购粮卖得不够指标。指标年年长，因为年年都有"一派大好形势"。要饭都是跑出几百里地去要，怕在熟人跟前脸面上不光彩，又以为越远的地方生活会越好些。翻山越岭，走雪地，顶寒风，住冷窑，那绝不是好吃懒做的人能受的。

冬天，我回到北京。母亲乐得不行，继而又落泪。我把一年的所见所闻向来看我的人讲个不停，自我感觉像个历险归来的英雄。听的人都惊讶，都感动，都叹气，最后又都认为我长大了。白天，剩我一个人在家，站在阳台上，看见上班的人潮，看见下班的车流，看见退休的老人带着孙子在冬阳下散步，心想天底下确乎不只有一个世界……

二十六

去年暑假，徐悦悦从美国回来探亲，到我家来看我。她穿了一件结构非常简单的针织衫，一条短裤，戴一副金丝眼镜，留着披肩发，显得比十几年前插队的时候还年轻。也许是因为那时她们都穿又肥又大的蓝制服，显不出身材的美来。她已经拿下了硕士学位，正在攻读博士，专业是什么"细胞免疫"一类，我搞不太清。

"还要学几年？"

"两年，或者三年。唉！——"

"怎么'唉'？""就是。唉！——"她自己也笑，沉一下，说，

"嘿，你负责把你们那伙儿男生都找来，我负责找女生，咱们清平湾的一块儿聚一聚怎么样？"

"你请客？"

"当然我请。"

"气真粗。财大气粗。"

"唉！——"她又笑，耸耸肩，有点儿美国毛病，"怎么样？"

"都找来恐怕办不到。"

"当然，得在北京的，能找来几个找几个。"

"去烤鸭店？"

"不如就在家里。买些熟食回来。可以好好聊一聊。吃扁食怎么样？嘿！吃扁食！"

"那就便宜了你。"

"咱们可以把馅弄得好些。为的是大家一块儿边包边聊有气氛。"

"在谁家？"

"当然在你家。你这腿有什么变化没有？"

"很稳定，雷打不动。"

"我在美国问了不少大夫，也都说这种病……"她摇摇头，"不过你的精神状态真好。"

"没办法。没办法的事太多。"

"真是真是。真对。唉！——"

"怎么回事你？"

她勉强笑笑，又勉强笑笑："也许正像你所说，没办法的事太多。"

"就下星期日？"

"什么？噢，行。"

男生来了六个。女生来了三个，庄宁、沈梦苹和徐悦悦。徐悦悦又把她在美国的生活介绍一遍。她自己住一套房子，一间卧室，一间客厅兼书房，厕所、厨房、洗澡间都有。住处周围的环境很美，处处是草坪、小树林，白色和红色的小楼房，幽静的小路。春夏一片绿色环绕，秋天色彩斑斓，天发亮时各种鸟儿就叫起来。吃的东西非常便宜（只要你别老去下馆子，那可受不了），一个大冰箱装满了鸡、肉、蛋、菜、水果、饮料和鱼，够吃一星期；花一点儿时间自己做做饭，吃得很好。过节时请几个朋友来，施展一下中国的烹调技术（艺术，我说），把那些美国人都惊倒。

"你已经把我惊倒了。"仲伟说。

"嗯？"

"房子！你知道我现在住几平米？三口人，十平米，其中四平米漏雨。"

她说她本也想买一辆旧汽车，可她不敢开得太快，那样在高速公路上开就要被罚款，所以没买。她总搭她的美国老师的车，车开起来飞一样。她到她美国老师的家乡去玩过一趟（是在密西西比河边，还是在密苏里河边，我又没记清），总之是乡下，是牧场（还是农场？我这记性真不行）。她在那儿住了一星期。她老师的父亲经营着牧场（或农场），母亲是个虔诚的基督徒，忙于各种运动，譬如为残疾儿童募捐，为一些其他国家的难民募捐，或者去游行，抗议核军备竞赛什么的。她在那儿学会了骑马，在一望无际的牧场上跑。太阳出来时，雾气渐渐退散，露水依然闪光，牛叫，羊叫……

"你们知道我忽然想起了什么？"

"清平湾。"

"唉！——"

"谢谢你的中国心。"

"别逗了。你们不理解，这是自然而然的。"

大家都垂下眼睛包饺子。

　　"其实那儿和清平湾一点儿都不像。他们家是一座很大的白色的房子，房子后面不远，有一片水塘。晚上他母亲总弹一会儿钢琴。我就想起陕北那些揽营生的吹手，喔儿哩哇啦的唢呐声。还有那时仲伟总在晚上拉小提琴。水塘那儿总有几个孩子在游泳，钓鱼，划一条漂亮的木船。有一天我一个人坐在水塘边，从日落一直到月光很亮，白房子那边又传来钢琴声，我忽然想哭，当然中国人善于不出声地哭。他来问我怎么了，我说你们美国人不会懂。他说他当然懂，很遗憾我会觉得他不会懂。"

　　大家又都沉默了一会儿。大约都想起徐悦悦已经三十多，还没结婚。

　　徐悦悦带回来一道难题：那个美国人爱上了她，她也喜欢那个美国人。可是她知道她必须要回中国来。

　　"怎么必须？"

　　"没人强迫我。而且那儿的生活对我来说也没有什么不习惯。"

　　"你觉得那个人怎么样？"

　　"挺好的。确实挺好的。"

　　"模范丈夫？"

　　"少废话，现在还谈不上。我大骂过他两回。我这人怪，我也知道我这人太怪，中国的很多弊端我可以说，可是我不许他说，他一说我就来火。他倒是不光说中国的，也说美国的。"

　　"这反而有失国格。好像中国人都跟你一样是极左分子。"

　　"少废话！"

　　"而且不一定只有待在国内，才是爱国。"

　　"这我比谁都懂。可不知怎么的，我想我要是不回来，非忧郁而死不可。我不知道我干的一切事，都是在为谁。"

　　"不一定在中国才能为中国干事。杨振宁的成就对全人类都有益，其中也包括中国人。"

"这我比谁都懂。可我不行，我好像只有看见我是在为谁干事，我才能相信我是在为谁干事。我大概是个感情型的人。"

"那——他不能到中国来吗？"

"也许能来，但他能不能永远在中国，我不知道。我也不能那么要求他，他有他的祖国、事业。我也不相信我对他有那么大的吸引力，能让他永远在中国。他的研究课题，目前在中国搞起来就很困难。"

"你呢？"

"什么我呢？"

"你的专业，回国后会不会……"

"够呛。我有点儿后悔当初选了这个专业，不如就当个医生。要不就回国当老师，光讲理论，不需要很多设备。"

"你离开他觉得怎么样？"庄宁问。

她不说话。

"那怎么办？"

"唉！——"她强作欢颜，对我说，"所以那天你跟我说，没办法的事太多了，我说真对。你们几个男生喝酒呀？"

"要么留在美国，要么回来。"小彬干了一杯酒，说，"再找一个，好人有的是，没什么难办的。"

"找谁？你们都成家了，只有他。"她说，"可他心里的那个目标，坚定不移。"徐悦悦显出美国式的开放和幽默，为了把心底的忧郁冲淡。

大家说应该为徐悦悦干一杯，为她将来的好运，也为她不再像插队时那样是个极左分子了。

"谁是极左分子？!"她又跳起来。

"就是你，阁下，这没错儿。后沟里的果树不是你领头砍的？"

"废话！没有你们？!"

只有金涛一直不怎么说话。

二十七

插队的第二年，村里的小学校要增加一名老师，队干部开会决定让金涛当，认为他的字写得好，又能说，保险哄得好那股子娃娃。金涛上任不久，原来的那个老师又病了，到县里住了医院。金涛说他一个人可不行，要求再派一个老师。徐悦悦便自告奋勇。徐财想，这事便宜，不用再耽误一个男劳力，当即批准。

男生又都敏感，说："行，牛有点儿桃花运。""有道理，徐悦悦八成是奔着牛去的。""金涛这下子要受气了。"

"别神了！我受什么气？"

"徐悦悦可是个厉害主儿。"

"厉害？瞧我收拾她。"

"牛！"

"嘿你们等着，我十天之内让她俯首帖耳。"

"牛 × 哄哄。"

我那时当了饲养员，喂牛。二十几头牛，我喂十几头，一个老汉喂十几头。老汉姓白，我在另一篇小说中写过他。饲养场离小学校很近，一下课金涛就跑来，把学校里的趣事不无夸张地跟我说一通："刘志高的儿子没白养活，一道应用题，'地主平均每个月剥削贫下中农二百四十五斤粮，一年剥削多少斤粮？'他掰着脚丫子算了一节课也没算明白。我换一种说法，'你大平均每个月挣二百四十五工分，一年挣多少'，这小子用了五分钟，算对了。我说那第一道呢？他说一满不晓得该用加法还是减法。我说这第二道呢？

他说这样的题他大常叫他做哩，用加法。我一看他的草稿纸，这小子是个天才，把二百四十五加了十二遍居然没出错儿。"我们笑了一阵。白老汉说："实际的工分不是一个月跟一个月都不一样吗？山里的娃娃脑憨得危险。"

"把徐悦悦收拾得怎么样了？"我问金涛。

"什么？"

"装什么傻，十天已经过去了。"

"噢。"他安静了一会儿。

"五元儿更神，"他又说，"五百六十五加二十七，他居然算出得八百三十五。我琢磨了半天才弄明白，他列竖式时是把前头对齐了……"

我说："咱们别打岔，说徐悦悦呢。"

"找不着碴儿。"

"这么说，关系不错？"

"别神了你。"

上课的钟声敲响，他跑回去。敲钟的是徐悦悦，一边敲一边朝饲养场上望。我忽然觉得喂牛是寂寞了些。

有一天，金涛慌慌地跑来跟我说："一会儿徐悦悦没准儿要来跟你借象棋。她跟我借，我说那棋是你的，我不管，把她干了一愣儿。""那我借给她不借？""那我管不着。"他说完跑回去。这一下午我喂着牛，似乎每一分钟都有着盼望，寂寞少些。然而徐悦悦并没来借象棋。

小学校放了学，我路过教室窗前回自己的窑去，觉出里面有响动，扒窗一看，教室里只有金、徐二人，正对面而弈。金涛低着头费思考，徐悦悦的目光却全投在金涛身上，我以为那目光在徐悦悦来说是罕见的深情。

晚上我问金涛："怎么个意思？"他说："这家伙太狂，说要杀我三盘不开张。""结果多少？""一比一。×！我走了一步大臭棋，不然二比零。"我们俩坐在场院里，风很爽，带了雨水打过的麦秸味儿。从这儿可以望见女生窑里的灯光，和窗纸上晃动的人影；也望见男生窑里的灯光，听得见仲伟的琴声。我们俩好一会儿没再说这事，在平平的场院上拿了几个大顶，又坐在麦垛旁。清平河轻缓的水声，像为静寂的群山唱着催眠曲。

"我看，徐悦悦真对你有点儿意思。"

"别神。"他的语气有些含混。

"你走棋的时候，她不看棋，一直看着你，脸特红。"

"你他妈老逗。"

"我要逗，我是孙子。"

"你看见了？"

"当然我看见了。"

他没话说，就吹起口哨，吹的是《让我们荡起双桨》，我们童年时的歌。

"她今天教学生唱这歌，你听见了吗？"

"听见了。"

没过多久，一到晚上男生窑里就不见了金涛。他和徐悦悦一块儿去"家访"，徐悦悦的新点子，就是到学生家里去，要求家长支持学生好好学习，再宣传一通儿教育的深远意义，告诉人家不要鼠目寸光只看见那几个工分。一到晚上金涛就往外溜。

"干吗去嘿，又往外溜。"

"去家访。"

"美其名曰家访？"

"向毛主席保证，真是家访。"

金涛往村子中心走，几个男生在后面悄悄跟着。村子中心那片空地上，淡淡的月光照见一个人影。金涛走近去。"今天去怀月儿家吧。"徐悦悦的声音。金涛就跟在徐悦悦身后走，相距三米远。大家有点儿扫兴，侧耳屏气再听，两个人再没别的话。几个人再跟踪走一阵，见两个人果然进了怀月儿家。

怀月儿大要让怀月儿退学，说怀月儿妈也要山里受苦去，不然工分就不够，这样窑里短下个做饭的人手。徐、金二人全力说服张富贵，把学校的成绩册拿来给他看，说怀月儿聪明得危险，又肯下力气学，各科学习成绩都是全校第一，将来肯定能考上初中、高中，说不定能上大学。张富贵是个见过世面的，又让二人说得高兴，于是答应："那就让这鬼女子上吧，要真能上了大学，她老子要饭去也供养她。"

我喂牛，很晚才睡，有时发现徐悦悦和金涛站在小学校的窑前说话。这办法好，比躲到犄角旮旯儿去让人少生猜疑。我一边给牛添草，一边心不在焉地跟喂牛老汉搭讪着，耳朵却注意着小学校窑前。两个人的说话声也大（又使人少生怀疑），总是说着村里的事、教学上的事、经济基础和上层建筑的事，"马列主义认为"或者"用唯物主义的观点看"。一会儿，金涛冲我喊："马尔萨斯是哪国人？我一下想不起来了。"分明是想向我证明，他们俩实在都是说的正事。偶尔，小学校窑前好一阵没了说话声，我就叫白老汉的小孙女留小儿去看看。"看啥？""看他们俩在干啥。"留小儿跑去又跑回来，说："二人站着看星星哩，一满不言传。"我悄悄绕到小学校的窑顶上，往下看，见两个人东一个西一个，间隔仍是三米，都站着，仰脸想什么。我在窑顶上等一会儿。徐悦悦终于说话了，说的却仍然是提高农村教育水平的重要性。

这两个人平时都伶牙俐齿，却在双边关系上都畏缩不前。直至都离开清平湾，两个人谁也没把心愿说明，以致成了双方永远的谜。

金涛对自己现在的家庭生活不大满意，抱怨他妻子比他小了六岁，没插过队，什么都不懂，时常感觉像是隔代人，两口子一度吵到要离婚的地步。去年徐悦悦来，我偶然说起金涛的这些事，徐悦悦说根本不在于他爱人插没插过队，金涛这人不太懂感情，对人太冷。金涛知道后说："什么，倒是我太冷？"之后笑笑，挥一下手，意思是：往事再提也无益。

二十八

去年回清平湾去，见到怀月儿。她已经二十四岁，还没有结婚。"问下婆家没有？"我问。"没嘛。"她忸怩地绞一下手，又说，"晚婚哩嘛，倒不行？"二十四岁的女子还没结婚，在我们那地方就太特殊。

晚上住在疤子家，成群结队来看我的乡亲们都散尽，怀月儿还不走。明娃妈说："先叫这睡吧，有话明儿个再拉，他有病哩。"怀月儿说："要你老婆儿说咋？我晓得。我就再说上一句。"然而她又半天说不出一句，欲言又止的样子，两只手左绞右绞，表情有些忧郁。明娃妈说："噫，看这女子是咋啦，憨啦？"怀月儿也笑，说心里有话要说哩，一满不晓得咋介说。我说，你想咋介说就咋介说，怕什么。她又愣半晌，忽然说一句："我把金老师和徐老师都欺骗了。"说得我摸不着头脑。我说："这倒怪哩，他们俩都精得跟鬼似的，能让你给骗了？"她说："不是的。是我没本事，考上了初中，考上了高中，白念了一顿，也没考上大学。考了三年，考得一年不胜一年。把金老师和徐老师都辜负了。就这，你回北京见了金老师和徐老师就说给，说怀月儿没本事，把他们给欺骗了。咋你睡，我走呀。"她爬起身就走出去。

我躺在炕上，抽着烟发愣。

明娃妈说："唉，这女子。她常说对不起金涛和徐悦悦的话哩，说要不是他们去跟她大说，他大就不能让她上学。这女子就想上学哩。考了几年没考上，不晓得这程儿心里想些甚。她大给她说了几回亲，她一满不同意，见也不见，说要个人做主寻婆家。我说是这女子上学上憨了，倒不胜不上的好，看把自个儿熬煎的……"

人的命运真不知在什么时候，因为什么事情，就被决定了。金涛和徐悦悦带给怀月儿的，是幸福还是痛苦？假如没有上山下乡运动呢？怀月儿现在是什么样呢？

"看留小儿这会儿，两个娃了。"

"她嫁到哪村儿了？"

"高家圪垯。"

明娃妈在灯下给我铺被，背微驼了，有了白发，脸上的皱纹散开还是道道白痕。

"她爷爷死的时候，她出嫁了没？"

"留小儿出嫁第二年，白老汉就殁下。"

我想，我那位喂牛的老伙计临终时一定是松心的，这也好。

二十九

去年，回清平湾之前我给随随写了信去，说我要来村里住几天。据说随随当了大队书记。然而直到起程之日还没收到随随的回信。也许是县城到清平川的路断了？发了洪水，邮件送不去？也许是随随拆开信，却记不起我是谁了？坐在火车上，我忽然觉得此行未免太孩子气，也许那儿根本没有人记得我了。同行的那位"太行山人士"

又说："放心，老乡肯定记得你。我离开太行山已经十五年，我现在要是回去，至少当年跟我学琴的那个小女孩儿肯定记得我。"我不知道他为什么那么有信心。

天黑时经过一个小站。客车乱哄哄、吵嚷嚷地靠在站台边。另一边的路基上走着一个汉子，时而弓了腰，用榔头在车轮上敲。车窗里透出的灯光照亮那汉子的脸，木然，眼睛只注意看车轮，绝不对车窗里的人感一点儿兴趣。他有自己的生活。火车又乱哄哄、吵嚷嚷地离开小站，我一直看着那汉子走上站台，走进一间黄色的小屋去。

清平湾的人凭什么要记得我们呢？有过那么一群北京学生，少男、少女，乱哄哄地来了，吵吵嚷嚷地住了三四年，又一个一个都走了。来去匆匆，都不晓得为了什么。清平湾还是清平湾，在那偏僻的大山里，看着日出日落，做着一年四季的营生，过着自己的日子。

三十

六九年底回北京探亲时是二十个人，在家住了两个月，过了春节又回清平湾的只有十七个了。男生里有两个转到河北老家去落户，一样是插队，平原上的日子总比山里好过，又离北京近。女生中是刘溪，随父母去了干校，在南方。

又要回陕北了，母亲为我收拾行装，无论什么都嫌带得太少，挂面、红糖、荤油，想尽办法往提包里塞；一会儿又跑到商店去，捧着抱着回来：罐头、奶粉、麦乳精……"行啦，带多少也不够一年吃。"我说。她又在行李的缝隙间塞上巧克力，东一块西一块。"带这么多这个干吗！""在山里干活儿饿了吃一块。"逗得我直笑："您真该去接受接受再教育。"母亲误会了，说："也给贫下中农尝尝嘛。"我拍拍她的肩膀，歪着头看她："行。不会有人怀疑您的阶级感情。""别跟我贫嘴。多带一点儿又有什么关系！""关系是没有，可下了汽车全得我自己扛。"母亲不言声了，记起了有三十几里山路要靠腿走，她又把不要紧的东西往外掏，颠来倒去，偷偷地抹眼泪。

离京的前一天，我们还不知道刘溪转走的事，袁小彬还很快活。"嘿驴奔儿，你不如去问问，没准儿刘溪她们愿意跟咱们一块儿走。""高！大包儿小包儿的，路上帮人家扛着点儿，你那么壮。"我们实在不完全是开玩笑。我们又都长了一岁，十八了，心底的那种愿望大约也长大了，有点儿要暴动似的。但是那愿望还必须以开玩笑式的语气表达，以便需要时可以声明"我不过是开开玩笑"。

第二天我们在北京站的大钟下集合。李卓来得最晚，嘻嘻哈哈了一阵子，忽然对小彬说："哟，对了，听说刘溪跟她们家去干校了。"

小彬先还不信，见李卓确乎一本正经，便唰地一下把脸色弄白。

"你听谁说的？"我问。

"郭大脸。"那家伙脸长得大，和我们一个公社插队，不在一个村。

"说明白点儿，"仲伟说，"是去了就不回来了吗？"

"废话。不信你们去问郭大脸。"

"他怎么知道的？"小彬强作镇静，脸上的肌肉已经绷紧了。

"他舅妈的姐姐跟刘溪的二姨在一个教研室。要不就是刘溪她舅妈的姐姐跟郭大脸的二姨。我没记清楚。"

"什么时候？"

"什么什么时候？"

这时候大喇叭里开始"请到太原去的旅客上车"了。那回我们走山西，先要经过太原。车票都是家里逼着买的，我们本打算退几张，每人一张车票实在花钱太多，结果让刘溪的事给搅得上了火车才想起来。

"你什么时候知道的？"

"昨天晚上。"

"你去郭大脸那儿了？"

"他来找我。"

"还说什么？"

"什么还说什么？没说什么了。"

小彬无心再问，再问也是枉然。

残冬未尽，火车在光秃秃的原野上走。铅灰色的天空正酝酿着一场春雪。

大家一致认为刘溪太不像话，继而又认为这人本不怎么样，长得也不过一般，个子虽然合适，可太瘦，皮肤也白得太过。"像她那样儿的多着呢。""比她强的有的是！"

小彬呆坐着，像是没了魂儿，一会儿又附和着我们笑，笑得驴唇不对马嘴，以报答我们的好意。

"这事也不能怨刘溪。"有人说了句公道话，"刘溪知道什么？"

沉默了一下，大家又都埋怨小彬了。"让你早点儿给她写封信，你不写。""我都说给你送去，你都不写。""那回捞河柴时，刘溪直要跟小彬说话，这小子什么也看不出来，光顾着拽那只死羊。"……

三十一

我们六个人正好占据了一个窗口。对面窗口的四个座位上是一男三女，一看便知也是插队的。车厢里随处可见北京知识青年，多数是回山西的，回陕西的多不走这条路；打扮都相近，蓝色的或军绿色的棉大衣，白塑料底的黑灯芯绒棉鞋、一顶栽绒棉帽，女的只需把棉帽换成围巾。烟气腾腾的一伙儿，或大嚷大叫的一帮，如同一车开往前线去的兵痞。只一年，学会抽烟的人已占多数。女的也是成群结伴，但都牢记了离家时父母的叮嘱，静静地坐着，熬着旅程。

有一帮家伙从北京站一上车就开始喝酒，这会儿到了高潮，吹着口琴唱：冰雪覆盖着伏尔加河……

对面那一男三女中的一男，看样子比我们年龄还小，长得像个小姑娘。他不时望望小彬，望望我们，想要跟我们说话的样子。三个女的轮番管教他，但他却总想摆出男子汉不屈的架势，手插在裤兜里，脚踏着拍子，尽力把三位女士的教导当耳旁风。那边的口琴声和歌声愈见高亢，他听得忍不住笑。"一群走调儿大爷。"他冲袁小彬说。小彬没理会，双目无神地呆坐着。"少讨厌！"三女同声呲儿他。那群"走调儿大爷"还是让他忍不住笑，但不出声，像是回忆着什么纯洁又美好的事。三个女的还说他"讨厌"。他仰脸看着车厢顶，深呼吸，想把笑憋回去。

"你看吧这匹可怜的老马，它跟我走遍天涯……"一群声音，什么调儿都有，我也忍不住笑。

他像得救了，把目光转向我："是不是走调儿大爷？"

"少讨厌！"三个女的几乎同时说。

"嘿，哥们儿哪儿的？"他冲我说。好家伙，要打架是怎么着？插过队的人多半知道，这句话可以算"叫碴巴儿"——就是找碴儿，挑衅。他自己也一愣，觉出话说得不对劲儿，忙改口："你们在哪儿插队？"

"陕北。"

"哟，你们哪个县的？"

我告诉他。

"哟！咱们是一个县。你们哪个公社的？"

"清平川。"这回让他失望，却又说："我去过清平川，咱们离得不远。"然后他又说了几个在清平川插队的人的名字，问我认不认识，我都不认识。

三女中的一个在偷偷拽他。三个女的都瞪他。"你少讨厌！"三女中的一个低声说他。三个女的都显得比他大，都不正眼看我们。

过了一会儿，我到两节车厢交接处的门廊里去站站，他也跟过来。

"哥们儿，抽烟不？"他掏出一包"牡丹"，撕开锡纸。

"不抽，我不会。"他便难为情地把烟盒上的锡纸又包好，收起来。"其实我也不会。

"天阴得很沉，空气湿漉漉的。

"没准儿要下雪。"

"没准儿，嗯，得下。"

"要不就抽一根儿。"我伸出两个指头碰碰嘴。

"哈，你会！"

我们俩一人点上一根。看来他抽烟的水平还不如我，只是让烟在嘴里过一遍，不敢往肺里吸，唾沫把烟弄湿小半截。

"真抽没意思。"他说，帮我掸掸落在身上的烟灰，似乎与我的关系已经亲密。"我叫王建军。"他说。

"你哪届的？"

"高六七。"

"高六七?！"

他又改口："初六六。"

"别逗了，你比我还大？"

"初六七，这回是真的，骗你是孙子。"

我上下打量他一回，看见他的裤脚接了一截，颜色比原来的深。

"嘿，你们那个大个儿真够壮的。"他说的是小彬。他好像对小彬有特殊的兴趣，"他得有一米八五吧？"

"差不多，一米八七。"

"嗬！"

"怎么啦？"

"不怎么。得留神前头那帮又抽烟又喝酒的家伙。"

"他们怎么？"

"想找不痛快。"说这话时的口气，仿佛那一帮人加起来也不是他的对手。

"什么时候？"

"在北京站。老往我们这边瞟，老想跟我姐姐她们搭话儿。"

"说什么？"

"倍儿流氓。问我姐姐她们十几了。"

"哪个是你姐姐？"

"个儿最高的。那仁窝囊废！还真告诉人家，'十八——'顶他妈我姐姐傻。"

"十八岁应该是初六八的。"

"那帮小子，抽烟抽得油着呢。"

"你姐姐是初六八的，你倒是初六七的？"

他一愣，笑了。

"我看你也就十五。"

"十六。真的！还差一个月。"

"你干吗也来插队？"

他满脸嘎笑顿时凝固，又慢慢消失。

门廊里，车轮轧在铁轨上的声音特别响，"咔嗒嗒——咔嗒嗒——"火车又经过一个小站，变换轨道，车厢摇摆得厉害，过道处的门晃来晃去"砰"地关上。一会儿，声音变成"嘡嗵嗵——嘡嗵嗵——"火车开上一座桥。

"瞧他妈这烟，还'牡丹'的呢。"王建军从烟卷里揪出一根烟梗子，趁机冲我笑笑，那神气彻底是一个孩子。我忽然觉得我是很大了。

过道的门开了，三女中的一女来叫他回去。

"你姐姐找你半天了。"

"等会儿。"他慌忙把大半截烟扔掉，踩灭。

"快着！"

他只好回去，对我说："咱们一路走，有你们那个壮哥们儿就行了，没人敢废话。"

"没的说！"我说。

那时候，知识青年中打群架的事不少。满怀豪情壮志去插队的人毕竟是少数。将来如果有人研究插队的兴亡史，不要因为感情而忘记事实。那时候，工宣队为了让大家都去，就把该去的地方都宣传得像二等天堂，谁也不愿意敬酒不吃吃罚酒，也就都报名，也就对工宣队的话相信一半，心想敢于百分之百说瞎话的人还没有出世。其实呢？出世已久。结果到了插队的地方一看，就都傻眼。譬如清平湾，简直没有什么东西可以证明那不是在上一个世纪，或上几个世纪。种地全靠牛、犁、镢头，收割用镰刀，脱粒用连枷"呱嗒呱嗒"地打，磨面靠毛驴拉动石磨"嗡嗡"地转，每一情景都在出土文物中有一幅相同的图画。分到手的粮又很少，预示了前途的不妙。被欺骗感就变成愤怒。这愤怒便取了一种可行的方式发泄，一些知青就开始胡折腾、打群架、拍婆子。心中空落，百无聊赖。拍婆子就是交女朋友，但不是谈恋爱，带了玩世不恭的色彩。有人羞于谈恋爱，却敢拍婆子。路上碰见个漂亮的女知青，走过去跟人家没话找话说，挨人家一顿骂也觉得心里热烘烘乱跳，生活像是有了滋味儿。

王建军想与我们结伴而行，格外看重小彬一米八七的块头，主要是想给他姐姐及另外二女找到保护。他觉得自己应该保护她们，又觉出自己难于保护她们，大约还看准我们几个挺老实。这孩子可谓用心良苦。

三十二

到了太原，开始下雪。在车站蹲了几个钟头，转慢车到了介休。买到了第二天的汽车票，又在小城里逛了一圈，天色已晚，觉得再去住旅店实在不合算，——光是睡一觉也得花六毛，决定还是在车站候车室去熬一宿。既然节约了三块六毛钱，大家又都赞成买点儿熟鸡吃。"买三只，每人半只吧。"卖熟鸡的老头儿提个匣子，点一盏小油灯，昏暗的灯光下是一面油污的玻璃，透过玻璃隐约可见四只鸡安稳地躺着。老头儿从来没做过这么大笔的买卖，高兴得胡子发抖，说随便再给他添几毛，四只鸡就全是我们的，他也愿意赶紧回家去吃一口热饭，睡一个好觉。我们又给他添了四毛，托着四只鸡回车站。

王建军和他的三位女当家，正坐在候车室里发呆。

王建军立刻迎上来："你们找到住处了吗？我们去了几家旅店，都客满。"

"正合适，省下钱吃鸡！"小彬说。

"嗬！真没少买。"

"合一块钱一只。"

"够值的。"

"嘿，哪儿去？别走，一块儿吃！"小彬已不再沉默，想抓住一切人、一切机会，来冲淡刘溪留给他的忧伤。

王建军朝他姐姐那边望望，有些犹豫。

小彬使劲一按他的肩膀："少废话，坐下！"

四只鸡摊开，转眼间被大卸八块。插过队的人都知道，此刻谁斯文谁倒霉。这还是刚刚离开北京，要是在村里，这时大约连鸡骨头也嚼碎。在村里，谁家里寄钱来谁就请客，至少要花掉汇款的一半。几个人兴冲冲到公社去，眼睁睁在邮局取了钱，眼巴巴在供销社买了罐头，急匆匆找一眼闲窑，把罐头打开，想得周到的带了勺子，粗心的只好下手抓，顷刻间肉尽汤干，咂吧咂吧嘴，一脚把空罐头盒踢下崖去，听一会儿狗在崖下的厮打声，只把另外一半汇款拿回村去慢慢受用。这会儿肚子里毕竟还有油水，吃得慢多了。仲伟心细，想起那三位女士。

"嘿，给你姐姐她们拿点儿去。"

"对对对，她们也没吃晚饭呢吧？"

"不用，不用，她们不饿。"

"你这小子没良心，你姐姐对你多好！"

我们是有点儿羡慕王建军，有那么一个好姐姐在身旁。他姐姐长得并不十分漂亮，脸色有些苍白，个子虽高，但身体显得纤弱。她看王建军的时候，目光简直像个母亲。这时候，她正和两个女友挤在一起，三个人静悄悄的仿佛连呼吸也没有。她们这么放心王建军跟我们在一起，让我们感动，心里暖暖的。她的两个女友，一个长得算漂亮，另一个算得上丑。

"你要是不去送，"小彬晃晃拳头，"你盯着。"

仲伟拣了几块好肉，放在一张干净纸上。王建军只好送去，吱溜一下跑过去，吱溜一下又跑回来。太简单了点儿。

一会儿，算得上丑的那个姑娘走过来，也在我们面前放下一个纸包，一句话不说，以更快的速度走回去。有那么半分钟的寂静。随后我们都喊起来：

"嘿，烧饼！"

"北京的烧饼！"

"还是热乎的。"

"别神了。"

"不信你摸摸！"

我们朝三位女士那边望。她们正偷偷地笑，也朝我们望，见我们正望她们，又都低下头。她们身旁有一个大铁炉子，炉壁的某个地方被烧红了一块。

吃着热烧饼，吃着鸡，时而还感觉到三个女性的目光。窗外漆黑，窗台上落了一层薄雪，玻璃上蒙了一层水汽。候车室里人不多，这个小站没有几班夜车。有几个农民裹着羊皮袄，或者抽烟，或者打呼噜。

我抹抹嘴，问王建军："你那包'牡丹'呢？"

"哟，让我姐姐给拿走了。"

"没事儿，我就问问。"

"我给你要去。说是你抽，她多半儿给。"

"别价！别价，坐下坐下。"

"你们在村里，敢当着女生面抽烟吗？"他问。

"有什么不敢的？"

"我们村的男生就不敢。"

"怕什么。"

"怕她们给传到家里去。"

其实我们也不敢，倒不是怕别的，是因为女生们都有个偏见，认为抽烟一定是学坏的开始。其实抽烟真是有些好处，每天晚上都喝稀的，几泡尿一撒，一会儿就又饿了，买鸡蛋吃又太贵，一包烟几个人抽，整晚上嘴里都有事干。单是怕她们给传到家里去？王建军到底小几岁，没悟透这中间的妙处。

王建军靠在小彬身上吹口哨，吹的是《星星索》，吹得缓慢、缠绵，倒不像只有十五岁。

"你的乐感真不错。"仲伟说。

王建军又笑了："车上那帮走调儿大爷也不知是哪儿的。"

小彬直着脖子唱《三套车》。

"行了你！"仲伟拦住小彬，"你就是走调儿二爷，听王建军的。"

"唱什么？"

"随便，越黄越好。"

他唱了《鸽子》《喀秋莎》《罗梦湖》《桑塔露琪亚》……开始我们都跟着唱，慢慢逐个被淘汰，只剩了王建军和仲伟。他会的黄歌真不少。那时一切外国歌——除了《国际歌》——都算黄歌。不过"黄歌"二字在知青嘴里正失去着贬义。

> 在那一八九五年的时候，芒比他离开了家园，
> 穿过了马雅里大森林，走向那无边的草原……

"不知道？古巴的《芒比》。"王建军说。

> 月光照在科罗拉多河上，我愿回乡和你在一起。
> 当我独自一人多么想念你，记起我们往日的情意……

"这也不知道？《科罗拉多河上的月光》。"

> 世界上无论天涯海角，我都走遍，
> 但我仍怀念故乡的亲人，和那古老的果园……

> 我家在丛林中的小屋，我多么喜欢，
>
> 不论我流浪到何方，它总使我怀念……

"这是美国歌，《故乡的亲人》。"他的神情有些黯然。

"我看你真有音乐天分。"仲伟说。

"妈的，不唱这种歌了。难受。唱点儿别的。"

> 我曾走过许多地方，把土拨鼠带在身旁；
>
> 为了生活我到处流浪，带土拨鼠在身旁……

"妈的，光想起这些歌！嗯——"

> 妈妈她到林里去了，我在家里闷得发慌。
>
> 墙上镜子请你下来……

这歌大家都会，于是都唱：

> 镜子里面有个姑娘，那双眼睛又明又亮……

忽然传来一声姑娘的尖细的笑，笑声又立刻被什么堵住。我们回头去看，见那个丑姑娘正在受另外两个姑娘的责备。很快，三女士又都正襟危坐了，仿佛什么也没发生。

"别唱了，一会儿你姐姐该骂你了。"

"没事儿，她们也会唱。"

"是吗？！"我们村那些女生，以徐悦悦为首，坚决打击我们唱黄歌。

"她们会什么？"

"嗯……譬如《海港之夜》。"

"'唱吧，朋友们，明天要远航'，是吗？"

"没错儿。'快乐地歌唱吧，亲爱的老船长'……"

"'当天已发亮'，"大家都会唱，"'在那船尾上，又见那蓝头巾在飘扬'……"

李卓捅捅我："去去去，唱个别的。"

小彬又两眼发直，发愣。不知道蓝头巾正在哪儿飘呢。刘溪真把小彬坑苦了。

"怎么了你？啊？他怎么了？"王建军还一个劲儿问。

"没你事，你不懂。"

"再唱吧，唱点儿别的。"

我们又唱了些别的，但情绪再热烈不起来，仿佛每个人都有一桩心事。后来就横七竖八地挤着、靠着，把头缩在大衣里都睡了。

夜里我被冻醒了几次，看见小彬一个人在抽烟。

"哪儿的烟？"

"买的。外头有个卖夜宵的小店儿。抽吗？"

"来一根儿。"

我们俩默默地抽烟。外面传来火车的喷气声和挂钩的碰撞声，还有检修工人的笑骂声。那边，三位女士的睡姿要文雅得多，趴在膝盖上，头枕着胳膊。

"真他妈够冷的。"我说。

"嗯。"小彬心不在焉。

一缕缕青烟飘起来，成一层在半空停着。外面的那列火车启动了。

"对了，刚才那仨女的说，要跟咱们换换地方。"

"干吗？"

"说那儿有个火炉子，让咱们过去暖和暖和，我说不用了。"

"你小子真笨。她是怕她弟弟冻着。你没叫醒王建军？"

"我哪知道？她说让咱们都过去，我说……"

"废话！她能光叫她弟弟过去吗？"

"这女的真不错。"

"废话，比刘溪强的有的是。"

"我不是那意思。"

"你说比刘溪怎么样？"

"×，你小子真没劲。"

"得得得，刘溪有劲，你他妈始终不渝去吧。"

我们俩又都闷头儿抽烟。我挺后悔刚才说的话，好像我是个不珍重感情的人。

"小彬，嘿，驴奔儿！"

"嗯？"

"等回村，找郭大脸问问。"

"嗯？"

"让他给打听打听，刘溪去的干校在哪儿。"

小彬摇摇头，不说话。

"天快亮了吧？"

"四点半。"

"怎么着，就这么算了？"

"什么？哦。我说你别老跟我说这件事了成不成！"

又一列火车进站了，明晃晃的灯光在玻璃窗上滑过。是一列货车，拖着几十节灰黑的车皮。

"雪停了。"

"嗯。"

"要是我，打听到地址给她写封信。"

"嗯？"

"反正她也走了，就是她回信说不行，也没别人知道。"

"我估计，她压根儿对我的印象就不好。"

"我估计不会。"

小彬立刻睁大了眼睛盯着我，巴望我说下去。可我不过是想使他宽慰，再没别的要说。

"就有一件事，我不知道她是什么意思。"小彬说，"有一回在苦行山锄地，饭送到山里，她主动叫我，跟我说……"

"什么？她找你说过话？"

"就那么一回。"

"那就是有意思！你小子还一直瞒着我。说什么？"

"那天仲伟做的饭，玉米黄儿根本就没蒸熟。女生灶上做的也是玉米黄儿，当然熟。刘溪把她的分给我一半，然后就说……"

"是吗？有这么回事？那天我哪儿去了？"

"你拉稀，没出工。"

"仲伟呢？""仲伟做饭。她说，男女生不如不分灶。她主动跟我说的。"

"噢——"

"你'噢'什么？"

我不忍心告诉他，只说"没什么"。我想起，刘溪也曾跟我和金涛说过这句话，也是主动的。分灶的时候，男女生吵成一锅粥，只有刘溪一句话不说。为了分灶具的事，徐财让男女生各派两名代表到灶房去，在队干部的公证下谈判。我和金涛去了。女生也派了两个伶牙俐齿的角色——徐悦悦和沈梦苹。刘溪在灶房里做分灶前的最后一顿饭。四个代表龙争虎斗一番，只恨水缸不能锯成两半。徐悦悦和沈梦苹气哼哼地走了，到底不是对手。我和金涛故意吹着口哨，在灶房里再巡视一回，看还有什么便宜可占。这时刘溪忽然说："其实，男女生不如不分灶。"口哨声戛然而止，我看看金涛，金涛看看我，再吹起口哨，不是耳朵的问题？"干吗非分灶不可？"刘溪又说，但眼睛不看着我们。灶房里再没有别人。耳朵也没问题。站在女生的立场，她这可是背叛，是一句服输求和的话。却正是这样的话，险些把我和金涛打败。我们俩呆愣几分钟，赶忙出了灶房，一路上谁也没说话，没吹口哨。

现在已经记不清为什么要分灶了。好像还是因为仲伟做了一顿生饭。女生中有人嘟囔："这家伙专门儿会做生饭。"其实，嘟囔之中还夹着窃窃的笑声。仲伟正为又做了生饭而恼火："哪家伙嫌生哪家伙别吃！"又一天轮着沈梦苹做饭，做了一锅掺了麸子的窝头。男生中有人说："干了一天活儿，就他妈给喂麸子！"其实想博一阵喝彩。不料沈梦苹却不好惹，立刻嚷："少废话！穷日子长着呢。这帮少爷！"后来就逐步升级，她们骂我们是"一帮阔少爷，光想吃好的"，我们对骂曰："这群娇小姐，挣不了几个工分，饭也不好好做。"继而"少爷"之前冠以"混"，"小姐"之上封以"臭"。我们又趁她们全体去赶集之机，大吃了一顿白面糖包，却不慎走漏风声。她们又于我们不在村里的时候，吃足一顿白面葱花饼，而且为了报复并不把保密看得多么重要。终至有一天酿成了分灶的局面。

有一本心理学的书中说，少男少女在互相吸引之前，会有一段互相憎恨的过程。按我的经验看，相憎绝不在相吸前，保险是在其中，那炽热的相吸一时难于表达，便只好找碴儿打几回架。

三十三

又坐了一天汽车。雪又飘起来，越飘越大。好不容易到了黄河边。这个季节的黄河，水不多，显得安分。去年夏天和秋天，她带领着儿孙闹得太凶了。山峦被春雪覆盖了，雪盖不住的地方，泥土的颜色变深。高原默默的，难得黄河在他身边这么驯顺地躺一会儿。

过了黄河是吴堡县城。这里积压了不少探亲回来的知识青年。前面的路坏了，雪又太大，汽车开不了。

"哥们儿！路什么时候坏的？"王建军问。被问的人注意到，他身后站着个一米八七的大个儿。

"三天啦！我们他妈在这儿窝了三天啦！"

"那怎么办？"

"那不怎么办！等着！"

"有地儿住吗？"

"说的！这么大的地球，会没地儿住？"一阵笑声。

这回旅店是真的全部客满了，能过夜的地方只剩下车站。候车室里横躺竖卧的全是人，几乎下不去脚。我们好不容易在靠近门口的地方拱出一块地盘，十个人只好挤在一起坐，再不能分男女。这倒别有一番滋味在心头，是以前没体验过的。我的右边是王建军的姐姐，所以我的右半拉身子总绷紧着，左边的李卓还老说我挤了他。

"这可熬吧，谁知道路什么时候能修好！"

"我眼看就快累死了。"

"甭多，再像昨儿晚上似的冻一宿，咱们就全省得回去吃糠了。"

三个女的不说话。谁说话她们就一齐把目光投向谁，好像是说，一切全瞧我们的了，而且相信我们准有办法。

我们哪儿来的办法？不过我们倒是赞成她们目光中的意思——我们应该有办法。决定派两个人进城去再找找旅店，其余的人看守行李和这块地盘。三个女的要去，被大伙儿否决了。王建军要拉着小彬去，小彬说那不如"叮壳"。六个人分成两组："手心手背！""单拨儿倒霉！"结果倒霉的是我跟李卓。三个女的这回不加掩饰地笑。

称得上漂亮的那一个，笑得头巾也散开。

我和李卓本打算随便问上两家旅店，然后找个厕所蹲一会儿，就回去交差。不料我们却走运，有个旅店刚空出来一间两个床位的屋子。"多住几个人行不行？""那得多交钱。""多交多少？""多几个人就得多交几份。"李卓刚要发作，我连忙把他推到一边去，交了三个人的钱。

"你们仨去住。"

"不！"三个女的说。

"要不，王建军和你姐姐去住。"

"废什么话哪？我是男的，她是女的！"

最后谈妥：十个人分成三拨儿，轮流睡，头一拨儿是三个女的。每拨儿睡五个钟头，反正明天也走不成。

好说歹说，三个女的走了。晚上显出寂寞。在候车室里过夜的知青不少，打牌、抽烟。出来进去的人不断，别想把门关住。风把雪吹进来，在我们脚下变成水。昨天晚上太令人怀念，又有鸡吃，又有热烧饼吃。这会儿，越坐越冷，冻得人根本睡不着。

"王建军，再唱个歌儿嘿。"

"在这儿可不敢，人太多。"

"人多怕什么？谁要打架，我盯着！"小彬说。这小子纯属虚张声势，他要敢打架，兔子也能吃人。不过这会儿倒难说，他的悲伤正变成邪火。

"有个知青自己作的歌儿，你们知道吗？"

那是当年在知青中很流行的一支歌。关于这支歌，还有一段美好的传说。

条条锁链锁住了我，锁不住我唱给你心中的歌。

歌儿有血又有泪，伴随你同车轮飞，伴随你同车轮飞……

据说，有几个插队知识青年，当然是男的，老高中的，称得上是"玩主"。"玩主"的意思，大约就是风流倜傥兼而放荡不羁吧！大约生活也没给他们什么好脸色。他们兜里钱不多，却几乎玩遍了全国的名山大川，有时靠扒车，有时靠走路。晚上也总能找到睡觉的地方，凭一副好身体。有一天他们想看看海，就到了北戴河。在那儿他们遇见了一个小姑娘。小姑娘从北京来，想找她父亲的一个老战友打听她父亲被关在哪儿，但没找到，钱又花光。

生活好似逆水行舟，刻下了记忆在心头。
在心头啊，红似火，年轻的伙伴你可记得？可记得？

北戴河也正是冬天，但他们还是跳到海里去游了一通儿。远处的海滩上，站着那个茫然无措的小姑娘。"看来，那个丫头不俗气。"他们说。他们正想吸收个把女友参加他们的"旅游团"，那会更浪漫些。"不行，那才是个十四五岁的小孩儿。""你想要什么？老太太？""说真的，那小丫头儿可是长得够精神。""离这么远你就看出来了？""昨儿我在饭馆里就看见她了，一个人坐着，光喝水。"

当天，他们在饭馆里又碰见了那个小姑娘。"哎嘿，你吃点儿什么？"其中一个跟她搭话。"我不，我就是渴。"小姑娘说。"跟我们一块儿吃点儿吧。""我不，我有话梅。"小姑娘。"话梅？"几个小伙子笑起来，"话梅能当饭吃？"

袋中的话梅碗中的酒，忘不掉我海边的小朋友……
你像妹妹我像哥，赤心中燃起友谊的火……

他们和她相识了，互相了解了。他们和她一块儿在海边玩了好几天。爬山的时候，他们轮流搀扶她。游泳时，她坐在岸边给他们看衣服。她说，她哥哥也去插队了，如果她哥哥在这儿，也敢跳到那么冷的水里去游泳。她吃他们买的饭，他们也吃她的话梅。"哎嘿，你带这么多话梅干吗？""我爸爸最爱吃话梅。和我。""说中国话，什么和你？""我爸爸和我。这你都听不懂呀？""我以为你爸爸最爱吃话梅和你呢。"小姑娘就笑个不停。"我说，你妈就这么放心？""不是。妈妈不让我来，妈妈说张叔叔可能不会见我。"小伙子们都不笑了，含着话梅的嘴都停了蠕动，仿佛吃话梅吃出了别的味道。他们沉默一阵，望着海上的几面灰帆。"你应该听你妈的话。"其中一个说。"不会的，我小时候，张叔叔对我特别好呀！""小时候？现在你长大了？""我说的是更小的时候，这你都不懂？""今天你又去找他了？""他还是没回来。""他不会回来了。听我的，没错儿。""不是！他真是没在家。""他家里的人怎么不让你进去？""只有张叔叔认识我，别人都不认识我。这你都不信？"……

人生的路啊雪花碎，听了你的经历我暗流泪。
泪水浸湿了衣衫，相逢唯恨相见晚……

据说，他们之中的一个深深地爱上了那个小姑娘，只是得等她长大。他就写下这歌词，另一个人给谱了曲。

他们和她分手了。他们回到插队的地方去，给她买了一张回北京的车票，那是他们头一回正正经经地花钱买了一张车票。

三十四

后半夜雪停了。听说六十里外的义合通了车，人们都决定步行到义合去。我们想，也只有这办法。行李成了麻烦，六十里雪路，空手走尚且不知会不会累死。附近的老乡早看下了这个赚钱的机会，扛着扁担的、拉着架子车的，都来揽营生。这段路大约常出毛病。

你伸一只手，我伸一只手，在老羊皮袄底下互相摸指头，名之曰"掐码"。陕北人做买卖都这样。你出三个指头，意思是，你认为这事得给三块钱；我少出一个，意思是，这么几步路两块钱足够了。都不明说，怕让围观的人捡了便宜，也怕让哪个冤大头漏了网。

白色的群山越来越清楚了。从夜里走到天亮。到处是赶路的知识青年，都累得疲惫不堪。还有担着行李或拉着行李的老乡。猛看去，如同逃避战乱的流民。

"歇会儿嘿！歇会儿再走嘿！"认识不认识的，都打招呼。

"别歇啦！天都亮啦！"大家走着一条路。

太阳出来了，路开始变得泥泞。但是太阳出来了，天不再那么黑了，也不再那么冷。太阳从白皑皑的山顶上，把光亮撒开。

给我们拉行李的是个四十几岁的汉子，大下巴，一脸胡楂。十个人的行李加起来得四五百斤，他一个人拉着，靠一辆破车。他只要了五块钱，却相信自己占了大便宜。上坡时我们帮着推一把，倒让他很不安，一个劲儿跟我们说他窑里的病着，意在说明他是多么需要这五块钱。

"车是生产队的，还要给队里交半块钱咧。"

王建军的姐姐掏出烧饼来给他。

他脸上焕发出光彩，两只粗手在腿侧反复搓擦："能行哩？"

"咋，操心吃。"她的陕北话学得漂亮。

他转眼间吃了六个，又咬一个在嘴上，便拉起车来又走。

金涛在后边喊我，让我等等他。

"你猜王建军他爸爸是谁？"金涛在我耳边说，又是满脸神秘。

"谁？"

他说了一个吓人的名字。

"又他妈牛。"

"牛是孙子，嘿，牛是孙子。给咱们送烧饼的那个女的跟我说的。"

"那他怎么姓王？"

"他改姓他妈的姓了，他妈姓王。"

"我早看出他们家里有事儿。"

"我也是。"

"要不他这么小干吗来插队。"

"后来他妈也失踪了。"

"失踪了？"

"不知道给弄到哪儿去了。"

"我早就看出来了，他们家准有事儿。"

"嘘！——轻点儿。她们就在后头呢。"

当时我们急着赶路，怕误了义合的班车。

几年后听说王建军的父亲又恢复了工作。后来又听说他上了大学。前两年我遇见过一回王建军的姐姐，在美术馆，我认出她来，她认不出我了。"忘了那年回陕北，咱们一块儿蹲车站了？""哎哟！是你呀。"她又看了我一会儿，似乎还有怀疑，"你的腿怎么啦？""王建军现在在哪儿？"我问。"在国外。哦，使馆里。哦，当翻译。你这腿是怎么啦？"我稍微解释一下，又问起另外两个女的。"一个在当大夫，另一个……你不知道？死了。死了八年了。"我们在美术馆的游廊里坐了一会儿，说些往事，说着高原上的那条雪路。我心里似乎惴惴的，有个问题。"怎么死的？"不对，不是这个问题。"打窑时塌死的。她硬要进去掏土，窑塌了……""是哪个？她们俩，是哪个？""靳秀芳。""哪个是靳秀芳？那个挺漂亮的？"对了，是这个问题。"秀芳可不漂亮。"她说，望着街上往来的人流。我竟然松了口气，天！就因为她长得丑？"夏天死的，运不回来，只好埋在了村后的山坡上。"我想着那个风雪之夜，那个小车站，靳秀芳给我们送烧饼来，放下就赶紧跑了，还红了脸。她已经死了，埋在了黄土高原上。她只不过长得不太好看，其实根本算不上丑。

三十五

四元儿也长大了。去年回去，省作协的汽车把我们一直送到县里。在县上的饭馆里吃饭时，正碰上四元儿带着婆姨也来吃饭。我一眼认出他来，有小时候的嘎相儿，长得像疤子又比疤子魁伟，俨然一条陕北大汉；穿的也像样，腕子上闪闪的，只是皮肤晒得黑。他身边坐一个女子，抓一把花阳伞在手上。女子边吃边窃窃地说着什么，四元儿便摆出不以为然的样子说几句干脆话，女子就笑。

"四元儿！"我喊。

他张望一阵，愣愣地离了座位，向我走近。

"你不是清平湾的？"

"嗷嘛。"他再愣一会儿，忽然一把抓住我的胳膊，"咳呀！随随说你要来哩，真格倒来了。多会儿到？"

"才到。"

他却再寻不出别的话来，光是抓住我的胳膊定睛看我。

"还认得出我吗？"

"咳呀，不是随随说你要来，就不敢认。腿一满不得动？"

"随随收到我的信了？"

"啾嘛。都说你是虚说哩，腿不得动咋能来成？倒真格儿来了。走！庄里回！"

"吃完饭吧。那是谁？"

他笑了："我婆姨。我来县上开会，这人就要跟得来。"

四元儿现在是村里的会计。五元儿去了青海，前几年招工招走的，开汽车。二元儿、三元儿都成了家，分出去单过。六元儿还在上中学。

"还能记得我？"

"噫！那程儿你不是喂牛着？"

和我一起喂牛的白老汉前年死了。他那小孙女出嫁了。当年每天晚上坐在饲养场上，她总问我北京的事，问我电视机是什么，望着天上的星星，想半天想不出个头绪。

"这程儿咱庄里也有了电视机了，黑白的。公社里就有五彩的。"四元儿说。

"通了电了？"

"通了多时了。你写的小说我看过，看得人笑哩。亮亮妈不识字，识字喽要揍你咧。"

"咋？"

"把人家那号事写在书上给众人看，咳呀！——"

"小说嘛……"

"我晓得。你就把咱山里人看得啥也解不开？"

"我写的白老汉也是综合了白金玉和田秀山，写小说得用点儿虚构。"

"这我解开。"

现在谁喂牛？现在单干了，牛都分开，各家喂各家的。疤子还在炭窑上？还在，当了窑头，不用下窑掏炭了，只在井上动口。炭窑上有了柴油机、电动机。栓儿呢？栓儿也老了，有一年捞河柴时摔断了腿，老了，再不敢捞河柴。瞎老汉殁了吧？在哩！平八十岁了，每日在村里走走串串，深喜自己的命好，偶尔还到那高高的土崖上去张望。那土崖上的鸽子愈多了，惟瞎老汉知道有多少只。随随箍了三眼新石窑，有了两个儿、两个女子。碧莲养了七十只鸡，成了养鸡专业户，可是运输不便，销路不算好。陕北什么时候能修铁路呢？我又记起当年和白老汉一起拦牛时，站在山坡上唱着信天游，互相说着心里的愿望：这山峁上、沟壑里要都长的是杨树、柏树，够咋美气！

那位"太行山人士"说，这儿为什么现在还不造林呢？同行的几个人都说，这真是件怪事，国家每年花很多钱治理黄河，为什么不下大力气在黄土高原上造林呢？林牧业搞起来，于黄河的治理大有益处，这儿也才有修铁路的价值，人才不光能吃饱，还能有钱。

我们的汽车出了点儿毛病，司机正修得满头冒汗。四元儿说他先回村去，报个信让随随预备一下。他骑了一辆崭新的自行车，婆姨坐在车后，渐行渐远，忽地那婆姨支开了红花阳伞，远远的十分鲜艳。这又让我想起明娃，想起碧莲第一回来清平湾相亲时的样子，那稚嫩而羞涩的声音仍在我耳边："看把人家的鞋踩掉了没嘛……"

三十六

在县里耽误了一天。接待我们的是一位副县长。我们这帮写小说的家伙，观察力都极佳，一进县委大院先都注意到了这个漂亮的女干部，几个人窃窃耳语，惊讶此地竟有这么一位文雅又美貌的女干部。她正在和几个粗壮的农民谈话，愈显出身材的柔美，说话时的动作也——怎么说呢——很帅；衣着剪裁得合身且讲究，让我们几个北京人惭愧。

一问才知道，她原是上海知识青年，"文革"前就去了新疆农垦兵团，七二年随爱人来到陕北，她爱人的老家在这儿。来了之后先当了几年农民，又当了几年工人，再当了两年干部，去年被选为副县长。

"孩子呢？几个？"

"两个。一个跟我在这里，一个在上海跟着外婆。"

"不想吗？"

她笑，笑得很潇洒："我想他，他不想我，从小跟着外婆，不愿意到陕北来。在这儿的这一个又不愿意到上海去。"

"哪年到的新疆？"

"六三年。"

"石河子？"

"对，石河子。"

"总理当年不是去过？"

"对，当时我就在。"

"自愿去的？"

"对，自愿。"她稍犹豫一下，又说，"也不完全是。我的出身不好，考大学时虽然分数名列前茅，但出身不行，没上成。我当时觉得这也没啥了不起，干什么不是一样？让党看我的真心好了。现在有些遗憾，就是没有上过大学。我现在正在上业余大学。"

"您的上海口音并不重。"

"南腔北调。陕北话我也能说，上海话也能说，维族话也能说几句。"

"三十几？"

"噢——四十几了！"

"不像。"

"不像吗？"这回笑得却不像个县长，像个女人。从那笑中能感到她多么希望自己还年轻，多么高兴自己还只像三十几岁。"不，老啦！——"她又说。当然，她想起自己十八九、二十几岁时来，难免会有万千感慨。

"不想调回上海吗？"

"现在不想了。这儿有我的事业，也很好。"

女县长走后，我们几个人说："嘿，这就是一篇小说。"

"太行山人士"说："你们他妈的就知道小说，听来一点儿事，加上些美哉壮哉的文学词汇去制造一篇小说。抽风。"

"废话。你说怎么写？"

"我说咱们都别写了，不如改行当小偷儿。你能写出她心里的一切来吗？外表的和藏在心底的，眼前的和那四十几年的，加在一起才是她这个人。你能吗？你只能偷人家点儿东西，于你制造一篇小说有用的，先定下个原则，要写成一个什么样的，强者文学吧，阳刚之美吧，乐观坚强忠诚深刻高昂……要不你吃什么！"

同行的几个人都说这小子酒喝多了。而后大家都躺下，抽着烟，默默地望那窑顶。

三十七

弄不清是不是在梦里。

清平河还是那么轻缓地流着，在村前"哗哗啦啦"地诉说着日月光阴。

我们当年住过的那眼石窑静静地坐在阳光里。窑前的小枣树长大了些，枝叶摇曳，在窑门和门前的空地上投下碎影，窑洞就更显得沉寂。窑门上了锁，木门上隐约辨出当年的墨迹："是七尺男儿生能舍己，做千秋雄鬼死不还家。"金涛写的。还记得我给他端着墨汁瓶，称赞他的字写得漂亮，墨汁溅了我一脸。仲伟正脚踏着拍子吹口琴，吹的《霍拉舞曲》，吹得浑身乱颤。那是七〇年国庆，村里不放假，我们自己给自己放了假。小彬蹲在窑前逗狗。那只狗叫"玩主"，会两腿站，会打滚儿，会玩很多花样；其父是"黑黑"，其母是"花脑"，父母原都老实巴交的。李卓从河边洗衣服回来，把衣服晾在小枣树上，每一枝头挂一件，飘飘扬扬如同五彩旗。秋阳温暖、不燥。欢快热烈的"霍拉"飘过河去……

现在这窑前可真冷清。窑已做了仓库。那群吵吵嚷嚷的少年都到哪儿去了？好像根本不曾来过。好像他们还在窑里，睡着懒觉。好像他们都去赶集了，买几筒罐头，吃罢就回来。好像他们都上山受苦去了，剩我一人在家做饭，一会儿就都会喊着饿回来的……所能清楚的只一件事：他们都远离了清平湾，但他们无论在这星球的什么地方，都终生忘不了这窑洞、这山川、这天空、这土地和人……

疤子家的磨房已经废弃了，石磨愣在那里驮满尘土。现在都用电磨了。"嗡嗡"的推磨声在我心头震起。李卓说："一人一百圈儿，我先来。"金涛喊："才他妈九十八！还差两圈儿。"仲伟和小彬搭伴儿，两个人推二百圈。金涛又说："仲伟真机灵，找了条'大驴'搭伴儿。"那时队里的驴不够用，时常就要人推磨。这一天就全体歇工，推一天，天黑时磨房里挂一盏马灯，大家都累得不说不笑了，驴一样地默转那一百圈，盯着面粉不慌地落，窑顶上是鬼似的人影在转……

　　我又到了饲养场。饲养棚都拆了，光剩一片空地，堆满柴草、石料。我寻着残留的地基，找到我当年的领地，跟同行的几个人说：老黑牛就在这儿，红犍牛就在那儿，老生牛在这儿，花牛在最边上……我记得它们的样子，盼着我给它们拌料，高兴得前蹄上石槽，亮亮的眸子望着我。白老汉哑着嗓子又唱：你看下我来，我也看下个你……

　　那年我住在医院里，有人给我介绍了个偏方：穿肠骨，焙干研碎了吃。穿肠骨就是狼粪中没有消化的碎骨头。我写信到陕北去。白老汉拦牛时漫山遍野地找，找到一小把，托仲伟给我捎了来。这地方的狼不多，他一定费了大力气……

　　那位"太行山人士"忽然说："我决定了。"

　　"决定了什么？"

　　"回北京时我在山西下车，去我们太行山看看。"

三十八

　　有人会说我："既然对那儿如此情深，又何必委屈到北京来呢？用你的北京户口换个陕西户口还不容易吗？"更难听的话我就不重复了。拍拍良心，也真是无言以对，没话可说。说我的腿瘫了，要不然我就回去，或者要不然我当初就不会离开？鬼都不信。

　　那儿需不需要知识青年？说老实话：需要。那儿最缺的是知识，缺老师，缺大夫，缺学农的、学林的、学机械的、学配种的、学计划生育的……除了不缺学原子弹的。

　　于是心里惶惶的，似乎连这思念也理不直，气不壮，虚伪。

　　有个也是当年插过队的人跟我说："甭管那个，反正咱们他妈的没理。当年当了红卫兵，肯定是没理；后来去插队也没理，要不为什么插队不算工龄呢；然后转回来还是没理，有理就不用偷偷摸摸给人家送礼了。那些猫争狗斗上了大学的以为这下子还不得有理？结果工农兵大学生现在不算数。后来真正考上大学的也没多少理，三十好几了，老婆喊孩子哭，屁股大的一间房，只好蹲到路灯底下去背书，因为工龄不够，一上大学还把工资免了。还有些人为了转回来，为了上学，不结婚，忽然想起得结婚了，又没理了，成了大龄男女青年。你干脆放心得了，反正咱们不想有理了。"

话虽这么说，心里依旧惶惶的。

陕北的变化确实不小。没有要饭的了。没有人吃麸、吃糠了。没有人穿得补丁摞补丁了。饭馆里卖的饭菜也不光是两面馍和粉汤了。插队那时，偶尔到县城来，我们几个就先奔饭馆，筹了十几块钱想大吃一顿，可无论如何花不了那许多钱，无非两道菜：素粉汤和肉粉汤。素粉汤就是漏粉、豆芽、豆腐合在一起熬，加上几片肉便为肉粉汤。现在呢，七八种炒菜写在黑板上，过油肉、宫保肉丁、木樨肉、大拼盘，啤酒也有。我对那个大师傅说："咱们这儿也会这么炒菜了。"他说："不是你们北京知识青年传来的？"嗬！这可是对我们的充分肯定。吃饭也确是一种文化。我还不曾想到过上山下乡运动的这一作用。历史常常有趣，先定的目的没达到，却有了意外的收获。

前不久在报纸上见了一篇报道，标题是《经济发达地区商品、人才、技术涌向大西北》，说"西北过去经济落后，一个重要的原因是商品经济不发展……现在情况开始发生变化，经济政策放宽以后，经济发达地区的大批小商小贩、推销员、建筑队，以及有各种各样技术的人，带着时装、日用品，带着手艺、技术，潮水般地拥向大西北……"这才是真正的开发。历史上真正的开发，似乎都是这样自发的。也许上山下乡运动之所以失败，正是因为那是一场人为的运动吧？我这样想。

三十九

从县里开车去清平湾的那天，濛濛地下着小雨。满山的麦子正要抽穗，最上头的一片片叶子高高挑起，正如民歌中所唱：四月里麦子挑旗旗。麦子都密植了，不像过去那样，隔一大步种一撮。

山川都变了模样，认不出了，因为还是水土流失严重。女县长陪我们一起去清平湾，她说，这地方如果连着几年遭灾，老乡们的日子还是不好过。

汽车沿着山道颠簸，山转路回，心便一阵阵紧，忽然眼前一亮：那面高高的黄土崖出现在眼前，崖畔上站满了眺望的人群……

1985 年 7 月 31 日

邹 静 之

1952 年出生 ，祖籍江西南昌，北京长大。诗人、剧作家，现为北京市作家协会副主席。创作有《邹静之诗选》《幡》《风中沙粒》《知青咸淡录》《九栋》等文学作品十余种，电视剧《康熙微服私访记》《铁齿铜牙纪晓岚》《五月槐花香》《倾城之恋》等十余部，电影《千里走单骑》《一代宗师》《归来》等十八部，以及歌剧《夜宴》《西施》《赵氏孤儿》《长征》、话剧《我爱桃花》《莲花》《操场》《花事如期》《断金》等。作品曾多次获得国内国际各类奖项。1969 年至 1976 年在黑龙江生产建设兵团一师六团劳动。

17 岁，摄于黑龙江生产建设兵团一师六团

邹静之
———————

风中沙粒

一只茶杯

我有一只搪瓷茶杯，二十二年了，一直没用过。上次搬家从箱子深处翻出来，崭新的，杯子上印有"上山下乡光荣"六个红字，旁边一朵大红花，红花下有绿色的梯田。

看着杯子，耳边就响起很热闹的锣鼓声，还有红色的布告、草绳、木箱、新发的军绿棉衣、兴奋或悲伤的眼泪、血书、母亲深夜缝褥子时的灯光……

一九六九年八月十六日，北京火车站，父亲从站台的圆柱背后移出来，他顶着"反动权威"的帽子，从牛棚中告假来送我。父亲眼镜片后边的眼睛里没有太多的悲伤，他夹了把小提琴来，说是可以在接受贫下中农再教育之余，搞搞娱乐。我接了那琴，没有太多的话想说。我一直盼着离开北京，离开家，离开那个歧视我的楼区。

父亲在车开之前就走了，他说只请了一会儿假。父亲走了，他可能忍受不了开车前的铃声，我把窗口让给其他同学。开车铃响时，车上车下突然放声大哭起来，我一生中再也没有听到过那么众多的哭声，像一条河流崩溃了。我没哭，我端坐在椅子上，觉得没什么可哭的，我把北大荒想象成能使我畅快呼吸的地方。

我第一次坐火车，一直兴奋地看着沿途不断变换的风景。同学们彻夜不眠，交谈，打闹。我再想不起来一群十六岁左右的大孩子们，一天一夜说了些什么。我们都把这当作一次短暂的旅行了。

北大荒，这名字真准确。头上是天，脚下是地，站起是个人。在这里一个人的呼吸很微弱，你更多感觉到的是土地、云朵、星空，自然的世界，人只是个附属品。

一九六九年十月一日，黑龙江生产建设兵团一师六团所在地德都县下雪了。这像是来得太快了点，没来得及拿出冬衣，没有炉子也不会生火的三三班的同学们，拥卧在一座未竣工礼堂的寒冷舞台上，在听天安门的国庆庆典。那些熟悉的声音被窗外的雪花隔开，被半导体中不清晰的声音隔远了。二十来个大男孩子，被寒冷和怀乡搞得很消沉，没人说话，也不知该说什么。

我拿出提琴来，想拉个曲子（其实我就会拉三四个简单的歌），我拉了，是俄罗斯民歌《茫茫大草原》。这歌是讲一个马车夫将死的故事，很忧伤，与窗外的雪花构成清冷的情境。我拉了一会儿，放下琴时，发现大部分人都哭了。有人躲避着，用胳膊盖着眼睛；有的人张着泪眼，无声地看着我。我把琴放进琴盒，瞬间，有泪流出来，打在躺倒的琴身上，发出空洞的声音。

那是我们三三班集体流泪的唯一经历，以后再没有过。眼泪有时比火更有力量，经它冶炼的情感会更接近铁。

一支牙膏皮

一九七一年，我到北大荒已经一年半了，大部分人已回过家（不请假，逃跑）。我因父亲的问题没解决，就忍着不想回去。四月，父亲来信说，他已被放出牛棚，问题正在澄清，希望我能回趟家。去请假，连里不准。我就和一个同学商量好了，准备一起逃跑。

五月，北大荒的雪刚化。一天早上，我俩踩着泥泞从水库工地跑到了火车站。为了躲避警卫的检查，等火车要开了，我们才分头爬了上去。

我们没买票，不是没钱，有三十多块钱，想带回北京去花。那时知青回家大多不买票，把两天一夜的旅程，当作锻炼能力的机会（这话听着不真实，不过确实是这样想的）。

钱要藏好，否则被检票的搜出来，要被全部没收。临走时，我把一支牙膏挤掉了一多半，然后，把牙膏尾部撕开，把钱折小后塞进去，再把牙膏皮从后向前卷起。

平安地到了哈尔滨。

换车，再走，火车刚到双城堡，我们就被赶了下来。是半夜，下着冷雨。候车室，又脏又冷，没什么人。一个脸上有伤的大胡子总围着我俩转，我们有点怕，就出了候车室去外边等。外边黑极了，没有一点亮光，过了一会儿，才看清楚外边站了一地的牛，那时我的脸差点撞在一头牛的屁股上。冷雨中的牛静静站着，我们更觉恐怖，就又反身回了候车室。大胡子再过来，告诉我们："别买票，下趟车来了再混。"我们没听他的，买了张短途票，黎明时上了车。

那车是到天津的，我们一路躲躲闪闪终于到了。用了一个小时也没有出车站，最后发现个厕所，我们从厕所窗户跳了出去。

　　快到北京了，出来两天两夜的我们已很疲倦，很脏，也很兴奋。在天津悠闲地看了半天市容，再想进火车站已没那么容易，站台票不卖，想进进不去。

　　我现在已想不起来，是他坚持不花钱回北京，还是我坚持的，总之我们没动牙膏皮里的钱。

　　第二天一早，京津公路上就多了两个步行的"青少年"（别笑话这是个傻主意，那年月干的傻事多了）。我们边走边拦车，没有一辆车停下，没有一位司机愿意让我们搭乘。就那么一直走到当天深夜，天下着小雨，我们傍晚就走过了杨村。又累又困，像两只影子在路上飘着。最后，他靠在一棵树上说要睡一会儿，我也就在他身边的泥地上半卧半躺地睡着了。

　　不知多久，有人在摇晃我们。

　　"嘿！醒醒，醒醒！你们去哪儿，怎么在雨里睡觉？"

　　是个司机，路边停着辆卡车。

　　"回北京，走不动了。没钱坐车。"

　　"从哪儿来的？"

　　"北大荒。"

　　"几师的？六九届的吧？"

　　"六九届，一师的。"

　　"嘿哟！我那小子也在一师，你们怎么走着回家呀？上车！快上车，我拉你们回去。"

　　我们湿漉漉地要爬进后边的车厢里去，他说进驾驶室吧，后边太冷。

　　碰到好人了。他一路问着北大荒的情况，说一看见我们就想起他儿子来了，他真怕儿子也这么往家跑。

　　汽车很快地过了通县，到了大北窑。他把车停下，说不能送我们回家了，掏出一块钱给我们，让我们坐车回家。我们不想接那钱。他说没钱就拿着吧。我们接了，装得像确实没钱的样子，用那钱坐汽车回了家。

这事一直使我耿耿于怀，我们骗了一个好心人。骗好心人的滋味不好受，后来牙膏皮里的三十块钱，我们始终有一块钱没花，盼着能再碰见他，把钱还给他。

一个脸盆

不知从什么年代起，塑料开始包围我们了。塑料地板革、塑料墙纸、塑料脸盆、塑料菜板、塑料书包、塑料假牙……塑料遍天下，但永远不会出现塑料饺子或塑料汉堡包吧。塑料那东西让人觉不出一点历史感。它像个暴发户，使人觉得厌倦而无奈。

我的生活中已挤进了很多塑料，但脸盆我一直拒绝用塑料的。我用那种最普通的搪瓷盆，稍不留意，它会掉下点瓷来，露出长了锈的旧事。

刚去北大荒那年的初冬，三三班的男生从寒冷的舞台搬出来，挤进一些原本很挤的小宿舍里。说小也不算小，每屋有十六人左右，上下铺，不过比起邻近连队八十人一个大屋，还是小的。

宿舍小，早晚洗脸成了问题，每次只能三四个人蹲下洗脸，常有屁股撞脑袋的事发生。宿舍小可有个不小的脸盆架，十六只新盆，三三两两地叠放在上面。一次检查内务，当地老李说："都是小子们，整那么多盆干啥？有一个就够了。"不想他这话以后应验了。

我们连，井房挨着酒房，酒房有一座草舍，草舍是堆料的仓库。那天夜里就是这座草舍着了火。

救火使我们这些半大小子们感到了责任和正气，大家一人抄个脸盆往外跑。水井的辘轳不停地摇着，一盆一盆地往房上传着水，水接不上了就去雪地里装雪。脸盆上下飞传着，扔上去又扔下来。房上的人勇敢地接近火，泼水、催促、叫喊。水泼湿了衣服，一会儿又结了冰，我们就穿着冰的铠甲来回奔跑传递。那种兴奋、忘我、团结的精神，使人感到了力量。亏了人多脸盆多，火就小了，要灭了。这当头，先上房的一个同学不小心从房顶漏了下去，被烧红的木头烫伤了手。

火灭了，大家带着一身的烟灰回宿舍，依旧被救火的紧张兴奋着。想起洗脸时才发现脸盆全扔在火场忘了拿回来。盆架上只剩下一个盆，就是因救火被烫伤了手的那个同学的。他因最先跑出去，没想起拿脸盆。

第二天一早，各宿舍的人都去火场找自己的盆。我平生再没有见那么多破脸盆……一夜的扔、摔、踩，脸盆全都没了模样，或瘪，或漏。据说有个别稍好的，早被女生们捡回去了。我们宿舍的人一个盆也没捡回来。

在火场上，当地的老李说："破草房，烧就烧了，烧光了也不值俩盆钱，看这一地的盆，还烫坏了个人。"

这话听着挺扫兴，可我们都不这么认为。我总觉得昨夜显示了一种精神，脸盆事小，精神事大，没有一个人为失去个脸盆而沮丧。事后，老李因为说怪话而受了批判。

再后来，那位烫伤的同学，在做讲用[1]时，曾狠斗"私"字一闪念。说他也有私心，他没有拿自己的脸盆去救火，致使全宿舍只有他一

---

[1]　讲解如何学习、运用理论，汇报心得体会。

人的脸盆完好无损。这曾使我很久疑惑不解，我不知道他真这么想过，还是为了生动、深刻，为了效果。我知道他的盆是偶然被留下的，因为那天大家拿盆是胡抄，并不是自己拿自己的。

事后，我对很多事不再单纯地看了，我总觉得有出乎意料的言语来粉碎我十六岁的激情和坚定。我开始觉得老李的话也并不错，尤其邻近连队有位同学为救一个柴禾垛把脸烧伤之后。

青春是个大词，不好把握，把握这个词不如把握住每一段时间、每一件事。我确实不能靠这两个字回忆起特殊的东西来，也许要到常说"过去"的年龄，我才能真正理解这段时光。

斑蝥虫

该试体温时，那个长着马脸的护士走过来，把温度计插进了他的腋窝。他及时地笑了一下，笑得很朦胧。马脸走回去，端坐在他对面盯紧了他夹着温度计的腋窝，一对眼睛像打着连发的枪。一分钟过后，他没有机会把右手伸进衣领去弹动那支温度计的顶端。

……使温度计升温的办法有许多种，当然最正常的是你的腋窝恰好有38℃，你就被判明为发烧了。当你的身体达不到这个温度时，你可以借助一些物理的方法来使那根温度计达到这个温度。办法有多种，他掌握了其中最不动声色的一种。当把温度计无水银的顶端不断弹动时，水银会一下一下往前冲，大约弹十下左右，可以达到较理想的温度38.5℃至39℃之间……当然要掌握好弹动的力度。为此，他做过了无数次的练习，掌握了很高的技巧，也废了六支温度计。

　　今天，他是这个月的第七次坐在这张椅子上查体温了。这时候的马脸像张招贴画似的一动不动地在他眼前展览着。他讨好地想笑，并且笑了一下。马脸透过他的笑把目光落在他某一颗坏牙上，这使他再想笑时，终于把嘴闭上了。

　　关于发烧的方法，每个人都不尽相同。狮鼻总是用左腋窝夹紧温度计，通过右手来回抽动，用摩擦发热的法子，使温度升高。他曾偷着试验过，那动作的幅度太大，太扎眼，而且升温的速度很慢，达到38℃时，腋窝充血发红，且伴有臭鸡蛋味。食堂的老尖用另一种方法，他曾经揣着一个刚出锅的馒头去卫生院，在试体温时，趁人不注意，及时地把温度计插进了依然发热的馒头。那次他没能掌握好火候，护士检查时，温度显示的是42℃。他被送进了急救室。五分钟后又被推了出来，诊断结果是：馒头退烧了。

　　而他发明这个把戏的灵感来自抽烟过程中的一个动作：当你想把一支松的烟蹾实时，那么就把香烟立起来上下地蹾动，烟丝会挤向下端。谁也不能抗拒惯性，温度计中的水银也是这样。这个把戏他发明之后对谁也没有传授。

　　两分钟后，马脸许是对他大厌倦了，拉开抽屉翻找着什么。他缓慢地抬起右手，抚摸着自己的头发，然后，自然地滑进衣领。他的动作很连贯，像一个习惯搔痒的人。他一直盯着对面那颗白马头，希望那抽屉中的东西很有趣——情书、玉照什么的，使马脸抬不起来。一下，三下，六下。马脸正在把抽屉送回去，现在只有37.5℃，在最后的机会他重重地弹了一下，听到腋窝中有一下清脆而沉闷的响声。这响声击中了他的心脏——那东西断了。一种温润的东西顺着他的左肋流下去，使他的左边身体僵硬而冰冷。马脸抬起头来，用那片辽阔的眼白把他罩住。

　　"拿来吧。"

"拿什么？"他装作回头看身后的门。

"温度计！"

他像是把手伸错了衣领般地掏摸着，终于，拎出了那支被弹断了头颅的温度计。马脸的脸更长了，她凑到一片阳光下看着那支玻璃棒，然后，用手中的笔在纸上写着什么，撕下来交给他。

"去交费！今天你不发烧！"

他恭敬地起立接过纸，那些温润的东西落在地板上，他看到了一点明亮的东西在动，各自地跑开了。他向后转，走出马厩。出了门他看到纸上写着："温度计一支 2.65 元。"

收费的丫头片子奇迹般地透露了一个秘密。

"怎么搞的这帮知青，搞病退五天搞坏了三十支体温表。"

丫头片子的语言很准确，"搞病退"，病退是搞出来的，七搞八搞，搞出毛病，然后退回到他们的家乡，上海的回上海，北京的回北京。阿花就是他想办法搞的病退（不过搞这个字他妈有点难听。搞，像是搞那种事的意思，搞对象、搞女人、乱搞；不过搞革命、搞生产也用这个搞字。搞不清）。阿花查心电图那天，他带去了一瓶白酒，一点茶叶。查之前，他让阿花喝了六口白酒，然后，从一楼到五楼跑四圈，之后，再嚼两口茶叶去酒味。阿花心跳一百三十八下且伴有杂音，最后搞成了心脏病，退回上海。走的那夜，阿花不断地亲他然后哭然后又是亲，把眼泪和口水都搞到他脸上。当时，他数了一下自己的心跳，一百四十三下，比白酒效果好。

今天不发烧今天不发烧今天不发烧，他一步步走回宿舍。屋子里没人，都上工去了。坐了一会儿他终于拿出那个瓶子，在阳光下照着。那里边有五只虫子，是死了的斑蝥虫，黑黑的背上覆盖着一层绒毛，鞘翅上有两个大黄点，像一张黑脸上的两只眼睛。这东西真有富贵相，死了还那么威风。黑黄两色，他恍惚记得什么电影里的帝王才用这色。或者记错了，是送殡的颜色？送殡。不要吃了它真的死了吧！他把瓶子收起来藏到被子里。

上次探家回上海，他特意买了一包"海绵头"（过滤嘴）香烟去看拾垃圾的李阿公。李阿公原是弄堂口卖膏药的，卖的药也有把人医好也有把人医死的，后来有人揭发他用锯末、红砖粉、蜂蜜、脚气灵和在一起做丸药害人。斗他时，他背了毛主席语录来自辩："……或重于泰山，或轻于鸿毛……"斗他的众阿婆们动手打了他，之后他便改了行，拾垃圾。那天，两支烟抽过后，他问阿公什么东西可以在小便时出血。这问题他问过在医院里坐诊的三叔，三叔说："得肾炎可以。"废话，他巴不得得肾炎，可就是得不成。他又问得不成时怎样才能使小便出血。三叔很愕然，他可能治过病，但对如何得病不在行。那天阿公又抽了三支烟，让他附过耳去，从嘴里浮出三个字。那三个字带着股阴气透进他耳鼓。

"斑蝥虫。"

他再问时，阿公只抽烟不答。他要出门时，阿公嘱咐了一句："一次只能吃半只。"

那虫南方田里就有，他捉了五只，晒干后，宝贝一样收进这只小瓶，带了回来。

晚上宿舍的人都睡下了，他从被子里掏出小瓶，摸了一只。那虫身上的绒毛缎子般发亮，两个黄点盯着他，很凶的样子。他两手一分，吃下了带头的那半只，再躺下去时，就觉得那半只虫在肚子里爬来爬去，他闭紧嘴，怕那东西再爬了出来。

夜里做梦，他在一座庙里撒尿，很多菩萨看着他，他撒出一地红水，流出庙，流成一片霞光，阿花在那片霞光上唤他，还是泪眼汪汪的样子。半夜醒了，胀胀的，拿了手电去外边动作，撒出的尿照来照去，与平时并无二致。回来就再睡不着，也不管阿公的嘱咐了，索性，摸出那半只吃下去，也算让那只虫子凑个全尸。他和阿花总是那样地分开着不好。

早上他第一个起来，又去尿，尿水很热，但全无一点红色。回来后他急出一身汗，这虫也许没用。

一整天，他守着暖壶喝开水，一杯杯下去，一趟趟去厕所，尿出的水全无半点异样。他又拿出那瓶子来细看，黑虫子干枯的眼瞪他，像是要吃他一样。

"什么吃半只，一只也吃下了，尿还是尿！"

晚上睡觉，趁人熟睡，他摸出一只吞了下去。这次不是虫子爬了，虫子飞的感觉都有了。飞着，飞着，睡着了。一夜无梦。早上起来去厕所，尿一射出，火火的烫。低头一看，红黄带血。他马上憋住了尿，回宿舍取了一只酒瓶来，装了后半截的尿去医院挂号。

内科的麻大夫切过脉，还要用听诊器在他胸前背后肚皮上听听，然后是看舌苔翻眼皮，一套操作后，问他有什么病（这话似该他问才对啊）。

"发烧，尿血。"他举起那只酒瓶。

"喝酒喝的？" 麻大夫误会了。

"不，这里是尿，尿里边有血。"他很认真地摆了下瓶子。

麻大夫头忙向后仰去，屏住呼吸给他开了张化验单。

马脸今天在化验室坐台子。他先将酒瓶递进去。

"这是什么？"

"尿。"

"谁的尿？"

"我的。"

"不行！没让你尿时怎么先尿好了，谁知是不是你的尿！"

好个马脸，果然像地狱里的马面。他想起那两只虫，细细感觉一下裆里那东西。不怕！火烫的感觉还在。"那我当面尿给你看好了！"

"流氓！"马脸很妩媚地动了一下嘴角，然后叫老李。

"老李！你陪这个知青去厕所尿一下，院长吩咐了的，知青搞病退要一道一道过细。"

马脸传唤着一个做粗役的老头子。老李应了。

两人进了厕所。他动作时，老李死死盯着他那话儿，那怎么还尿得出来？

"你别看行不行，尿尿有什么好看的！"

"那可不行，院长昨天开了会的，不放走一个好人，也不误诊一个坏人。"

他努力收缩肚子，还是尿不出来。老李咽了口唾沫，走到水龙头边，哗地拧开龙头，然后再看着他。真是灵，那边龙头一开，这边尿也出来了。他认真地看着那尿，依然有红色，心里踏实了许多。尿满一小瓶后，把那东西交给了老李，老李捧贡品般地端走了。

化验单出来时，他清楚地看到那上边有四个加号。"好毒的虫子，才两只便把一个大小伙子打翻了。"他心里暗骂。

四个加号搞得他真像病了，扶着腰挨进了内科。麻大夫正在喝茶，他蹭进去，把化验单放在桌上。麻大夫看见那四个加号，惊得端茶杯的手直抖。再让他伸过手去号脉，末了说了句："真厉害！"他吓出一头汗，以为在说那虫子。而后开药，扯单子。

他坐着没有动，等麻大夫抬起头来催他拿药时说："大夫，给开张诊断吧！"

"诊断先不能开，开张休一周的假条吧。"

"假条可以不开，诊断您给开一张，这地方住院没法住，药也没有，我要回上海治病。"

"你先吃一段药再说。"

麻大夫端起茶杯不再理他。他把手里那只盛尿的酒瓶蹾在了桌上。

"喏！你看这尿里还有血，你刚还说'真厉害'。毛主席教导我们：要救死扶伤，实行革命的人道主义。"

那尿瓶子上桌后，麻大夫嘴里的茶水好久没咽下去。而后，拉开抽屉，开了张"急性肾炎"的诊断书。

他站起身来道了谢，走出内科，尿瓶子彻底忘在了桌子上。

终于病退办成了。

走的那天，狮鼻到车站送他。临开车，他摸出那只瓶子递给狮鼻。

"办肾炎吧，这虫子晚上吃一只，第二天就尿血，记住，别多吃。"

狮鼻看着那虫子，慢慢流出泪来，可能是感激他，可能是舍不得他走。

车开了，他没有把弹体温计的绝招传人，那招儿是他想出来的，轻易不能传。

避雷针

一个集体要共同打发无聊的日子，最好的办法是打赌。

打赌的方式，因时因地而变。随处可发生：吃饭时赌吃十五个馒头；行路时赌攀上电线杆摸瓷瓶；赌跳桌子、跨沟；赌一支烟点二十个炮捻（开山炸石头）；赌一斤半白酒一口喝下去（此人后被扔在雪地里冻了个把钟头，醒了）。打赌的花样着实很多。

整个世界打赌的方法就更多了，大多被一部叫《吉尼斯大全》的书收集起来了。这使打赌显得很隆重和正规。那些能迅速吃完三十根辣椒的兄弟和伟大的政治家一样可名垂青史。这没有什么不应该，人类要打发的日子太多，太漫长。

在北大荒的那些日子，实在靠了打赌来提高了一些平庸日子的质量。现在回想起的岁月，其中贯穿了许多打赌的情节。

夜猫子和苗全三九天去井台上打水。零下四十度，夜猫子把新买来的脸盆扔进井里了。一个敢扔一个敢捞，苗全脱光了衣服下到井里，把盆捞了上来。夜猫子输了瓶罐头，夜猫子也觉得自己出了口气。他恨苗全处处压自己一头，他后来把新捞上来的盆当尿盆了，天天往里撒尿。

一个雷雨很多的夏天，我们在粮库卸粮食。一个一个麻袋从肩上过去，一片片的乌云也集在头上了。哗地，就下雨了，铜钱大的雨，磨盘大的雷。一声一个闪，震得粮库上的瓦嗡嗡响。

粮库旁边是面粉加工厂，厂房三层楼，楼顶两面坡，起脊。脊上有根避雷针，是方圆百里中的唯一的避雷针。避雷针在闪电中叉开三个指头，有种轻蔑感。

雨大，人都在屋檐下闲看。老尖喊："谁敢这时爬房上摸避雷针，赌酒一瓶。"没人理他，雷比原来还大了。这是个死赌，出死赌的人是无聊中的下品。他又喊："再加一瓶。"有起哄的跟着喊加酒，一直加到七瓶了，还没人应。

雨愈大时，夜猫子窜出了屋檐，往面粉楼外的铁梯子跑去。闪照在他身上，像两个人影在跑。他要应那个赌，大伙都站起来了，看着他。

攀上铁梯，瓦很滑，在屋顶上夜猫子脱了鞋，扔了下来。他光脚站在瓦上，一个闪打下，他光焰万丈，显得高大。他俯下了身子，在瓦坡上爬着。雨哗哗地从瓦上流下，他爬得很慢。大伙看着，觉得他到不了屋脊就得被雨水冲下来。苗全喊了声:"下来吧！算你赢！"声音被雨淹没了，大伙一起喊:"算你赢了！"

夜猫子小心地往屋脊上爬着，极大的一个雷劈下来，眨眼间，夜猫子消失了，屋脊上边不再有他。苗全哭喊:"×你妈，算你赢了，还怎么着！"

雨更大了，黑暗中，夜猫子从屋瓦上拱了起来。他刚才滑倒了，没掉下来。夜猫子一步一步，挪上了屋脊，一只手抓住了避雷针。夜猫子抓着避雷针在房脊上站起来了，风雨、黑云在他头顶。天空中炸雷炸开，闪电把他照亮，夜猫子英雄般地俯瞰我们，喊了一句:"看清了吗?"我们仰视着他高喊:"看清了！"夜猫子回望了一眼天空，享受着风雨中英雄的感觉，恋恋不舍地下来了。

七瓶酒，买来，把全班的人都喝醉了。夜猫子滴酒未沾，英雄的感觉已使他无比地陶醉。

第一次割麦

在六团宣传队时，曾排过一个舞蹈《丰收舞》。六个女孩子，左手持条黄绸子，右手拿一柄道具镰刀，在舞台上做割麦子状，轻盈、欢快。那些假想的庄稼被割倒，收起，始终伴着微笑。我在这个节目中，担任伴奏。我总想奏出割麦子的效果来，把一张弓狠狠地压在提琴弦上，每每遭至乐队同仁的斥责。我想这是我割过麦子，而他们没割过的缘故……

　　一九六九年到北大荒，已是八月中旬。麦子们还在地里泡着，连绵的秋雨，使得机车不能下地。麦子们熟在地里，像一群走不回家的儿童。那时提出了一句口号叫"龙口夺粮"，当时我很为这口号兴奋，它神话和战斗的气氛，极符合一个十七岁少年的心态。

　　镰刀发下来了，是北方那种简朴的镰刀。我们每人抢了一把，学着当地人的样儿，在一块石头上吐口唾沫磨起来。磨好的刀，用指甲一试有轻微寒冷的感觉，一挥，身边的草躺倒一片。这增添了少年人要去干事情的豪气。

　　出发时天还下着雨，我的同学们翻出各自的雨衣穿上。雨衣的形式各异，大多是那种浅色的风雨衣，它们都来自各人的父母。更可怕的是那些风帽（大多是鸭舌帽，或干部帽），戴上之后，使这支收获的队伍显得有点三心二意。

　　没去过北大荒的人对"地"不会有明确的感觉，他们会认为无非是从高处往下看，分割成一块儿一块儿的田地。北大荒不一样，有些地拖拉机开个来回要一天。在这样辽阔的大地上割麦子？一支镰刀变得极其微小了。

　　我们看着这铺天盖地的庄稼，无从下手。排长叫喊着一人六条垄，一人六条垄……将每一个有镰刀的人推上前线。我旁边是小哑巴（他不哑，只是舌头大，说话不清），此时他的装扮更像一个潦倒的商人，风衣的下摆已然涂满泥浆，鸭舌帽与他的头不够配套，低头或抬头都会罩住他的眼睛。

　　真割起来时，那种挥刀砍草的豪气一丝不存了。一束一束泡软了的麦子割下去，往往是连拔带砍地才能搞出来。刚割出十米，双腿就全部陷入泥里了。麦子们浮在泥浆上，不是等人来割，该是等人来捞。雨下大了，整支人马全都将双腿陷在泥里，那些米黄色的"风雨衣"都转过身来，看着排长。同样陷在泥里的排长打了个手势，很轻地说了声"收工"。人马从泥里爬回地头，割下的几株麦子被泥水掩埋了。

泥水是战争失败的原因，回来的路上我想起了滑铁卢之战。

以后的一个月中，我们都在七号地中割麦子。天不再下雨，地渐渐干了。几百号人在漫无边际的庄稼地中割着，我们时时直起腰来看看远山。那山的边缘，就是地的尽头，什么时候能割到呵！

开始几天，那些磨快了的镰刀，相继割伤了许多同学的手、腿。我不再磨刀，用一种砍割的方法前进。在这儿我要感谢我的一双破翻毛皮鞋，它抵挡了很多次镰刀的偷袭，我没受伤。一个月中，全班三十多人只有两个人坚持着割下来了，我是其中之一。

累倒是正常的，最难忍耐的是没有水喝。担水的人从遥远的连队担水过来，一路摇晃，到地头水只剩下一半了。要是反应再稍迟些，你冲到水桶旁，桶已然空了。口渴的你面对一只空桶，渴就更强烈。

后来我们发现那些低洼的地方有一尺来深的积水，上面浮着一层绿苔和蜉蝣。几次想喝都下不了决心喝。还是狮鼻想了个办法，他把一支麦秆吹通了，然后探进水里，避过绿苔和小虫子，轻轻地吸着那些积水，那样子使人想起在北京喝北冰洋汽水时的优雅姿态。他喝过之后很夸张地张嘴哈着气，这就更像是三伏天喝冰汽水的样子了……大家纷纷效仿。三三班的男生都这样喝了，把一洼积水喝浅了。后来的结果是，狮鼻一人得了痢疾，而其他人依旧大便正常。一般的先驱是不容易当的，是要做出牺牲的。

因为远，午饭都被送到地里。那时绝大多数人没有手表，往往以肚子来计算时间。很饿了，割麦子的人，割一下，回头望地头一下，倘一见到送饭的牛车，放下活计就往回跑。没有比扑向食物的感觉更让人兴奋了。一地的人往回跑，很像我后来看到的马拉松赛比赛的开始。一地的人往一个地点跑，气势滔滔。冲到饭车前，只要是手都抓满了包子……我一般吃七个包子，最多一次吃了九个（二两一个）。这是一般的，狮鼻吃过十二个。

吃完饭可以休息一会儿，我们用捆好的麦个子[1]铺成松软的大床，大家躺在上边，让秋天的太阳照在身上，看着小虫在麦草上跳。那时唯一的愿望是，别让我们再拿起镰刀，去面对那些铺天盖地的庄稼。

我第一次看到鼹鼠（当地人叫"瞎迷鼠子"）就是在那段时间。似睡未睡时，看到它像一个游荡的魂灵从泥土中钻出来，用睁不开的眼睛对着我。然后，爬到我的破皮鞋下去咬鞋带，那感觉很甜蜜。我就那么让它咬着，唯一的担心是它从鞋的破口中翻找我的臭脚指头……

一个月过去了，我们最终没能割到地头，机械可以下地了，我们收起了镰刀。这时相互看看，大家都很黑，也很脏，身上开始有虱子，大多数人学会了抽烟，九分钱一盒"经济牌"的，一抽直咳嗽。第一次接到家信的人都悄悄哭过。十月一日，我们收听着北京的盛况时，看到窗外下起了大雪。

毫　毛

现在一切都是小事儿，我等着他的手指开放。

他嘴里冒出的烟，滞留在我俩之间，久久不散，那下边有我已经摊开的牌，三张 K 一对 10，整齐的"福尔浩斯"，像一组稳定的星座或堡垒。堡垒旁是我最后的一百二十元钱和一块上海牌手表。

---

[1]　刚割的麦子捆成捆子，叫麦个子。

他的手指像条水蛇样在牌上流动，四张明牌 J、Q、10、9 被他重新摆了一遍，然后拿起暗底，在 Q 的背后推了一下，小心地看着，然后翻开摆好。是张 K，那 K 手持的宝剑挥了一下，我的心口揪紧后流血，血涌进眼睛使一切模糊。

他把钱拿过去，又拿起手表在耳边听了听，随后，戴在已有十三块表的左胳膊上。他的整条左臂像被金属捆绑着的铠甲，在十三块表后他艰难地戴上我的那块。手表们像一队囚徒，整齐地排好在他的左臂上。他随意挥动着自己的左臂和那些滴答而响的时间。一朵烟沉降下来，露出他的脸，那上面的疲倦，像块茂盛的荒草地，从荒草中透出的声音嘶哑而干燥。

"你又被打立了。"

我站起来，抓过皮帽子，走出满是烟雾和眼睛的房间。

外边清冷得陌生，夜像块磁石吸引我，深入时暗处又变得远不可及。地上没有影子，我轻松地走着，时间已留在别人的胳膊上了。

……那天和他去五本大队，也是这么个夜，我揣了三十块钱（一个月的工资），他说够了。一路上踩雪声像在破坏许多玻璃。走近那座院子，狗叫得人肺腔子疼，他扶着柴门，嗷地喊了一声。好久，一顶狗皮帽子钻出房子，来开门。我马上附在他耳朵上："有二百块能回家就行，别太恋战。"他像没听见，跟着迎过来的狗皮帽子往里走。

屋里有很浓的陈年酸菜味，炕烧得很热，铺盖卷在一头。我和他各自坐在一张狗子皮上，像使者或是骑着牲口的将帅。开始洗牌了，狗皮帽子的对家坐着一个假眼人，他那只瓷质的假眼炯炯地盯着我胸前的扣子。假眼人和他玩儿，我和狗皮帽子轮流当发牌人。

第一轮牌，假眼翻开一张黑桃 A，接着放下十块钱。他翻出张草花 10，摸出十块钱也押上了。第三轮牌后，假眼已亮出两张 A，并放下了二十块钱。他捻出牌来看了一眼，把牌收起不再跟进，第一盘输了。

第二盘，我们赢了二十块，他放钱时很谨慎，他知道手里有多少本儿。

夜里三点时，我估计他赢了三百块左右，他把一堆小票子放在明处，把十块一张的放在帽子里，戴在头上。

假眼人的假眼毫无表情地瞪着，没有一丝疲倦地注视着我的扣子。他从怀里掏钱像做着一种开胸手术，放下的钱要在他的指间留恋很久。我使过几次眼色，想催他走，他沉静地看牌，放钱，手指还是那么美丽地开放着，不理我。

假眼亮出一对 K，一对 J，而他的明牌是三张 10 和一个 A。他摸出一百五十块押了上去。假眼的汗水从假眼旁流过，像泪水一样滴进胸口。我知道假眼是一副"福尔浩斯"，三张 K 一对 J；我也知道他绝不是四个 10，那张底牌只是个小小的 8，是我第一轮牌发给他的。假眼的汗水落在炕上吱吱地冒白气，右手始终在胸口按着。他平静地抽着烟，脸在烟雾背后，像座幽远的山。假眼闭上那只好眼，让假眼在这间房子中审视。它还是一动不动地盯着我的扣子，看得我的心里像中了无数箭。狗皮帽子把帽子脱下，他的头上冒起红光。

假眼终于抽出空着的右手，缓缓地把牌合上了。

他收过钱，把牌合紧，交给我。

又玩了两盘，他输出去三十几块，然后他站起来，说是上厕所。赌钱的规矩，不玩儿了，输家说了算，或是事先定准时间。他戴好帽子，桌子上还堆着些零乱的小票子，开门走出去。

那只假眼终于改变了方向，一只真眼对准了我。这只真实的眼睛像秋天的湖水一样清澈，我仿佛能一下子看进湖底。这只眼很漂亮，长长的睫毛下藏着很多话。这眼睛不是赌徒的眼睛，它太一览无余了。但此时它又像湖边烧起了篝火样燃起了凶光。

等了二十分钟，那扇门没有再响一下。

我把腿搬下炕，离开坐着的狍子皮。

"我出去找找他，别掉屎坑子里了。"我对着那只假眼说。湖水转向我，那其中已是漫天大火，火冲着狗皮帽子泛滥过去。

"我跟你一起去。"狗皮帽子戴上帽子，跟着我。

夜的轻松使人迷恋，我抬眼看星星，呼出的白气使我的喘息变得有形。

狗皮帽子在两步外跟着我，手里拎着根锹把，这使我的处境变得极为壮烈。我走出柴门，在一堆草垛前动作开来，哗哗的尿浇在白雪上钻出一孔黄洞，我突然觉得心胸很透彻，全身的浊气流泻一空。

转过身时，已看到他用家伙顶住了狗皮帽子的腰。

"回去跟假眼说我玩累了，改日再玩儿。这五十你拿着。"他从帽子里摸出五张票子，塞在狗皮帽子的脖子里。

"别就这么走，给我屁股上来一下，见点血。"狗皮帽子转过身去，我看他用家伙捅了一下，狗皮帽子跛着走进柴门。

回连队的路上，他盯着雪地飞快地走，而我目光总被星光诱惑，不知哪颗星下有我遥远的故乡和被称为家的那种东西。第二天早上，他递给我五百块钱，让我带着奶奶好看看病，回来时，多带几副扑克牌。

夜，在你感受她时她是那样的新鲜，她的气味和脸色，星的位置和纤云的发丝，无月时的神秘和辽远，使你感觉无依无靠。在你不感受她时，她陈旧得像一方亘古不变的铁，你听到的声响是她体内的声音幻觉。现在你可以闭着眼走回自己的床铺而后躺下，入眠时，夜被你缩小在眼皮后面。

两年来他不间断地玩着牌，他的手指越长越长，打开时像个拉琴人的手，指尖积满了忧郁和敏感，指纹内已布满了眼睛。他给人的感觉像在一片烟雾之后，伸出手来，等你把口袋掏空，把钱放在他手上。

原想今天赢点钱，明天回家去，现在输光了，甚至那块该一辈子跟随我的表。

第二天我再去时，狮鼻和他赌得正酣。狮鼻亮出了三张 J，而他是三张 K。他看了看狮鼻胸前的票子，压上去二百块。狮鼻静静地坐着，过了很长时间，拿起自己的底牌看了第三遍，是张 J。狮鼻开始数钱，一百六十块，钱不够。他坐着，烟从他嘴里吐出来，而后又向他的脸上飘去。他的定性是那么好，不管什么时候，他都像个物件似的搁置在那儿；不管牌好牌坏，从不分一份眼色出来。此时他该知道狮鼻是四张 J，他是不是四张 K，没有人猜得出。狮鼻将一百六十块钱放好后，看他没有表示，就动手把自己的毛衣脱了下来，押在钱上，随后又把底牌 J 翻了出来。他看清了四张 J 后，拿起自己的底牌，在一个明牌后一搓，亮出一张 K。他把钱收走，把毛衣接过来套在身上。他的手臂一晃时，我看见了我的那块绑在他臂上的表，现在该说是他的。

以后的几天，我一直在那张桌子旁，充当发牌人。第一天下来，我肯定他并不作弊。他仿佛可以很敏锐地感觉出对方的底牌，而他的底牌像方巨石一样沉在那里，他自己都很少去移动，关键时，他会用大数目的押钱把对方击垮。我常为他捏一把汗，因我知道，那底牌有时是些小人物。

第四天，我终于发现了一个小秘密。这秘密太微小，小得没有任何人会发现，甚至连他自己。第五天，这个秘密再次被证实。第六天我借了些钱，很早就在那张桌子旁等他，尽量坐得像个不会激动的静物。他来了，我盯着他的脸，一切都没有改变。他消瘦的下巴颏上的那颗痣和痣上的那根毫毛都在。

第三盘时，我已配好了一副严格的"福尔浩斯"，三张 10 两张 J。他的明牌也是两对，一对 J 一对 Q。该他押钱时，他想一下击垮我，他看了看我胸前的票子，压上去一百五十块。我木木地看着面前的牌，过了会把眼睛抬高，看着他那颗痣上的毫毛。这确实是个微小的秘密，那根毫毛在烟雾的背后在微微颤动，只有你屏住呼吸时才能感到那毛梢像一株微风中的小草，孤寂，胆怯。我数出一百五十块把钱押上去。他输了，他的底牌是个小小的 9。他很疑惑地看着那些牌，把一支刚点燃的烟掐灭。

第七盘，他再次想击垮我，他押上了二百块钱和一块手表。我审视着那个局势，审视着我胸前的票子，我再次去他脸上寻找答案。他一直很消瘦，像靠烟草养着，但他不像抽烟人那样黑，他很白，皮肤上有玉石样的光泽。那粒痣就长在他山崖般的下巴颏上，现在那根毫毛在山崖上一动不动，他等着我，那些烟雾在花花绿绿的牌上弥漫而后消散。我把牌合上，没押一个子儿，他扑空了。

那天是他几年来输得最多的一次，最后一盘他从左臂上脱下了最后的三块表，其中有我的那块。我看见了他那粒痣上的毫毛在悄悄抖动，它没能逃过我的眼睛。我亮出牌来后，把桌上的东西都收了过来。那天下来，我的左臂上并排戴了七块表，时间吵得人心跳。

收摊时我甩给了一直在后边看牌的老尖两张票子，把借的本钱还给了狮鼻。临走又看了眼他的脸，那上面出现了少有的红色，像被你无意看见的晚霞，情景怅然。

"你今天把我打立了。"还是那种干燥的声音，像从燃着的烟头上发出来的。

"明天见！"

"明天见！"

当晚，那根毫毛使我久久不能入睡，它微微颤动的样子使我喜悦。他不是他妈的什么冰山样的物件，他紧张，他的紧张埋藏得很深，像暗河，在皮肤下面流淌。他被自己的毫毛击败了。在晚上，我唯一担心的是第二天早上他会把毫毛剪掉。没有，连着三天，我被毫毛指引着大获全胜。他融化了。我的两条手臂上戴着二十几块表，光阴紧紧地捆束我，脉搏都被淹没了。

有人告诉我，他在到处借钱。没有人借给他，两年来他赢了所有的人，今天他像是给这些人带来了节日。第四天他来告诉我，他输光了。

"你彻底把我打立了。"

临走他摸了一下扑克，他的手苍白得像光，一掠而过。他的背影一下子缩小了。想起他为我赌钱回家的事，我几乎告诉他，剪掉那根毫毛，但我忍住了。

四天来我没有一点兴奋感，每一盘都像在猜一些知道了谜底的谜语。我只是在做着类似查看苗情的工作，然后，接收他的钱或毛衣、手表。我把表和毛衣都卖给了原主，象征性地收了钱。还给他时，他收下他的表后给了我一张画片，那上边印着苏里科夫的《近卫军行刑的早晨》。那画片原来挂在他床头。

破

做过的奇怪梦中，没有一个死的梦。死了，尝到死的滋味，再醒来。没做过这样的梦，死也许太庄严，庄严得不屑入梦。问别的人，他们也没做过。死不来入梦……

看见过死，苍白，冰冷，没有血。像一本书，上边的字突然消失了，变成白纸，一页一页地翻，都是白纸。那样的死，再晴的天，也要眨一下眼。累了。就在眼前。一阵风起，像是从你心里刮出来的。

一

他们从三分场十队搭上的车。妇人怀里有个包，是孩子，有轻轻的哭声；男人脏，结实，嘴上挂着个长烟屁。天冷，我们在卡车上传喝着一小瓶白酒。冷天的白酒，喝进嘴里冰牙，咽下去，到肚里才有一点热。想把酒也传给那男子喝一口，看他操着冻僵的手在卷烟。

那天，我们四人是去场部拉面，队里没面了，早饭开出来的是土豆和黄豆。二豆糊糊就咸菜条，大家都骂食堂是猪圈。

第二轮酒传到我嘴里，只剩了几滴。酒到剩几滴时最香，一点一点滴进嘴里，浅浅的滋味，化了，还来不及咽就散开，嘴还希望着，摇摇只剩了个空瓶。口里的滋味却长。

男子卷好了烟，转过身点火，背过身抽，是个行家——顶风火，顺风烟。他抽烟香，一大口憋好久再吐出来，眼睛一闭一圈。

天真冷，有尿都不愿撒，怕那一点热气放光，身子就冻透了。老塔儿说，冻死的人肚里没尿，真要冻死时，是觉得身上像着了火，热得疼。老塔儿说这话有资格，他冻坏过两条腿。

包小孩的包儿，好久没传出哭声了。

小孩不哭，妇人哭了，没声音，低着头。眼泪滴在前襟上，刚滴下的眼泪就冻成小冰珠。干吗哭呢？

男子的烟熄了，嘴上还是个长烟屁，好像什么也不知道。

车过东山，坡上跑出来几只狗子，欢腾着，像春天。

妇人哭出声了，肩膀耸着。男子叭地吐了烟屁。

"哭啥，死了再揍一个！"

妇人还哭。男子又卷烟。

"别哭了，呵，看皱了脸。死了怕啥，再揍。"

什么死了？那孩子？不会吧，刚才还有哭声。打开来看看吧，许睡着了……

是张极小的脸，皮肤白的像透明的纸，眼睛闭着，没有一点声音。我用手碰了一下孩子的脸，凉的，像雪地里的玉石。真死了，狮鼻的手放在孩子的嘴前。

就死了，刚两个月。这么冷的天，干吗抱出来？

孩子病了，夜里发烧。男子又在卷烟。

也许是昏过去了，到场部医院还能救过来。……不行了。个孩子，活了又能怎的。

妇人停了哭，松松地挽着那个包。一个抱着死孩子的妇人，脸上的忧伤，比天上的星还要远。

死来得真快，喝几口酒的功夫，抽一支烟，那么一个小孩，像白光一样，灭了，我刚摸到的玉石，就是死。雪花落在指尖上，化了。

原本活的，死了。个孩子就和包他的小被子一样，也不哭，没有声音，冷不着，热不着了。

我们四个人缩着头，加在一起的冷超过一块冰。我们十七岁，没怎么看到过死，真想为那个包里的孩子做点什么，哭，或是能轮流把他暖醒。

到了场部，他俩走了，我们去装面。

停电，一袋面也没有。

我们去逛商店，远远看见了他们。妇人手里没有了包，她在柜台前挑着一块花布，像所有逛商店的女人一样，认真地看着那块布，拿起来，在刚抱过孩子的胸前比了一下，在刚结过眼泪冰珠的胸前比了一下……

那花布可真耀眼。

我们退了出来。这么快，风还在刮。那小孩去了哪儿？像从来就没有。

二

那年老尖吃磺胺过敏，住进场部医院，是个夏天，他身上长满了风疹。长满风疹的老尖，像块粗沙纸平放在病床上。他悄悄告我：隐秘的地方长得最多。他说要不是怕死，绝不来医院，这儿晚上臭虫特别多，那些臭虫在他一片片的风疹上又咬出几个疱来，使他混身上下生出各种各样的痒，手一摸，觉得那张皮，像自己的，又像别人的。还有——老尖用眼瞟了一下邻床的病人——他快死了，肚子里都烂了，是肠子，好久没吃东西了。你闻见一股腌缸的味没有？我有时醒了都不知自己在哪儿，真有点怕，我他妈的怕极了。

那人在很脏的被子外露着头。没看过那么瘦的人，只有头发和皮。眼睛闭着，平静得像片阴影。

是知青吗？

不是。才十六岁。

家里没人？

有。你进来没看见有几个人在走廊里耍钱呢。他哥，他舅。

怎么不管他？

也管，隔一会来看一眼，看过就出去。

昨天夜里，我起来，看见他睁着眼睛望窗外，目光像水一动不动。那眼神真让人伤心，我去把他哥叫进来了。问他要啥。没说话，眼睛又闭上。十六岁，在家里忙活儿，病耽误了。

这时那人醒了，眼睛在找。我走过去看他嘴张开，有声音弱得像一段丝线头。我俯着身听他说："开门。"好像说的是"开门"。老尖问我，他说什么。我说"开门"。老尖说你把他哥舅找来吧。我说行。那人又张开了嘴，他的声音大了点，说："菊在吗？"好像说的是"菊在吗"。我没法回答，推门去走廊找那四个农民。

他们刚打完一局，一个人在理牌，那三个都在卷烟。我说他醒了。他们没动，卷烟的人还在卷。我说他问"菊在吗"。有个年轻的嘟囔一句，站起来，进去了。另外的人开始抽烟，整理身前的火柴棍（赌钱筹码）。

他病得挺重。

苦呢，不赶（赶不上，还不如）死了。

许能活？

不赶死了。

我原想再问菊是谁，没问。耳朵眼里那少年的那丝语风，真清冷。

第二天早上，再去看老尖。四个农民站在走廊里。那人的床空了。老尖说早上四点死的（也许是三点），死得很轻，像块冰你稍不留意它就化没了，跟他活着时没什么两样，死在他身上没界限，就那么一下，也许连那么一下也没有，平地一样走过去了。听他说的最后一句话是"天还不亮"，他盼着熬到天亮，以为天亮了就能再坚持一天，他舍不得死，实在挺不住了。他舅来摸时，人已经凉了……

……这几天我像过了几年，看见身边的一个人由活到死，我的世界观都他妈变了，觉得生活有点像护士手里拿的冰袋子，冷得哗哗响。对好多事有了不同的看法，死之可怕，是它摧毁活着的人。可他们没那么脆弱，你来时看见那四个人了吗？等着收钱呢，他们把尸体给卖了。

你今天无论如何要接我出去，我他妈的不敢看那张空床，它好像打开了通往另一个地方的门。这门就在我身边，怕极了。

那天，医院不许老尖出院。他当着大夫的面，大声哭了。

三

跟李栓去四号地拉麦秸。麦秸没大用，用它烧炕太软，不够来回抱的。再说从康拜因里吐出来的麦秸都碎，收拾着费劲，没人要，就放把火烧了。秋后，地里火光一片。四号地离队里近，麦秸留下来，垫猪圈，和泥抹房用。

李栓套了匹大牲口，是黑马。早上八点，我俩儿往地里走。

李栓边赶车，边跟我讲荤故事。李栓讲到高兴时，就用鞭子狠抽下牲口，有两下抽中了黑马的耳朵，黑马疼，屁股上的皮毛在抖。

到了四号地，我用叉子装草，李栓解了裤子，冲着黑马撒尿。李栓撒尿时看着东方，那时太阳还红着，温暖得像能贴在脸上，给正在撒着尿的李栓镀了层金光。用叉装麦秸是个技术活，不会的，一叉子下去，一根麦秸都没有。我就不行，空叉了两下。李栓边系裤子边说，你他妈的有枪都不会使。他系好了裤子来叉，先一片一片地把麦秸叠起来，然后，叉子一抄底，挺大的一堆装上了车。我学着装，李栓在阳光里卷烟抽。黑马啃着蹄子四周的草根。

现在想起来，那是一幅挺好的风俗画——麦地，马车，单纯的劳动和上午的阳光，田野中的声音很空旷，远处的村庄没有声响……

那只瞎迷鼠子（以后知道它的学名叫鼹鼠）从洞里钻出来时，麦秸已装了一多半了。它从黑马啃草的嘴旁钻了出来，黑马猛一惊，扬起头飞跑。我手里的一叉麦秸，全落在地上。

李栓在麦地里边追边喊，车上的麦秸一下一下被颠散落了。李栓笼住了马头，又被它挣脱，车轱辘从李栓的肚子上碾过。我追上时以为他没事，他哭了，脸煞白，说肚子疼，想尿。

我从他身上掸掉麦秸，想扶他起来，不行。他说疼，要死了，快回队里找我娘，再带车来……

我带着李栓娘和车赶到地里时，看着李栓像变了一个人。他颤抖着，疼痛使五官移了位置。他那样虚弱，身上的衣裤已零乱。

李栓不让人碰，他身体周围的空气也是疼痛易碎的。李栓娘掏出块黑东西掰下点在只粗碗中化开了。李栓娘坐在土地上，一下子搬起他的头在怀中。

喝吧，喝了就不疼了。

李栓张开嘴，像婴儿小口小口喝那黑汤（事后我才知道黑块块是大烟膏）。李栓喝过汤后就平静了。

他娘说：闭眼睛歇会儿吧。

他说：闭眼睛黑……

李栓被抬上骡车时，太阳在正中。要去二十里地外的场部医院，有个车老板儿和卫生员跟着去了。

我收拾了叉子和轧断的鞭杆往队里走。大田地里和来时没什么两样，想起李栓觉得今天早上像个故事。再见到黑马时，我都觉得那故事似不真实。黑马跑回了圈，拴在槽子上吃料。我拿折了的鞭子在它身上狠来了一下，它的皮毛上腾起一阵土，在阳光里飘浮。

李栓晚上被拉回来了。说是在半路死的，肝、脾全轧破了，没怎么疼，大烟送走的。李栓娘一直抱着他。卫生员说李栓娘没哭，李栓娘原有一只假眼，她真眼假眼都没流泪，只是最后说了句：你走吧，头前等着。

多少年后，我在美院看到了一张临摹列宾的《伊凡雷帝》，我看见了那幅夸张的画，我觉得儿子和父亲的表情该换一下，那才像我知道的李栓和李栓娘。我倒觉得伊凡雷帝的那只眼更像假眼。

在一天中想起了这三件事，在一些人表现出对死亡消息的超常悲伤和热情时想起了这三件事，我一直千方百计想理解，那片我劳动过的土地上的乡亲们为什么对死那么冷漠。他们眼里生死的界限那么模糊，像从这个地方到另个地方，他们把死看成是暂时，他们把生也看得轻，活着是个偶然，在他们心里好像有另一种永远。而我只认为生是唯一，我想维持的只有这个唯一，怕有一天它会在某处折断，像字典上说的"死"这个字的意思是"失去生命"。我只对生的唯一负责任，把这唯一以外的时间看作是不存在，我一个时期失去了"永远"这个词，所有都是即时的，今天是今天，明天没有答应必然会来，想象中的明天也不真实。我怕死，从没想过要对死负责任。也从没像有宗教信仰的人那样，以为死是对生的审查。我怕的是死本身，我以为那就是一切的结束，所以我经历的生在死的秤盘上无足轻重，在结束到来时，我从不想自己够不够资格，我所做的一切从不对结束负责。我可以在我想结束时结束自己。我不像我的乡亲们那样，相信有轮回，相信有人会在"头前等着"。这样一个我，他活过吗？值得惋惜吗？

有资格称为死的人是因为他活过，什么样的人能证明自己活了，什么样的人配去死，死竟是高不可攀。说"生死要看破"，这一个"破"字，有几个人能破得开。

青　蔓

在北大荒因无霜期短的缘故，大多数作物都不能生长。又因其土肥，冷暖反差大，一旦生长的作物便出奇地肥硕、味美。在漫长的冬季（六个月），主食（白面）是不会变的，副食大多也不变。菜就是土豆和圆白菜，做汤或炒，炒或做汤。一个冬天那个写着菜名的黑板没有换的必要。当然，同是炒，有时内容不同。如连里死了牛，土豆里就有了牛肉；如死了猪（只要不是痘猪），菜里就会有肉皮，或很肥的肉片。这种事并不常有，因猪牛并不常想死。我吃过一次被雷劈死的牛，肉木顿无味，所有的鲜美，好像先被那雷火夺走了，剩下的肉有其名而无其实，就是味同嚼蜡。再有老母猪肉也不好吃，无味且坚硬如胶皮，虽然，还是要吃的，哪怕只取一个吃肉的虚名，心里也会踏实。当然，其间也吃过一次小牛肉，很鲜美。吃过后，被同学狮鼻告知，是公牛骑死的小母牛。便觉那鲜美后的残酷，像是帮了坏蛋的忙。怨他嘴碎，何必告我这些。

土豆和圆白菜是如此重要，秋天一到，便要组织人去地里把它们抢收回来，一车一车地卸在菜窖旁边，再从一小窖口中把成千上万的菜运进去，冬天就安稳了。桌子上总会有两样东西可吃，好像这样才是生活，否则，就只有吃一种叫"不留客"腌的咸菜来度日了。那样，一个冬天下来，人会吃得像腌缸里的缩缩萝卜。

菜窖在生活中是如此重要，但那时每个连队都没有一个像样的菜窖，许是认为革命比生活更重要，越苦才离革命越近的缘故。那么多杰出的土豆、圆白菜抢收回来了，没有及时地下窖，一场雪来，所有的菜全冻了。以后，做菜的工序是：先用镐把冻菜刨下来，然后化开，熬好，再端给你。你有再伟大的想象力也想不出这些菜会有酸臭以外的其他滋味。生活的甘苦总是尝不过来的。

知青们在改造之余，才越来越意识到了菜窖的重要，终于觉得吃没有牛肉的不冻的土豆对革命没有害处。于是挖很深很广的坑，盖上简单的顶子，在下雪前，匆匆地把菜传递进去。以后，漫长的冬天，就常见到炊事员从那窖口爬出来，拎着一筐筐温暖的土豆或圆白菜，使人感到生活的主动和美好。

菜窖有了其他的作用，是出事后才知道的。我平生没下过几次菜窖，只在偶尔的帮厨中下去过。窖里有电灯，一开，便照亮了一些安静的土豆和白菜的面容。窖里虽没有风雪，但并不暖，有浓烈的酸腐气。你拿菜的手有决定权，那些被囚禁了多日的菜都在冷冷地看着你，一个挑拣要拿去吃的菜的人在窖里是不受欢迎的。我对菜窖没有好感（不论它对生活有如何的帮助），它给人的感觉像地牢，那其中藏满太多你无法介入的生命。

三营十八连是个小连队，自然有一个小而温暖的菜窖。那时知青恋爱大多停留在神交上，先是恋爱不被允许，再是没有说话的机会。每个连队都有几百双眼睛在盯着这种事，要在几百双眼睛下说爱！有勇气都不够。因此大多数的恋爱都很秘密，像搞地下工作，用眼神或暗语，更多的时候不能聚在一起，是相思。那种爱有煎熬的炽烈感，一刻千金。更多的人都被修炼得像一张拉不动的弓了。

爱使人智慧。就有一对恋人想到了菜窖，男的是天津知青，连里的副排长，平日很端庄严厉的；女的也是天津知青，平和，不露声色，长相不突出。事先并没有谁知道他们相恋着（我至今还以为能把爱掩藏起来的人是超人，"文革"中出这样的人），不知他们是不是常去菜窖幽会。一想到这儿，我就会想到罗密欧与朱丽叶的坟场。

等发现时，他们两人已赤身裸体地死在了菜窖里。女的离菜窖口更近一些，想努力求生的样子；男的可能迅速地死去了，辉煌过，脸上并不见苦难。在众多的蔬菜间，他们像两件道具，或是艺术品，独立着（也许是联系着），他们的灵魂散落在那些无言的冬菜中了。

尸体从那个温暖的菜窖中拖了出来，不知为什么没人想到给他们穿上衣服，就那样被翻过来扣在雪地上。白色的身体在雪中，不抖动，黑发散在白雪上，只有微小的毳毛在风中摇着，像最后的语言旗帜。

他们那天不该在菜窖里生着一只煤火炉子。

多少年了，我常想起这事，会想到那些并未见到过的美妙过程，不知为什么会这样。也许这艺术般的死，不该让人觉得失望或悲凉，没有该怜惜的，谁配呢？

那一窖菜后来被全连队的人拒绝了，也许是怕触动什么，继而那个菜窖也被拒绝了，废弃，倒塌。每到春夏，有土豆蔓从那个被填埋了的地下冒出来，一片青葱。

伪造的情书

平生伪造的文字，有一封情书。

北大荒，一年的日子，有半年与白雪相对。雪之单纯单调无奈，让人觉出无聊。打发日子最好的办法是打赌，其次是恶作剧。

壶盖是我一校友的外号，源自何典已记不起来了。壶盖比我们年长一两岁，以脏、懒、馋而遭人厌。壶盖身上养了不少虫：以虱子为多（地面部队），臭虫次之（坦克部队），跳蚤又次（空降兵）。壶盖因虫累赘而面色苍白，终日坐在那儿，将手探入服内，清点、整编他的三军，时有自语式的演说嚅嚅而出。壶盖大多数精力都用来对付那些虫子了，生活变得消沉、落寞。

想伪造一封情书给他，是我另一位校友"烧鸡"的主意。大概是想对其低落的情绪有所启发。主意出了，写由我来。当年并没有见过《情书大全》《席慕蓉诗集》类的书，只有凭空造句。为生动起见借用了一些当地的俗语和语气词。还记得其中的一些文字："×××：你这小伙儿真不错！俗话说，浇花要浇根，浇（交）人要交心……你如想与我相识、相知、相爱的话，咱们 × 日中午在供销社门口相会……"，署名用了当时很流行的"知名不具"。全文广用感叹号，烧鸡读完后很觉不错，为表示对我文字的钦敬，买了一瓶劣质草籽酒奖赏我（追溯起来，那该算我挣的第一笔稿酬）。

情书放在了壶盖脏而乱的铺上。大家边打扑克边留意他的种种举动。他进屋后的大致过程如下：进屋，爬上上铺，发现情书，惊讶，坐读一遍，躺读一遍，呆想呆看再一遍，收起情书，此时有光彩从脸上溢出。

接下来的几天，壶盖大烧热水，洗煮自己的被褥和衣裤。因颜色相互感染，宿舍中晾满了色彩可疑的裤褂。此间他去外连筹借到了一件呢子外衣，一双懒汉鞋和一副皮手套。

大家知道他在为那个虚假的相约而狂热地准备着。转眼全连三百多知青都知道了他要约会的事情，独瞒着他一人。这真有点残酷，我曾试着点了他两次，没用，他很兴奋，这戏必须演完了才能收场。

那是个壮烈的场面：壶盖在漫天大雪中，穿着单薄不太合身的服饰站到了供销社门口，全连的男女知青，都在自己宿舍的后窗口看着他。雪落在他头上，雪落在他的睫毛上，雪落在他身上的雪上。壶盖平静而坚定地站着，专心地等着那个时刻到来，甚至从头上掸去雪花的空暇都没有。他被单纯的雪染白着……坚定地，准备站成一尊雕塑。

羞辱开始从我们的心里生出来，壶盖的坚定坦白，让人惭愧。

烧鸡打开后窗喊他。

大家都喊他。

直至两个人跳出窗口，把极不情愿的他架了回来。

以后的几天，他一言不发地穿着那套服饰沉默地出入。大家有点担心，有天晚上，我拿出那瓶草籽酒来，要求与他共享。他喝到中间时说并没有因为这事而恨我们。至今他也不相信那封信是假的，他知道有一个女孩一定写了这样炽烈的一封信。而那天是我们过早的出现，吓得她没出来，她总有一天会再与他相约的。

……没什么该劝慰的了，他活得很坚定，同时心里有了期待。而我们显得多么无聊。

想起些人

在北大荒经常有事故发生。火车站装煤，因天寒地冻，煤堆冻成了硬壳，来装车的人就着松的地方往里掏，越掏越深，顶上的硬壳支不住了，塌下来，压死了两个北京女知青。当时听说死人了，心里并不觉得怎样，现在想起来，正是十七八岁的年龄，就死了，没爱过，没真正生活过呢！

我写这段文字时，谁会想起她们来？已经十几年了，如真有灵魂，让她们能看到我写的文字。

采石场经常出事故。工作中与砂石、炸药接触多之故。还有就是铁锤、钢钎，碰一下就不轻。采石连的小伙子们都挺结实，天天抡大锤；女的掌钎。我那时羡慕他们，男男女女一起干活，不说话也有意思。见过他们装炸药，一捆一捆地往山洞里填，放大炮。点炮的人，要有胆子，十几个炮捻，一个一个点着，刚躲好就炸了。知青常干这活儿，不在乎，点炮用的烟是公家的，所以就比看谁一根烟点的炮捻多。为的是留下几包公家的烟自己抽。

出事故那次是放大炮。炮点了半个小时，还不响。要排哑炮，一个副指导员、一个排长就带头上去；还有一个犯了错误的北京知青，想表现一下，也跟上了。快到洞口，炮炸响了，指导员、排长不见了，北京知青正在一大石的后边还没拐过来，那响声把他震出老远，嘴里一直骂着："×你妈，×你妈！"

采石场下边是条河，在河对岸零星地找到了些手、骨头、脚趾，分不清是谁的了，一个上海知青、一个天津知青就都死了。那时不怕死，或对死不敏感，从来没有人因死而想到很多，死就死吧！没时间再想。我当年只见到一位对死本身极悲伤的人：梁明的爸爸。

万花连，只有三座平房，原叫万发屯，也只有三几户人家。叫万花连是兵团成立后的事儿，位置在一营去团部的路上，孤单单的三排房子。房前有许多麦秸垛，每次坐车路过，总能看到有女知青在麦秸垛前解手。万花连没厕所，知青们刚来了一个多月，连个席棚也没有，女孩子们没办法，只好选择了这背向住房、但朝向大路的麦秸垛来解手。

北大荒的苍蝇很多，有时你能看到馒头在屉里是黑的——上面落了一层苍蝇，一挥手苍蝇飞走了，才看见了白馒头。喝汤、吃菜，吃出苍蝇是常事。

刚去的知青，还金贵呢！就常常有痢疾发生。梁明是女孩子，还不到十七岁，父亲是驻国外的参赞，妈妈是教师。她是六十年代那种漂亮、单纯、满眼是阳光的女孩子，在万花连得了中毒性痢疾，还不到一天就死了。那时我们下乡才一个多月。好好的同学才一天就没有了，埋了，在挺远的一片山坡上。那时真是年龄小，吓过了就不再想了，依旧到麦秸垛后边去解手，依旧吃着苍蝇叮过的馒头。

一个冬天过去，春天来了，有个穿着呢子大衣的人到了万花。他是搭乘一辆大轱辘拖拉机颠来的，身上都是土。进宿舍后才知他是梁明的爸爸。他给我们抽烟（是名贵的中华烟），他一时看到面前有这么多的孩子，当时并没有就现出悲伤。他独自去了梁明原来睡觉的铺位，摸着一些东西，沉默不语，而后又到连队中转了转。

回来后，他对连长说想借一把扫帚，去梁明的坟上看看。连长是锉子刘，很矮很结实，就找了把新扫帚，让拖拉机拉着去东山。北京有几个知青也跟了去。看见那坟时，车就停了。我突地感到寂寞，冷。梁明就躺在这里，每天都是自己，那么好的一个女孩子，干吗死了？！她周围什么也没有，朝南对着一天地的草坡，坟就像个失了神的眼睛。

梁明爸爸拿着扫帚下了车，走近时就把头上的帽子摘下了。他说："梁明，爸爸来看你了……爸爸来晚了。"他终于哭了。我们也在他身后不停地掉泪。我感到他有多少话想说出来，但没说，就那么哭着走过去扫那坟，像给他女儿梳头一样。多少年了，我依旧记得这两句话，他那带南方口音说出的两句话。

第二天，团长坐着吉普车来到了万花。这才知道，梁明爸爸从法国飞到北京后，连家都没回，又直接飞到哈尔滨，再坐慢车到我们团。他谁也没找，就搭乘辆破拖拉机来的（等我自己有了女儿之后，才感到那情感会带来多大力量啊！）。团长是后来听到消息才匆匆赶来的，先是道歉，而后问有什么要求。（我不理解为什么问有什么要求，什么样的要求能找回失去的女儿！）梁明爸爸很久没说话，最后说了句："给女孩子们盖个厕所吧……"

梁明爸爸走时，与我们每人都拥抱了一下。我们都哭了，被他的悲伤所感，或因为想起自己的亲人。

后来万花连盖了个全团最好的厕所，全是用三百六十斤重的大石块砌的。

再过万花时就看着多了一座房子，一座醒目的灰白色的厕所。

语录时代的颗粒

我下乡的地方叫二龙山屯，哈尔滨往北到龙镇的前一站，停车两分钟，应该是个很仓促的小站。

我在那儿生活了六年，每天都不一样，我无法再过一遍那样的日子。

小时候吃糖有种经验，把一颗糖剥开，舔一口再包起来，过一会再剥，再舔。一颗糖它带来的享受慢而悠长，是"滋味"。

铁民没戴帽子，一头卷发，他夹着黑琴盒从雪地上走过来。

琴盒打开，嗡的一声，他来教我拉琴。他说打开《开塞》，翻到第二十五页，从第八小节开始。

小冯有哮喘病，每天早上，吃一口生姜，就一勺蜂蜜。他有病，他吃的时候，我们都看着他。他吃得很慢，给我们的感觉是蜂蜜不甜。

他没事的时候，用一根锯条刻搓衣板，刻很多图案。有一次，别人打架，把他刚刻好的一块搓板打折了。他找来一张纸把那块折搓板的图案拓了下来，然后，又找了块木板重刻。

刻搓板的木料是椴木，特别白。

"大眼儿"的眼睛大而凸出，看见他常能想起一句语录："世界是你们的，也是我们的，但归根结底是你们的……"他说话的时候，不断地按指关节：咯吧，咯吧，咯吧……十个手指从左到右，再从右到左，按一个来回。

有一次他说《钢铁是怎样炼成的》是奥斯托洛夫斯基写的。他说的那个名字真长，那真像一个伟大而陌生的人。

倪伟会唱《拉兹之歌》。他是在北京时跟着胶木唱片学的，唱得很准。他不常唱也不教我们歌词。我们特别想唱这歌，想用一盒"葡萄"牌香烟换。他不干，他说这歌不好学，其实我们知道，他是想在麦场上单独唱时，引起女生的注意。

我们想唱这首歌的心很焦灼，就乱唱。他不高兴，躺在一堆麦子上睡觉。我们把一首忧伤的歌，唱得特别欢乐。我们唱时，女生一直在看着他。他嚼麦粒。

陈钢得过大脑炎，他特别老实。有一天晚上，他在油灯下喊了一声"我做梦了"。我们问他做了什么梦。他说梦见一个仙女。我们问仙女怎么了。他说仙女在洗澡。我们开始觉得平时老实的陈钢很流氓。我们没再问他什么，我们把被子裹紧，我们也想梦见仙女，不一定非在洗澡。

亦滨的皮鞋油用光了，那天他特别想去县城玩。

他先在皮鞋头上抹了点牙膏，鞋没亮，有留兰香味。

他拿着鞋跑出去了。我看见他在一头辕牛的脖子上擦他的皮鞋，那头牛一动不动，好像特别舒服。

他的鞋也亮了，并且有一股真实的牛的气味。

刘文在傍晚的云霞下，用脸盆在煮他的内衣——其实我们大家都有虱子。他最近爱上了养猪班的楚汀。他说他应该换一副模样——成熟，干净。

他煮内衣的时候，心事重重。他用一根树枝翻动着盆里的衣裤（它们的颜色已经混在一起变得可疑了）。

我看着那盆衣服，身上痒起来。

我在一棵杨树下坐着，马平从南山回来，他给了我三个小果子，黄色的。他说这东西叫"黄太平"，有点涩也有点酸。

我在下午的光中看着那三个小果子。我没法吃它们，放在鼻子下闻了闻，扔了。它叫黄太平，像人的名字。

区长有台手摇的留声机，用六节一号电池。他天天听《灵格风》（英语唱片）。有时弦松了，声音就粗，把78转移到33转也有这种效果，反过来声音就特别尖。我们总想玩他的机器，他把电池锁起来了。其实没电池也有声音，唱针在唱片上走着，声音很小。那么小的声音，我们的嗓子都发不出来。

拉屎的时候，蚊子总咬屁股，拉起来就不能专心。刘文有一次没拉完就跑回来了，他在油灯下，让马平帮着他数屁股上的疱，有二十三个。数完了，他坐在炕沿上一动不动，心情有点沉重了。

马平说：拉屎应该带两根烟，边拉边往身后吐烟。

穿将校呢的满生，他爸根本不是什么大官，我们准备晚上揍他一顿。我们先让小哑巴把他骗出来，然后一起出手，用板砖和酒瓶砸他的脑袋。

有好几个人还没上手，他就被打倒了

其实我们单挑谁也打不过他，他比我们大，还有种特殊的功夫——把酒瓶装满水，一拍瓶嘴，酒瓶底就掉了。

第二天，他头上缠了绷带，依旧穿着将校呢。食堂给他做了病号饭——那种有花椒油的面条。他变得更为醒目——是因为绷带。

我们在院子里浇了个特别小的冰场，只能两三个人滑。有天夜里我看见一个女生在上边滑，滑得特别棒。是工程连的任小燕。

我回去就记了篇日记，我说：……你应该有更强的毅力，三天了，你还没学会倒滑，后学的老尖都快赶上你了。从明天开始，每天滑三个小时，不能怕冷，怕累……白天时间不够，就晚上练。

写完日记跑出去看，任小燕已经不在了。

苗全跑回北京时扒的是货车，那车过站时没停。他扒上去后，挥了下空书包就走了。

火车一开，天就黑了。我一个人在雪地里往回走，走了半夜，才回到宿舍。

钻进被窝的时候，我闻到了被子里自己的气味。

我们卸完洋灰回来，天已经亮了。马平说别睡觉了，去德都买帽子吧。我们去了德都县城，他买了一顶羊剪绒的帽子，我买的是狗皮的。

回来的车上，我在狗皮帽子里睡了一觉，醒了有一串口水流在了新帽子上。马平没睡，他舍不得把帽耳朵放下来，一动不动地顶着那顶新帽子。那帽子确实很贵。

吴兆义得过小儿麻痹，走路不方便，大家叫他１２３（哆来咪）。他棋下得好，一边想棋，一边控制着鼻涕，不让它流到前襟上。他去省里比赛时李大夫让他吃两片扑尔敏。他吃了之后，鼻涕止住了，人趴在棋桌上睡着了。

文杰演小常宝，高音从来就唱不上去，后来马丽在台里帮她唱。马丽为了让台下的人看见是她唱的，每次总是站在幕边上。文杰很不高兴，动作做得就不干脆了。后来改让马丽演小常宝，观众看得不是很习惯。

天津知识青年王广福给我的同学冯丽写了一封信。他说如果你同意，就在明天的食堂里见，我会说："今天天气真好啊！"你就回："我是北京知识青年。"如果你不同意就别回。

第二天，王广福打完饭不走，等冯丽也打完饭。他看着窗外抖动着声音说："今天天气真好啊！"冯丽同宿舍的八个女生一齐说："我是北京知识青年。"

王广福那顿饭没吃。他知道那封信被冯丽公开了。

王广福后来到北安去自杀的，他用刀子捅了自己三刀，没死。大家都觉得这可能跟冯丽的玩笑有关。那些女生没这么想，王广福回来时，她们都探家走了。

颗粒不像珠子有孔，可以穿成串，颗粒独立着，抓起来一撒一地，收拾的时候也得一粒一粒地捡。真正的回想是颗粒不是珠子，没有线能把它们穿在一起。颗粒可以发酵成故事，但故事像一个大馒头，白而松软不是颗粒。北京房山云居寺供奉着佛舍利子，说几百年发一次光。那也是一种颗粒，是燃烧之后的结晶。我在很近的地方仔细地看着他们，感觉出遥远无边，我的生命，和我的想象都不能达到的远。他们是佛舍利子，他们留下的原因是因为精华和修炼。他们是经过多少日夜的食物、饮水、思想、经文、粪便等才留下来的。这么一点点东西，像一粒沙子，永远不会消失，没有悲壮，没有浪漫，也没有政治，看见的时候它就在了，你看不见时它也就不在。

因为门德尔松

那天在地铁站里，你听到了门德尔松的 E 小调，下意识地摸了摸左手的四个指尖……什么也没有，光滑的，那些茧子都消失了，没有痕迹。谁也看不出你曾拉过琴，一天八个小时，从漫长的运弓开始，空弦，全弓，一下一下。那琴像只永远杀不死的鸡，它叫啊叫啊叫地从 G 弦叫到 E 弦，然后再叫回去。一天天，你知道了音乐离你有多么远……

门德尔松还在响，你无法躲避他流畅的清纯，像你无法躲避失败……

你接着学会音阶、换把、顿弓、跳弓，知道泛音的位置，怎么揉弦。从开塞拉到顿特，几年的光阴都被那些蝌蚪一样的音符给吞吃了，你被音乐家这个巨大的幻觉支撑着，你读过帕格尼尼、奥依斯特拉赫、海菲兹的故事。你觉得以后可能、或者、也许、说不准……

你带着琴去了北大荒。那么广袤的田野它更需要一双结实的手，你不能对贫下中农说关于手和帕格尼尼的话题，你夏天铲地，秋天割麦，冬天把冻实的粪刨开，你的手再按到指板上时听到琴弦沉重结实的声音，它们少了些灵活，不听命于你。慢慢地，你再看到那把琴时觉得它像一个具体的梦。

门德尔松的E小调也像梦……

艺术在某个时期是奢侈的，当你在打麦场上重复着扬场的动作而记起《引子与回旋》的旋律时，你轻声哼着，在节奏中举起木锨，看着饱满的籽粒散开落下，再扬起再落下。一时你体会到了，想象的生活离我们是多么遥远。

门德尔松还在行进着，你不必担心有样板戏的乐段插进来……

一个傍晚你被叫出宿舍，冷面人对你说：夹上你的琴，去团部报到，排练样板戏，这是一项光荣而艰巨的革命任务，明天就去。

你回到宿舍先把那琴取下来，擦抹了一遍。琴弦松着，上紧的时候，你听到琴箱中嗡的一声，像是醒来的哈欠。弦对准了，放下琴，你看了看自己的手，依旧有茧子，只是那东西已从指尖换到了手心。

《智取威虎山》中，打虎上山一场有很长的前奏，十六分音符快而密集。这威猛的乐段当然不是一把小提琴就可胜任的，因陋就简，所有的乐器都加入了进来，演奏时你仿佛听到零乱溃散的队伍从空中逃过。除了竭力地无奈外，没有音乐，你说这不行，可能所有的乐器都要从音阶练起。没有人理会，一支要在十一天时间中排出一部大戏的队伍完全有理由不听什么练习曲这套话。戏排出来了，这是一种情感的奇迹。

门德尔松变幻着，愈加明丽，摇曳……

不是什么时候都可以门德尔松的。那天演出后休息，你在一棵楸树下先拉着练习曲，你感觉手指已恢复如前，你试着拉起门德尔松，那样地投入，像个又看到希望的人。你被来视察的宣传股长听到了。他问：你这个手提琴（他一直把小提琴叫手提琴）拉的是什么调调？你回答了。他问：门德松是什么人？你回答了。他说：怨不得呢！听着像资产阶级酒吧间里的臭调调。闲了为什么不拉打虎上山？为什么不拉痛说革命家史、江河水？闲了学学二胡，那玩意离人民近。

他提到了二胡和人民，那样正义。你无话。收起琴时，你看着那琴僵直地躺下，像被收殓的尸体。

从那一天起，我开始记日记了，每天在上铺的角落，将存积在心里的东西写出来，不管多晚，哪怕只有一行，我要写。我开始迷恋那张可以安放心情的白纸，那些文字甚至比音符更能安慰我，它们无声，只有我一个人能听到。在快写完一本时，日记被一个上海知青偷看了。他在日记本中夹了一张字条：看完你的日记非常感动，你说了好多我想说的话，希望你把日记坚持写下去，只是不要写得太露。此致，革命的敬礼！知名不具。

想起来他该是读我文字的第一人，也是第一个鼓励我的人。我知道他说的太露是什么意思。这之后我有时用诗的形式来记日记，我只记一种心情，那时我曾写出过："风，凛冽的白发。"这种现在看来极为做作的句子。

我从一种完全的自觉开始了，这不同于拉小提琴，写作没有乐谱可以参照，我也从来没有梦想着有一天能够把写作和生活连在一起。更多的是交谈，与一张白纸对话，每次把一些文字从心里交出来时，那种自话自说的语流便很能打动一个想说什么而又无法说出的人。

就这样一直写到离开了北大荒。

现在看那只是一个开始。这一开始确实与放弃小提琴有关，但我到今天也不能承认就是因为那个事件而决定了我现在的道路，这么说不真实。

一九七七年我回到了北京，二十五岁，有各种各样的可能在等着我。实际上我也做了很多的尝试，有三年的时间我一直为过那种安稳平常的生活而努力着。三年过去后，我回到了写作，全身心地进入，那种迷恋的程度使熟悉我的人都疑惑。我曾在一篇谈创作的文章中说到：一个三十岁还要来写诗的人，必定有其迫不得已的原因。这原因一直到现在我还不很清楚，但我知道与生活有关系，与生命有关系。我愿意接受一种说法：写作的人命定了要去写作，不论经历什么样的生活他都会这样。

十几年过去了，诗歌进入了生命，选择了她我至今唯有感恩。

在走出地铁的时候，门德尔松消失了。想到艺术，突然觉出她从来就没有停顿过，也不会被什么事件所中断，就像此时，左手的指尖没有了茧子，右手握笔的地方却长出了肉垫。

王 松

1956年生于天津，原籍北京市。中国作协全委会委员，天津市作协副主席。著有《寻爱记》《红汞》《双驴记》《哭麦》等长中短篇小说数十部。作品曾多次获国内各种文学奖项，并被改编成影视作品。多部作品被译介海外。（个人邮箱 iwangsong@vip.sina.com ）

1975年至1977年在天津宁河插队。

摄于 1977 年底恢复高考前夕

王 松

哭 麦

今天生长在城里的年轻人已经很难想象真正的麦田是什么样子。真正的麦田并不是黄色的，而是金色，金光灿灿，一望无际，远远看去铺天盖地让人不寒而栗。那时曾有一首流行歌曲是这样唱的：麦浪滚滚闪金光，棉田一片白茫茫，丰收的喜讯到处传呀，社员人人心欢畅……丰收无论对谁当然都是喜讯，但在当时，对于我们这些被驱赶来农村的年轻人却未必。我们的口粮是由国家供应，每月百分之四十面粉，百分之六十的玉米粉和高粱米，也就是所谓的商品粮。从这个意义上说，村里的麦子丰收与否跟我们没有任何关系。如果硬说有，也就是到了收割季节我们要流更多的汗水，付出更多的艰辛。

没有人能想象得出，在田里弯腰割麦是一种多么可怕的事情，那种感觉简直就像世界末日。来农村之前，我们只在课本上读到过有关割麦的事，说是有一种叫"康拜因"的联合收割机，在苏联的集体农庄被普遍使用，前面一边割麦，后面就已打成捆并将脱穗的麦粒直接装入汽车，非常现代化。但是，我们来到农村才发现，我们中国的人民公社跟人家苏维埃的集体农庄根本不是一回事，我们不仅没有"康拜因"，甚至连二十马力的"东方红牌拖拉机"还不普及，割麦只能用镰刀。用镰刀割麦看似容易，其实是农村著名的"四大累"之一。所谓"四大累"也就是四种最繁重的体力劳动，它们包括：割麦子、脱坯、养孩子、××。其中第四累是第三累的原因，第三累是第四累的结果，这里就不必细说了。由此可见，割麦即使在重体力劳动中也居首位，应属重中之重。我至今仍无法准确地形容，一个人长时间地弯腰在田里割麦子，手掌被镰刀磨出层层血泡，脸颊让锋利的麦芒刺得伤痕累累，从脖颈到腰背一直放射到脚跟疼痛得近乎麻木，那是一种什么样的感觉。我曾在一块巨大的麦田里收割过一条长得难以想象的麦垄，据当地农民称，足有五里长。但这样的五里并不是我们通常所说的五华里，更不是二点五公里的二千五百米，要知道，农民说这种话是从不负责任的，他们告诉你五里，就有可能是六里或七里，甚至八里。起初我并没意识到事情的严重，但渐渐地就感觉这条垄开始阴险起来，似乎不动声色地越拉越长。直到我感觉自己的腰出了问题，疼得已快要支撑不住，再起抬头看一看竟然还一眼望不到头。而此时我两旁的村民都早已割到前面去，只留下我这条垄像一堵矮墙似的立在光秃秃的麦田里。这对于割麦者当然是一种奇耻大辱。于是，我只好咬着牙又弯下腰去继续拼命往前割，就这样割到傍晚，割到天黑，一直割到半夜才总算割到了地头。也就从这一次，我再看到麦田立刻就会本能地感到头晕目眩，两腿发软，甚至大小便都要失禁。其实又何止是我，几乎我们集体户的每个人，每到农历的三四月眼看着绿油油的麦子一天天疯长起来，又由绿变黄被风吹起波澜壮阔的惊涛骇浪，就都会出现程度不同的生理反应。而且那麦子越是长势喜人，我们也就越是一筹莫展。

我至今还记得一九七七年的那个初夏。

在那个初夏，我们村的小麦呈现出历史罕见的大好长势。当时用的是一种叫"反修3号"的新品种。没有人会想到，这个新培育的"反修3号"竟会有如此优良的性状，不仅穗长坚实，颗粒饱满，而且株高挺拔抗倒伏，几乎能没过人的腰际。显然，这一年的丰收已成定局。那段时间，村庄里的大喇叭从早到晚都在播放着那首《麦浪滚滚闪金光》的歌曲，村民们也都喜气洋洋地磨着镰刀，收拾绳索，准备开镰收割大干一场。而与此同时，我们的情绪也都已坏到了极点。首先是杨鸣。杨鸣在一天中午去生产队长那里请假碰了钉子。他请假的理由看似很充分。他对队长说，刚刚接到家里拍来的电报，他母亲病了，而且病得很重，他家里只有他这一个儿子，所以要马上赶回去。但杨鸣在说这番话之前显然没有考虑周全，因此也就有一个很大的漏洞。按以往惯例，我们村里有谁来电报都是一件很大的事，乡邮员要先去大队部，将电报交到大队会计的手里签字盖章，然后再由大队会计用大喇叭通知谁谁去领。但在这个上午，村里的大喇叭一直在播放"麦浪滚滚闪金光"，从没有间断过，这也就说明并不曾有电报送来。但生产队长还是给杨鸣留了一些面子，并没有当即揭穿他。我们村的生产队长姓常，由于是著名的割麦能手，每两镰割下的麦子就能捆成一大捆，因此在村里被人称为常二捆。这时，常二捆眯起眼问杨鸣，他母亲得的是什么病。杨鸣仍然不动声色，说目前还不清楚，电文只有几个字：母病重速归。

别的就没有了吗？

杨鸣说没有了。

杨鸣为常二捆解释，电报是要按字算钱的，当然不会写得太细。

然后又说，也正因为没写详细，他才更加担心，因为他母亲的身体一直不好，长年患有多种慢性病，比如高血压、心脏病、动脉粥样硬化以及脉管炎等等，因此这一次，无论犯了哪一种病都很严重。

杨鸣和常二捆这样说话时，常二捆正蹲在自己家的门前捧着一只粗瓷大碗喝玉米粥。他这时把碗放到地上，又拿起一块秫面饼。所谓秫面也就是高粱面。那时的高粱大多是"东方红1号"，这个杂交品种产量极高，但品质也极差，不仅口感粗糙，用它做的面饼稍稍一凉就会像石头一样坚硬。常二捆从这只面饼上掰下一小块，朝前面不远的土垣瞄了一眼，突然一挥手扔过去。只听吱的一声，杨鸣回头看去，就见一只硕大的田鼠被打死了。这只田鼠显然正在专心致志地挖洞，因此没注意到身边的危险。常二捆这一下打得很准，那块面饼刚好击中它的额头，所以它连动也没动，一伸腿就死在了那里。常二捆起身走过去，从地上捡起那块面饼，小心地吹去粘在上面的泥土就放到嘴里，然后一边嚼着对杨鸣说，看见么，这就是秫面饼，馒头是啥样子，你在城里长大应该比我更清楚。杨鸣一时没明白常二捆是什么意思，眨眨眼看着他，问秫面饼怎么了，馒头又怎么了。常二捆说，秫面饼是用秫米做的，而馒头是用麦子做的，你们都是文化人，这点道理还不懂吗？杨鸣立刻明白了，常二捆的意思是想表明，用高粱做的食物质量很差，甚至坚硬得能打死老鼠，而用麦子蒸出的馒头则不同，从品质到口感都不言而喻。他是想以此来强调收割小麦的重要性。

常二捆点点头，说对，就是这个意思。

接着常二捆又说，现在村里马上就要开镰了，麦收可是当前的头等大事，你说你母亲病了，如果黄小毛也来找我，说他父亲病了，怎么办？王松再来找我，说他姥姥病了怎么办？还有杜红呢，我都让你们回去吗？如果都回去了，村里的麦子还收不收？常二捆这样说完，就又埋下头去继续喝玉米粥了。杨鸣直到这时才终于明白，尽管常二捆没有把话说透，其实他早已识破了自己，因此，无论再跟他扯什么理由也都无济于事了。

杨鸣在这个中午碰了钉子，情绪很低落，回来时就从小卖店买了一瓶地瓜烧酒。他这次去找常二捆原本是想先行一步。往年每到麦收季节，我们集体户的每个人都会想尽各种理由请假躲回城里去，一般当然是最先请假的更容易获准，越到后面也就越难。但这一次却出人意料，常二捆从一开始就把口封得很死。这让杨鸣很沮丧。

在这个中午，杨鸣拎着地瓜烧酒走出村外，就在快要来到我们集体户时，突然听到一个很奇怪的声音。这声音显然是用两根木棒敲出来的，虽然不大，却很清脆。接着，他就看见了孙羊倌儿正站在我们院子的附近。孙羊倌儿是个相貌丑陋又很邋遢的中年男人，平时为村里看管几十只山羊。他的视力很不好，无论看什么都要用力眯起眼，但脑筋却异常灵活，最善于跟人狡辩。杨鸣一见孙羊倌儿立刻就警觉起来。他发现，孙羊倌儿的手里正拿着两根油光光的枣木棒。孙羊倌儿一向很懒惰，放羊从不肯走得太远，只在村庄的周围转来转去，因此附近的青草渐渐也就所剩无几。但孙羊倌儿也有自己的办法。他的那些山羊经常会在他的唆使下悄悄潜入人家的院子偷吃干草，孙羊倌儿则在外面为它们望风，一旦发现什么情况，只要敲一敲手里的枣木棒，那些羊立刻就会装作若无其事地走出来。曾经有人问过孙羊倌儿，究竟是用什么方法训练的这些羊。孙羊倌儿却笑而不答，再问就矢口否认。在这个中午，杨鸣一见孙羊倌儿立刻就意识到了什么。接着，果然发现正有几只羊像散步一样大摇大摆地从我们集体里走出来。杨鸣顿时感到很恼火，立刻朝孙羊倌儿走过去。

他质问他，为什么说话不算话。

就在这一年春末，孙羊倌儿曾多次指使他的羊溜进我们集体户偷吃干草。这些干草对我们来说真的是来之不易。那时按村里规定，每年春天，社员都要向生产队缴纳一定数量的干草作为牲畜饲料。我们知青也是社员，当然不能例外。但我们平时下田累得筋疲力尽，回来时就已没有力气再去割草，而且往往割回一筐青草，晒干之后却所剩无几，因此能攒下这样一垛干草很不容易。我们发现了孙羊倌儿的羊经常来偷吃干草，就去找他理论。孙羊倌儿起初当然不肯承认，他说他的羊口味很高，而我们知青割的草质量又很差，就是请他的羊来吃它们都不会吃。但就在这时，杨鸣却从一颗羊粪蛋上发现了问题，他走过去，一脚将那颗粪蛋踏扁，然后就从里面抻出一根红色的塑料头绳。这根红头绳显然是杜红用过的，不知怎么丢在了干草堆里。这一来孙羊倌儿才无话可说了。当时杨鸣坚持要卸下一条羊腿，作为对我们干草的补偿。但这显然不太现实。羊是生产队的集体财产，孙羊倌儿无权做任何处置。他只是捶胸顿足指天发誓，说下一次决不再让他的羊干这种事，如果再有类似的事情发生，无论我们怎样做他都绝无二话等等。在这个中午，杨鸣质问孙羊倌儿，既然他在不久前刚刚发过毒誓，为什么又指使他的羊来偷吃我们的干草。但这一次，孙羊倌儿却显得若无其事。他讪笑着问杨鸣，是吗，我的羊吃过你们的干草吗？

杨鸣说当然吃了，我亲眼看到的。

杨鸣说，你的羊刚从我们集体户的院子里出来，而且如果我没听错，还是你敲那个枣木棒把它们叫出来的，你现在怎么能不承认呢。孙羊倌儿却仍然不慌不忙，说我不是不承认，我的意思是说，这种话可不是随便乱说的，你要拿出证据来，如果你还能从它们的粪蛋里找出一根玻璃头绳，我当然会承认。孙羊倌儿这样说显然是在胡搅蛮缠，杜红不可能有那么多的塑料头绳让孙羊倌儿的羊来吃。孙羊倌儿眯起两眼看看杨鸣，又得意地嘿嘿一笑，说你刚才没有听错，我确实敲过枣木棒，但我敲枣木棒是因为我的羊跑散了，这里几只那里几只，我是想把它们叫回来，这跟你们的干草没任何关系。

杨鸣盯住孙羊倌儿问，如果我能找到证据呢？

孙羊倌儿立刻愣了一下，问什么证据。

杨鸣说，当然是你的羊偷吃我们干草的证据。

孙羊倌儿的嘴张了几张，却没有说出话来。

杨鸣问，你是不是就承认了？

孙羊倌儿忽然笑了，说当然，只要你能拿出证据我就承认，而且，就算这些羊都是生产队的，如果它们真干出违法的事来我也要负责任，我还可以对你们做出赔偿。

好吧，杨鸣点点头说，咱们一言为定。

杨鸣没再跟孙羊倌儿纠缠下去，转身就走进集体户的院子。但是，他一进院立刻愣住了。在我们集体户的窗根底下晾着几十棵白菜，这是我们几天前刚从村民那里买的。我们虽然吃的是商品粮，平时的副食却很差，只能吃一些腌咸菜，于是大家商议，一旦收割小麦会很辛苦，就事先买了这些白菜，准备万一请假不能获准，也可以改善一下伙食。但在这个中午，杨鸣走进院子才发现，这些白菜都已被什么动物啃得面目全非，有几棵甚至只剩了几片破碎的菜叶散落在地上。杨鸣立刻看出这是被羊吃过的，接着就想起刚才见到的那几只鬼鬼祟祟的山羊，嘴角确实还沾有一些菜叶。杨鸣立刻脸色铁青地转身走出来。他刚要去找孙羊倌儿理论，无意中一回头，发现有几只羊正站在不远处朝这边偷觑，于是又停住脚，想了一下就转身走回来。杨鸣一向是个心很细的人，手边备有各种常用药品。我们平时遇到哪里不舒服，都会来找他。这时，他来到屋里取出小药箱，在里面翻了一阵找出一只白色的小药瓶。事后他告诉我们，这是一瓶叫"奋乃静"的安眠药。说是安眠药，其实也就是一种强镇静剂，化学名称叫"羟哌氯丙嗪"，是专门用来控制精神病人的。我不知这种药在今天是否还有使用，但据杨鸣说，在当时，这种"羟哌氯丙嗪"应该是力量相当强大的镇静药之一。在这个中午，杨鸣找出这瓶"羟哌氯丙嗪"就又来到院子里，从一棵白菜上扯下一片很大的菜叶，倒出大半瓶药片小心包好，又重新塞回到那棵白菜的菜心里，然后就将它摆放到门口一个很显眼的位置。杨鸣做完这一切，走出院子看了看。这时孙羊倌儿已站到很远的地方，做出一副他的羊无论再干出什么事都与他无关的样子。但杨鸣发现，那几只羊仍然躲在土坡的后面贼心不死地朝这边看着。于是，他又捡来几片菜叶故意扔在院子门口，就转身回来了。

杨鸣回到屋里，特意选了一个最佳的观察角度。在这里刚好可以看到外面的一切，外面却看不到屋里。他打开那瓶地瓜烧酒，坐下来一边慢慢喝着，耐心地等待着。没过多久，就见那几只羊又鬼鬼祟祟地来到我们院子的门口。不过看得出来，它们确实训练有素，似乎知道这院子的主人正躲在暗处，所以并不贸然进来，只是探头探脑地朝院子里张望。但是，当它们吃了杨鸣故意扔在门口的几片菜叶，偷吃的欲望立刻又膨胀起来。也就在这时，它们突然发现了那棵摆放在院子当中的大白菜。先是一只身材瘦小的白色山羊终于按捺不住。它的样子很机灵，先试探着朝前蹭了几步，又蹭了几步，然后扬起头朝窗子里看了看。不过它显然没看到什么，那扇窗子悄无声息。但它似乎仍不放心，又伸长脖颈朝四周张望了一下，当确信院子里真的没什么危险，才转过身去用力一扑，以令人难以置信的速度一口将那棵白菜叼在嘴里。它原本是想将这白菜叼到外面去，找一个安全的地方再慢慢地吃，但回头一看，身后的几只羊正用贪婪的目光盯视着自己，于是立刻又改变了主意，索性将白菜放到地上用力咬了一大口，接着又咬了一大口。这时，它很可能感觉出这白菜里有一股奇怪的异味，抬起头愣了一下，但立刻就咯嘣咯嘣地嚼着一伸脖用力咽下去。这种叫奋乃静的镇静药我曾经听人说过，的确很苦，而且有一股说不出的味道。这只山羊此时一定感觉口腔里很不舒服，于是连忙又低下头去三口两口就将剩下的白菜全吃光了。

杨鸣始终坐在屋里，耐心地朝窗外看着。

又过了一会儿，这只山羊显然觉出哪里有些不对劲，于是慢慢转过身，就像喝醉了一样摇摇晃晃地朝门口走去。但只走出几步，身体一歪就倒在地上。

这天中午，我们从田里回来，一进门都吓了一跳。只见杨鸣浑身酒气，正蹲在地上摆弄着一只死羊。黄小毛立刻兴奋起来，问杨鸣是从哪里搞到的，说这下好了，下午剥了它，晚上就有羊肉吃了。但我看了杨鸣的脸色，却立刻有种不祥的预感。杨鸣在这个中午去常二捆那里请假，其实我们是知道的。但我们心里想的是，他先去也好，可以试探一下常二捆的态度，如果常二捆很痛快就批准了，我们再去也就有了把握。不过现在看来，显然事情没有这样简单。是啊，杨鸣垂头丧气地说，事情确实没有想象的这样简单。

我问，常二捆……怎么说？

他说今年麦子大丰收，所以无论谁，都不准以任何理由请假。

我和杜红听了相视一下，心里立刻都沉重起来。

如果真如杨鸣所说，那也就意味着，这次割麦子我们每个人都在劫难逃。黄小毛也意识到事情的严重性，看看我和杜红，不再说吃羊肉的事了。就在这时，我突然发现，那只躺在地上的羊轻轻动了一下。杜红也看到了，立刻吓得倒退了一步，说呀，这东西还没死。杨鸣嗯一声说，它确实没死，只是睡着了，一会儿就会醒过来。这时我们已经猜到是怎么回事，院里那些散落的菜叶已经说明了一切。黄小毛压低声音说，还是先把它藏起来吧，孙羊倌儿发现丢了羊，一定会来找的。杨鸣想了想，从小药箱里翻出一卷医用胶布，就将这只羊的嘴严严实实地缠起来。杜红看了感到奇怪，问他这是干什么。我却立刻明白了，杨鸣是担心这只羊醒了会叫。羊的叫声虽然不大，却能传得很远，而且咩咩的非常难听。

我们商议了一下，就将这只羊抬到放粮食的库房里。

也就在这时，孙羊倌儿一脚踏进了我们的院子。

孙羊倌儿走进来并没有立刻说话，只是低下头很认真地看了看散落在院里的菜叶，又绕到干草垛的后面去看了一下，然后才走到杨鸣的面前，盯着他说，黄毛不见了。

杨鸣若无其事地扫着院里的菜叶，说不会吧。

孙羊倌儿说怎么不会，就是不见了。

杨鸣抬起头说，黄毛刚回来，正躺在屋里。

孙羊倌儿满脸狐疑地看看他，立刻走到窗前，伸头朝屋里望了一下，果然看到黄小毛正躺在炕上。孙羊倌儿转过身，脸色难看地对杨鸣说，我说的不是黄小毛，是黄毛。这时黄小毛已经闻声走出来。黄小毛一向对孙羊倌儿把他的那只羊叫黄毛很反感，因为他的黄小毛叫起来有些绕嘴，我们平时就叫他黄毛。他曾经找到孙羊倌儿很认真地谈过此事，对他说，不要再把那只羊叫黄毛，这样容易造成混淆，同时也是对他的侮辱。黄小毛甚至威胁过孙羊倌儿，说如果他再这样叫，他就要不客气。但孙羊倌儿对黄小毛的威胁却并不在意，他对黄小毛说，他这样叫也是有道理的，因为这只羊浑身雪白，只在鼻梁上有一小撮黄毛，看上去非常的显眼。孙羊倌儿说不叫它黄毛，难道还叫它白毛不成。这时，黄小毛不动声色地走到孙羊倌儿的面前，问他找自己有什么事。孙羊倌儿并不想理睬他，又转身对杨鸣说，我现在警告你，这只羊可是生产队的集体财产。杨鸣听了一笑说，我知道是生产队的集体财产，可是，这跟我又有什么关系呢？孙羊倌儿说当然有关系，你刚才回来时，是见过黄毛的。

杨鸣说是吗，我见过吗？

孙羊倌儿说你当然见过。

杨鸣翻起眼皮问，我在哪里见过呢？

孙羊倌儿看一眼地上的菜叶，张张嘴却没说出话来。

杨鸣又心平气和地说，你刚才自己已经说过，你的羊从没进过我们的院子，更没吃过我们的干草和白菜，所以，你现在来我们这里找羊是没道理的。另外，杨鸣又说，我再提醒你一句，你的工作是为生产队放羊，现在羊丢了，你有不可推卸的责任，你还是抓紧时间快去找吧，否则天黑了，它说不定会被什么野物儿拉去吃掉呢。

孙羊倌儿被杨鸣说得张口结舌，脸上红一阵白一阵。

他又用力看一眼杨鸣，点点头说好吧。

然后，就转身走了。

这天下午，我们都已无心再去下田。割麦子的事就像一个巨大的阴影，一下将我们每个人的心头都笼罩住了。吃过午饭，杨鸣提议去挖田鼠。挖田鼠是一件很有趣的事，不仅可以开心解闷，还能为我们带来一些收益。其实挖田鼠最好的季节是在秋天。田鼠是一种计划性很强的动物，每到秋季，它们就开始忙着为过冬贮备食物。这时正值秋收，田里有各种粮食，因此也就为它们提供了充足的食物来源。更有趣的是，田鼠的生活也很有条理，它们的洞穴就像人类，也分为若干个功能性房间，比如卧室、婴儿室、起居室、贮藏室以及卫生间等等，而且贮藏室里的粮食也分门别类，存放得井然有序。在挖田鼠时，首先要搞清楚它的洞穴结构，找准贮藏室。偶尔遇到规模庞大的家族洞穴，一次竟能起获几十斤粮食。这种粮食当然不能再食用。因为田鼠搬运粮食的方式很奇特，它们的两腮各有一个嗉囊，要先将粮食吃到嘴里，装入嗉囊，等回到洞穴再一点一点吐出来。所以，我们只用这些粮食去向当地村民换鸡蛋。当然，我们是不会说出这些粮食的来路的，不过即使说了也无所谓，当地村民并不在意这些。在这个下午，我们实在觉得无聊，就扛着铁锹一起去了田里。

挖田鼠说起来简单，其实也并非易事。它们的洞口一般都有很多，有的是真的出口或入口，也有的则只是用来迷惑人或其他动物的。在此之前，我们一直使用很笨的方法，就是往洞里灌水。但后来发现不行，这种方法只能把田鼠灌出来，洞里的粮食却无法再挖。接着我们很快发现，杨鸣竟有一种超人的本领。他的嗅觉异常灵敏，只要趴在几个洞口闻一闻，立刻就能判别出哪个洞里有田鼠，哪个洞里有粮食。在这个下午，我们原本只想挖些粮食，拿去村里换点鸡蛋，这样也可以为割麦子再筹备些副食。但来到田里，杨鸣却忽然改变了主意，想挖完粮食再捉几只田鼠。田鼠的性情一般都很暴烈，当它们发现自己辛辛苦苦弄回的粮食被人类挖走，用力一跳就会气死，即使没有被气死的，也会疯狂地相互撕咬，以此来发泄对人类的仇恨。因此，这也是我们平时娱乐的一个项目，偶尔捉几只田鼠带回去，放到一个盆里欣赏它们撕咬。这些田鼠大都凶残无比，在面对自己的同类时决不嘴软，它们往往会相互咬得鲜血四溅，到最后甚至扯得七零八落。我们在这个下午没费多大气力就找到一个规模庞大的洞穴群。这显然是一个人丁兴旺的田鼠家族，就在一片麦田附近。杨鸣先趴在地上观察了一下几个洞口，又伸着鼻子到处嗅了嗅，就将一条布口袋罩住其中的一个洞口，又让我们分别把住另几个洞口，然后用力地向洞里吹气。田鼠一般都很怕风，一旦感到空气流动立刻就会顺着风向跑，这样一来也就都从杨鸣的那个洞口钻进了口袋。我发现，这只口袋很快就鼓胀起来，至少钻进几十只田鼠，里面一片吱吱的叫声。接着，我们在杨鸣的指挥下又挖开另一个洞口，果然是一间贮藏室。这一次收获很大，竟然挖出满满的一袋粮食，而且都是小麦。黄小毛笑着说，这些小东西，它们已经抢先收割了！

我们有了这样的收获，心情总算好了一些。

这天傍晚，我们将这些麦子和田鼠背回来，商议如何处置。杜红认为，现在还不能把粮食拿去村里换鸡蛋，因为麦收还没有正式开始，这时弄了这些麦子去会被村民怀疑。你说是从田鼠洞里挖出来的，可是谁又会相信呢？如果常二捆硬说是从麦田里偷来的怎么办？这种瓜田李下的事是无论如何都无法说清楚的。大家一听也觉得有道理，就先将这些麦子藏起来。接着，我们就开始准备让田鼠咬架。黄小毛将那只装满田鼠的口袋拎进屋里，又找来一只大一些的洗脸盆。但就在这时，我们听到一阵呜呜的声音。这声音并不很大，有些低沉嘶哑，似乎是什么动物憋着喉咙叫出来的。

黄小毛立刻说，是黄毛！

这时我也已经听出来，这声音确实是从库房那边传来的。于是，我们立刻来到库房。杨鸣轻轻打开门，果然发现黄毛已经醒了，它大概由于吃了过多的"奋乃静"，看上去有些憔悴，两个下眼皮有了明显的眼袋。这时，它正站在一口装满粮食的大缸旁边扬起头用力叫着。它显然很不习惯这样的叫法，由于嘴被胶布牢牢封住，所以每叫一声，为使气息顺畅地从喉咙里出来就不得不伸长脖颈，这样一来也就只好把头高高地扬起来。但它的叫声确实很难听，有些让人不寒而栗。这时，它回头发现我们进来立刻就不叫了，一边向后退缩着，眼里露出惊恐的目光。

黄小毛冲它笑着说，你终于醒啦？

黄毛睁大两只乌黑的眼睛，用力瞪着他。

黄小毛又说，你不知这是什么地方吧？

黄毛扬起头，呜地又叫了一声。

这时杨鸣走过来，嘟嘟囔囔地说，你不是爱吃我们的白菜吗，其实还有好东西呢，今天就让你吃够了。他一边说着就将一根手指粗细的麻绳套在黄毛的脖子上，然后将它牵来刚才的房间。这时黄小毛已做好一切准备，又将那些捉来的田鼠分到两个口袋里，然后兴致勃勃地放到杨鸣面前说，每个口袋里是二十八只，大小都有搭配，你先挑一个吧。杨鸣看也没看就拎过其中的一个口袋。但他刚把手伸进去，立刻被里面的田鼠狠狠咬了一口。他抽出手放到嘴里吸吮了一下，然后才又小心地伸进去，抓出一只田鼠放进盆里。

黄小毛看看他，也从自己的口袋里抓出一只田鼠放进来。

他抬起头问，还是，老规矩？

杨鸣点头嗯一声，说老规矩。

杨鸣和黄小毛所说的老规矩，是指让田鼠咬架的规则。他们以往的规则是这样的：双方各抓出一只田鼠放在盆里撕咬，直到角出胜负，将被咬败的一只抓出来当场摔死。这时，被放进盆里的两只田鼠显然已在口袋里闷得晕头转向。可以想见，它们在这样一个风和日丽的下午原本好端端地待在自己的洞里，而且到处洋溢着丰收的喜悦，却突然莫明其妙地就被赶进一只这样的口袋，而且辛辛苦苦收来的麦子也都被挖走，家园遭到毁灭性的破坏，它们的心里一定怒火中烧。所以这时在盆里一见面，立刻就像两个角斗士似的怒目相视，接着吱地大叫一声就同时冲上来咬到一起。田鼠的撕咬声虽然并不大，却极为惨烈，听起来简直惊心动魄。黄小毛的那只田鼠体魄明显健硕一些，因此很快就占了上风，它突然张开锋利的牙齿一口咬住杨鸣这一只的脖颈，然后猛一低头，又狠狠一拧，只听噗的一声，一股鲜血立刻喷浅出来，有一缕还飞到了盆外。与此同时，我们突然听到身后咕隆一响。回头去看，才发现黄毛已经跪在了地上。它显然从未听到过如此骇人的惨叫声，更没见过这样血腥的场面。这时，它试图重新站起来，但两条前腿一直在不停地发抖，看上去已经没有了一点气力。

黄小毛得意地抬起头，看着杨鸣。

杨鸣绷紧嘴唇，从盆里抓起那只被咬败的田鼠啪地摔在地上。这只田鼠叫也没叫一声，两条后腿一蹬就不动了。接着，杨鸣又转身揭掉黄毛嘴上的胶布，掰开它的牙齿，突然从地上抓起那只死田鼠就塞进它的嘴里。黄毛绝没料到杨鸣会这样做，在它仅有的一点记忆中只知道吃草的味道，最多也就是再吃一些菜叶，现在嘴里突然被塞进这样一团软囊囊而且味道奇怪的东西，顿时有些不知所措。它拼命挣扎着扭出头，呜呜地叫了两声，一用力就将这只可怕的死田鼠从嘴里甩出来。杨鸣看它一眼，转身又从口袋里抓出一只田鼠。这只田鼠比前一只更瘦小，虽然一放进盆里也是龇牙瞪眼，一副怒气冲天的样子，却立刻被这盆里浓重的血腥气熏得愣了一下。而此时黄小毛的这一只也已经咬红了眼，用力一窜就扑过来。杨鸣的这只小田鼠显然头脑灵活一些，看出自己不是人家的对手，一转身就撒腿拼命逃窜。但它并没意识到这是在一只盆里，无论跑得多快也只是在盆底一圈一圈不停地转。而黄小毛的这一只却突然出人意料地改变了方向，猛地调转头又向回跑，就这样，一口咬住了这只小田鼠的喉咙。但这只田鼠毕竟太小了，只被它轻轻一甩就从盆里飞出来。杨鸣看着这只小田鼠在地上跌跌撞撞地跑了两步，突然抓起来一转身又塞进黄毛的嘴里。这一次的问题就有些严重了。黄毛感觉到，这只被塞进自己嘴里的东西竟然还在不停地乱爬，而且无论怎样努力都无法将它吐出来。而此时的这只小田鼠也已在黄毛的口腔里彻底转了向，它感觉就像是进了一间桑拿浴室，不仅热汽腾腾，而且到处都是湿糊糊的，也就在这时，它突然发现了一条通道，于是看也没看就纵身一跃朝下跑去。但它做出的却是一个极其错误而且危险的选择，这当然并不是什么通道，而只是黄毛的喉咙。它这样朝里面一跑，黄毛立刻忍无可忍，于是呜地大叫一声就将这只小田鼠重新呕回到嘴里，接着上下牙齿又本能地一嚼。它嚼的这一下用力很大，只听咔嗦一声，这只小田鼠的身体立刻被咬破了，一股血和汁液顿时流满了整个口腔。黄毛突然有了一种异样的感觉，就像是喝了一口烈性烧酒，精神猛然一振，浑身仍被"羟哌氯丙嗪"麻痹着的神经也随之兴奋起来。它还从没尝过味道如此奇妙的食物。它搞不明白，自己嘴里这个奇怪的软东西究竟是什么。于是，就又试着嚼了一下，接着又嚼了一下。它很快发现这个软东西的确很好吃，而且还有一些韧性，就像是口香糖一样越嚼越有味道，于是索性就连续不断地大嚼起来。黄小毛立刻睁大两眼，伸过头来很认真地看看黄毛，又扒开它的嘴朝里面看了看，然后回头瞪着杨鸣。

这家伙……它把老鼠给吃了？！

杨鸣显然也没料到竟会是这样。这时，他正目不转睛地盯着黄毛。此时的黄毛已将那只田鼠彻底咽下去。它甚至还伸出舌头，意犹未尽地舔了舔自己的嘴唇。

杜红也惊愕地说，它……它是一只羊啊，怎么能吃老鼠？！

杨鸣没说话，又从口袋里抓出一只田鼠。但这一次，他没再把这只田鼠放到盆里，而是直接举到黄毛的面前。这只田鼠似乎已经预感到什么，一边在杨鸣的手里吱吱乱叫，四条腿拼命挣扎着来回乱蹬。杨鸣试探着将它举到黄毛的嘴边，想看一看它是否还会吃到嘴里。但黄毛显然被这只挣扎的田鼠吓着了，连忙把嘴躲开，又向后退了一步。

这真是一个令人愉快的傍晚。我们玩得很开心，几乎已将割麦子的事完全忘记了。但杨鸣的头脑仍很清醒。他看一看外面的天色就拿出胶布又将黄毛的嘴重新缠起来。他说这件事不会就这样算完的，孙羊倌儿发现黄毛不见了，一定会到处找的。

杨鸣果然没有说错。天黑以后，我们正吃晚饭，孙羊倌儿就来到我们集体户。我们见到孙羊倌儿的样子都吃了一惊，他一定是为寻找黄毛跑过很多地方，看上去疲惫不堪，好像还在哪里跌了一跤，脚上满是泥水，一条裤腿也扯开一条很长的口子。他一进来突然愣了一下，耸起鼻子闻了闻，接着两只混浊的眼睛就倏地亮起来。

他问，你们……在吃煮肉？

我们确实正吃煮肉。但我们煮的并不是羊肉，而是大雁肉。黄小毛有一支制作精良的弹弓，手柄是一种猛禽的胸骨，皮筋是医生听诊器上的胶管。这支弹弓不仅拉力强大，据黄小毛说，用起来也非常的得心应手。黄小毛打弹弓几乎弹无虚发。每当我们想改善一下伙食，就指望他用这支弹弓去打猎。我们这一带是大洼地区，水源很充沛，不仅河道纵横湿地也很多。因此每到春季，各种鸟类就会聚集到这里。黄小毛打弹弓很讲究，要用小孩子玩的那种玻璃球。这种玻璃球的杀伤力可想而知，但成本也很高，因此，一般的飞鸟他是不屑打的，只打野鸭鹭鸶或大雁一类的大型飞禽。在这个下午，我们从田里挖田鼠回来的路上，黄小毛又乘兴打下两只很肥的大雁，所以这天晚上，我们的餐桌上也就显得很丰盛。孙羊倌儿听说我们煮的并不是他的黄毛，而只是两只大雁，立刻有些失望。但他并不肯轻信，又走过来伸头朝桌上看了看。这时我们的餐桌上已狼藉了很多啃过的骨头。但这些显然不是羊骨。因为羊骨都是粗而短，而我们桌上的却细而长，一看就知道，应该都是禽类的尸骨。杨鸣抬起头看一眼孙羊倌儿，不动声色地说，也来喝一杯吧。

孙羊倌儿立刻摇摇头。他这时当然没心思喝酒。

他想了一下，忽然说，其实……你们误会了。

我们有些奇怪，立刻抬头看看他。

他又说，你们一定以为，我是来找黄毛的。

黄小毛问，怎么，难道不是吗？

当然不是。孙羊倌儿说，我是来向你们道歉的。

道歉？

我们几个人相互看了看，又都回过头去看着孙羊倌儿。

孙羊倌儿的样子很诚恳，他对杨鸣说，今天中午，是我骗了你，我的羊确实跑进你们的院子，不仅偷吃了很多干草，还啃了你们的白菜。

杨鸣立刻笑了，摆摆手说没有，没有这回事。

孙羊倌儿张张嘴，看看杨鸣。

杨鸣说，白菜是我自己吃的。

你……自己吃的？

当然是我自己吃的，杨鸣说，我这一阵天天吃咸菜，实在有些馋了，今天中午就趁他们不在熬了一锅白菜，吃完之后又故意做成被你的羊啃过的样子，这件事我已经向他们承认过错误，他们也原谅我了。杨鸣一边说，又回过头来看看我们。我们尽管都没反应过来，不知杨鸣这样说究竟是什么意图，但还是立刻沿着他说的方向朝孙羊倌儿点点头，表示杨鸣说的确有其事。事后杨鸣告诉我们，孙羊倌儿在这个晚上来向我们道歉，其实用心是很险恶的，他首先承认自己的羊偷吃了我们的干草和白菜，只要我们一承认，也就等于承认了他的羊曾经来过我们的院子，接下来也就可以理直气壮地向我们要羊了。杨鸣说，也正因为他看穿这一点，所以才矢口否认那些羊来吃过我们的菜。但在这个晚上，孙羊倌儿并没有立刻要走的意思，他索性在我们桌前坐下来，说这一下午找羊也够累了，喝一杯就喝一杯。我们立刻被他身上散发出的腥膻臊臭熏得皱起眉头。杜红沉了一下，婉转地对他说，你还是……不要喝酒了，赶快去找你的羊吧。黄小毛也说是啊，如果再不找就更危险了。孙羊倌儿已经看出我们并没有真心请他喝酒的意思，于是讪讪地站起来说，其实他为生产队看管这几十只羊也很不容易，每天起早贪黑，挣的工分却很少。他苦着脸说，一天只有八分工啊，还不及一个壮劳力，现在分值这样低，一个工分才五分钱，干一天只能挣四角钱，如果再丢一只羊，至少要赔生产队二十多元，那就等于两个月白干了。孙羊倌儿一边这样说，还用力挤了挤那两只混浊的烂眼。杨鸣说是啊，所以我们才劝你赶紧去找，羊这东西不像狗，一旦走丢了自己是不会回来的。杨鸣一边这样说着就站起来，做出向外送他的意思。但就在这时，突然从库房那边传来咩的一声。这一声立刻引起孙羊倌儿的注意。

他很认真地听了听，问，这是……什么声音？

杨鸣并不回答，已经半推半送地将他拥到门口。

孙羊倌儿仍然很用力地侧起耳朵。但他只顾外面，却没有注意到脚下，刚一迈腿只听吱的一声，他立刻吓得跳起来。低头看一看，才发现是踩到了一只鼓鼓囊囊的口袋，而且这口袋里还在一下一下地动着。他蹲下身去，用手轻轻捅了一下问，这里面……是什么？

杨鸣不动声色地说，没什么。

孙羊倌儿说，没什么，没什么这里面怎么还在动？

杨鸣拍拍他的肩膀说，这跟你没关系，还是去找你的羊吧。

孙羊倌儿盯住杨鸣，突然说，我要看一看这只口袋。

杨鸣说，我已经对你说过了，这跟你没关系。

孙羊倌儿慢慢拨开杨鸣的手，又蹲下身去。

他说，我一定要看一看。

杨鸣问，你非要看？

孙羊倌儿说，要看。

好吧，杨鸣点点头，说可以。

杨鸣一边这样说着就将扎在口袋上的绳索解开，然后对孙羊倌儿说，你可以伸进手去摸一摸，只要一摸就知道是什么东西了。孙羊倌儿似乎有些迟疑，但又很认真地看了看杨鸣，然后皮笑肉不笑地说，我知道黄毛不会在这里面，我只是……嗯……有些好奇。他这样说着就伸进手去，摸了一下，皱皱眉头，接着又摸了一下。突然，他哇地大叫一声抽出手，身体也随之跳起来，然后瞪着杨鸣嚷道，你……你弄这些老鼠来干啥？！

杨鸣笑笑说，我已经说过了，这里面的东西跟你没关系。

孙羊倌儿没再说话，转身气哼哼地走出门去。但是，就在他来到院子里，走过前面一排房子时，突然一伸手就推开了库房的门。当时谁都没有料到他会这样。杨鸣的脸色立刻变了。但是，孙羊倌儿探进身去，拉亮电灯，伸着脖颈朝屋里看了好一阵却并没发现什么。他悻悻地缩回身来关上门，又回头对我们说了一句，看来这东西真是跑丢了，如果你们看到它，一定替我捉住，我会好好谢你们的。然后就朝院子外面走去。

我们送走了孙羊倌儿连忙又来到库房。这显然是一件不可思议的事情。就在刚才，我们明明将黄毛关进这间库房，为什么孙羊倌儿没有发现呢？我们推门进来，在屋里四处寻找了一阵，才发现黄毛竟躲在门后的角落里，正悠闲地卧在地上为自己啃痒痒。

关于这件事，一直是一个谜。我们始终搞不明白，在这个晚上，当孙羊倌儿来库房寻找黄毛时，它完全可以让他发现自己，然后趁机被营救出去。但它却没有这样做。它反而把自己藏在了门后。它当时这样把自己藏起来究竟是出于什么目的呢？

黄小毛说，也许它还想吃田鼠，所以才不愿被救出去。

黄小毛的话似乎有些道理，却让我们不敢相信。

在这个晚上，我们喝了很多的酒。用黄小毛和杜红的话说，能成功地骗过孙羊倌儿，也就意味着黄毛已经属于我们。这让我们兴奋不已。当然，我们留下黄毛并不是为了吃肉，至少暂时还不想吃它。我们只是觉着好玩。山羊竟然也能吃老鼠，如果不是亲眼所见，恐怕谁都不会相信。杨鸣的情绪也明显好起来。后来他啃着一只大雁的翅膀，忽然笑了。

黄小毛和杜红看看他，问他笑什么。

他说，你们听说过杀鸡给猴看的事吗？

这是一个并不生僻的成语，我们当然都听过。

但他又问，具体是怎么一回事，你们知道吗？

他这样一问，还真把我们都问住了。我们是恢复高中教育的第一届，当时学制还是两年，而这两年里又只有第一年是坐在教室里上文化课，第二年则几乎都在工厂参加学工劳动，如此短暂的学习时间，老师自然不会为我们讲什么杀鸡给猴看的事。杨鸣告诉我们，过去在南方的山林里，野猴都很机警，无论下绳套还是用别的方法都无法捉到它们，后来就有人想出一个办法，先弄来一只活鸡，让它们看清楚，然后一刀割断鸡脖子，猴子们一见鲜血四溅立刻都吓得用手捂住眼，这样就可以将它们一只只捉进笼子。我们听了觉得有趣，一下都笑起来。黄小毛忽然有些明白了，问杨鸣，是不是也想用这个办法吓一吓黄毛。我和杜红也都来了兴致，当即表示赞同。杨鸣笑了笑，就去库房把黄毛牵过来。这时黄毛已经无精打采，它刚刚吃过两只田鼠，又被我们连惊带吓地折腾半天，看上去已有些困倦。但它一进来，看到地上那两只装着田鼠的口袋，两眼立刻又倏地亮起来。这时黄小毛已从外面找来一把柴刀和一块木板。杨鸣先从口袋里抓出一只田鼠，拎着尾巴在黄毛的眼前晃了晃。这是一只很肥的硕鼠，显然在家族中有些辈分，看上去眉眼和唇边的胡须都已有些发白，这一来也就显得尾巴更细，被杨鸣拎着一晃，立刻就像一只钟摆似的来回摇动起来。黄毛先是有些好奇，它大概还没搞清楚自己刚吃下去的究竟是什么动物，于是便凑过来，歪起头很认真地看了看。杨鸣等它看清楚了，就将这只田鼠放到木板上，接着突然举起柴刀咔嚓一声就将它拦腰剁成两截。由于他剁的速度极快，这只田鼠并没有立刻就死，它的两只前爪还拖着上半截身体向前爬了几下，后半截也在原地不停地打转，接着，腹腔里的脏器和肠子一下就都汹涌地流出来。黄毛立刻睁大两眼，一下僵在了那里，它显然从没见过如此恐怖的场面，跟着稀稀哗哗地一阵水响，就有一股尿液从底下流出来。杨鸣看看它，又从口袋里抓出一只田鼠。这一次他没再拎田鼠的尾巴，而是将它放到地上。这只田鼠已被吓得魂飞魄散，哆嗦着刚爬出几步，杨鸣突然又抓起它放到木板上，咔地一刀剁成两半。黄毛终于站不住了，身体就像融化了似的一点一点瘫软下去，然后一歪就倒在地上。

杨鸣回过头，朝黄小毛示意了一下。

黄小毛立刻明白了，于是走过来，掰开黄毛的嘴。杨鸣拎起半截血淋淋的死田鼠就放进它的嘴里。黄小毛为了防止它吐出来立刻又将它的嘴合上了。但令人没想到的是，黄毛却并没有要吐的意思。

它的眼球微微动了动，嘴里轻轻咀嚼几下，似乎渐渐缓过气来。那半只田鼠在它的口腔里显然流出了更多的东西，我甚至看到，它的脖颈还用力地蠕动了几下，好像是将一些汁液吞咽下去。接着，它打了一个滚儿就站起来，将身上的毛抖了抖，嘴里越发喷喷有声地大嚼起来。但山羊毕竟是食草动物。我曾在一本书上看到过，食肉动物与食草动物虽然同属哺乳纲，但牙齿却有很大区别，食肉动物的牙齿一般都很锋利，这是专门用来切割食物的，而食草动物却没有，它们只有咀嚼草根的板形齿和臼齿。所以，黄毛这时在咀嚼这半只田鼠时就显得有些吃力，上下两排板形齿和臼齿像个老人似的磨动着，甚至还有一些口水流倘出来。但黄毛却连这些口水也不舍得放过，一边咀嚼着用力向回吸吮，这就使它的嘴里发出一阵稀溜稀溜的声音。终于，它扬一扬脖子，将这半只田鼠咽下去。杨鸣看看它，就又拎起另半只田鼠举到它的面前。不过这一次不用黄小毛再去掰它的嘴，它自己就主动伸过头来，轻轻一叼将那半只田鼠吃到嘴里，然后熟练地嚼了嚼咽下去。

就这样，这几块碎田鼠很快都被黄毛吃光了。

直到这时，我们仍没觉出事情有什么不对劲。

第二天上午，常二捆突然来到我们集体户。他显然是要去下田，手里还拎着一杆锄。他并没有直接说出来意，只是问我们为什么不去下田。黄小毛说，眼看快开镰了，我们要做一些准备。常二捆问做什么准备。黄小毛说，磨一磨镰刀，拴一拴扁担，还要养精蓄锐。常二捆一听脸色就难看下来，说磨一磨镰刀拴一拴扁担还可以，养精蓄锐有这个必要吗？眼下离开镰还要有几天，如果大家都像你们这样养精蓄锐，田里的高粱玉米还耪不耪了？别的农活还干不干了？这时杨鸣就走过来，面无表情地对常二捆说，我们昨晚一直在说话，所以睡晚了。常二捆回头看看他问，说什么话，这样晚？杨鸣说，我母亲病重，你又不准我假，他们都来安慰我。常二捆一听脸上立刻有些不自然，但咳了一下又正起颜色说，我不准你假也是村里决定的，不光是你，从现在开始任何人都不准请假。

杨鸣听了翻一翻眼皮，没再说话。

杨鸣的眼睛有些特殊，眼白比一般人要大，黑眼球却很小，所以当地村民都叫他死羊眼。这时，他又翻了一下死羊眼就转身进屋去了。

常二捆立刻叫住他，说等一等，我还有事要问你。

杨鸣站住了，慢慢转过身，问常二捆还有什么事。

常二捆说，你听说了吗，昨晚，村里丢了一只羊。

杨鸣一听就笑了，说村里丢羊，跟我有什么关系吗？

常二捆嗯嗯了两声说，也许没关系，但也许有关系。

杨鸣又翻了一下死羊眼，说，这话怎么讲？

常二捆说很简单，据说这只羊，昨天下午来过你们这里。

杨鸣说是吗，它来过吗？

常二捆摇摇头，说你这样说话就不对了，你这样说话，我就要怀疑你跟这件事真有什么关系了。常二捆说，昨天下午的事孙羊倌儿都已告诉我了，有几只羊溜进你们集体户来偷吃白菜，只有你一个人看到了，当时你还去找孙羊倌儿理论，现在怎么又不承认了呢？杨鸣又翻一下眼皮说，想起来了，好像有这回事，可是这又能说明什么呢？就因为那几只羊偷吃了我们的白菜，你就要怀疑我吗？杨鸣这样说着，忽然又微微一笑，你常队长的家是在村外，你每天回家都要经过麦田，如果那片麦田里丢了麦子就说跟你有关，或者干脆认定就是你偷的，你会答应吗？常二捆立刻被问得张口结舌，支吾了一下才说，好了好了，咱们不用再绕弯子了，直说吧，丢的这只羊如果是一只普通的羊，也就算了。杨鸣立刻打断他，说你这话不对，羊是生产队的集体财产，哪怕是丢一只普通的羊也不能随随便便就算了。常二捆被杨鸣的话呛了一下，喉咙里发出哏儿的一声，挥挥手说好吧好吧，我的意思是说，丢的这只羊很重要，它虽然不起眼，却是生产队刚引进的新品种，将来它的骨架比一般羊都要大，而且上膘快，生长期也短，如果真被谁偷了去，那可就不是一般的偷窃行为了。

常二捆这样说罢，又意味深长地盯住杨鸣问，我的意思，你明白吗？

杨鸣说不明白。

常二捆说，不管你是真不明白还是装不明白，我事先已经提醒过你了。然后就又向前逼近一步，说，现在我再问你一遍，那只羊，你究竟看到过没有？

杨鸣说没有。杨鸣说，我已经说过了，我从没见过这只羊。

好吧，常二捆点点头，转身对我们说，你们大家都听到了。

我们几个人相互看了看，又眨着眼看看常二捆，都没说话。

常二捆在鼻孔里哼了一声，就转身走了。

直到这时，我们才真正意识到这件事有些麻烦了。常二捆这次来的目的显而易见，其实我们下不下田并不重要，生产队里所有的壮劳力都去搒大田作物了，少了我们几个人是无所谓的事情，他来的真正目的就是寻找黄毛。但杨鸣却对此事矢口否认，这一来也就使我们陷入骑虎难下的境地。换句话说，即使我们哪天想改变主意，也无法再将黄毛送回去了。

也就在这时，杨鸣突然想出一个主意。

他先让黄小毛去把院门关紧，然后牵出黄毛，又找来一把推子。推子是一种专门用来为男人理发的工具。这种工具在今天已不多见，它的原理与剪刀相似，但由于安装了弹簧，用起来也就比剪刀更省力。那时还没有美发厅或理容院，尤其在集体户里，我们大家都是相互用这种推子理发。杨鸣的理发技术一向最好，他的手里有一套很精良的理发工具。这时，他蹲到黄毛跟前，就开始用推子为它剃身上的羊毛。我们立刻明白了他的用意，他是想将这些剃下的羊毛扔到村外去，搞出一个黄毛被什么野物吃掉的假象，这样一来常二捆和孙羊倌儿都死了心，也就不会再来找我们的麻烦。杨鸣的理发技术这一次得到了充分的发挥。他很快就将黄毛身上剃得干干净净。黄小毛为了做得更逼真，还特意找来一些猪骨。但猪骨显然与羊骨有些区别，我们经过认真筛选，最后挑出几块勉强与羊骨相像的，连同那些羊毛又蘸了一些田鼠的血迹，就趁着村外没人扔到一条水渠的旁边。

但是，在这个上午，我们从村外回来时却又发现了一个新问题。原来羊是披惯一身皮毛的，尽管山羊的毛比绵羊要短，但突然被剃光也很不适应，这就像一个人穿惯衣服却突然被剥得精光，不仅不舒服也会冷得无法忍受。这时，我们看到黄毛蜷缩在角落里，浑身上下不停地瑟瑟发抖。杨鸣想了想，就从炕上拽下他的狼皮裤子。杨鸣的这条狼皮裤子其实就是一张很完整的狼皮，连头部的耳朵鼻子和嘴都很完好，倘若铺在炕上，一眼看去简直就像一只狼活脱脱地趴在那里。他的这张狼皮还是他父亲传给他的。据说他父亲当年曾是东北抗联的一名骑兵战士，最善使用马刀。后来他跟随部队开到中蒙边境，配合苏联红军抗击日本侵略者。当时与他们并肩作战的是苏联的一支哥萨克军队，这支军队是由白匪改编的，因此军纪很差。一次一个哥萨克上尉正要强奸当地的一个蒙古族妇女，被杨鸣的父亲撞见了。杨鸣的父亲上前劝说，却被这上尉一枪打在皮帽子上。杨鸣的父亲大怒，当即抽出马刀砍掉了这个上尉的一只耳朵。

但从此以后，这个哥萨克上尉竟跟杨鸣的父亲成了生死之交，不仅并肩作战还经常在一起喝酒。后来这个哥萨克上尉要回国去了，临别时就送了杨鸣的父亲这张狼皮。这个哥萨克上尉显然是一个梳理兽皮的高手，不仅将这张狼皮剥得很完整，也处理得非常柔软。现在三十年过去了，皮毛仍然蓬松油亮，看上去栩栩如生。杨鸣曾经告诉我们，这是一只草原狼。据他父亲说，草原狼与山狼不同，山狼由于道路崎岖，经常蹿蹦跳跃，身形都很矫健，而草原狼生长在相对平坦的地域，加之各种食物充足，因此也就比较肥壮。这时，杨鸣拿过这张狼皮就包裹在黄毛的身上。黄毛立刻感到暖和了一些，渐渐也不再发抖了。

黄小毛在一旁看着黄毛，忽然笑了。

他问我和杜红，你们看，它像什么？

我已经发现了，黄毛披上这张狼皮，看上去就像是一只怪异的动物。

杜红也点点头，说样子确实很怪，不知道的乍一看，能吓人一跳呢。

事后杨鸣告诉我们，当时就是我们的这几句话才一下提醒了他。

在这个上午，他突然盯住裹着狼皮褥子的黄毛，看了一阵，就去取来一把剃刀。这是一把老式的剃刀，专门用来给人刮胡须的，刀锋约有三寸长，木制的刀库恰好是手柄，看上去非常的应手。杨鸣打开剃刀，先用拇指试了试，然后就开始在黄毛的身上轻轻刮起来。黄毛身上的羊毛已被推子推掉，只剩了一层很短的毛茬，这时再这样被剃刀一刮，立刻就露出里面的肉皮。我们发现，它的肉皮竟是粉红色的，还有一些弯弯曲曲的毛细血管纵横交错，看上去就像人的皮肤。但杨鸣毕竟是第一次刮这种羊皮，手头不太有准，因此在刮到角落或凹陷处时就难免有些失误，等将黄毛的全身刮净，竟有许多处渗出血来。这时我们忽然都愣住了。我们没有想到，把一只山羊的身上刮净皮毛竟会这样难看。

杜红也笑起来，指着黄毛说，你们看，它像不像一只大老鼠。

我倒并没觉出它像老鼠。我发现，它这时的样子更像是一个被剥得精赤条条的人。接下来就又遇到了问题。尽管这张狼皮很柔软，但如何才能将它固定在黄毛身上呢。杨鸣首先想到的是一个最原始也最残忍的办法，他索性用剃刀在黄毛的身上割开很多口子。黄毛立刻疼得哆嗦起来。但试了试显然不行，伤口流出的血虽然黏稠，却还不足以将这张狼皮粘在身上。就在这时，黄小毛突发奇想，转身跑去库房找来一堆猪皮鳔。这些猪皮鳔还是村里的木匠为我们集体户修建房屋时剩下的，已经有很长时间。那时还没有化学性的胶水，在做木器家具或盖房固定木结构时，就多使用这种传统的猪皮鳔胶。这种用猪皮熬制的鳔胶黏性很大，倘若将两根木料粘在一起，待干透以后，即使从别的地方断裂黏合的地方也不会开胶。我突然明白了黄小毛的用意，把猪皮鳔刷在黄毛的身上，再将狼皮粘上去，这真是一个天才的想法。杨鸣对黄小毛的这个办法也很欣赏。他立刻让杜红找来一只小铁桶，然后在院子里架起几根木柴，没过多久，就将猪皮鳔熬成一桶黏稠的鳔胶。

黄小毛用手试了一下，满意地点点头，说果然很黏。

但是，我们事先都没想到，刷猪皮鳔对于黄毛来说却是一个极为痛苦甚至可怕的过程。熬化的猪皮鳔必须趁热才能使用，否则一凉就会凝结，但将滚烫的猪皮鳔刷在身上，那感觉让人一想都会寒而栗。杨鸣为了防止黄毛嗥叫，又将它的嘴用胶布缠起来。他在为它的身上刷猪皮鳔时娴熟得就像一个油漆匠，无论黄毛被烫得怎样痛苦地扭动身体，他的刷子始终没有停下来。最后一直刷到黄毛的屁股，刷完最后一刷子，他才轻轻吐出一口气。与此同时，黄小毛也已将那张狼皮的里面刷好了鳔胶。刷了鳔胶的狼皮显得热汽腾腾，也更加柔软，杨鸣在我们的帮助下将这张狼皮小心地拎起来，然后就一点一点地粘在黄毛的身上。这显然曾是一只非常剽悍的雄狼，体型很健壮，但黄毛的身材却瘦小了一些，这样披上这张狼皮就显得有些松松垮垮，像是穿了一件很不合体的裘皮大衣。而且头部也有些问题。这张狼皮的头部虽然完整，两只眼睛的地方是两个洞，刚好在黄毛两眼的位置，但黄毛的头上还顶着两只犄角，这就不太好处理。狼是从不长角的，披了一身狼皮的黄毛再顶着两根一寸多长的犄角，看上去就有些滑稽。好在这张狼皮的头部也相对大一些，杨鸣索性将两只狼耳包在犄角上，这样一来耳朵恰好也就直挺挺地竖起来，反而更增添了几分威风。杨鸣做完这一切，就用一些布条将黄毛的全身缠起来。他说这样会起到固定作用，使狼皮在它的身上黏合得更加充分。此时黄毛也渐渐安静下来。它身上的猪皮鳔已开始凝结，因此不仅不再灼热，反而还有了一些暖意。直到这时，我们也才都松了一口气。

问题也就是从这时开始的。我们为黄毛的身上粘贴狼皮，原本是想让它暖和一些，就像为它增添一件御寒的衣服。但在这个下午，当我们再次把它从库房里牵出来时却意外地发现，它竟然真有了几分狼的样子。这个发现让我们不仅觉得有趣，也立刻兴奋起来。黄小毛先去院子的外面看了看，然后栓紧大门，就将黄毛放到院子里。黄毛立刻被外面的阳光刺得眯起眼。它在院里来回走了几圈，先是不停地扭动身体。这身皮毛粘在它的身上的确有些大，看上去很臃肿。它自己也显然对这身新的毛皮很不适应。此时它心里一定很奇怪，自己怎么会一下被搞成了这副怪样子。黄小毛从屋里抱出一面锦镜。这面锦镜还是我们当初下乡插队时，临行前学校赠送的，这时用红漆写在上面的字迹已有些斑驳，但镜子本身仍很明亮。黄小毛来到黄毛跟前，将这面镜子竖到地上。黄毛从镜子里看到自己，突然吓得倒退了一步。它长这样大当然还从没见过狼，它只是觉得，自己这样子本身就有些可怕。但是，我发现，它又在镜子的前面照了一阵，接着又来回走了走，突然就扬起头来。这时缠在它嘴上的胶布虽然已被揭掉，但大概已经习惯了这两天的叫法，于是张开嘴，又冲着天空"呜——！"地叫了一声。它的叫声立刻把我们都吓了一跳，我们感觉它这一声真是叫得太像了，也太贴切了，就像我们穿着褪了色的绿军装高唱"革命青年，志在四方"一样贴切。也就在这时，黄毛大概由于放松下来，噗哧一声又屙出一摊粪。黄小毛低头看了看，突然瞪起眼说，这东西……它拉的不是粪球，是……是粪条！我和杨鸣立刻走过来，蹲下身观察了一下。果然，黄毛屙出的已不像羊粪，羊粪都是球状的，看上去很像小孩子们玩的那种玻璃球。而这时黄毛拉的却是一条一条的，有些像人粪，如果再细看，里面竟还有一些老鼠的毛皮和没有消化的碎骨。这时黄毛的神情也开始放松下来，它已适应了这身毛皮，很可能也意识到这身新毛皮的意义，于是挺起胸，昂起头，连走路的姿态也有了几分神气。杨鸣又看看它，就从屋里拎出那只装着田鼠的口袋。口袋里的田鼠被闷了这样长的时间，又相互拥挤相互踩踏，叫声已明显微弱下去。但黄毛听到这叫声顿时精神一振，接着就用两眼盯住这只口袋。

杨鸣从口袋里抓出一只田鼠，试着放到地上。这只田鼠已经很虚弱，在地上踉踉跄跄地爬了几步就有气无力地站在那里。也就在这时，黄毛做出了一个让我们大家都感到意外的举动，它慢慢走过去，竟然一口就将这只田鼠叼到嘴里。它这一次已叼得很娴熟，为了咀嚼充分，还不停地将这只田鼠在嘴里变换着位置，接着一扬脖就咽了下去。我们都没有说话，只是惊愕地瞪着它。杨鸣又掏出一只田鼠。

这只田鼠看上去要欢实一些。但是，杨鸣刚刚将它放到地上，让它跑了几步，黄毛立刻就扑上去。但黄毛还是扑得笨拙了一些。它毕竟是一只偶蹄动物，没有食肉动物的那种利爪，所以在扑食的时候由于巨大的惯性两只前蹄就向前滑行了一下。而那只田鼠则趁机在它的两蹄之间钻了出去。黄毛一下被激怒了，立刻又追上去，就在跳到那只田鼠跟前的一瞬，它的一只前蹄无意间将田鼠踢了一下。那只田鼠立刻像个软耷耷的皮球骨碌碌地被踢出很远。这一来反而引起黄毛的兴趣，它跟着追过去又踢了一脚。那只田鼠刚刚爬起来，还没缓过神就又被踢了出去。黄毛就这样跟在后面不停地将这只小田鼠踢来踢去，直到踢得它一动不动了，才意犹未尽地叼起来一口吃掉了。

这真是一个有趣的游戏。在这个上午，我们就这样将一只只田鼠放出来，然后看着黄毛去追逐，再像玩一只皮球似的踢来踢去，直到最后将被踢得晕头转向的田鼠一口吞到嘴里，再津津有味地嚼着吃掉。黄毛越玩兴致越高，脚下也更加熟练。后来还是黄小毛提醒才让它停下来。黄小毛说，吃肉毕竟不像吃草，多了会消化不良。

杨鸣的办法果然开始奏效。几天后的一个傍晚，孙羊倌儿在水渠边发现了那堆羊毛和猪骨。他一眼就认出那些羊毛是黄毛的，跟着也就认定猪骨一定是羊骨。孙羊倌儿先是感到很吃惊，搞不清楚他的黄毛怎么会被吃成这样，他惊恐地朝四周看了看，就赶起羊群跌跌撞撞地回村来找常二捆。常二捆在这个傍晚正召集几个副队长开会，部署开镰收割小麦的具体事宜。孙羊倌儿一步跌进来，上气不接不气地说这回完了……彻底完了，不知给什么野物儿吃掉了，只剩……只剩一堆烂骨头了。常二捆被孙羊倌儿这几句没头没脑的话说得一愣，然后就有些不高兴地说，你没看到这里正在开会，有什么事等散了会再说。

孙羊倌儿瞪着两眼说，吃了……黄毛……给吃了。

常二捆这才听出了问题，连忙问，黄毛被什么吃了，是那些知青吗？

孙羊倌儿摇摇头，说现在还不清楚，不知是知青还是别的啥动物。

孙羊倌儿说着就将兜来的那堆羊毛碎骨呼啦一下倒在桌子上。常二捆和几个副队长立刻凑过来仔细看了看，又捏起带血的羊毛和碎骨放到鼻子底下闻了闻，显然，还都有新鲜的血腥气。但这就有了一个更严重的问题，这只黄毛虽然还没长成，毕竟也是一只羊，能把一只羊吃成这样的动物自然比羊要大，至少在体形上应该跟它相差无几，而在我们这一带，还从没发现过这样的大型野物，田里偶尔会有野狗出现，但那些野狗连兔子都不敢吃，更不要说这样大的羊了。由此可见，常二捆想，除去知青应该不会再有别的什么动物。孙羊倌儿立刻说，他也是这样想的，他早就怀疑那些知青对他的羊图谋不轨。

但常二捆看看他问，证据呢？

孙羊倌儿问什么证据。

常二捆说，你怀疑人家吃了你的羊，当然要有证据。

孙羊倌儿气恨恨地说，吃了就是吃了，还要啥证据。

常二捆摇摇头说，那些知青也不是好惹的，你拿不出真凭实据，他们是不会承认的。

孙羊倌儿张张嘴，立刻无言以对了。

常二捆又想一下说，不过……我看也不太像。

孙羊倌儿问为什么不像。

常二捆分析说，根据你所说的发现这些羊毛和羊骨的位置，应该离集体户很近，如果真是他们吃的，他们会把这些东西扔在附近吗？他们完全可以神不知鬼不觉地挖个坑埋起来，或者包上一块砖头沉到水渠里，至少也要扔得更远一些才对。常二捆说，他们把这些东西扔在自己集体户的门口，这不是不打自招吗？但孙羊倌儿却不同意常二捆的这个分析，他说，如果他们事先就已猜到你会这样想，故意这样做呢？他们可是什么事都干得出来的。

常二捆又很认真地想一想，然后十分肯定地说，不会是他们，我看不会。

但是，常二捆否定了我们吃掉黄毛的可能，也就等于肯定了另外一种可能。也就是说，黄毛应该是被比我们小而比它大的什么野物儿吃掉的。这一来问题就更严重了。如果这种可能性确实成立，那也就意味着还不仅仅是孙羊倌儿的那几十只羊，连村里所有的牲畜乃至村民也都将受到威胁。谁敢保证，这只神秘的野物吃掉黄毛以后，不会再来村里继续吃别的呢？于是，常二捆立刻又跟几个副队长紧急商议了一下。常二捆原计划第二天就要开镰割麦子，但准备最先开镰的那块麦田刚好就在那条发现羊毛羊骨的水渠旁边，常二捆认为，出于安全考虑，只能先将开镰的日期暂时向后推延一下，待将这只神秘的动物搞清楚再说。同时，常二捆还认为，有必要立刻召开一个全体社员大会，先通报一下此事，好让大家提高警惕增强防范意识。可是也有人表示不同意，担心这样搞会在村里引起恐慌，如此一来不仅影响麦收，还会影响村里的其他生产。但常二捆毕竟是一队之长，考虑问题要周全一些。他又慎重地想了一下，最后还是认为，人畜安全应该是第一位的，一旦发生意外，那可就不仅仅是影响麦收这样简单的事了，搞不好还会造成更恶劣的政治影响。

于是，他当即决定，马上召集全体社员开大会。

在这个傍晚，我们正在集体户的院子里逗黄毛，突然听到村里的大喇叭响起来。常二捆在大喇叭里的声音有些异样，他让全村所有的人都立刻放下手里的事情，马上来生产队开会。这时我们还不知发生了什么事，就一起来到村里。我们一走进生产队的院子就感觉气氛有些不对。很多人都在窃窃私语，村干部们也都神色紧张地走来走去，治保主任集合起村里的基干民兵，正一脸严肃地说着什么。常二捆先是站在角落里，脸色阴沉地抽着旱烟，待了一会儿，看一看人到得差不多了，就神色凝重地走上土台子。他先将黄毛突然被什么不知名的神秘野物吃掉的情况向大家做了简单介绍，然后又说，从现在起，各家各户都要提高警惕，不仅看好自己的家禽家畜，更要注意人身安全，天黑以后，如果没有极特殊的事情最好就不要出门，即使出门也不要单独行走，而且一旦发现了什么可疑动物的踪迹，第一不要惊慌，第二尽量躲避，第三立刻向生产队报告。最后，他又宣布，考虑到全村人的安全，经村里研究，原定的麦收计划暂时先向后推延，具体时间再另行通知。村的人们听了常二捆的话顿时都紧张起来。但也有人提出质疑，说现在有的麦田已可以开镰，照这样拖下去，错过了收割季节，一旦下雨怎么办？那小麦可就要烂在田里了。常二捆脸色难看地说，这他当然知道，可是他也要为全村社员的生命安全负责，如果真有人被那个还不知是什么的神秘动物伤到怎么办？麦收固然重要，可是跟这件事比起来也就只能先放一放了。

我们绝没想到事情竟会闹成这样。当然，更让我们没想到的是割麦子竟然也因此向后推迟了。这可真是一个天大的喜讯。这天晚上，我们一回到集体户立刻就欢呼起来。黄小毛拿出地瓜烧酒，在一只牙缸里斟了半下，让每个人都喝了一大口以示庆贺。但是，当我们冷静下来想一想才意识到，推迟收割并不等于不再收割，也就是说，无论怎样推延也只是一个时间问题，开镰还总是要开镰的。不过杜红说，以后开镰再说以后，只要现在不割麦子就行。黄小毛也立刻表示赞同，说对，轻松一天算一天，当地有一句谚语……他说到这里，瞥一眼杜红就不再说下去了。我立刻明白了他要说什么。他要说的这句谚语在当地确实很流行，同时也很粗俗，甚至有些下流。这句谚语说的是：阎王爷 × 小鬼儿，舒坦一会儿是一会儿。当然，尽管这句谚语粗俗下流，却也生动地表述了一种生活态度，或者说是一种心态。试想，倘若一个人对待生活中的每件事都能持这种舒坦一会儿是一会儿的态度，那他会是多么的快乐。接着，我们就又讨论起一个更实际的问题。黄小毛认为，当务之急是如何将这个推迟的时间一直无限期地推迟下去，那么，也就只有一个办法，就是推波助澜，将事态进一步扩大。比如，黄小毛说，我们是不是可以考虑把黄毛放出去，凭黄毛现在的样子，当地村民一旦看见肯定会吓得屁滚尿流，甚至连孙羊倌儿也不会再认出它来。但杨鸣却认为这样不妥。他说，如果黄毛被常二捆那些人捉住了怎么办？那可就一切都完了。一旦他们发现这个神秘动物不过是黄毛，这件事立刻就会成为一个笑柄，而接下来的后果也可想而知。杨鸣说，倘若常二捆知道是我们搞出这种事来捉弄村里人，作为惩罚，在割麦子时肯定会把我们往死里整的。杨鸣的话立刻让我们都紧张起来。最后，大家一致认为，不仅不能把黄毛放出去，还要对它严加看管。只有让黄毛一直保持神秘我们才是最安全的。

但是，接下来发生的事情却出乎我们的意料。

这时村里已被紧张的气氛笼罩起来，连白天也悄无声息。我们当然无所顾忌，于是一连几天就继续去田里挖田鼠。我们挖田鼠当然是为了黄毛。因为黄毛的食量越来越大，它已经拒绝吃一切青草和干草，连白菜叶也不肯再吃，每天只吃田鼠。它这时不仅不再惧怕田鼠，还学会了一整套比猫折磨老鼠更残忍的游戏。杨鸣每次喂它田鼠时，都像是一次有趣的追逐表演。那些田鼠一被放到院子里立刻就会拼命逃窜，而黄毛则不紧不慢地跟在后面，只是偶尔伸出蹄子拨它一下，就像在打高尔夫球。它的蹄子已练得相当有准，拨的力度也恰到好处，既能把田鼠踢出很远，又不至于踢死。就这样直到踢够了，玩厌了，才走过去一口把它吞到嘴里。我曾经为黄毛计算过，它一天之内竟能吃掉十几只田鼠，这样的食量对于我们的捕鼠速度也就提出更高的要求。好在这一年春天，不知为什么，田野里到处都是田鼠，沟渠边和田埂上几乎随处可见大大小小的鼠洞。因此我们每次的收获也就很大。到后来杨鸣索性找了一只铁笼，将捉来的田鼠先养在里面。渐渐地，我们发现了一个很奇怪的现象，不知为什么，无论性情多暴烈的田鼠，只要一来到我们集体户的院子立刻就不敢再吱吱乱叫，有的干脆瑟缩着抖成一团。黄小毛经过认真观察之后说，很可能是因为我们这个院子里的血腥气太重，所以这些田鼠一来，立刻就被这里阴森恐怖的气氛震慑住了。

也就在这时，我们发现黄毛的身上也起了变化。最初是我先注意到的。一天在喂它田鼠时，我无意中发现，它那身皮毛似乎更加油亮，看上去也有了光泽。这显然是一件不可思议的事情。黄毛身上的这张毛皮只是粘上去的，无论它的身体发生怎样的变化，都不该影响到外面的毛皮。接着，我又发现，它的毛皮不仅油光发亮，还都蓬松地竖起来，这就使它显得更加健壮，看上去真有了一些雄赳赳的威武样子。杜红一次无意间捏了捏它的脊背，发现它的身上竟也明显地肥起来。黄小毛说，这应该与吃肉有关，黄毛的品种本来就很优良，现在身体迅速发育，当然就将这身狼皮充分地撑起来。

事情是发生在一天晚上。

在这个晚上，我们出去挖田鼠回来得很晚，一来到库房突然都愣住了。只见放在库房角落里的那只铁笼子不知怎么被打开了，里面的田鼠全跑出来，大约有几十只，它们爬得米囤上面缸里到处都是。可以想见，这些田鼠突然来到这样一个满是粮食的世界，就如同我们人类一下到了一个装满宝藏的洞窟，它们这时已经完全忘记了恐惧，忘记了死亡，大家一起蹦着跳着吃着拉着大咬大嚼着吱吱乱叫着狂欢成一团。杜红一看心疼地说，可惜这些大米白面啊，平时一直舍不得吃，这下全给糟蹋了。直到这时，我们也才发现了黄毛。黄毛显然已吃得心满意足，嘴角还挂着斑斑血迹，此时它正卧在旁边，漫不经心地欣赏着这些小田鼠上蹿下跳。我们立刻明白了，黄毛一定是饿急了，等不得我们回来就自己去啃开笼子门，将里面的田鼠全放出来。杨鸣立刻气得脸色铁青，转身抄起一根木棒就冲黄毛打过去。由于用力过猛，这根木棒在半空发出嗡的一响，接着就狠狠打在黄毛的身上。黄毛立刻疼得呜地叫了一声，朝旁边一跳就躲开了。杨鸣跟过去就又是一下。这一次打在了它的屁股上。黄毛的两条后腿向下一塌，险些坐到地上。有一瞬间，它似乎还愣了一下。它一定是搞不明白，我们这些人为什么喜怒无常，刚刚还哄它宠它给它捉老鼠吃，现在却突然又把它往死里打。也就在这时，杨鸣已经又一棒砸过来。这一次是砸在了黄毛的头上，幸好它的头上还包裹着一层狼皮，但即使如此，也发出很清脆的一响。黄毛微微摇晃了一下，眼里突然冒出一股凶光。我至今仍还记得那股凶光的颜色，是绿幽幽的，还有些发蓝。这凶光在两只狼眼的黑洞里暗然一闪，像两个手电筒的光柱直射出来。杨鸣似乎迟疑了一下。与此同时，黄毛也突然呜地大叫一声就猛跳起来撞在杨鸣的胸口上。事后我们发现，幸好黄毛这一下撞的角度有些偏，否则它的一只犄角刚好扎进杨鸣的左胸，那后果就不堪设想了。但即使如此，由于杨鸣没有防备就还是被撞得仰身倒在地上。黄毛趁机从门缝钻出去，一直跑到院子里，又从院子冲出大门就一边呜呜叫着朝外面的田野深处头也不回地跑去了。

我们隐隐地有一种预感，这件事要失控了。

当然，事实上我们也没想过要控制此事。我们只是担心，黄毛这样跑出去会不会很快被常二捆那些人捉住。大约几天以后，村里就接二连三地发生了一些奇怪的事情。先是在晚上，有人听到从村外的麦田里传来一种很奇怪的叫声。这叫声显然不是人们熟知的动物发出来的，似乎很低沉，又有些细嫩，据听到的人描述，是呜啊呜啊的，很像是一个忧伤的人在独自歌唱。接着在一天早晨，就又发生了一件更令人吃惊的事情。

这件事是发生在常二捆家的门前。常二捆的家位于我们这个村庄的东面，在一片麦田旁边。在这个早晨，常二捆的女人抱着一只鹅从院子里出来。这只鹅几天前刚刚摔断一条腿，被常二捆的女人用布条包扎起来。这天早晨，这女人看了看，发现这条鹅腿已经复原，就抱出来准备让它和别的鹅一起去门前的水渠里吃些水草。就在她来到水渠旁边的时候，突然听到另一侧的麦田里发出一阵沙沙的声响。起初她还没当一回事。但这声音却似乎越来越近。接着，她一回头，就看见一个黄乎乎的东西突然从麦田里窜出来。事后据这女人形容，这东西的样子很古怪，大约有一只羊大小，但两个耳朵却明显比羊要长，而且直挺挺地竖着，嘴里的牙齿也很锋利，后面还拖着一条毛茸茸的大尾巴。常二捆的女人这样描述，显然是带有一些臆想的成分，因为她在当时不可能看得这样清楚，那东西快得就像一支箭，只在她眼前一闪就消失在另一片麦田里了。这女人被这个奇怪的东西吓坏了，尖叫一声就坐到地上，抱在怀里的那只鹅也随之飞了出去。常二捆闻声从院子里出来，一见自己女人的这个样子也吓了一跳，连忙问她发生了什么事。女人结结巴巴地把刚才看到的事情说了一遍。常二捆听了也立刻大吃一惊。他的心里很清楚，从自己女人的描述来看，她刚才见到的很可能就是那只神秘的动物。

直到这时，常二捆也才终于意识到，看来这件事是无论如何都不能再瞒下去了。在此之前，常二捆经过再三考虑并没向公社汇报此事。他担心公社领导会批评他大惊小怪，遇到一点捕风捉影的事情就沉不住气。但现在看来，这只神秘的动物已来到自己家的门前，如果再不向公社汇报，一旦闹出更大的事来就不好收拾了。

常二捆当即安排好村里的事，就骑上车去了公社。

常二捆在这个上午赶到公社，果然在领导那里碰了一鼻子灰。正如他事先所料，公社领导认为他说的这件事简直是无稽之谈。公社领导说，从常二捆汇报的情况看，这只神秘动物显然是一只狼，但这一带虽然人烟并不稠密，却还从没出现过狼，据说解放前曾有几只不知从哪里流窜来的野狼出没过，但很快就被一伙土匪打光吃掉了，从那以后也就再没听说过有这种东西。公社领导对常二捆说，如今我们这里到处都是农田，就是有狼也根本无法生存。公社领导最后又提醒常二捆，说今年你们村的小麦获得了历史罕见的大丰收，你可不要因为一点莫明其妙的小事就延误了收割，否则就不是一般的生产问题了，而是很严重的政治问题。常二捆被公社领导训得灰头土脸，直到出来时心情仍很郁闷。他认为公社领导这样说真是很主观，这怎么能是莫明其妙的小事呢？倘若自己让村里的社员冒险去田里割麦，一旦发生了什么意外，那可就是人命关天的大事。真到那时候，又由谁来承担这个责任呢？常二捆一边这样想着，就骑上自行车往回走。不过在这里还有一个很重要的细节，常二捆在临回来时，又特意去公社的种鸡站买了一窝新繁殖的优种小鸡。

也正是这窝小鸡，才引发了后来的事情。

在这个上午，常二捆将这窝小鸡放到挎在后车架旁边的柳条筐里，一边在土道上骑着车。由于有些颠簸，小鸡就在筐里不停地吱吱乱叫。当时田野很静，因此这叫声也就传得很远。事后据常二捆回忆，大约骑到离村口还有一里多路的地方，他突然听到一阵很奇怪的呜呜叫声。常二捆还是第一次听到这种叫声，顿时警觉起来。他想，这大概就是人们传说的那种动物。他一边这样想着就从车上跳下来，正要再仔细听一听，突然就见从路边的麦田里窜出一个东西。这东西与他女人在早晨形容的很相似，只是牙齿并不太长。常二捆清楚地看到，它的牙齿的确很白，而且闪闪发亮，他搞不清楚，究竟是什么动物会长出这样奇怪的牙齿。但这只是一瞬间的事。就在常二捆这样想着，那东西已经窜到他的面前。它显然是冲着他筐里的那窝小鸡来的，常二捆不敢断定，它是不是对自己也有什么图谋。常二捆这时已顾不上再仔细打量这只奇怪的动物，连忙将自行车横过来，用车把挡在自己和装有小鸡的柳条筐前面。这只奇怪的动物又来回跳跃着猛扑了几下，当它意识到自己这一次不会有什么收获，就一转身窜进另一边的麦田消失得无影无踪了。

常二捆在这个上午失魂落魄地回到村里，脸上仍然白得没有一点血色。村里的人们一见他这样子立刻都围上来，纷纷问他是不是又遇到了那只可怕的动物。常二捆为避免引起更大的恐慌，只是轻描淡写地对人们说遇到了。然后又告诉大家，现在至少有一点可以肯定，这的确是一头食肉动物，因为在它向自己扑过来时，他闻到了一股呛人的血腥气。

也正是常二捆的这件事，给了杨鸣一个启示。

杨鸣告诉我们，这下好了，我们可以有肉吃了。

当天下午，杨鸣弄了一些从田鼠洞里挖来的小麦，撒到我们集体户门前不远的地方。我们门前是一片很开阔的空地。生产队原打算在这里盖几间库房，专门用来存放经济作物的种子，比如芝麻、花生和葵花子之类。但后来经过慎重考虑却又改变了主意，因为村里觉得将这些东西放在我们集体户的跟前很不保险，搞不好会被我们偷吃，于是就将库房挪到别处去了。这样一来，也就在我们门前留下一片很大的空地。在这个下午，杨鸣将小麦撒在这片空地上。他撒得很讲究，看上去就像是一个很大的"，"形状，先是一大片，最后又甩出一个长长的尾巴一直通向道边。我们起初都不明白他的用意。但黄小毛很快就看懂了，立刻跑回去取来他的那只弹弓。我们布置好这一切就躲到院子里，将院门稍稍虚掩起来。这时我们的门前很安静，虽然是在白天，却静悄悄的没有一个人影。我们从门缝向外张望了一阵，就见几只母鸡一边啄食着那些麦粒一步一步地朝这边走过来。黄小毛就像一个经验丰富的猎手，他只是沉着耐心地等待着，却并不急于射击，直到那几只母鸡全部进入有效射程，才取出一只玻璃球，搭在弹弓的皮扣上，然后稳稳拉开，嗖地弹射出去。黄小毛的射击技术的确很高超，竟一下就将玻璃球打在一只鸡的头上。这种射法当然有很大好处，可以将这只鸡头打碎而立刻置之于死地，这样也就不会惊散它身边的鸡群。果然，那只鸡连挣扎也没挣扎一下，头一歪就栽到地上，而别的母鸡竟然还浑然不知。这一来也就为黄小毛赢得了继续射击的机会，他又接连射中第二只和第三只母鸡。但就在要射第四只时，却被杨鸣伸手拦住了。杨鸣的意思很显然，那只被村里视为神秘动物的黄毛不可能有连续吃掉四只母鸡的食量，倘若黄小毛一次射杀太多，会引起当地村民的怀疑。

当天晚上，我们正在一边喝酒一边津津有味地啃着炖母鸡，村里的大喇叭就又响起来。是常二捆的声音。从声音可以听出，常二捆的情绪很不好，他说就在这一天的下午，村里治保主任家的三只母鸡又不见了，目前已经排除被人偷窃或被黄鼬拖走的可能，由此看来，那只神秘动物应该就在村庄附近，所以大家一定要更加小心。我们听了立刻都有些悻悻。就在刚才，我们一边吃着炖母鸡还在兴致勃勃地盘算，照这样下去就可以每天都有鸡吃了，因为无论怎样吃，当地村民都会把这笔账计到那个神秘动物的身上。可是常二捆这样一说就不行了，倘若村民都对自己的家禽严加看管，我们自然也就无从下手了。

当然，我们相信，杨鸣一定还会想出更好的办法。

果然，几天以后的一个夜里，大约是在快要黎明的时候，杨鸣突然把我和黄小毛叫醒。我和黄小毛揉着眼从炕上爬起来，借着灯光看到，杨鸣的手里正拿着一个馒头。这个馒头已经风干，看上去没有了一点水汽。接着，他又拿出一瓶烧酒，倒在一只碗里，然后将这个馒头轻轻泡进去。已经干透的馒头被这样一泡，立刻就将烧酒都吸了进去。杨鸣捞出馒头，小心地装在一个塑料袋里，又取出一根绳索，连同扁担一起递给我和黄小毛。

直到这时，他才问我们两人想不想吃猪肉。

我们当然想吃猪肉。那个时候不像今天，吃猪肉是一件很难得的事情，尤其在农村，虽然家家养猪，猪肉却是极为罕见的珍稀食物。在这个深夜，我和黄小毛跟着杨鸣悄悄走出集体户，就朝村庄的东面摸过来。直到来到一爿猪圈的跟前，我才发现，这里竟是常二捆家的房屋后面。我和黄小毛都已明白了杨鸣的意图。我们不得不在心里由衷地佩服他。首先，他将时间选在黎明，这时人们都在熟睡，做这种事当然最好下手。其次，他把目标选在常二捆家的猪圈，这也应该是一举多得：常二捆家在村外，做起事来更安全一些，这是其一；其二，一旦偷了他家的猪，对他的触动肯定会更大，如此一来他也就更不敢再贸然收割小麦。但还有一点让我想不明白，猪这种动物毕竟不像鸡，不仅体型笨重，叫起来的声音也非常尖厉，它绝不会俯首帖耳地认由我们摆布，而一旦嗥叫起来，那后果也就不堪设想。

　　杨鸣并没向我们做任何解释。他站在猪圈的矮墙跟前，先掏出塑料袋，从里面取出那只浸过酒的馒头探身扔进猪圈里。常二捆家的这头猪我白天是见过的，还没有完全长成，大约只有七十多斤，用当地村民的话说也就是一口半大猪。这时，这口半大猪正在睡梦中，突然被一阵袭人的酒香和麦香熏醒，睁开眼一看，竟然有一只巨大的白面馒头正赫然摆在自己嘴边，还以为是在做梦。它当然不会认真去想，在这样的深夜，又是在自己这样的地方，突然出现一只这样的馒头是很可疑的。它甚至连犹豫都没犹豫就伸过头来一口将这只馒头吞到嘴里，然后呱叽了几声咽下去。杨鸣又耐心地沉了沉，然后向我和黄小毛示意了一下，就带头跳进猪圈。我和黄小毛也跟着跳进去。我们冒着猪粪的恶臭七手八脚地将这口半大猪捆起来，又拎到外面，插进扁担抬着就迅速地钻进了旁边的麦田。直到这时我才发现，不知为什么，这口半大猪竟然始终一声不吭，只是张大嘴发出哈哈的声音，像是在用力喘息。事后杨鸣才告诉我们，猪吃了泡过酒的馒头嗓子立刻就会被腌坏，所以，不可能再叫出声来。

　　在这个黎明，我们将这口半大猪弄回集体户时天还没有放亮。我们当然不能再睡觉，先用一根手腕粗的木棒将这口猪活活打死，然后又褪净毛皮掏出内脏，将尸体切成一块一块地包起来藏好。待忙完这一切，东方也就泛出了令人愉快的鱼肚白色。

　　关于这头猪的事，果然又一次极大地震动了常二捆。常二捆先是感到很吃惊，接着就认定，他的这口半大猪肯定又是被那个神秘动物吃掉了，而能将这样一口半大猪吃掉的动物，其凶猛程度自然也就可想而知。这时田里的麦子早已成熟，而且眼看就要进入雨季。常二捆原本已经强行开镰，但这一来只是先将村庄附近的麦子抢收回来，就再也不敢轻举妄动了。

几天以后的一个中午，孙羊倌儿又遇到一件更令人惊愕的事情。

在这个中午，孙羊倌儿突然像疯了似的从村外跑回来。他的身上满是泥水，脚上的两只鞋子也都已不见了踪影。他一回到村里，扔掉手里的羊鞭又趔趄了几步就上气不接下气地趴在街上。人们不知发生了什么事，立刻都围拢来。这时常二捆也闻讯赶来。他拨开人群蹲到孙羊倌的跟前，很认真地看看他问，究竟又发生了什么事。孙羊倌儿趴在地上喘息一阵，待稍稍平静了一些才结结巴巴地将刚才发生的事情告诉了常二捆。他说在这个上午，他去村外放羊，其实他并没有让羊群走得太远，而且为安全起见还特意选择了一片远离麦田又相对开阔一些的草地。但就在将近中午时，他刚刚歪到一个坟堆上瞌睡，突然就听到羊群里一阵大乱。他睁眼一看，只见一个黄乎乎的东西正窜出麦田朝这边扑过来。它冲进羊群一边呜呜叫着东撞西撞，还不停地用自己的头去顶那些羊。孙羊倌儿说当时由于那东西跑得实在太快，所以它的头究竟是什么样子并没有看清，但它的两个耳朵他却看到了。孙羊倌儿说那东西的两个耳朵不知为什么好像非常坚硬，就像是两只刀片一样直挺挺地竖着，因此顶到哪只羊，立刻就会在身上划开一道血口子。羊群由于受到惊吓转眼就被冲得四散。但那东西还一直跟在后面穷追不舍，直到后来，才追着几只羊不知跑到哪去了。

常二捆听了寻思一下，又问，这东西……长的啥样？

孙羊倌儿摇摇头说，当时羊群已经乱了，没看清楚。

常二捆又叮问一句，一点都没看清楚吗？

孙羊倌儿说是，一点都没看清楚。

常二捆皱了皱眉，就不再说话了。

常二捆问的显然是一个没有任何意义的问题。凭孙羊倌儿的视力，就是让那个东西站到他的面前也未必能看清楚，更不要说它还在这样快地奔跑。

常二捆又皱着眉头沉吟片刻，就起身去给公社打电话了。

我们当天下午就听说了此事。我们的心里当然明白，一定又是黄毛。我们这时已开始对黄毛同情起来。它这些天一直在村庄附近独自徘徊，肯定倍感寂寞和孤独，所以，当它见到孙羊倌儿的羊群才会不顾一切地直扑过来。它当时一定喜出望外，那种找到队伍又与自己当初的同伴久别重逢的激动心情可以想见。但是，它却忘记了一件更关键的事情，它现在早已不再是当初的那个自己，它已被我们这些人搞成了这样一副令人毛骨悚然的怪样子，它的那些同伴不仅已经认不出它，还会被它的样子吓得魂飞魄散，所以它们才被惊得四处奔逃。

黄小毛有些担忧地说，也不知道……它现在吃什么。

杜红也说是啊，它自己在外面，又有谁来喂它呢。

其实黄小毛和杜红的担心是多余的。黄毛在食物上应该没有任何问题。用杨鸣的话说，它在跑出去之前已被我们训练得能捉老鼠，如果连老鼠都能捉，还有什么东西不能搞到呢。杨鸣的分析显然是正确的。这段时间，村里已经接二连三地又丢了许多鸡鸭鹅兔。但这些东西绝不是我们偷的。因为这一阵我们还一直在吃着从常二捆家弄来的那头半大猪。而如果不是我们，那就应该只还有一种动物，就是黄毛。

由此可见，黄毛应该又长了更大的本事。

我们没想到这一年的初夏竟会是如此度过的。

这真是一个愉快的初夏，愉快得简直令人心旷神怡。由于那只神秘的野物儿还没有被捉到，全村就进入了一种带有戒严性质的紧急状态，但早已成熟的麦子毕竟还是要收割的，于是村里就集中了一少部分体力强壮而且割麦技术高超的社员去田里突击收割。为保证安全，还在田头派了荷枪实弹的基干民兵放哨警戒，一旦发现哪个方向有可疑的风吹草动，立刻就会包抄过去仔细搜索。可是面对这样一个丰收年景，如此的收割方式只能是杯水车薪。我们当然不用再去下田，连高粱和玉米也不用再去榜，大家每天只是四脚朝天地躺在集体户的炕上，或畅谈祖国农业的大好形势，或交流接受贫下中农再教育的心得体会，有时来了兴致也打一打扑克或喝一喝酒，日子过得轻松自在。每当想吃什么家禽或家畜，只要趁着夜色放心大胆地去村里弄回一只就是。我们渐渐地甚至有了一种感觉，似乎整个村庄的家禽和家畜都已属于我们，我们如果想吃什么了就只管吃，反正村民都会记在黄毛的账上。有一次我们竟然还把生产队里一头三月大的小牛犊给捆了抬回来。当时为了做得更逼真一些，杨鸣还特意用一块砖头砸掉了这小牛犊的一条前腿，然后将这截血淋淋的断腿扔回到牲口棚里，做出这头牛犊已被那个神秘的野物儿拖去吃掉，只剩下一截断腿的假象。而我们每这样干一次，也就越发增加了村里的恐怖气氛。不过我们也遇到一些具体的操作问题。比如要将这些肉类弄熟就是一件很棘手的事，因为在烹制过程中总会散发出一些诱人的气味，而这种气味，不言而喻，当地村民对它是很敏感的。但这点困难当然难不倒我们。杨鸣很快就发明出一种很独特的料理肉食的方法。他找来一块崭新的红砖，先将这些猪肉牛肉羊肉或禽类的什么肉切成很薄的片状，贴在砖上，然后再将这块砖放进灶膛里。这样我们只要一边烧火做着主食，这些肉片也就不动声色地被烤制出来。这真是一种风味独特的烧烤，鲜嫩的肉丝中还保留着一些血腥气味。这气味就像度数很高的烈酒，让人闻了立刻就会亢奋起来。

　　每到傍晚，我们这样酒足饭饱之后，就从集体户的院子里走出来。我们集体户的房子是建在村南的一面土坡上，这里地势很高，几乎可以俯瞰村外的整个麦田。那些麦田一望无际，远远看去，翻起的一层层麦浪与夕阳的余晖映在一起，煞是好看。有时我们来了情绪，还会放声高唱几句"麦浪滚滚闪金光……"。我们的歌声不仅悠扬，也很嘹亮，而且充满了豪迈的激情。黄小毛每当喝得醺醺然，就会借着酒意大声朗诵那首著名的诗词："……不似春光胜似春光，战地黄花分外香……"这时我们大家就有了一个共同的感觉：如果插队就是这样的插法，我们宁愿在这里永远插下去，用自己的青春年华将这个广阔天地一直插穿。

　　当然，我们也注意到，尽管村里的一部分劳力还在基干民兵的警卫下没日没夜地拼命收割，远处大片的麦田还是正在一点点地由黄变白。我们知道这已是成熟小麦的最后收割时机。成熟小麦的正常颜色应该是金黄，而一旦变白也就说明开始脱水，说得更通俗一点也就是干枯，用当地村民的话讲叫"倒灌浆"。倒灌浆所导致的直接结果就是减产。比如这一年的夏收，我们村的亩产预计已经过了黄河，也肯定过了长江，也就是说，我们的每亩产量已经达到黄河以南甚至长江以南的水平。但是，倒灌浆以后就难说了，亩产量肯定又从长江乃至黄河那边退回来。这真是一件令人遗憾的事情。

　　进入七月，一天终于下起了大雨。这场雨很奇怪，就像音乐喷泉一样忽紧忽慢，给人一种优美的韵律感。雨柱均匀地落下来，如同无数根晶莹的银丝垂在天地之间，似乎用手轻轻一拨就会发出悦耳的叮咚声。雨天睡觉是最舒服的事情。我们大家躺在炕上痛痛快快无忧无虑地睡了几天。一天早晨，我们突然被一阵奇怪的声音惊醒。这声音显然是从村边传来的，听上去很低沉，又有些杂乱。我们仄起耳朵听了一阵才意识到，应该是人的哭号，而且是从许多个喉咙里同时发出的哭号。我们不知发生了什么事，立刻爬起来跑到院子外面。

这时外面已雨过天晴。蓝格盈盈的天空如同被水冲洗过，干净得没有一丝云朵。空气也似乎透明起来，一眼能望出十六公里以外，望到球形的广阔天地像塌了一样地弯曲着倾斜下去。就在这时，那哭号的声浪又一阵阵传来。我们寻声看去，才发现很多村民正跌跌撞撞地从村庄里跑出来，他们扑倒在麦田跟前呼天抢地，男人和女人的声音搅在一起，让人听了很不舒服。接着我们也才发现，远处的麦田已经又变了颜色，有的由白变灰，还有的则已由灰变黑。再仔细看，许多麦子都已东倒西歪地烂在了泥里。黄小毛立刻兴奋地大叫一声，说哈，这下可好了，我们彻底不用担心再去割麦子了！黄小毛的话立刻提醒了我们，麦子一旦霉烂连牲畜都不会再吃，所以也就没有了任何用处，只能让它们继续烂在田里，发霉，发臭，最后沤成肥料为改善土质起一点作用。我们想到这里，相视一下都长长地松出一口气。是啊，我们终于成功地躲过了这样一场麦收之苦。于是大家兴奋之余一致提议，应该包一顿鲜肉馅的饺子庆祝一下。那时粮站卖的白面质量还很好，不仅筋道，也非常的香甜，再加上新鲜的肉馅和我们愉快的心情，这顿饺子就给我们留下了难以磨灭的印象。

直到很多年后，每当我们这些集体户的人聚会时还要包一次鲜肉饺子，尽管我们知道，鲜肉已不是当年的鲜肉，白面也不再是当年的白面。杨鸣不知为什么，包的饺子总是很奇怪，不仅干瘪，也有些细长。一次黄小毛说，杨鸣包的饺子很像麦穗。

我们大家听了看看他，突然都泪如雨下……

2007 年 3 月

袁　敏

1954 年生，浙江上虞人。北京大学中文系毕业。著有长篇纪实文学《重返 1976》，长篇小说《白天鹅》《蒜头的世界》，中篇小说《天上飘来一朵云》《深深的大草甸》，短篇小说系列《九十九个女人的故事》，电视剧剧本《深深的大草甸》等，并撰写有"兴隆公社"专栏文章。在出版领域亦颇有建树。

袁敏（左二），摄于高中时期

袁 敏

深深的大草甸

　　列车在广袤坦荡的东北大平原上奔驰着。火车轮子那有节奏的轰隆声响，此刻，在我听来却既单调又枯燥，时不时还夹杂着不知什么铁器的磕碰声，更让人心烦。从车头处不断弥漫过来的蒸汽和烟雾，使车厢外的一切都显得迷蒙不清。傍晚又悄悄地来临了。夜幕渐渐掩住了车窗，外面的灯光忽明忽暗地掠过陆岩的脸庞，不时投射下一层变幻不定的光影。他闭着眼睛，头歪斜在卧铺的硬隔板上，厚厚的嘴唇紧闭着，像一扇撬不开的铁门。

　　坐了两天两夜的火车，我和他几乎没有说过什么话。他除了一支接一支地抽闷烟，就是眼前这副漠无表情的模样。我几次想挑起话头，但一看到他那冷冰冰的面孔，话到嘴边又总是咽了下去。我开始后悔起来，也许，这次旅行真有些荒唐？！

　　说实在的，我也并不是那种冲动、幼稚、尽冒傻气儿的小姑娘了，我自觉还是挺有头脑的，可是这一回……怎么说呢？我也搞不清楚，是什么莫名其妙的古怪念头诱惑着自己，使我放弃向往已久的去敦煌或西双版纳写生的机会，跟着这样一个阴郁、乏味的怪人糊里糊涂地闯到北大荒来了。

他是我哥哥的同学，今年三十五岁，六八年的插队知青，结过婚，离了，至今还孤身一人泡在北大荒。当然，光凭着这点经历，是引不起我一丝一毫兴趣的。

事情发生得很偶然。我哥的朋友大军是个业余美术爱好者，画了一幅油画肖像拿到我家来，说是要请我这个美院油画系的高才生提提意见。

我一下子就被画中人那强悍、冷峭、桀骜不驯的气质深深吸引了——

一头蓬乱发硬的黑发下，宽阔的脑门显得太大了；眉毛很浓，但又短又不成形，像两团搅在一起的黑棕麻，颈部完全是个圆柱形，好似一段粗壮的树干从三角形的胸廓凹窝里长了出来。一双眼睛亮得慑人。然而透过这层慑人的光亮，我却似乎捕捉到一丝不易觉察的郁悒和沮丧。那紧闭的双唇，好像有什么话要说，却又执拗地沉默不语。

我们美院请来当模特的几乎都是些一拳揍不出屁来的小男人，还没有见过这样富有男子气的！出于一种职业性的癖好，我立即恳求大军带我去见见这位画中人。

他的家住在燕湖边上一幢很漂亮的小楼里。我们到小楼院门口时，看到路边停着一辆小车。

"他爸爸是大干部吧？"

"可不，省劳动局的第一把手。"

哟！我吐了一下舌头。

大军按响门铃。

开门的大约是位保姆，她把身子堵在门口，显得很不客气。

待大军说明找谁、那保姆闪出一道门缝时，我的傲气忽然来了，什么达官贵人，弄得这样门庭森严！

"你进去叫他吧，我在门口等。"

"那何必，一起进去就是了。"

"我不。"我的犟脾气发作起来常会使人觉得莫名其妙。

大军进去了。我拢了拢头发，在门口踱着步。

好一阵没有动静，半晌才听到沉重的脚步声。我从门旁的绿色木栅栏缝里看进去，月光下，只有两个模糊的身影，辨不清容貌，但他们说话的声音却清清楚楚地传了过来。

"你尽干些莫名其妙的事，带个陌生姑娘来干什么？我又不认识她！"

"哎，人家想见见你，她是画油画的，对你的形象有兴趣……"

"我过几天就回东北，还有一大摊子事情要处理呢，陪不起那闲工夫！你那幅画就折腾得我够呛，再来一个搞专业的，我可受不了这份洋罪！"

"哎，你轻点，人家就在门外等着哪！"

"就在门外？你个龟儿子，搞什么鬼名堂？少陪。"说完转身又回进去了。

"哎……"

我简直气蒙了！如此傲慢无礼的家伙，我这辈子还从未领教过。一个姑娘家诚心诚意地登门拜访，竟会遭受如此冷遇。

"走吧，灵灵，他这人脾气怪……再说过几天就要回东北，也实在是忙。"大军有点抱歉地安慰我。

我心里又委屈又憋气，但还是竭力做出无所谓的样子，问：

"他怎么还留在东北不回来？"

"不知道，他的事我们谁也闹不清。"

这个"谁也闹不清"倒煽起了我极大的好奇心。我对一切具有神秘色彩的事物向来都抱有探究的心理。当我知道在那遥远的东北大荒草甸子里还留有我哥当年一起插队的同学时，一股在我心中积存已久、藏匿很深的潜流顿时涌动起来。在我的心目中，大草甸是一个谜，一个梦，一个充满神秘色彩的地方。哥哥从北大荒回来快十年了，结了婚，嫂子是和哥哥一起插过队的知青，一个温顺贤淑的姑娘。哥哥大学毕业后，当上了助理工程师，干的是他喜爱的电机专业，最近又有一个什么发明获得了省里的科技一等奖。当年和哥哥一起在大草甸泡过来的那些个东北老插，如今也都是拖家带口、各有工作的人了，他们大多都很有出息，当干部的、搞科研的、出国留学的……大家都有自己的事儿，都很忙，然而只要有机会凑在一起说到北大荒，说到当年他们生活过的大草甸，话却没完没了。他们谈起那段插队经历就像在回忆一段辉煌的历史，一个个都是那样兴致勃勃、情绪高涨，脸上漾溢着青春的光彩。他们会在一起久久怀念大草甸的花、大草甸的鱼，怀念草辫子泥墙的村落、淳朴善良的乡亲……对此，我心里颇有些不以为然：大草甸若真那么富有魅力，那你们为什么却一个个都要回来呢？！可是渐渐地我发现，这帮子插兄聚会也有情绪低落的时候，在高谈阔论之中，有时他们也会突然沉默下来，有时彼此说话都变得小心翼翼，而每当这种时候，哥哥总会露出一种怅然若失的神情，嫂子也总是急急地垂下眼睑，让黑黑的长睫毛盖住透出忧郁的大眼睛……我一直没有想明白，那遥远而荒凉的大草甸里有什么东西能拽住他们的心？既能使他们昂然振奋，又能使他们黯然神伤……

现在，又冒出陆岩这么个怪人，大干部的儿子，却还孑身一人泡在北大荒，这又是为什么？这个谜更让人猜不透。新谜牵出旧谜，越发增添了大草甸神秘的气氛。一个突发的大胆念头猛然间涌上脑际：放弃学校组织的去敦煌和西双版纳的机会，到大草甸去！

我不知道自己的决定是否有些轻率，但我明白，我已无法抵挡那神秘的大草甸对自己的吸引。

列车不停地行驶着，车厢不知为什么震动得很厉害，窗棂上的玻璃颤动着，行李架上的东西剧烈地晃动着，弹跳着。我双手垫在头下，脸朝天，盖上毛毯，努力想使自己合着车轮声的节奏沉沉入睡，可是怎么也睡不着，半明不暗的车灯下，我看到陆岩又点燃了红红的烟火。

"谁的皮箱？"

车厢那头传来一声严厉的询问。我没有意识到这询问向谁而发，依然盯着那闪亮的红烟火发呆。

"谁的皮箱？"这一回声音来到了近旁。

我拗起身，看到一位身着蓝警服、佩戴红袖章的乘警，指着我的棕红色金属拉链的小皮箱在大声嚷嚷。

我眼光朝行李架上一扫，这才惊奇地发现，一长溜的箩筐、麻袋、油漉漉脏巴巴的纸板盒旅行袋中，我的那只小皮箱竟是那样簇新、鲜艳，像一只富贵的仙鹤傲立在一群卑陋的丑小鸭中间。

"这箱子是我的，怎么啦？"

"贵重物品，请自己收好。"

我虽然并不觉得自己的小皮箱属贵重物品，但看到这只箱子在行李架上确实有点招人眼目，只好爬上去，取下小皮箱，把它放在自己床头。装得满满的小箱子显得挺厚实，头顶占去了至少半尺的铺位，两条长腿就不免露到铺位外面，我只好蜷缩起腿脚，却又感到极不舒服。

"何必呢？没人会偷你的皮箱。"旁边传来陆岩冷冰冰的话语，停了停，又刻薄地加上一句，"以小人之心，度君子之腹。"

我不知道他发的哪门子牢骚，却为他终于开口说话感到高兴，我还以为他这辈子准备当哑巴了呢！我兴奋地坐起来，想就此打开话题和他聊聊，可他马上又显出倦怠疲乏的模样，连眼皮都不朝我抬一下。

我无可奈何重新躺了下来，眼睛看着上铺奶黄色的纤维隔板，身子合着车厢的震动不由自主地摇晃，心里却想起了哥哥的话："他这人怪脾气，讨厌女孩子，尤其是像你这样娇生惯养的小姑娘……"

看来，哥哥的话并不是随便唬唬我的，我当时为什么没有慎重考虑一下哥哥的话，仔细想一想哥哥力阻我与陆岩同行时表现出来的反常神态呢？

那天晚上，当我被陆岩拒之门外，回来后突然向哥哥宣布，自己暑假决定去大草甸体验生活、为毕业创作收集素材时，哥哥竟像傻了一样，呆呆地看了我很久。

我一反往常在哥哥面前任性撒娇的咋呼劲，低声恳求道："哥哥，你不是常常想念大草甸吗？你不是常说要回大草甸去看看吗？可你总也没有机会实现自己的愿望，那么就让我替你回大草甸看看吧……"

哥哥闷声不响地看着我，依旧没有说话，倒显得神情恍惚，仿佛沉浸在一种遥远的思绪中。好一阵，他才喃喃地说：

"灵灵，有些地方，我们离开时总想着有朝一日还要回去，这比起离开一个地方时就清楚地知道永远不会再回来了，心里要好过一些。而在后一种情况下，往往会感到难受，仿佛自己心的一部分也留在那里了。你……明白我的话吗？"

"明……白。"我看着哥哥脸上那种熟悉的怅然若失的神情，机械地答道，其实我心里什么也不明白。

哥哥没有马上答应我。

那天晚上，哥哥躲在自己的房间里，再也没出来。我又急又无可奈何地盯着紧闭的房门，心里忐忑不安。哥哥这是怎么啦？

第二天一早，房门终于开了。哥哥走了出来，他的眼圈黑黑的，眼球上爬满了血丝，人好像一夜之间老了许多。

他递给我一张纸。

"灵灵，这是我给你开的名单和地址，到了大草甸，一定替我去看看那些东北老乡，离开十年了……"

我跳起来接过纸片。

哥哥又说："路上得给你找个伴，小姑娘一个人出远门，没伴可不行。"

"陆岩这几天正好回东北。"我冲口而出。

哥哥听我提到陆岩，诧异地一愣神，随即脸色唰地阴沉下来。

"你怎么会认识陆岩？"

"怎么啦？哥！"

哥哥一摆手："陆岩不会答应带上你的，他这人怪脾气，讨厌女孩子，尤其对你这样娇生惯养的小姑娘。"

"哥，我可不是小姑娘，我不需要保护人！无非是结伴同行罢了。"

"不行！"哥哥回答得很干脆。

"为什么？"我不解地看着哥哥，心里很奇怪。哥哥为人向来豁达，陆岩又是他的同学加插兄，加之这几天正好回东北，顺道同路，为什么不行？

哎，假如当时我能够想一想，北大荒哥儿们在我家聚会时，为什么从不见陆岩的踪影，哥哥嫂嫂为什么也从未提起过大草甸里还有这么一位插兄……那么，事情也许根本就不会这样发展了。然而，偏偏当时我什么也没想，哥哥的反对更激起了我与陆岩结伴同行的决心，我希望自己能从他那儿找到一把解开大草甸之谜的钥匙。

哥哥对我的固执最终总是忍让的。

上路那天，陆岩居然到我家来了。他拎了一只很旧的灰色旅行袋，松塌塌的，相比之下，我堆在屋角的那堆行李可就复杂多了：棕红色的小皮箱，里面放着替换衣裤、毛衣、纱巾、照相机；帆布大背包里是一摞我打算在假期里看掉的书，《西方美学家论美和美感》《芬奇论绘画》《安格尔论艺术》……那种荒凉的地方也许会有迷人的景色，却不会有书！还有那只体积不小的画箱，写生的工具嘛，必不可少！

看着陆岩那只瘪塌塌的旅行袋，我心里有些发毛，他一定会觉得我婆婆妈妈、拖拖拉拉。看来我得对行装进行精简。我赶紧打开箱子和背包，往外清理着自己尽可能不用的东西。

陆岩在一旁不耐烦地看着我，眉头越皱越紧。

"马上就好。"我慌张地看了一下表，其实时间还很充裕。

哥哥走进来，他和陆岩对视了一下，彼此都没有说话。

我把大包小包背上身，正要去拎箱子，只见陆岩已提起径自走了。

我刚要追出去，哥哥叫住了我。

"灵灵，把这个带上。"

哥哥递过来一个小木箱，封得紧紧的。

"这是什么？"

"药。"

"药？给谁？"

"别问了。到了大草甸，你再拿出来，问陆岩该给谁。记住，你一定要替我去看看……"

哥哥终于没有说出去看谁。我困惑地接过小木箱，还想问什么，但见哥哥脸上的表情又古怪又复杂，转身进了里屋。

嘻，人还没上路，又多了一个谜！

我原以为我心中的谜都能从陆岩那里一个个得到解答，谁会想到，他竟是这样一块硬邦邦、冷冰冰的"干面包"！看来，想从他嘴里了解大草甸的神秘，大约是枉然。

我有些气恼地看着他脚下那一大摊烟蒂，发现其中不少都是抽了半截就扔了。难怪茶几旁那个小铝盒已盛不下，发展到地面上来摆阔气了。

哼，大少爷作风！一点公共卫生都不讲。我忿忿然地瞪了他一眼。

他显然没有意识到我的不快，"哧"，又划着火柴点燃一根烟，很快地，一圈一圈蓝色的烟雾向我缓缓飘来。简直是搞空气污染！

我"腾"地站起身，故意动作粗重地去开车厢那厚厚的大玻璃窗，以发泄心中的郁闷之气。可那玻璃窗像上了石膏似的，无论我如何使劲，它却纹丝不动。我不愿求助他人，我感觉到背后有一双冷漠的眼睛，若是连一扇窗门都开不了，岂不被他笑话？

我憋足气，两手捏住窗角的压力弹簧，使劲往上抬，刚抬上几公分，手一软，窗玻璃又重重地落下了。

"我来吧。"陆岩从背后伸过手来，一下就把窗门抬起来了。一股强劲的风迎面吹来，带着凉意，我不由得打了个寒噤。

"小心着凉。"他说。

"有什么办法，车厢里乌烟瘴气。"我干脆任性地把头伸出窗外。

好一阵没听到动静，我忍不住缩回脑袋，转过脸来。

陆岩不见了，茶几上放着一小支深红塑料管的"鼻通"。

我拿过来，拧开盖子，放到鼻尖下，顿觉一股薄荷清香沁入心脾，令人神志舒爽。

人呢？我捏用"鼻通"，目光四下搜寻，这才发现他一个人站在过道尽头抽烟。红红的烟火一闪一闪，映出他蓬乱的头发。他的脖子像是有点困惫的样子，勉强支持着那沉重的大脑袋。

我感到有些抱歉了。

到哈尔滨的时候，天下起了雨。淅淅沥沥的雨水淋湿了我的头发、衣服，还直往脖子里钻。我冷得索索发抖，但又不好叫唤，只得硬挺着踩着水花啪哒啪哒地往前走。

身上背着的东西显得越来越沉，我的步子也越来越慢。陆岩大约感觉到了，停住脚步，转过身来等着我。

"还能走吗？"

"能。"我咬着牙说。

"哎，你这趟出来是公费还是自费？"

"当然是自费啦！穷学生，哪有公费的待遇。"我没有告诉他，这次学校组织去敦煌和西双版纳倒是给报销路费，我因擅自行动，只好算是自动放弃，学校是不希望学生标新立异，自搞一套的。

"问这干吗？"我很奇怪陆岩怎么突然想到问这个。

"我想让你住到我一个朋友家去，也省了旅馆费。"

"那怎么行，平白无故地打搅人家。"

"没关系的，我们有交情，我每年都给他拎去二三十斤豆油，借个宿，算什么打搅？"

"不，我不愿意。"我固执地说。

他不以为然地看了我一眼，摆摆手说：

"那好，走吧。"

他带着我走进了松花江边上一家小旅馆。旅馆的门面就只是两块黑乎乎的板壁，门口坐着一个干瘪的老头，在卖椒盐花生和葵花子儿。

我觉得身上痒起来，怪不好受的，不由带点嘲讽的口气说："怎么，怕我没钱？"

他还是那样淡漠地扫了我一眼："凭你的学生证想住高级宾馆？"

"这——"我被他这句话噎得嗓子眼像塞了团棉花，连回敬的词儿都蹦不出来。好半天，我才想出一句自觉能挽回自己尊严的话：

"你以为我只能住高级宾馆？下乡体验生活时，农民家里我也住过，别以为就你们插过队的人能吃苦！"

陆岩耸了耸肩膀。我心里明白，他根本没把我的话当回事，我也不愿再说什么。

还好，我睡的房间只有两张床，看去也还清爽，更让人高兴的是有一张写字台和一盏台灯。

我把大包小包的行李在床底下一一安放好，拿出闷在尼龙袋里的湿毛巾挂到铁丝上。接着就仔细地看那两张床上的被单、枕巾，犹豫了好一阵，还是挑中了靠门的那张床。虽然床单显得干净些，但枕巾上有几根碎头发是很让人不舒服的，我干脆把枕巾拿掉，塞在被褥底下，又抖开被子，让它透透气。

弄完这一切，我去找陆岩，可他早就一个人跑掉了，根本不见踪影。我还傻乎乎地以为他总会陪我玩一玩呢，真扫兴！我只好一个人出去了。

久闻大名的哈尔滨的夏天竟会如此令我失望，实在有些出乎意料。松花江的水位很低，据说是今年大旱造成江水干涸；而斯大林公园，无非就是沿江的一条大街罢了，有几张凳子，花坛里有些草卉，再有几幢彩色的苏式小木板房，其他就没有什么了。花一角钱从江上摆渡过去，就是"令人神往"的太阳岛，味道和斯大林公园相差无几，长街为主，配以花坛、条椅，几幢零散分布的俄罗斯式小房。唯一有点景致的"水阁云天"，挤满了拍照的游人！可走近一看，也不过是仿照南方园林雕琢出来的一景。

　　我极为扫兴地正想转身离去，突然，不远处一片鲜洁的绿色映入我的眼帘。我眼睛不由得一亮，紧跑几步奔过去。嗬！多么美的白桦林，在周围一片人工味颇浓的景色中，它就像芙蓉出清水，丝毫没有受到脂粉的侵蚀。黄昏前倾斜的光线投射到亭亭玉立的树干上，给银白色的树皮镀上了一层柔和的金黄色彩。银白和金黄的色彩交织在一起的光又映照在树下的青草上，虽然微弱，但却玄妙。微风吹来，白桦树的枝条轻轻摇曳，发出飒飒的声响，刚刚过去的那阵雨在绿叶上留下了无数颗晶亮亮的水珠，随着树叶的声响快乐地滚来滚去……

　　我完全被这片白桦林迷醉了，一种无法言说的情绪悄悄地从心头漫溢出来，扩充开来，慢慢地包裹了整个身心。我感到一种甜甜的忧伤和宁谧的欢乐，许许多多的思绪无声无息地涌上脑海。我觉得生活是美好的，同时又不无忧伤，这种糅合着忧伤的欢乐中包含着多少神秘的事儿啊！它是含蓄的，甚至还很朦胧，但正是这种忧伤和欢乐构成了生活。倘若用画来表现这种情绪，那么什么都不用画，只要画下这片白桦林，画出融进白桦林中的多色调的光就行了。

　　天空中开始聚拢来大团大团的云彩，天色暗了下来。我还是不愿意回去。一想到那发腻的小旅店，我真想永远在这白桦林中待下去。我更舍不得微风送来的阵阵白桦树特有的馨香。我在白桦林中一直消磨到很晚很晚才离开。

　　旅店门关着，叫了半天，才来了一个胖胖的服务员。

　　"呀！同志，你回来啦，对不起，我们以为你不会回来了，床让别人睡了。实在抱歉，你就睡到我们值班室来吧，干净的……明天那张床仍旧归你。"

　　"哼，明天我就走了。"我一肚子气恼，弄不明白怎么会有这样的事情。

吵也白费口舌，人家已经在我的床上睡了，我只好让服务员把我要用的一个包拿出来，睡到值班室去。

房间很拥挤，又潮湿，灯光也黯淡得要命。我想洗个脸，找不到脸盆；想喝口热水，一拎暖壶，空的。真是活见鬼！

坐在床上，一点睡意都没有，我只好找出一本书翻看着。还没看上两页，电灯突然熄灭了。

"停电，你要是还想看书，点蜡烛吧。"胖服务员的态度倒是够好的。

"算了，睡觉。"我狠狠地把书一甩，钻进了黏乎乎的被窝。

一连串的窝囊事把我从白桦林中带回来的美好情绪完全败坏了。我把这一切全部归咎于陆岩，要不是他的胡乱安排，我何至于会落到这种地步！我做事向来挺有自己的主张，从没有想到要依附于人，为什么现在却像个三岁小孩似的跟在别人的屁股后面转？自己的行动为什么要由人家来摆布？这一路上我已经受够了！我下决心，明天就和这个自以为是的家伙分道扬镳，走自己的路。

第二天天蒙蒙亮我就起来了，在这气味熏人的被窝里多待一分钟都是受罪。

我找出一本中国地图册仔细地研究着。听说大名鼎鼎的镜泊湖离这儿不远，我决定先去那儿，相信这个著名的避暑胜地定然景色宜人，不会使我的画笔失望。

出去洗脸时，我惊奇地发现，陆岩竟睡在走廊的地板上，垫着一张破草席，那只肮脏的松塌塌的旅行袋枕着脑袋，身子蜷缩成一团，连条盖的毯子都没有。哈尔滨的夏夜还是挺冷的，早晨的凉气更重。陆岩虽然还沉睡在梦中，但身子却好像在轻轻地哆嗦。

他这是何苦呢？又不是住不起房间花不起钱，干吗要弄成这个寒酸潦倒样？我实在不能理解地望着他那缩成一团的身子，困惑地摇了摇头。

待我梳洗回来，陆岩已经不在了，只有那张破草席胡乱卷着，倚在走廊一角。

回到房间，我开始整理东西，心里盘算着如何向陆岩开口。

陆岩推门进来了，手里捧着两根硕大的油条和一只圆形面包。

"早饭。"他把东西搁在桌上，转身要走。

"哎——"我叫道。

他转过脸来。

"我……我想不再麻烦你了，谢谢你的一路照顾。"我尽量选择客气的措辞。

"怎么啦？"他敏感地问。

"我打算自己去镜泊湖——"我心一横说。

他疑惑地看了我一眼，鬼知道那双慑人的眼睛里闪动着包含什么内容的光。反正话冲出口了，我就像卸下了一副担子。

令我意想不到的是，疑惑的神色并没在陆岩脸上过多地停留，他那两团不成形的黑棕麻眉毛轻轻地弹跳了一下，说：

"那是个好地方，我来东北十几年了，一直想去……"他挥了挥手，"好吧，下午我去买票，得先坐火车到牡丹江，然后再搭车去镜泊湖。"

他倒做开了安排。我在心里叹了一口气。有什么办法呢？他是十几年的东北老插，混得上半个土地爷了，可我……说实话，起码，我根本不知道去镜泊湖得先到牡丹江再倒车。

好吧，咱俩算是摽上了。

没想到陆岩在牡丹江还真有几个"哥儿们"。照他的说法："只要我那几个哥儿们在，保你这回玩得称心如意。"我不以为然地一撇嘴，他那点能耐，我在哈尔滨早领教过了，我忘不了那黑乎乎的破旅店，黏乎乎的潮被窝，还有那卖椒盐花生和葵花子儿的干瘪瘦老头。

事出意料，出牡丹江车站时，竟有一辆小吉普来接我们。车上跳下来一个四十岁左右的戴眼镜的中年人，看到陆岩就笑吟吟地抢上前来，接过他手中的旅行袋。

"陆主任，刚接到你的电报。"

陆主任？电报？我惊诧地瞥了陆岩一眼，他的脸上是一副冷漠的神情。

"这是舒灵灵，美术学院油画系的学生，到这儿来采风写生。"陆岩空着的手把我的大包小包接了过去。

"噢，噢——"

"这是邬大川，县委办公室主任。"

"哎呀，什么破烂主任，芝麻绿豆的衔儿也值得介绍！"邬大川话虽这么说，眼角、嘴角却都漾起一种踌躇满志的笑意，我们搞画的老爱捕捉这些部位神态的变化。可是很快我就有些招架不住邬大川从镜片后面射出来的那道捉摸不定、变幻莫测，似乎包含着丰富潜台词的审视目光。这目光像扫描器一样，一直从我头顶逼视到脚跟。哪有这样放肆地打量人的？我们画人体模特儿时，目光也没这般直露呢！

陆岩显然发现了我神色的不快，对邬大川说："大川兄，灵灵是我同学的妹妹，她这回单独跑那么老远，她哥哥再三拜托我多加关照，你可得挑点担子哟！"

"那是，那是。"邬大川一个劲儿地点头，把我们的东西都放到车上。

邬大川让我坐在司机旁的单座上，他和陆岩坐在后面。

"哎，这次回家怎么样？有合适的吗？"

"什么怎么样？"

"兄弟这儿有什么不好说的，你也不能总是这样浪迹天涯……"

我从车窗旁的小镜里看到这位讨厌的邬大川冲我的背影努嘴。

"少废话！"陆岩脸色铁青，浓眉团得更拢了。

"哎哟！"邬大川不知为何叫了起来，我转过脸去，正碰上陆岩那双目光慑人的眼睛，但这双眼睛奇迹般的平静，没有一丝涟漪。我把目光转到邬大川脸上，那儿是一团空洞无物的笑。

我厌恶地别转脸，心里别扭极了。

好一会儿，才听到邬大川轻轻地说："洪胤考取黑大政治系研究生了，这娘们……"

没听到陆岩的任何反应，我从小车镜里一看，陆岩竟合上双眼，两臂抱胸，脑袋仰靠在皮椅背上，像睡着了一般。

我不知道陆岩和邬大川的对话是什么意思，我也不明白他们各自变脸变色的表情中所包含的内容，这"洪胤"，这"娘们"，我当然更不知她是何许人也，但这一切的一切搅和在一起，似乎透露出一种神秘的色彩，它重新点燃起我强烈的好奇心。陆岩，这个从形象标准来看堪称强悍的堂堂男子汉，而在生活中，他究竟是怎样一个人呢？

第二天一大早，热情的邬大川守信地准时坐着那辆泥浆满身的吉普来到我们住的地区招待所。同来的还有两位年轻人，邬大川介绍说一位是小谭，在地区物资局工作，另一位小罗，是地区报社文艺部的美编。据说也都是陆岩从前的哥儿们，知道陆岩这回要去镜泊湖，坚持要陪同前往。我看看陆岩，只见他不置可否地眯缝着眼睛。我本意是希望能人少，清静，到那儿好好画几张风景写生的，可陆岩不开口，那就意味着默许，我还能说什么呢？

北方的天气真是变幻莫测。出门时还是阳光普照的大晴天，路上就淅淅沥沥地下开了雨。天边的云彩接着目光所及的平原尽头，呈隐隐约约的直线垂帘状，据说那就是下大雨的地方。沿途长长的黄泥土路被雨水冲得松软变形，我们这辆挤了六个人的超重吉普车开到哪里，哪里的路就会塌陷下去，形成一个大坑。好几个地方都有木头挡路。

司机不肯走了。

小谭递上一根带过滤嘴的香烟，敏捷地划着火柴，凑上去，说：

"师傅，帮个忙，两位客人打老远地到这儿来不容易，这姑娘还是头一次到咱们东北哪！"一边说一边把刚拆封的一整包香烟塞进司机的兜里。

我的脸唰地红了。什么意思？行贿？求爷爷告奶奶的事我从没沾过边，今儿也不想开这个例！我一把抓起身旁的提兜，刚要起身，一只宽厚的手掌压住了我的肩膀。

"灵灵，你要是觉得车子里烟味太浓的话，把车窗打开一点好了。"陆岩说着，递过来一把酸梅糖，"前不着村，后不着店，你下车朝哪走？"

后面那句话陆岩是用我们家乡话说的，几个东北人谁也没听懂。我无可奈何地垂下了眼睑。

近中午的时候，小车终于像蚂蚁爬坡似的挨近了镜泊山庄。

此时雨已经停了，天色很青，空气十分清润。车进山庄时，浓荫夹路，深秀叠翠，一股凉气扑面而来，确实有点避暑山庄的味道。但到了里面，我却有些失望，就像面对松花江、太阳岛所产生的失望一样。镜泊湖湖水干枯，景色自然是大为逊色，原来能荡碧舟的湖的深处，现在却是蒿草丛生，泥土纷露，几只乌黑的老鸦低低地掠过湖面，间或发出几声聒叫。

我的心一下子凉了，刚进山庄时涌起的兴致陡地又降到零度以下。

"灵灵，你打算画什么？"陆岩手里拿着我忘在车上的画箱。

"有什么可画的，这破地方！"我没好气地说，把一腔懊恼都发泄在陆岩的身上。要不是为了这个怪异的人，我何至于会跑到这荒凉的地方来？！

"你的眼眶太浅，盛不住美。"陆岩冷冷地看着我，嘴角边掠过一丝讥讽的笑意，"时代的幸运儿，科班的大学生，在教室里画画模特有多优雅，何苦颠簸到北大荒来受罪？好在你的脚还没踩进大草甸子的沼泽地，要抽身退步，趁早告知，我好提前为你买票，把你送上回南方的火车，我也算是完成了你哥托付的使命。"

"你——"我被陆岩这番尖酸刻薄的话气得浑身打战，双唇直抖。我打那么老远跑到东北来，是来听人嘲讽和教训的吗？眼泪直在眼眶里打转，我怕被陆岩看见，转过脸，一把抹去了它，又执拗地盯着陆岩。

"你的眼眶太深，深得像一口黑咕隆咚的古井，什么也看不见！这吓不倒我，你想甩包袱也没那么容易，我不闯一闯大草甸，不在黑鱼泡里游个泳，就不姓舒！"

陆岩"扑哧"一声笑了。我的天！这个"冷面杜丘"还会笑！

"黑鱼泡不是游泳池，那是我们公社后面的一大片沼泽地，你呀，姓算是丢了！"

陆岩把画箱朝我怀里一塞，挥手说：

"先吃饭去吧，老邬他们已经在饭店里等着了。"

所谓饭店，不过是倚山傍湖的一家私人营业的小客栈罢了。里面摆着几张黑黑的桌椅板凳。没有什么顾客，只有老邬、小谭、小罗坐在那儿。

小黑板上写着菜单：凉拌黄瓜粉条、油炸花生米、摊黄菜、红烧活鲫鱼。品种不多，价钱吓人。老邬大声地嚷着："别争，别争，钱由我付。"一面问客栈开票伙计，"能开发票吗？"

"没有，我们是私人营业，没有发票。"

"那——这事儿可麻烦了。"

陆岩走上前去，推开老邬，"老邬，今天我请客！"

"哎——那哪儿成，哪有客人掏钱的理。"话虽这么说，他似乎也没想掏钱的样子。

"几位吃点什么呀？"伙计开始热情地招呼。

没曾想陆岩掏钱的手也缩在裤袋里拔不出来了。哎，这帮"男子汉"！

我走上前去。

陆岩看到我，黑棕麻似的眉毛轻轻一跳："灵灵，有钱吗？我忘在旅行袋里了，你先借我十块。"

他说的又是家乡话。我一声不响，倾口袋所有，掏出八块多钱，统统交给了他。一转身，我又碰上了老邬那捉摸不定、潜台词丰富的目光。

"这只老猫！"我在心里骂道。

菜端上来了。颜色倒是搭配得挺鲜亮，红殷殷的炸花生米，油汪汪的摊黄菜，一大盘绿白相交的黄瓜粉条中间放了撮碾碎的红色辣椒末，煞是撩拨人的胃口。可惜的是我寄托了最大希望的红烧镜泊湖活鲫鱼被店家烧煳了，散发出一股焦气。

小谭开始要酒。店家回说没备白酒，只有啤酒和饮料"格瓦斯"。

"来一箱！"小谭高叫，手掌重重地拍在裤腰上。

我一愣，下意识地瞥了一眼陆岩。

陆岩顾自和小罗说话，看都不看我。

"没事儿，小谭阔着哪！哪回陪客人我都拉着他，酒钱全他包啦！"老邬凑近我说。

"我不会喝酒。"我说的是实话。

"那有什么，喝喝就会了。啤酒和格瓦斯算什么酒，和汽水一样。"老邬在我面前放了一只大碗。

小罗和陆岩停止了说话，各人都往自己面前的碗里倒酒。

老邬又在我耳边絮叨："小罗的姑爷是市委大干部，还有一位叔叔在北京部里头任职，在我们牡丹江这种小地方，他这样的就算是有身份的头面人物了。"

我不知道老邬为什么要告诉我这些，按说我和他根本不认识，他说的这些话我既没兴趣了解，也没必要知道，干吗呀？

我开始小心翼翼地喝面前那斟得满满的一大碗格瓦斯，要不然干坐着，一点手势都没有，又找不到话说，多别扭！

没想到格瓦斯味甜，不难喝，加上口渴得厉害，我端起碗一饮而干。

"嗬！女中豪杰，有点酒量，来，喝啤酒。"小谭拿起一瓶啤酒朝我碗里倒。

"她不会喝酒。"陆岩在一旁站了起来，要夺小谭手中的酒瓶。

"怎么，这点面子都不肯给吗？我谭浩给人敬酒还得看对象哪！"

"那我替她喝了吧。"陆岩说着就要拿过酒碗。

老邬那捉摸不定的目光又从镜片后面扫过来了。我感到憋气，感到胸闷，感到一股说不出、也没法说的莫名其妙的难堪。瞧陆岩那镇定自若、俨然以保护人身份出现的架势，我忽然来了气。

"你怎么知道我不会喝酒？干吗要你替我喝？"我自觉说的话潜台词一清二楚，我和陆岩是桥归桥、路归路，两不相干，有力地回击了老邬那忽隐忽现、你总也无法摆脱的捉摸不定的目光。为了使我的话更显其分量，我毫不犹豫地端起酒碗，仰脖喝下这一大碗啤酒。

陆岩愣愣地看着我，显然有些出乎意料。

我虽然呛得直咳嗽，一阵热血涌上面颊，心里觉得火烧火燎的，但我还是竭力做出满不在乎的样子。在学校里男同学当面称我"女强人"，背后唤我"假小子"，不管其褒贬程度各占多少，但至少有一点是肯定的，我绝对不需要"保护人"。

可是，很快地我就对自己刚才的"泼辣之举"丧失了信心。首先是小谭，更殷勤地往我碗里倒酒，眼睛却斜睨着陆岩：

"巾帼英雄，定有海量，何必为她挡驾。"

老邬那捉摸不定的目光，逐渐溶化成一团"理解"和"知情"的笑意挂在嘴边，那神情仿佛分明在告诉我：别害臊，姑娘，我又不会说的。

我觉得自己仿佛是被乱丝缠身的飞蛾，扑打着翅膀，却挣脱不了，动弹不得。

我又机械地端起酒碗。

陆岩一把夺过我的酒碗，放在桌上，两眼迎视着我那无处发泄的怨恨目光。

"何必呢？你跟他们无法解释，当它过眼烟云好了。"

他说的又是家乡话。

不知为什么，我真想哭！我看得出来，他根本不想喝酒，也厌烦这种没盐没淡的纠缠，可是干吗要泡在一起互相演戏，做人为什么要这般吃力？我不懂，实在不懂！

我不喝酒了，真的，何必呢？我也不再说话，真的，又何必呢？我只是静静地坐在一旁，等着这场马拉松式的酒宴散席罢了。凭我的敏感和直觉，我意识到陆岩一定有什么难言的苦衷，否则，这个当初连见我一面的"闲工夫"都没有的大忙人，是不会把时间这样白白抛掉的。

桌上的啤酒瓶像小树林一般地竖起，焦煳的红烧鲫鱼在盘里只剩下翻着白眼珠的脑袋和长长的脊梁骨，桌上流淌着鱼汤、酱油，桌下丢弃着花生皮、鱼骨、瓶盖。

他们开始玩猜火柴棒的游戏，一把乌头白杆的火柴在各人的手里转悠着。他们把手放到身后，眼睛却互相紧张地窥视旁人，然后各自把捏紧的拳头伸到桌前。

"一！""三！""四！""二！""五！"

他们大声地叫着，然后一个个伸开手掌，总有一个挨罚，喝酒。

我什么也看不懂。

他们又开始划拳，猜令，吆喝声、竹筷敲打声震得小店板壁直晃。小谭干脆两腿蹲在长椅上，袖子撸得老高。小罗稍文雅些，可也面红脖子粗地穷咋呼，喉结像一颗包在肉皮里的乒乓球，不停地蠕动着。

我没想到陆岩在这种场合也挺能混，挺在行，口里也"鸡"呀、"老虎"呀、"虫子"呀乱叫一气，油滗滗的筷子也能噼噼啪啪地和他们敲打在一块，简直像个地道的东北"老菜帮子"。不过，我很快就发现他很少挨罚，酒喝得并不多，倒是极其殷勤地不断给小谭和小罗斟酒。

"陆兄，你这位大主任今儿个屈尊和咱哥们一块儿喝酒，小弟真是不胜荣幸之至……"小谭大约已经有些醉了，口泛白沫，红红的眼睛一眨一翻。

"谭兄不要吃小弟的豆腐，我这个破主任哪有你物资局大老板的腰板硬，想搞点玻璃、水泥，求爷爷告奶奶的，到现在还没有着落。"陆岩煞有介事地一摊手，满脸苦相。

"嘻，闹点玻璃水泥在老谭大哥来说还不是小事一桩，你要是早不那么一本正经，早解决了。现在的事情，前门走不进，后门路路通。"小罗又在一旁咋呼开了。

"此事还请谭兄帮忙。"陆岩竟然像作揖似的一拱手。

"哼！"我不由得从鼻孔里出气了。这个陆岩，那么清高孤傲、自命不凡，却也有低声下气求爷爷告奶奶的时候。

陆岩扫了我一眼，仍然谈他的。

小谭满脸洋溢着被人求助的得意之色，显得很有派头地一挥手：

"玻璃水泥的事包在我身上，你放心好了。"他喝了一大口酒，像是突然想到什么似的问："托你给我老婆捎的丝绸被面……"

"带来了，一红一绿……"

"好，够朋友！兄弟敬你一杯。"

又是乒乒乓乓一阵碰杯声。

我厌恶地转过脸去。虽然我并没有完全听明白他们谈话的内容，但我却觉察到他们之间在进行着什么交易。

陆岩大约看出了我的反感，锐利的目光不断扫射过来。然而，这好像并不影响他在这一交际场合中应付自如的周旋，他很殷勤地不断给小谭倒酒，频频地和他碰杯，谈得更来劲了。大约彼此都觉得达成了一项对己有益的协议吧，陆岩的脸上竟露出一丝似笑非笑的满意之色。

也许我在一旁冷眼观望，神色明显流露出鄙夷，老邬看了我一眼，对他们说："哎，诸位不能斯文点吗？人家南方姑娘不习惯……"

"没什么。"我打断他。

其实他们正在兴头上，根本没听到老邬在说什么。

"小舒，别见怪，东北人都这样，爱喝点，开心开心，他们很豪爽，也肯帮忙。"老邬看看我，把装花生米的盘子朝我这边挪了挪，"嚼几颗花生吧，挺香的。"

我摇摇头。

老邬开始朝自己嘴里丢花生米，边嚼边说："我在官场上混得也有年头了，可到现在四十多岁的人只闹了个小小主任，油水倒是不少，可既坐不了软卧，也乘不上小车，真没劲！跟你说实话吧，陆岩那小子够种，有气魄，是个当官的坯子，我的眼光不会错。小谭在地区物资局占着窝，别看他像段烧焦的木炭，可是神通广大的财神爷。小罗干那美编工作还不是混钱的差事，连个圆圈都画不来。可他有背景，咱也不能怠慢他……哎，要想在官场上混出个名堂来，难啊！"

面对老邬这番坦率的"自白"，我惊诧得目瞪口呆。"他一定是喝醉了！"我看着他那紫涨得像猪肝一样的脸，心里想道。

"干吗这样瞧我？"老邬又仰脖喝干一杯啤酒，"要想在官场上混，就得懂点人情世故！你那位陆主任够清高的吧，为几块玻璃、几袋水泥，还不是要四下求人！"

"他要玻璃、水泥干什么？"

"他要造房，计委主任嘛，为民谋福利呀！"

"怎么回事？"我依旧不明白。

"就那么回事。你当他是到镜泊湖来喝酒看风景的？他可没那份闲心，我从前和他在一个公社，他有几根肚肠我还不清楚？"老邬诡秘地笑了。

我上了陆岩的当！搞什么名堂，我还以为他到镜泊湖真是为了了却十几年来的夙愿，同时也不忘对我尽到"保护人"的职责，没想到他拐弯抹角竟是来做什么玻璃生意、水泥买卖的！还拉着我陪绑。一种被欺骗、被侮辱似的愤慨油然而生。

陆岩也许听到或觉察了什么，慑人的目光又一次锐利地穿过小树林一般的酒瓶堆，停留在我的脸上。我挑战似的迎着他的目光，眼睛一眨不眨。人们常说，目光对视，总是弱者或者说心虚胆怯者先垂下视线，我今儿个决心和陆岩较量一番。

陆岩的浓眉轻轻弹跳了两下，嘴角微微一抖，很快地垂下了视线。

遗憾的是，我丝毫没有感到胜利者的喜悦和骄傲。我心里很明白，他先垂下视线，只是他认为没有必要和我进行这场无声的较量罢了。他不屑，在他眼里，我完全是一个什么也不懂的小姑娘。他脸上那高深莫测的冷漠神情，笼罩了他内心的所有秘密，唯独那双慑人的眼睛里偶尔会闪现出一两点流露心性的火花，可往往还没等你来得及捕捉住就熄灭了，代之的又是那两口黑咕隆咚、深不见底的古井，什么也看不见。

我感到深深的懊丧。

下午，老邬和小谭、小罗都要赶回牡丹江去，因为吉普车是小罗不知从哪儿借来的，老邬说晚上他还有个会议要参加。他们的意思是让我们同车而回。陆岩问我怎么样。我其实对镜泊湖并无多大兴趣了，但想到又要和那几位继续同行，心里极不愿意，于是借口还想画几张画，提出要在这儿住一晚上。我看出陆岩实在不愿意留下，但又无可奈何。显然他也明白，不能把我一个女孩子孤零零地丢在这样一个陌生的地方。

老邬又在一旁阴阳怪气地开了腔："陆主任，你就留下来陪陪她嘛，人家南方姑娘来一趟不容易，风景这么美……"

"是呀，陆主任，陪她玩玩嘛！"小谭小罗也在旁边挤眉弄眼。

又是那种令人作呕的目光，我憎恶到了极点，却又无法辩解什么，脸色唰地沉了下来。

陆岩仿佛没有意识到他们的话是多么让人难堪似的，开口说："你们先走吧，我留下陪灵灵。"

老邬他们走了。我虽然不快活，但总算松了一口气。晚上，我在旅社对面的小铺里胡乱吃了几只羊肉馅饼，倒头就睡。我实在太累了，原打算找陆岩探探玻璃和水泥的事，可一倒在床上，此事就全忘了。

一觉醒来，疲乏全消，精神也畅快多了。推开窗户，只见东方已经横抹起一条青苍色的长带，轻柔的岚气飘然进窗，仿佛来邀我出去。我用手拢了拢散乱的头发，用一根橡皮筋捆住，甩在脑后，然后扯下毛巾，拿上漱口杯，走出房门。

走过陆岩房间时，我犹豫了一下，最后决定还是不叫他。

旅店的小服务员告诉我，今年旱，水都断了，要走三四里地到吊水楼瀑布那儿才有水。

我按照小服务员的指点，沿着一条土黄色的泥路朝瀑布方向走去。

早晨的气息凝滞而又清新，路两旁茂密的树叶轻轻地、从容地在微风中摆动着，发出沙沙的声音。头顶上盘旋着一只叫不上名儿的飞鸟，毫无顾忌地喳喳叫了一阵，就飞开了。一只毛茸茸的小松鼠瞪着乌黑滚圆的眼珠子，松蓬蓬的大尾巴高高地翘在身后，像扯起一面示威的旗子，可等我的脚步一走近，它就不安地在枝头上跳来跳去，倏地蹬着树枝跳走了。倒是有一只美丽的凤头小鸡雏在路旁的草窝里窜来蹦去，"唧，唧！叽，叽！"叫个不停。

其余的是一片沉寂。

真好！镜泊湖的早晨！

我开始后悔自己没把画箱带出来。

走了一段路后，渐闻水声潺潺，凉气似乎也更浓了。我加快了脚步。

穿出绿荫尽头，展现在我眼前是怎样迷人的景色啊！大大小小光滑圆润的青石错落有致地堆拥着、铺展着，白哗哗的水流拍打亲吻着这些石头，然后又腾越而过，汇集成一条条白链似的小溪，蜿蜒穿过乱石，向芳草如茵的斜坡淙淙流淌。浅水处露出水面的石头上，长满了暗绿色和红褐色的苔藓，散发出一阵阵湿漉漉的陈腐味儿。四周围枝叶繁茂的山水杨、榛子树、灌木丛互相亲密地依偎在一起，空气中不时飘过来一股浓郁幽雅的树脂清香，在我身边舒缓地缭绕。

我醉心地吸吮着甜馨的空气，心里充满了愉快。大自然的美景对谁都愿意慷慨奉献，只要和大自然在一起，你总能品尝到生活的欢乐。

我卷起裤腿，下到水里，任凭清凉的溪水漫过脚背，慢慢地朝下蹚去，准备找个地方洗脸刷牙。

忽然，我愣住了，在小溪流的下游、一块巨大突兀的圆石上，我看到了他——陆岩。

他两手抱膝坐在那儿，大脑袋沉重地低垂着，下巴颏支在膝盖上，呆呆地望着脚下的小溪，脸上一片冷寂。

他这是怎么啦？这样咄咄逼人的强汉子，脸上竟会出现如此伤感的神情，真让人不可思议。我困惑不安地望着他像泥塑般一动不动的样子，心里突然害怕起来。他这会儿的模样多么像俄国著名画家弗鲁别尔笔下《坐着的恶魔》呀！那具有巨大力量却无处发挥，注定将永远孤独、痛苦的"恶魔"，不是也有这样紧蹙的眉头，郁悒的目光和那微微下垂的、带着苦痛神情的嘴角么？眼前的陆岩和昨天酒桌上的陆岩多么的不同啊，和那个傲慢的陆岩更是没有一点相似之处。到底是眼前的他，还是以前看到的他更接近真实的陆岩？都说我们画画的人眼睛是最犀利的，能够穿透表面抓住人的灵魂中的东西，从而表现出人物的内在气质。然而面对陆岩，我却好像不那么自信了。他的形象在我的头脑中变化不定，难以捉摸，他的谈吐气质在不同的场合表现出来又是那样大相径庭。这是一个多层次多色调的人，我不能超越自己的了解去判断他，可要真正了解他又是多么难啊！我无法从他的神情和眼睛里捕捉到他藏匿在心灵深处的东西。

记得一位大作家曾经说过：一个人的实质，常常不在于他向你显露的那一面，而在于他所不能向你显露的那一面。如此说来，那么眼前的他或许倒是真实的陆岩？看着他脸上那寂冷而伤感的神情，我真想走过去，坐在他的旁边，对他讲一点不管什么样的开心事。但是我能对他讲什么呢？

潮乎乎的岚气裹着枯枝败叶的气味悄悄地弥漫开来。一只什么小动物从我身边嗖地一下窜到背后的树丛中，又顺着层层枝叶出溜而下，发出一阵颤悠悠的沙沙声。这声音是那样轻微，宛如一颗水珠顺着层层枝叶慢慢滚落下来，掉进了小溪流。我轻轻地踩着厚厚的苔藓和湿润的腐殖质，悄悄向陆岩走去。

陆岩好像完全沉浸在什么思绪中了，一点也没注意到我的出现。我感觉他是在聚精会神地倾听一种我所听不见的声音。他那凝神屏息侧耳静听、睁大一双眼睛呆望着小溪流的肃穆神情，使我觉得好像有一种东西在折磨着他。小溪流在低低地絮语，站在这里听去，叮叮咚咚的流水声充满了温情。这絮语带着清新的凉意，犹如冰凉的手指搔着耳膜，起初仿佛是在弹拨一支能使人吐露最隐秘心曲的悠悠小调，续而好像慢慢变成了从人的胸腔深处发出的低沉而绵绵的叹息。我默默地看着陆岩，觉得他马上就要打开自己的胸怀，不过不是对我——他并没有发现我——而是对着一种深远的、无边无际的、我所看不见的东西。也许在这种时候，心灵的窗户会露出一丝缝隙？

我低下头，故意啪哒啪哒地踩响水花，用毛巾撩拨着清清的水流，然后又扶着石头慢慢地向下走去。

　　他一惊，抬起头来。很快又站起身，朝我大声嚷着：

　　"灵灵，你怎么找到这儿的？不多睡会儿？我还寻思给你带水回去洗脸呢！"

　　"你哪来的盛水家伙呀！"我心想，口里却什么也没说，只是看着他。

　　他满脸带笑，黑棕麻似的眉毛高高扬起："怎么样，这儿的风景不错吧？哎，你怎么没把画箱带出来？"

　　他干吗要装腔作势，像戴着面具演戏一样呢？我苦恼地想，好像我没看到他刚才那副神情似的。

　　陆岩见我闷声不响，显出几分尴尬，也不说话了。他挽起裤腿，把两条粗壮坚实的小腿肚浸到水里，不停地摆动着。

　　他一沉默，我又憋不住想说话。我蹚水过去，走到他那块大石头旁。

　　"你在干吗？"

　　"没事儿，出来遛遛，呼吸点新鲜空气。"他转过脸去，似乎不愿意再和我多说什么。

　　我索性爬上大石头，在他身边坐了下来。

　　"这是什么？"我发现他身旁有几块黑褐色、布满大小洞眼、呈鹅蛋形的石头。

　　"火山石。我捡的。"

　　"捡来干吗呢？"

　　"我想带回去。"

　　"带回去干吗？"

　　"你怎么老问干吗、干吗，哪有那么多干吗的！"他说话的腔调一点没好声气，很不耐烦似的。

　　"你要它总有目的呀！"偏我这个人很执拗，又不懂得照顾别人的情绪和顾忌别人的脸色。

"真能缠！灵灵，我和你说，世界上的事情很难说清楚，一个人也不是干任何事情时都清楚地明白自己要干吗的，懂吗？"

"……不懂。"我老老实实地承认。

"你多大了？"

"二十二。"

"二十二……梦一样的年龄，我刚来北大荒时还不满二十，比你现在还小三四岁哪！"他看了我好久，但我却觉得他好像根本不在看我，而是透过我，看着遥远的地方，那神情又专注又迷茫。我不敢响，怕打破他的某种思绪。我总觉得，当难忘的往事唤起一个人深深的回忆时，他一般总会向愿意倾听他叙述的人敞开自己的心扉。果然，陆岩突然向我打开了话匣："那时候，我妈妈爸爸还都在干校，只有从小带我的老阿奶到火车站来送我。火车快要开时，她哭了，问我，你干吗一定要跑到那么老远去啃窝窝头，吃棒子面，跟阿奶回绍兴老家去吧，那儿大米总有。我很心疼阿奶，她自己没有小孩，从小把我当亲生儿子一样带大，我也舍不得撇下她孤零零一个人，可是，我还是要走！干吗？奔赴边疆闹革命呀！当时，去黑龙江的名单还要经过工宣队严格审批，不是人人都有资格去的呢！我父母都打倒了，我去不了同江、抚远那些一线的地方，但作为'可教子女'到东北二线插队也不容易呀，打了三次报告，还写了血书呢！可现在回过头来想想，那是干吗？有时自己也犯迷糊了，唉，干吗……我干吗对你说这些，干吗呀！"

他陡地闭了嘴。

"你不容易，到现在还坚持在北大荒。"我实心实意地说。

"你看这石头，百孔千疮了……"他叹了一口气。

我一时吃不准他说这话的意思，拿起一块石头在手里抚弄。

　　"据说，一万多年前，这里有过一次火山爆发，这些石头就是火山爆发时的熔岩碎块，它是富含气体的熔浆迅速冷却碎裂而成的，原本质地很粗糙，天长日久被水冲得光滑了，只是……只是那些大大小小的洞眼无论如何也冲不掉了。"

　　"有这些洞眼，石头才好看。"

　　"好看？也许。"他瞥了我一眼，"你捡一块带回去吧，放在你的寝室里画桌上也许很别致，很风雅，可在这里，它不是好看，而是……"

　　"是什么呢？"

　　"是一段历史的证明，它证明这里曾经有过一次火山爆发。"

　　"那又怎么样呢？"

　　"怎么样？一点也不怎么样！但石头是永远在那儿了。"

　　他显然又烦了，眉头一皱，挥挥手：

　　"走吧，该回去吃早饭了。八点半有长途汽车到东京城，能赶上下午两点回牡丹江的火车。"

　　"还去牡丹江？"我站起身来，两眼直直地盯住他，"为玻璃和水泥吗？！"

　　"你？"他眼里跳出两颗诧异的火星，一晃就没了。"你管那么多干吗？这对你没有好处！"

　　"我管干吗？我又不想捞到什么好处，我只是觉得你……太可怜了！"

　　"你！——"陆岩愣住了，脸色很难看，嘴唇微微发抖。我的挖苦显然触怒了他，我看出他想要发火，却又竭力抑制着自己。

　　沉默了一阵，陆岩跳下大石头，看也不看我，走了。

　　我攥着那块"百孔千疮"的火山石，半天没有动。

　　回到牡丹江时，陆岩没有再去找那几位哥们，直接在车站买好了去佳木斯的火车票。这倒有些出乎我的意料，或许他要办的事情已经办妥了？要不，他是不愿意在我面前再为玻璃水泥奔忙？这我不管，反正免了一场预期中的"酒宴送别"，我不由松了一口气。

　　第二天早上四点多钟到达佳木斯，陆岩当即买好去宝锦的车票。车票一到手，我就发现他的情绪明显好转了，也愿意说话了。因为车是下午一点钟的，还有七八个小时。陆岩俨然以主人的身份领我参观整个市区。看到我对沿街不少店面门口高高悬挂的纸花塑料飘带筒露出不解的神色，他就耐心地告诉我：那是饭店的招牌，名叫"幌子"，是用以招徕顾客的。清真店是黄白花蓝飘带，一般酒家就是红花红飘带了。当我们走到市内唯一的一家公园附近，看到门口张贴着巨幅广告，广告上用极花俏艳丽的颜色画着一条口吐二寸长舌、眼睛像灯泡一样贼亮的毒蛇，缠着一个神态自若地躺卧着的小伙子，旁边是一行醒目的鲜红大字——人与蛇同眠，下面书写着："驯蛇表演"，特邀中国著名蛇郎×××表演驯服"眼镜蛇"。陆岩竟兴致勃勃地向我介绍起那蛇郎的身世来了，说什么小伙子乃柳州人氏，家道富殷，驯蛇表演，并非为钱卖命，纯系一种癖好，等等等等。话说到后来就转到柳宗元的《捕蛇者说》，自然又引出一番比较、议论。

　　我觉得陆岩好像突然间换了一个人似的，不再是那阴沉寡言的"冷面杜丘"了。

　　当我们坐上开往宝锦县城的火车时，陆岩的神情似乎更兴奋了，老是按捺不住地把头伸出窗外，指着一望无际的旷野上飞闪而过的绿色生命喋喋不休地向我介绍：这是黄豆，那是甜菜，那是烟叶，这是麦子……那陶醉的神情就像在展示自己最心爱的珍宝。

　　他爱北大荒，真正从心底里爱，我想。

　　大约没有听到我对他的介绍产生任何的反应，他把头缩回车厢，看着我：

"你累了？"

"不。"

"这一路没有把你照顾好，东北的吃住就这个条件，不能和南方比。再说……各人都有各人的地盘。到了宝锦，我会补偿你的。"

"那儿有你的地盘？"

"谈不上地盘，有个说话能算数的位置摆在那儿。再说，我在那儿毕竟待了十多年。草甸子开发的第三年我们就到那里了，那时真是一片水淹沼泽地啊……"他点燃了一根香烟，重重地吸了一口，"咱们那帮知青不算大草甸的开国元勋，也称得上有功之臣。可惜呀，都走了……连你哥……那阵子他干得多棒，还是打头的呢！"

他那兴奋自得的神情中不易觉察地掠过一丝惆怅，长长的一截子烟灰无声地跌落在窗前的小茶桌上。

"你为什么不走呢？"我用手轻轻地抹去烟灰。

"我？"他转过脸，嘴角又呈现出那种踌躇满志、刚愎自用的线条。"你到宝锦一看就知道了，我和你哥他们不一样，我在那儿管着一摊子哪，怎么能走！"

"你当什么官？"我连问话都不会拐弯抹角。

好在他并不忌讳介绍自己的官衔，回答得十分爽气："县委常委兼计委主任。"他磕了一下烟灰，又加上一句，"官不大，权不小，能为老百姓干点事儿。"

我"扑哧"一下笑出声来。他说话那口气就像当兵的说"老百姓"时那种居高临下、怡然自得的腔调。

"笑什么？你呀，根本不懂。咱们那儿的老百姓眼下不缺钱，票子大把大把甩，可有什么用？陷在大草甸子里，再富庶也像大海中的孤岛，喝口淡水也得从外面运来，捧着金饭碗讨饭，有钱没处花……要不是咱们当干部的想着为他们办事，哼！"

我逐渐理解了陆岩为什么神情越来越兴奋的原因了，就像一只鸟儿，它要有展翅翱翔的天地，陆岩觉得自己能施展身手、贡献才智、发挥能量的天地在北大荒，在他挥洒了十几年汗水的深深的大草甸里。现在，火车正载着他向那辽阔的天地飞驰，他怎么能不兴奋呢？

我也被他的情绪感染了，急迫地要求道："我们别待在县里，今晚到，休息一个晚上，明天就下公社去，去你们插队过的那个公社，好吗？"

"没问题。我上午已经给县里打了电报，下火车后会有车来接我们。你也不用花钱住招待所，就在我的办公室里睡一宿得了，我去传达室赵大爷那儿睡。离开三个多月了，老头子准得拉着我唠嗑。"他顿了顿，眼里闪动着兴奋的光，"想吃生拌马哈鱼吗？地道的东北名菜。"

"我想洗澡。"几天没洗澡，身上痒得难受，眼看到达目的地了，我憋不住提出了要求。

"那没问题，赵大爷会给咱烧水。不过我事先提醒你，那水黄，你别嫌！"

"没问题！"我学着他的腔调，一边咯咯咯地笑起来。不知为什么，反正心里挺舒畅，陆岩并不是那么不好接近的人。

出了火车站，似乎并没有人来接。小吉普倒是有两辆停在那儿，一打听，一辆是接到哈尔滨开会回来的同志的，一辆是送副县长爱人赶下一趟火车到长春看眼病的。都是县委的司机，和陆岩也熟，看到陆岩拎着大包小包，身后还跟着我这个姑娘，很热情地邀我们上车，说反正有空座，把我们就捎带了。

陆岩拒绝了。他的脸色不太好看，很显然，他没有想到自己拍了电报，县委竟没有安排车来接，至于"捎带"，他不愿意那么"寒碜"。

"走吧，灵灵，可能县委没收到我的电报。不过也没什么，一共五里多路，说话就到了，你也可顺便看看我们县城。"

连着坐了一天一夜的火车，我虽然很疲乏，但也不好说什么，只得拎起包跟他走。

到达县委门口时，天已经傍黑了。大门紧闭着，陆岩喊了半天，才见一个瘦瘦的老头子来开门。

他一见陆岩，惊喜地喊了起来："呀！是小陆子，你多咱回来了？真是没想到。"

"赵大爷，您老好吗？"陆岩见赵大爷诧异地打量着我，忙说，"她是舒晓刚的妹妹。晓刚，记得吗？你管他叫'大耳朵'的晓刚！"

"噢，是'大耳朵'的妹妹呀！瞧这闺女，长得多水灵，快进来，进来！"

赵大爷拉亮了走廊里的电灯，抢着要帮我们提东西。

"大爷，县委不知道我今天回来？"

"啊，啊——"大爷拎着旅行袋头前走着，那两个"啊"字不知道算作什么回答，过了一阵，说：

"正副书记都跑到下面公社检查工作去了，几个部委的头也都跟着下去，要半个多月才能回来呢。"

"什么时候走的？"

"今天下午刚走，你要早来半天就赶上了。"

陆岩皱紧了眉头。

"车呢？全下去了？"

"可不，浩浩荡荡一班人马呢，还能留下车？"

"你别急，"陆岩看看我，说，"我会想其他办法的。"

我此时只想洗澡、睡觉，他们的话我没太往心里去。

陆岩问赵大爷要了钥匙，把我领到他的办公室兼卧室。只见门口高高地悬挂着一块小木牌，上面用黑色仿宋体写着：主任室。

打开房门，一股阴湿的潮气扑面而来。尽管我自以为对房间的简陋已做了充分的思想准备，但面对这样一间县委常委兼计委主任的办公室加卧室，我还是大大地吃惊了。一张过窄的单人炕上卷着薄薄的被褥，上面搭着一件油腻腻的棉大衣，一只三屉桌四只脚高低不平，靠外的两只脚下垫了两块砖头，桌上堆着一大摞乱七八糟的书籍杂志，靠右手的墙角依着一口黄色的柜子，算是唯一像模像样的家具，可是也已经油漆剥落，木板也裂开了一条大口子。整个房间灰黑气闷，还发着一股怪味儿。

我愣愣地站在门口，一时竟不知自己是否应该进去。

陆岩把行李撂在地上，迅速地推开窗户，摊开被褥，又从门背后找出一块抹布利索地抹着桌子板凳上的灰尘。

"这就是我的窝，十五平方米，还不错吧？"

"……"

"你先坐会儿，我去让赵大爷烧点水。"

"不用了……"我一眼看到门旁脸盆架上那脸盆里一圈厚厚的油垢，洗澡的欲望一点都没有了。看陆岩不解地望着我，只好又补上一句，"我累了，懒得动弹。"

"那好，你早点睡吧。要想看书，柜子里有。"

他重重地带上门，走了。

我虽然很困，但我看着发黄的被褥还是犹豫了。要不要睡觉呢？这被子里会不会有虱子呢？但是，眼皮老打架，抵御不住瞌睡的来临，我只好先拉灭灯，在黑暗中静静地坐了片刻，然后在看不见被褥是白是黄的情况下，不脱衣服，钻进被子。

很快地，我就睡熟了。

刚睁开眼，就听到急促的敲门声。

赵大爷惊慌失措地站在门口，比比画画地告诉我：被子着火了，陆岩病了，人又没了。

我听不明白他磕磕巴巴的话，赵大爷拉着我到他的房间。炕上，一条被子烧了个很大的窟窿，露出焦黑的棉絮，大约又用水扑灭，被子是湿淋淋的，炕席上淌着水，炕沿下，有一小摊烟蒂。

"小陆子这回回来，烟可是抽狠了，我劝他少抽点，就是不听，眼睛都睁不开了，嘴里还抽。这不，人睡过去了，烟头把被子给烧着了……"赵大爷絮絮叨叨地数落着。

"我是从梦中给烧醒的，那火苗蹿得——吓死人！我赶紧端水来泼，火是灭了，被子也湿得没法睡了，小陆子被冷水浇醒还不知怎么回事呢！"

"后来呢？"

"我让他和我合一个被窝，他死也不肯，愣是冻着坐到天亮。好了，又打喷嚏，又流鼻涕，脸烧得通红，许是着了凉感冒了。"

"他人呢？"

"谁知道又跑哪儿去了，我还想拽他去县医院看病呢，可人影都没了。"

赵大爷边唠叨边开始拾掇烧焦的被子，我也走上去帮忙，先抹炕席上的水，再扫地下的烟蒂。

赵大爷神色有些黯然地看着我，嘴唇嚅动了好半天，忽然说：

"姑娘，你和小陆子乡里乡亲的，你哥那阵和他又要好，你们不会劝劝他？"

"劝他什么？"

"一个人泡在这破地方干啥？回去算了。"

"为什么？这儿的人不喜欢他？"

"嘻！他家条件那么好，他爸又是做大官的，何必赖在这儿吃这份苦。反正婚也离了，也没拖上孩子，干干净净的一个人，有什么不好回去的。"

"大爷，他是扎根边疆闹革命呀！"我想起了陆岩说过的话，半开玩笑地说。话一出口，自己听起来都好像带有嘲讽的味道。

"扎根？哎，这娃，像是吃了秤砣铁了心啦！"赵大爷长叹了一口气。

"赵大爷，你也不喜欢他留在这儿么？"

"我？你这姑娘，大爷有什么喜欢不喜欢的，大爷在这县委大院里只管看门、扫地、烧开水。大爷是看着他挺可怜的，爹妈不在跟前，女人又走了，一个人不容易呀！他要是知道……"

"知道什么？"

"噢……没什么，没什么。"赵大爷好像发现自己说漏了嘴似的，一下子不说话了。

我疑惑地看了赵大爷一眼，赵大爷脸上的神情似乎很尴尬，两只手把那床烧焦了的破被子叠好又摊开，摊开又叠好。

陆岩回来了，脸色很阴沉。看到我也在赵大爷的屋里，他眉尖微微掠过一丝不快，慑人的目光下意识地往炕头扫去。那床烧焦的被子已被赵大爷折叠得端端正正，破败的花絮折在朝里一面，掩盖了骇人的残缺模样。

我装着什么也不知道的样子，轻轻地问：

"我刚起床，想来问问你昨晚睡得好吗？"

"不错。"陆岩吐出一口气，随即告诉我，"车子没联系到，看样子今天走不了了……"

"没关系，走不了更好，我还想逛逛县城呢！昨晚店都关门了，什么也看不见。"我不知道自己为什么竟说出这番根本不是心里所想的话。赵大爷刚才的那些话莫名其妙地在我的心底抹上了一层阴影，我感觉到自己内心骚动着一种无法明言的不安，它使我惯有的、想干吗非得干吗的执拗劲头消逝得无影无踪。我有些怯怯地看着陆岩，很害怕自己会招惹他的不快。

"啊——嚏——"陆岩打了一个很响的喷嚏。他尴尬地看了我一眼，掩饰地说，"东北的早晨风大，出门时可能着了点凉。"

我不愿揭穿他，只说："我那儿有阿司匹林。"

赵大爷不知什么时候走了。

早饭后，外面走廊里逐渐开始有了人声，估计是上班的人来了。

陆岩对我说："上午你自己安排吧，去街上逛逛也行，在屋里休息也行。我得检查检查工作，不陪你了。"

其实，我对这个小县城根本没有逛的兴趣，陆岩走后，我就打开他的柜子，想找些书消磨时间。

一打开柜门，我就傻眼了，里面简直是一个小书库！最上面一档塞得满满的是建筑学杂志，接下来一档也都是有关建筑方面的书。我随手拿了一本《西方现代建筑与中国古代园林的比较》翻看，里面还有不少彩色的照片，有摩天大厦，也有亭台楼阁。

他大概想当建筑师？我突然想起在镜泊湖时老邬对我说的话："他要造房，计委主任为民谋福利嘛！"

不切实际的空想家。我不由地摇了摇头。这种摩天大厦和亭台楼阁是东北大荒草甸里能有的建筑么？真有这番雄心抱负，就应该去报考大学建筑系，将来分配到大城市，设计宾馆什么的，那倒还有可能学以致用。

我丢开了这本装潢精美的"比较"书，继续向下面几档搜索。呀！竟然全是我熟悉透顶的美术书。我打老远背来的《西方美学家论美和美感》《芬奇论绘画》《安格尔论艺术》这儿全有！甚至连我爱不释手、这次因嫌重没有带来的《罗丹论艺术》这儿也有。靠右角一摞是《世界美术》和《美术丛刊》《集邮》杂志，最底下一档全是文艺书籍和外国小说。更令我没想到的是，还有一沓中国古代书法家的字帖：柳公权的、王羲之的、赵孟頫的、颜真卿的，还有一本影印的魏碑。

我下意识地又朝这灰黑阴暗的十五平方米空间四下打量，它和这满满的一柜子书是多么地不相称啊！在我看来，这书柜里，有个文明、开化、五彩缤纷的世界，可周围的现实距离它却实实在在地太遥远、太遥远……

哦，深深的大草甸，我还没有走进大草甸子呢。这里毕竟是县城，只是大草甸子的边沿，真正到了大草甸子深处，还不知会是怎样一幅景象。

快到中午的时候，门外走廊上突然传来一阵嘈杂的叫嚷和纷乱的脚步声。

"不像话，简直不像话！胆大包天了！我要追查，追查！"

我听出那是陆岩的声音，不由得拉开门往外瞧。只见陆岩气咻咻地叉着腰，敞着衣领，胸脯一起一伏，蓬乱发硬的头发仿佛都竖了起来。

一个矮小的、穿中山装干部模样的中年人正打着手势对他说："陆主任，你听我说……"

旁边一个身坯粗壮、膀子耸起块块疙瘩腱子肉的汉子，只穿着一件背心，用手拍打着胸脯，一副气壮如牛的架势："陆——主任，这事儿我挑的头，你看着办吧。是我跟他们打的包票，我寻思你陆主任跟咱哥儿们还不对付？八千块的建房费给谁花还不是花？好歹在一条走廊里混，捞点油水不该？我跟他们说，陆主任不是那号卖兄弟讨老婆的龟孙子，出了事也不会塌肩膀……"

"牛泡，我就瞧着你小子不地道，一肚子坏水流到哪儿哪儿生脓疮！八千块建房补助国家有明文规定给农村困难户的，你们背地里私分，还有王法吗？！"

"陆主任，你听我说……"矮个子急于解释什么，但磕磕巴巴、哼哼叽叽地却又总说不出什么。

"你个窝囊废！八千块钱都让耗子拖走了，你这只老猫还窝在洞里睡觉，要你这个副主任顶屁用！"

"陆主任，这可怨不到我，"矮个子为自己解脱干系、推卸责任时话倒说得又流利又清爽，"牛泡说是你走前同意签的字。我是不同意分这笔钱的，我自己一个子儿都没沾，可是有你签字，我有什么办法？"

"混账！我什么时候签过字啦？"陆岩气得暴跳如雷，矮个子吓得倒退了两步。

被叫作牛泡的那小子在旁不痛不痒地说："陆主任，有话好商量，何必发那么大火！钱已经分了，事情也已经摆在那儿了，这事县委王书记也知道——"牛泡说王书记三个字时，明显地加重了语气。

令我惊讶的是，陆岩虽仍恶狠狠地盯着牛泡，但语气却和缓下来："这事够追究刑事责任的，谁也逃不脱，牛泡你小子等着你老婆送牢饭好了。"

牛泡不以为然地看着陆岩，嘴里却吹起了口哨。

就在这时，陆岩看到了我。他一皱眉，对牛泡挥挥手："走着瞧！"说完就朝我走来。

我赶紧退回房里。陆岩进来后，从口袋里掏出饭菜票递给我。

"中午你自个儿到县委食堂去吃饭吧，我有点事儿。"

走到门口时，他又像想起什么似的，回头补上一句："下公社去的事儿我联系了，明天准保有车，你别着急。"

我倒是并不着急了，代之的是一种愈来愈明显的不安。自从镜泊湖的早晨，我在溪流边发现陆岩郁悒伤感的神情后，这个怪人的命运已经逐渐开始牵动我的心了。我想起老邬那捉摸不定的目光和诡秘的笑容；赵大爷那欲言又止的神态和吞吞吐吐的话语；还有走廊上那番不知底里的争吵，"矮个中山装"唯唯诺诺、息事宁人的模样；"疙瘩腱子肉"牛泡傲慢狂妄、尖酸刻薄的嘲讽……我意识到陆岩在这里并不受欢迎，这里似乎也没他施展身手的"地盘"。他的一腔热情换来的竟是这样冷落的结果，难道他自己就没有一点感觉吗？他想没想过在这里待下去的前景会是如何呢？我真为他担忧！

吃罢中饭，我依旧什么地方也不去，在陆岩房间里焦急不安地等待，心神不宁地徘徊。门外的每一声动静、每一串脚步都会牵动我的神经。

一直到傍晚，陆岩都没有回来。赵大爷进来冲开水时，我忍不住问：

"大爷，陆岩他到什么地方去了？"

赵大爷看看我，嘴角抖了几下，却什么也没说，摇摇头，转身走了。

我心里更加不安，总觉得好像要出什么事儿似的。晚饭时间到了，陆岩依旧不见人影，无奈，只好又自己去食堂。

县委干部大部分下乡了，吃饭的人很少，仨俩人坐在桌旁，说话声一清二楚。

我进去时，正好听到他们说陆岩的名字，不由竖起了耳朵。

"知道吗？陆岩回来了。"

"噢？这次回来总是要办调转手续了吧？"

"没听说。看那架势一时半刻走不了，回来就盯上牛泡了。"

"怎么？"

"还不是为那八千块建房补助费，要查哪！"

"查？那么便当？！吃进嘴里的肉他还能给抠出来？哎，他知道自己被撸了吗？"

"恐怕还不知道，要知道了还有那劲头追查八千块钱？不在其位，不谋其政嘛，他当然是以为自己在其位啦！"

"你小子，可别幸灾乐祸，陆岩比那矮主任可是强多了，不是混饭吃不干事的种！"

"那是，可他毕竟不会永远待在这里，南方的种子在咱这荒草甸子里扎不了根。"

"你咋知道扎不了根，兴许他是个例外呢？所有的知青几乎都走了，他又不是没机会，为什么一直不走？听说这回他还带来个年轻小姐，就不兴人家重新在这里安个家？！"

一股血流涌上面庞，我不由全身燥热，这些嚼舌头烂嘴巴的家伙，背后这样编派人！但我这会儿没有更多的闲心为此怄气，他们说的"陆岩被撸了"是什么意思呢？联想起赵大叔那吞吞吐吐、欲言又止的神情，我没有心思吃饭了，转身走出食堂。

回到寝室，房门洞开，只见陆岩斜倚在床上，一副疲惫不堪的样子，捏着香烟的右手神经质地颤抖着，床沿下又是一摊烟蒂。

听到我的脚步声，他拗起身来，把手中半截子香烟扔在地上，用脚踹灭了殷红的火星。

"吃啦？"

"嗯。"

"车子联系好了，明天下午就能走，下面公社我也去过电话，他们会负责接待的。"

我看着他，没有说话。

"你这回来得不巧，正碰上县里干部下乡，要不然派一部车还不是一句话。"

他还要硬充好汉，我不由为他感到悲哀。他干吗一见到我总要换一副面孔呢？干吗要把自己心灵的门窗关闭得这么紧呢？为什么就不能坦率一点？我很想说几句宽慰而又不至于刺伤他的话，却又不知说什么好。

赵大爷进来了，手里端着一碗鸭蛋。

"小陆子，这是你大婶前两天托人捎来的咸鸭蛋，我寻思咱这食堂的菜放葱放蒜，南方姑娘吃不惯。"

"谢谢你，大爷。"我真不知道如何感谢赵大爷的"雪里送炭"。晚饭没吃，肚子正咕咕叫呢。

"大爷，听说八千块建房补助费你也分到了？"陆岩没有接过鸭蛋，却冷不丁问道。

"……"

"大爷，钱是要收回的，你老的困难……"

赵大爷没等陆岩说完，把蛋碗朝我怀里一塞，转身就走。

门重重地关上了。

我捧着一碗青壳鸭蛋，惶惶地看着陆岩。

"想吃就吃吧。"陆岩闷声说。

"怎么回事儿？这建房补助费？你折腾了两天了，刚才我去食堂吃饭，食堂里也有人在说这个事儿。"我忘了肚子饿，也忘了鸭蛋的诱惑。

"他们趁我回家的时候，把今年国家拨给咱们县的八千元建房补助金分了。可那些困难户都张嘴瞪眼地等着呢！"

"赵大爷不困难吗？"

"他是困难，可也不能搅和在这里头混拿钱，该补助他的，会给他的。"

他不看我，在十五平方米的小屋里双臂抱胸踱着步。

"全他妈的搅和在一块，湿手沾了干面粉，甩也甩不脱。只有豁出去了，否则牛泡也挑不起这肩胛。"他好像在自言自语，又好像是在和谁商量，当然不是我。半晌，他仿佛下了决心似的重重拍了一下腿。

"妈的，认了！"

"认什么？"

"承认是我走以前签的字，担子由我来挑，该罚该判，认了！"

"你——"我大惑不解地看着他。侠肝义胆？还是骑士风度？英雄好汉，还是哥儿们义气？就算为他人牺牲，也要值得，也要清清白白！挑这么副不干不净的担子，不说是纵容包庇坏人，至少也是丧失原则，是非不分！我不以为然地一撇嘴：

"你这是何必？就为牛泡这种人？"

"当然不是为他！你不知道，要追回这笔钱，除此没有其他办法。如果我不背这口黑锅，你看着吧，光追究谁签的字，官司就得打一年半载。这帮贪赃的小子会互相攥紧膀子死吞下这笔钱。这样一来，我即使挣得了清白，那些个等钱盖房的困难户怎么办？困难户里还有我们回不了城的知青！"

"除了你，这儿还有没回城的知青？"我诧异地问。

陆岩不悦地一皱眉头，没有回答我的问话。

猛然间，我想起了临离家前哥哥交给我的小药箱，想起了他当时那种又古怪又复杂的表情……

"留在这儿的知青是不是有病？"我突兀地问。

"你怎么知道？"陆岩疑惑地看着我。

"他是谁？是不是以前和你们一块儿插队的？他为什么还留在

这儿？他现在在什么地方？"我并不回答陆岩的话，却提出了一串自己想知道的问题。

陆岩的脸色越来越难看，最后，他一挥手说："这些事儿和你毫不相干，你也没有必要打听，没必要！懂吗？！"他的语气冰冷，脸上的神情也能冻得人牙根打战。

没见过这样不近情理的人。真丧气！还是吃鸭蛋吧。我拿起一个青壳鸭蛋，重重地在桌上砸出声。

"啪！"

陆岩走了。

第二天上午，陆岩又忙忙碌碌地不知窜到哪儿去了，我只得又无聊地翻腾着他的书柜。直到吃午饭时他才关照我，做好走的准备。

午饭后，车没来。我强迫自己抓紧时间打个盹，一迷糊就睡着了。醒来一看，时间已过两点，急得连忙从床上跳起来，生怕错过了车。跑到大门口，根本没车的影，也不见陆岩，我找到赵大爷屋里，赵大爷倦倦地看着我，不紧不慢地说："哎呀，你要等他找来车子，就得有耐心了，眼下用车人多，哪儿车都紧。"

"他说已经联系好了呀！"

"不兴有变卦的？不是从前啰……"赵大爷又住了口。

我知道问也白搭，只好懊丧地重新回到大门口，顺着门外那条灰石路向远处张望。

一直到快三点，才姗姗开来一辆东风牌大卡车，车上装满了沙子、石头。

陆岩从驾驶室里跳下来，满脸汗珠，衬衣上蹭满了灰土黄迹，不住地喘着气。

"对不起，等急了吧？这车装货，耽搁了一点时间。"

　　我没说话，看着这辆满身尘土的大卡车，心里很失望，我原以为会是一辆军绿色的北京牌吉普车。很明显这车不是为咱们派的，不知陆岩从哪个旮旯里拖来的。我想起在火车站时他不肯让县委小车捎带的情景，心里诧异：他找来这辆货车捎带我们，倒显得很坦然！

　　"你去吗？"我问。

　　"当然！保护人嘛。"他笑笑。

　　我却不觉得有什么好笑。驾驶室里坐三个人，够挤的！

　　司机是个胖胖的小伙子，一绺软塌塌的头发盖住了前额，使他的脑门显小了，偏偏又长了一副双眼皮，女里女气的，真倒胃！

　　可是没有什么可挑剔和埋怨的了。我心里非常清楚，如果对这辆虽然坐不舒适，但却不会搭架子、挑乘客的卡车再犹豫的话，哪辈子才能进入草甸深处就难说了。

　　我背起帆布背包，戴上一顶破草帽，赶紧跳进了驾驶室。

　　一路上，陆岩不断向那胖司机递烟，胖司机摆手拒绝，陆岩就往他口袋里塞。他一共只带了两包前门牌香烟，这我知道。才开出七八里地，一包前门就报销了。

　　路高低不平，灰秃秃的，车轮飞过，烟尘滚滚。不一会儿，我的衣裤上就落满了一层薄薄的沙土。要是飘点雨丝就好啦，好像我们在学校大扫除时总要先拿洒水壶给教室洒水，这样灰土就被沾在地面上，不会像烟幕弹一样到处流窜污染了。

　　正想入非非，突然人被"噔"地一下从座位上弹起，大约是一个大坑耍的把戏。我头撞在车板上，疼得要命，想埋怨几句，一转脸，旁边的陆岩倒好，头枕着靠椅，竟睡着了，手里还夹着半根燃着的香烟。我想起那床烧得面目全非的被子，赶紧抽出这半截烟，掐灭了，正要扔出窗外，犹豫了一下，还是没扔，把它搁在座位前的搁板上。

　　胖司机看了我一眼，双眼皮一眨一眨的。

前面的路越来越坑坑洼洼，铅灰色的云层开始在天上聚集，一阵强风吹来，冷得我不由地哆嗦。

"该死，要下雨了。"胖司机的脸色阴下来。

"下雨怕什么，也好冲掉点灰沙。"话一出口我就领悟到自己说错了，我想起去镜泊湖时一下雨司机就不肯走了……东北的泥路不是我们南方城市的柏油马路，更何况这辆大卡车还得加上后面一车石子沙泥的重量。

还没等我开始向老天祈祷，雨就淅淅沥沥地落了下来。胖司机打开了风挡玻璃上的雨刮器。

我着急了。车才走了两个多小时，前面不知还有多少路呢，要是车被卡在半道上可怎么办？

"到公社还有多少路？"我小心翼翼地问胖司机。

"三十多里。"

"妈！"我吐了下舌头，重重地推在一旁睡得死沉的陆岩。

陆岩睁开惺忪的睡眼，困惑地看着我。

"下雨了！"我大声说。

胖司机不时地把头伸出车窗外，回头看天。

陆岩一下子精神抖擞，拍着司机的肩膀。

"没关系吧？这点雨，凭你的技术！"

胖司机不说话，两手紧张地旋着方向盘，依旧不断地回头望。

我不由得也探出头去，望着身后来的那个方向。只见那儿已是一片昏天黑地，隐隐约约地又呈现出那种直线垂帘状。

胖司机为难地看着陆岩，说："来的那条路上要下大雨了，我若是不在雨前赶回去，就得让烂泥坑困在荒野里过夜了。"

"在公社招待所住一晚，明天回去不行吗？"

"不行，明儿还有出车任务。"

　　我在一旁听着他们说话，心里害怕极了。还有三十多里地哪！要是把我们撂在这半路上可怎么办？我以为陆岩总要再做争取的努力，不是还有一包"前门"嘛，豁出这包烟总比走三十多里路强啊！我已经不再觉得这是不光彩的贿赂行为了。

　　可是陆岩一句话也没再说，两眼直视窗外。我急了，心里搜罗着一切能不让司机往回走的语言。

　　"那这车石头、沙子你也不送啦？"我心想，我们虽然捎带在你车上，可你的公差总不能不完成呀！

　　胖司机瞥了陆岩一眼，不知对我还是对他说："那石头和沙子还不是摆个样子，要不然也出不了车。"

　　原来是这样！我恍然大悟，想起了陆岩衣服上蹭满的灰土和黄迹，想起了他满头大汗从驾驶室跳下来的样子和刚才那副昏睡不醒的疲倦模样。

　　尽管如此，我还是忐忑不安地看着陆岩。我想，他一而再再而三地夸下海口，总不至于真让我冒雨走这三十多里路吧？我等着他开口向司机求情。

　　可是陆岩老半天没出声。当司机又一次探出身子回头望时，他竟爽快地说：

　　"难为你了，小马，把我们送了一多半路。剩下这三十几里路，几步就走到了，你回去吧。"

　　我惊诧地张大了嘴。他说这话时看也不看我，好像根本用不着问我一下是否走得动。三十几里地哪！几步就走得到？开什么高级玩笑！

　　当胖司机一再向陆岩表示歉意，而陆岩显得挺大度地表示谅解、感谢等一番必不可少的应酬礼节时，我委屈地扭转了头，害怕自己控制不住落下泪来。

然而，事情已经到了这一步，我明白软弱是无济于事的，只能让陆岩小看自己。我不能在他面前示弱，我就是拼了命也要把这三十几里地踩在脚下。

我不知自己是怎样下车的，也没有注意胖司机何时把车开走了。

雨神经质地停了。

我这才发现北大荒的天空是那样深邃、洁净和辽阔，无边无际的旷野是那样苍凉、沉郁和空荡。一眼望不到尽头的大草甸子，并不是哥哥吓唬我的那种沼泽般的水泡子地，倒似乎名副其实是由各种各样的草编织而成的大甸子，只是这甸子并不是青葱满目的绿草地，而是干枯、焦黄、凌乱的杂草，色无多，一片苍苍，草柄在风中索索摇曳，飒飒作响，静谧中，像是在诉说着寂寞。

陆岩开始在一旁兴致勃勃地向我介绍草甸子里的成员：大叶樟、小叶樟、芦苇、猪鬃草、蒿子、狗尾巴草……乱七八糟，都是叫不上名堂的草本植物。他滔滔不绝地说着，那神情就像在火车上如数家珍地告诉我地里生长的甜菜、大豆、烟叶、高粱时一模一样。

"今年旱，草甸子也干了，要在往年，可以在里面划船，还能钓鱼。这草甸子里的鱼可肥啦，肉又细又嫩，熬汤喝能鲜掉你的舌头！有鲫鱼、大鲇鱼、黑鱼、鲤拐子……

我偏偏想到了马哈鱼，虽然明知道那是江里的成员，这里不会有。谁知道他是不是又在吹牛呢？这荒芜潦败的大荒草甸在他口中简直被说成了美丽的桃花源。不知为什么，我突然间记起元人乔梦符小令《渔父词》中的词句："纶竿上日月交蚀。知滋味。桃花浪里。春水鳜鱼肥。"这位陆岩孤身一人泡在北大荒，是否也像一身潦倒、流落江湖的乔梦符一样，想品尝隐居生活的滋味呢？

看我对他的介绍反应并不热烈，陆岩大约很扫兴，脸上很快又显出那副令我惶惶的冷漠神情。

"咱这荒草甸子可不是你写生画风景的地方，闲情逸致可用不上。快点走吧，我们得在天黑前赶到公社！"

陆岩大踏步地头前走了。时不时从路旁的草甸子里扯下一根草茎，放到嘴里嚼着。

我只得不停步地跟在他后面往前赶。

"啪哒、啪哒"空旷而静寂的草甸子中只听到这一声声一声声疲惫而拖沓的脚步。

讨厌的太阳，又莫名其妙地露出脸来。刚才雨丝飘洒那阵子它不来救驾，现在却不合时宜地卷着一团燥热，令人窒息地高悬在我们头顶。

我的腿开始发酸，手指胀鼓鼓的，并也并不拢。我开始走一程歇一会儿，毫不迟疑地就坐在路边泥地上，人到精疲力竭时就没有那么多穷讲究了。

陆岩在前面并不回头，但仿佛身后长着眼睛似的，只要我不走了，他也就停止脚步。我以为他会转过身来问我累不累，能否继续走，至少安慰一下，或者说些鼓劲的话，可是他一点点表示都没有，只是把搭在肩头的黄挎包甩来甩去，口里依旧不停地嚼着草茎。哪怕能说个笑话或讲点趣事给我消消闷，解解乏，分散分散心思也好呀！可他竟然一点都不曾想到这个，或者说故意要让我在酷热的暴晒下枯燥乏味，因此更觉疲劳地走完这三十几里的路程。

我赌气地又坐了下来，并决心不再走了。

可是这一回陆岩没有照我预料的那样停住脚步，而是依旧一步不停地向前走，手中的黄挎包在空中甩着圈儿。

我坐着，搓揉着酸痛的小腿，看着陆岩越走越远。虽然我不用担心他会从自己的视线中消失，无遮无掩的大草甸你可以望到天边尽头，然而我还是有些害怕起来。

"哎——"我放开嗓子叫道，"我走不动了——"

他没有回头，声音却随风飘了过来。

"走不动也得走，天黑前不赶到公社，你就得在这荒草甸子里过夜！"

他不会有同情和怜悯心的，我何必流露自己的软弱？倒还不如咬紧牙关追赶上去，别让他把现今的大学生看扁啰！

等我拖着精疲力竭的腿赶到他身旁时，他没理会我满头的汗水和急促的喘气，硬邦邦地说："回去问问你哥，那时候他每天上工还不都得走四五十里，每天！"

这话硬得像砖头一样，简直能把人砸死，我腿一软，又和他拉开了距离。距离的拉大，意味着疲劳的递增，这大约是走过长路的人都有过的体会。

他不停步地往前走着，走在荒凉、寂静的路上。

灰蒙蒙的泥道两旁，荒芜的大草甸子远远地伸展着，无边无垠。草甸子的上空，一抹抹铅灰色的云彩静悄悄地飘动，偶尔掠过丝丝微风，在草甸子上匆匆忙忙地抚摸一下干枯的茅草和瘦黄的草茎，又总是留不住脚步地悄悄离去。

呵，深深的大草甸，你之所以显得那般广阔无垠，是因为空寂寥廓么？还是头顶上那昏热的火球和飘动的云彩使得一望无际的空间越发深远？

太阳完全沉没了，火热的气浪渐渐散去，天色逐渐暗了下来，远远地隐约显露出村舍茅屋的浅浅轮廓。遥望过去，掩藏在树木里的、被一些脉管似的大路小路连结着的田园农家，竟像是鸟雀在绿草丛中组成的窠巢。

陆岩终于停住脚步，转过身来等着我。

"灵灵，累了吧？"这温柔的口气简直不像是从他的喉咙里发出来的。我愣愣地看着他，一时竟没有反应过来他这话是否对我说的。

"看见了吗？那儿出现的房子就是我们第一次进草甸子安家的地方，快了，就要到了。"

"还有几里路？"我最关心的还是路程的远近。此刻，我的腿沉重得就像绑上了秤砣。抬一步都觉得十分吃力。

"已经看见了，你还担心走不到么？"

"看看近，走走恐怕还有很多路。"

"……"陆岩竟那么奇怪地看着我，嘴唇有些发抖。这是怎么啦？我有些惶恐。他的神情常常古怪，思路也很跳，和他对话有时好像很费力。真不明白，我刚才那样一句普普通通的话，又触着他哪根神经了？也许他又触景生情，由此想到了什么吧？

"你从前也走过远路？"他问。

"没有。"我只好老老实实地承认。

"是这样，看看近，走走其实还有很多路。但只要看见了，就会产生希望，而这希望是最要紧的，人要是没有希望，那大约就什么也没有了。"

我不知他为何突然对我说这番话，我也不明白他此刻说这番话的真实含意。我静静地看着他，他的表情是肃穆的，肃穆中隐隐透出一丝不易觉察的伤感。我这时才发现，他那蓬乱发硬的头发中闪亮着好些根银丝，宽阔的方脑门上已刻下了一道道清晰的皱纹。我不得不承认，我们虽属同辈人，然而实实在在地又好像是相隔了整整一个时代。

"你大约常常走远路？"看着他那若有所思的神情，我轻轻地问道，希望他能说出些心里话来。

"是的，常常走。走了十多年……到现在还在走。"他那沉思而明亮的目光直直地望着前方。

"你……要走到哪里去呢？"我顺着他的思路，接住话茬问。我心里明白他说的"远路"已经不是那种实指的远路了。

"不知道……有时候目标就在眼前，好像马上就能走到，可有时候目标看不见了，自己也不知道究竟要走到哪里去，路上，只有我一个人……"

他的明亮的眼睛变得有些黯淡，甚至好像有点湿润。

"灵灵，假如你能看到一只疲惫的狼在冰天雪地里的处境，也许，你就能理解了。它不能去嚎叫，就是嚎叫了也不会有人听见，找不到别人的回应或求得点滴的安慰。"

"我能理解，那是一种孤独，一种寂寞……"

我蓦地住了口，因为我发现他异样地盯住我，目光中慢慢出现了戒备和防范的神色，那种冷漠的凛然不可接近的表情又笼罩了他的脸庞。他显然后悔刚才对我冲口而出的那些话了，他心中最隐秘的一角无意中暴露在我的面前，这使他感到难堪和懊恼。

"你不理解，不理解！你不要老是自作聪明！"当他说出这些话，也许自己也感到有点过分、有点失态，于是不大自在地看了我一眼，走开去了。

我没有说话，也不想和他辩白和争论什么。当他无意中流露出来的、一直掩藏在心灵深处的那种软弱已经被我觉察，而他再要强作镇定地逞强时，我就深深地感到了他的孤独与寂寞。我能理解他这种不愿意旁人窥见他内心的创痛、硬要貌似强大的心理。

他已经远离开我，一个人大踏步地在前面走着。他上身的衬衣不知何时脱了，只穿着一件汗背心。石雕似的、结实的肌肉和那来回甩动的双臂透出令人羡慕的强健。我虽然看不到他脸上此刻的表情，但我猜想那一定是郁悒和苦痛的。我觉得，在他身上，好像坚定和沮丧、有力和无力都被复杂地糅合在一起了。不知为什么，我又想到了弗鲁别尔的名画《坐着的恶魔》，我不知道陆岩的心里是否也有"恶魔"那种孤独、彷徨、自觉有力却不知出路何在的矛盾心情，我只觉得前面那个独自一人走着的身影，就像这旷野里一缕寂寞的风……

太阳遗留下来的最后一抹淡黄淡赭色的光亮默默地隐去时，我们终于走到了公社。村庄全被笼罩在一层淡灰色的薄纱似的烟氛里。房屋虽比我预料想象中的破旧，然而团团围抱，幢幢簇拥，倒没有荒草甸子那种清冷寂寥的感觉。错落交叉的泥路上满盖着车辙、脚印，穿梭纵横延伸到每一落用枝枝丫丫围起来的院门前。猪哼、羊叫、鸡婆扑扇着翅膀奔跑，女人们欢快地呼唤着鸡和猪的声音，柔软地、透明地交响着，和谐、悠长。小伙子和那些男人们洗去了身上的汗迹和泥污，衣服随便地搭在肩头上，挺露着棕色的臂膀和胸膛，在村中踱着闲散的脚步。间或还能看到两三只皮毛油亮的大黄狗卧在路边，审视地看着匆匆往来的路人。但它们既不狂吠，也不咬人，见到我们这样外来的生客，也不过是略略警惕地竖起耳朵。一切都显得那样安宁、恬静，透着一种古朴、纯洁又生机勃勃的气息。

我被眼前的景象深深地吸引了，内心涌起的愉快驱散了疲劳。

"陆主任，下乡哪？"

"陆主任，今儿怎么得空下来走哇？"

"回家了？爹妈身体都好吗？"

人们三三两两地向陆岩打着招呼，不过神情似乎都是淡淡的，看不到久别重逢的热情。

"哎，下来看看，你们吃了吗？"陆岩也很随便地招呼大家。

"这不正回去吗，家去喝一盅吧？"有人邀请。

"改日吧，今儿有事，还得陪这位同志去公社。"陆岩拒绝得也很委婉得体。

"这回下来是和咱们告别吧？"又有人问。

"那还用说，你问得真蠢。"

"哎，在东北待了十多年，也真是不容易，该走了。"

我已经注意到，人们和陆岩说着话，眼光却时不时地朝我扫来。我有些不自在，低头瞧瞧自己身上的打扮，后悔穿得太漂亮了些。一件腈纶圆领套衫和一条烟灰色的直筒裤，在这种地方大约还是挺显眼的。我悄悄地把穿着蓝白色旅游鞋的脚插入路边的一蓬乱茅草中。

陆岩对他们的话既不认可，也没反驳，更无解释，只是不置可否地笑笑，又问：

"老田大叔在家吗？我们有事儿找他。"

那些人又朝我看，看得直率、大胆，毫不避讳。我才发现，路边不知什么时候站了一溜排拖鼻涕、光脚丫、敞腔露怀的小孩，一双双滴溜溜的黑眼睛全盯着我。

陆岩大约感到了人们对我的注意，开始介绍说：

"她是'大耳朵'的妹妹。'大耳朵'，舒晓刚！记得吗，那一年到草甸子里摸鱼，差点没淹死……"

还没等陆岩的话说完，那些人就咋咋呼呼热情地围了上来。

"'大耳朵'的妹妹呀，怪道我看着这姑娘面熟呢！你哥好吗？上大学了吧？"

"你哥那肝炎好了没有，我们常惦着。那会儿他干活可棒，就是老肝疼，咱这也没个像模像样的医生。"

"回去告诉你哥，有机会还回来走走啊。"

我只是下意识地点着头，应答着这些热情的询问。

"老田大叔不当队长啦，他现在是公社社办企业的负责人，小孩也都大了，能干活啦！"谁突然想起这个，对陆岩说。

"我们走吧。"陆岩看着我说，一边又回转身和大伙招呼，"回见，回见。"

走出老远，他们还在后面喊：

"来家喝酒啊！"

"你大嫂攒了一篮鸡蛋，来家坐坐啊，给你们吃醪糟蛋。"

"这儿的农民真热情。"我说。

"就是。东北人好客，脾气又豪爽。"陆岩好像很高兴我说这话，"到老田大叔家你看着吧，准保又得让你喝酒。他从前可喜欢你哥哥了，你哥离开东北那一年，草甸子的冰化了，通不了车，连拖拉机也开不动，是老田大叔用爬犁把你哥拖到县城转火车的。"

到田大叔家时，天已经完全黑了。大叔不在家，小孩也没见一个。院子里，一大群鸡鸭在两个木槽边争食，几头滚满泥浆水的大肥猪扇动着厚厚的耳朵，细尾巴一甩一甩的，也在院子里踱步。这儿的农家小院挺有趣，只是太脏。我的旅游鞋其实早已灰黑不堪，然而看着这满地的鸡屎猪粪，我还是犹豫着，不知往哪儿下脚。

"屋里有人吗？"陆岩扯亮嗓门问。

里面的木门开了，走出一位四十多岁的大嫂，粗壮敦实的身板上紧裹着一件对襟的月白色小褂，从头到脚落满了一层白灰灰的粉末。

"谁呀？"她一面拍打着衣服一面问。

"大婶，是我，陆岩。还有一位稀客，舒晓刚的妹妹，她头一次到东北。"

"哎哟！这可真是稀客哪！哪阵风把你们给吹来的？快屋里坐。"

大嫂一边热情地把我们朝屋里拉，一边唠唠叨叨地说："晓刚走了都七八年了吧？还想着叫你来看我们？陆岩，你这阵子在县里忙啥呢？有多半年没来咱们公社了吧？哎呀，你们瞧瞧，我这一身面粉，我今儿是折腾了一天啦！今年别处大旱，咱们这怕涝不怕旱的水泡子地倒是大丰收，下房和苞米楼都是满登登的，粮食白面堆都堆不下，我正忙着把地窖子挖大呢！六个小孩全能干活了，就是不肯留在家里给我搭个帮手，大的在社办企业，老二是拿工资的，在公社办的春来饭馆当厨师，我这就去唤他来，给你们烧几只菜。你那大叔整天忙得不见人影，不去叫他，连饭都不晓得回来吃。"

大婶数落着、埋怨着，可脸上分明是一副自足的神情。

大婶的话音刚落，门外就传来洪亮的大嗓门：

"老婆子在客人面前说我怪话哪！"还没等我转过头去，那人已经跨进屋来，又高又大的身躯，就像一尊铁塔。高耸的眉骨，粗黑的眉毛，密匝匝的连腮胡子，无一不显示出东北大汉的粗犷。必是田大叔无疑了。

他一进门就紧紧地握住我和陆岩的手，上上下下地打量，爆发出一阵豪爽的大笑："没想到，真是稀客临门！你邻家大伯跑到厂子里来喊我，我还不相信，说他开玩笑也不会开，等到村里那一溜串娃子赛跑似的奔来告诉我，我才寻思这是真的了。哈哈！"

田大叔一边说着一边从包里掏出一条香烟甩在桌上。

"陆岩，大叔知道你是个烟鬼，给，抽吧，'恒大'牌，带过滤嘴的。"接着又转向我说，"姑娘，你不抽烟，大叔请你吃米花糖，我们村办食品厂自己加工的，蜜甜！"

我感到一种轻快和舒畅，开口道：

"大叔，我哥要我向你和大婶孩子们问好，他很想你们……也想来看你们，工作忙，总没机会，这次我到东北体验生活，他让我一定来看看你们。"

"那是，那是，工作了，哪还有当知青那阵子自由呢？不过我知道那些小青年都是有情谊的，不会忘了我们，你哥那娃，更是好心肠啰。"

"孩他妈！啤酒我已经买了，待会儿就抬来，你去招呼二小子回来烧菜，让他从饭馆里多买些肉、粉条、青蒜、黄瓜，反正有啥都买！"

"大叔，你别忙着张罗，我们今晚还得赶到公社招待所去呢，不能喝酒。"陆岩说。

"啥？到了大叔这几不喝酒能让你们走？瞧，大叔知道你喝啤酒不过瘾，喜欢咱东北的老白干，都备下了。"田大叔又从包里拿出四瓶白酒放到桌上。

"大叔……"

"你甭跟我废话，今儿不冲你，就冲晓刚他妹妹，这酒也不能不喝。"

"灵灵她不会喝酒。"我看出陆岩是在为我挡驾了，他大约记起了那回他们在镜泊湖喝酒时我的不快神情。确实，对东北人喝酒领教过一次后，我是有些害怕了。刚才听到田大叔说酒待会儿就抬来，我简直吓了一跳，妈呀，抬！

田大叔不以为然地一挥手："没事儿，啤酒，像汽水一样，我知道南方姑娘不会喝白酒，这些'北大荒'老窖头咱俩喝。"

陆岩还想说什么，我赶忙打断了他："啤酒我能喝一点。"我心想，对大叔的好意是不能违拗的。

"好！痛快！这姑娘脾气像她哥，我喜欢。"

田大叔边说边开始张罗炕桌、碗盏，茶杯。屋里的油灯实在太暗。田大叔翻箱倒柜地找出一盏汽灯，点上，屋里顿时亮堂起来。

我这才开始仔细打量田大叔的家。三间房的组织，进大门中间的那间一半被大地窖占了，再加上一个大灶头，几乎就没多少空地。两边大约是厢房，住人的了。右面一间显得正气些，一条长炕，上面铺着暗褐油亮的炕席，炕上端一溜木格窗户，没有玻璃，全用白纸糊着。靠右一排是自制的壁柜，颜色涂抹得鲜亮，只是上面绝无摆设，只胡乱放着一些坛坛罐罐和几只灰扑扑的竹壳热水瓶。四周墙是黄泥巴糊的，大约是为了遮挡些个，贴满了才子佳人古装戏的大画片。房梁很低，橡木黑乎乎的，有蜘蛛网挂落下来。

大婶回来了，买了好多菜，孩子们也全都喊回来了。我没想到田大叔有这么多孩子，黑压压的一串站在门口，我数了数，竟有八个！哎，这偏远的大草甸子里大约是没有人来管什么计划生育的。他们的脸上都带着好奇和害羞的神色，眼睛滴溜溜地转，却是谁也不肯先进来。

"咱们这些乡下孩子，没见过世面，来个生人，看把他们臊得！"田大叔笑着对我说，一面招呼他们进来，带着掩饰不住的自豪向我介绍他的娃儿。

"这是大闺女，过年十九啦，俊不？已经有婆家啦。"

女孩子咻咻地笑，剪得并排齐的刘海下，一张胖胖的圆脸嵌着酒窝。

"瞧咱这二小子，大厨师哪！村里人办酒水、造房子请客什么的都求他去掌勺。"

二小子憨憨的，只说了一声："爸，我去烧菜。"就到外间灶头上忙乎去了。

底下五个全是各差不了一两岁的女孩子，互相推搡着，忸忸怩怩的，模样虽算不得俊，但全都健康、快活，脸蛋黑红，身坯壮实。

"都能帮着干活啦！"田大叔喜滋滋地看着她们，又把躲在她们身后的一个大脑袋男孩拉出来。

"这是最小的幺娃，也八岁了，不让他干活了，在公社学校里念书呢！他要自己有出息，我就供他上大学。"

　　"大叔，你的日子可是越过越红火了。"陆岩不无感慨地说，但我注意到他的眼睛并没有看田大叔神采飞扬的脸色，却老往四下里打量，神情似乎有些忧郁。

　　"日子是好过多了，可惜你们这些知青都走光了……"田大叔的语气有些伤感，"虽也知道留不住你们，也不该留，咱这荒草甸子里再能翻出金子，总还是……落后、闭塞。你们有文化，有才干，年轻轻的也是不该埋没在这里，可心里总还是要想起你们……"

　　"大叔，大草甸子是块宝地，也不会总是落后，只要真正开发、利用起来，不怕建设不好。只是需要有人豁出命泡在这里干，要那些确实有能力、有魄力、有精力，而且也有胆识和文化的人。现在在草甸子里落下根的大多是当年逃荒的，加上近几年东北几个地方的盲流，光图赚钱过日子，那怎么可能……"

　　陆岩冷不丁住了口。我也注意到田大叔的脸色不太好看，他扭转头，朝外屋高叫：

　　"孩他妈，上菜！"田大叔一边抹炕桌，一边招呼我们上炕。

　　菜很快端上来了。二小子的手艺确实不赖，虽说不能和大城市饭馆里的厨师相媲美，也够水平了。四个冷盘：清拌绿豆芽，糖醋酸黄瓜，一盘切成月牙状的皮蛋，一盘红殷殷冒油的香肠。热炒更是撩拨人的食欲：韭芽炒鸡蛋，肉丝炒米粉干，青蒜炒猪肝，大椒炒里脊。在这样一间黑乎乎的泥草茅屋里，能端出那么一桌丰盛的菜肴，实在出我意料之外。说实话，我自跟陆岩上路以来还没吃过这样的美味，尽管他曾经向我许诺过东北名菜"生拌马哈鱼"。

　　很快地，酒也抬来了，果然是整整一箱。田大叔给我倒满一大海碗啤酒，给自己和陆岩则各斟了半碗"北大荒"白干。

　　"喝，不知你们来，临时凑合，没什么好菜。"田大叔举起了酒杯。

　　"叫孩子们一块儿来吧。"陆岩说。

"行，娃儿们，上炕！"

娃儿们大约早等着召唤，一下子全利索地上了炕，全都亲热地叫我姑。我又害臊又自豪，仿佛对自己的辈分猛然增高还有一些适应不了的惶恐。

菜的味道很好，我也确实乏了，渴了，喝着清淡的啤酒似乎很过瘾。

陆岩大口大口地饮着白干，很少夹菜，一群娃儿们争先恐后地往他面前的碟子里夹菜，田大叔则不停地给他斟酒。

汽灯渐渐暗了，八岁的幺娃很懂事地爬下炕，找个凳子垫着，站在上面呼哧呼哧地朝炽热的罩子里吹气。胖胖的大闺女也溜下炕去帮忙，她胖，气足，吹一下，哧哧笑一阵。灯又亮了起来。

"晓刚哥多咱能来？"炕上的娃儿问我，其实也并不等我的回答，只是问问罢了。问题是很多的。

"有嫂子了吗？"

"嘻，你真是一点也不懂，晓刚哥那年回城不是和教咱们念书的白老师一起走的吗？"

"一起回城算什么？一起回城就能当嫂子了吗？"

"为什么不能？白老师一直对晓刚哥很好，我知道的。"

"你知道啥？晓刚哥喜欢的根本不是白老师，他不会和白老师结婚的。"

"会的，就会！"

"不会，就不会，不信咱俩打赌！"

"赌就赌，问姑姑。"

她们全都把眼睛转向我。

田大叔站起身，要赶她们下炕。

"穷吵什么？大人说话，你们别在这儿咋呼。"一面又大筷大筷地给我和陆岩夹菜。

"吃菜，多吃菜，咱二小子的手艺还不赖吧。"田大叔显然竭力想扯开话头。

我瞅了一眼陆岩，只见他脸色刷白，太阳穴上的青筋突暴，两只慑人的眼睛红红的。

田大叔拼命朝女孩子们使眼色，但她们根本不理会，拉着我的衣袖问：

"姑姑，晓刚哥和白老师结婚了吗？"

"他们没结婚吧？姑姑，你说呀。"

我看看田大叔，又看看陆岩，他们都沉着脸不说话。我不明底里，如坠云雾，只好照实回答：

"哥哥和白芸芸七八年底结的婚，有了一个女儿，快四岁了，叫甜甜。"

"甜甜！为什么不把她带来？她一定很好看，长得像白老师吧？"

"为什么一定像白老师，肯定像晓刚哥！"

她们似乎又要打赌，这些女孩子们简直和刚才挤在门口不肯进来的忸怩模样毫无共同之处，她们说话越来越大胆，毫无顾忌。我没有再回答她们的问话，内心有一种莫名其妙的紧张和不踏实，我看到陆岩握着酒碗的手在微微颤抖。

田大叔夹起一大块油黄的炒鸡蛋，放到陆岩碗里，说："小陆子，你吃点菜。"转而又呵斥他的孩子，"娃儿们，别缠了好不好？大人们要说会儿话，你们吃饱了就外头耍去。"

娃儿们总算都听话地跳下炕，一个个溜出门去，只有胖胖的大闺女没有走，又开始爬到凳子上，踮起脚，呼哧呼哧地朝汽灯里吹气。

屋子里闷极了，有一种说不出来的压抑。我的两条腿在炕上盘久了，开始发麻、酸痛。我也跳下炕来，想松动松动腿脚。

　　蓦地，我看到壁柜一旁的侧影里挂着一个很大但很粗劣的镜框，中间一排三张照片上都有我哥！其中有一张我太熟悉了，我哥的新房里就挂着那么一张，不过已经放大了。那是他们知青集体户下乡第一年在自己住舍前照的：低矮的茅屋前，一排八个知青，全都是那么青春焕发。我哥穿着旧军衣，挎着一只粗大的篮子，篮子里有一只黑色的小猫。哥微低着剃得光光的脑袋，抚爱地摸着小猫的头。

　　记得我帮哥布置新房的那天，为着挂不挂这张照片，哥和嫂子还闹了点不愉快呢！

　　当哥小心翼翼地把照片放到镜框里，要朝墙上挂时，嫂子说：

　　"晓刚，这张照片不能不挂吗？我……想忘了那段生活。"

　　哥哥看了嫂子好久，说，"芸芸，原谅我，我不想忘记那段生活，也忘不了……"

　　"你……"嫂子眼里竟一下子涌满了泪水。

　　哥哥拿着镜框的手无力地垂下了。

　　沉默了好一阵，嫂子从哥哥手里一把夺过镜框，自己爬上去把照片挂得端端正正。挂完后，她又流泪了，口里却对我哥说：

　　"晓刚，别生我的气……"

　　"不……不会的……"哥哥默默地给嫂子擦去泪水。他们并不忌讳我的在场。

　　事情过去了，嫂子和哥哥从此再没有红过脸，拌过嘴，但这张照片却在我心中留下了一个深深的谜。我猜测这张照片中一定隐藏着一个两人都不敢去触碰的伤疤。但我从来没有问过哥哥。因为在我看来，世界上任何一个人的心中都会有或多或少不愿告诉别人的秘密，你说是隐情也罢，隐私也罢，隐痛也罢，那无非是措辞的不同，但我相信那对人封闭起来的天地大多是圣洁的。

　　现在，这张谜一般的照片就挂在面前，所不同的是镶嵌在田大叔所有家庭成员的照片中间，就好像这帮知青全是这家庭一分子似的。

田大叔见我仔细端详他家的照片镜框，显然很高兴，也跳下炕来，口里对胖姑娘叫着："把灯挪过来一点。"

我这才发现这许多的照片中有好多是知青的照片，不少是我哥的同学，我都见过。

田大叔看着这些照片，话匣子一下子打开了。

"看你哥那瘦猴样，一对招风耳，脑袋削得像冬瓜，说是怕长虱子。那小猫是苏……"田大叔突然顿住了，干咳了两声，有些尴尬地看了一眼陆岩，"这猫……是我家二小子养的，常和你哥一个被窝睡觉，他倒不怕猫身上有虱子。这后面的房子就是他们知青集体户的家，陆岩当时还是户长呢。"

陆岩在旁点燃了一支香烟抽着，烟雾遮蔽了他的脸色。

"你认识这个眼镜儿吧？这小子逗得很，老和你哥吵架。"

我认识这个"眼镜儿"，他初中高中都和我哥同班，嘴巴很能说，"文化大革命"初期，他拉起过一支"毛泽东主义红卫兵"队伍，曾在广场上唇枪舌剑地和几百人辩论。

"那时候我们开进草甸子不过两年，真是苦啊！我当着大队支书。知青来了，我这当头的不能不说话。我说，年轻人，你们到这儿来插队落户我们欢迎，虽说这里终究不是你们待的地方，但你们在这儿一天就要像一天的样。你们都是喝过墨水的人，肚里有学问，希望你们能帮助队里出出主意，和我们一起建设农村。

"我寻思自己这番话说得挺不错的，没想到就是这个眼镜儿跳起来批我了。他说，你支部书记怎么能这样说话？为什么说这里不是我们待的地方？我们到这里插队落户，是来扎根边疆干革命的，你难道要赶我们走吗？他说话时小眼睛在镜片下瞪得溜圆，汗都冒出来了。你哥当时就和眼镜儿吵开了，他说：我们是来接受贫下中农再教育的，不是来指手画脚教训别人的……"

田大叔说到这里，转脸看看陆岩。

"陆岩当时也在嘛，你是站在眼镜儿一边的，对不？"

"大叔，那时候我们太年轻……"

"是啰，大叔也不是那种小肚鸡肠的人，不会计较你们这些娃儿的，不过，眼镜儿到末了第一个离开咱们这大草甸子，这我是没有想到的。走时都没敢跟我们说一声再见。你大婶还给他煮了一茶缸茶叶蛋呢，说让他带着路上吃，可他连面都不露就没影了。听说他现在在北京一个什么大学里当研究生，那小子，人是聪明，就好说个过头话。"

田大叔对"眼镜儿"似乎也没有太多的责备之意，反倒像父亲数落淘气的儿子一样，唠叨中依旧带着疼爱。

"你瞧这姑娘，细皮嫩肉的，多俊，来时才十五岁，一想家就躲到黑鱼泡后面的黄家林子里哭鼻子，后来也出息了，当上赤脚医生，夜里出诊，一个人走黑鱼泡都不害怕。哪，这个大头，知青们都叫他老K，来时档案里就塞着材料，爹妈都是'有血债的叛徒'，怪吓人的！可过了一阵，我们看那孩子不赖，干活下死力，推荐上大学时我们把他报上去了。哎，名牌大学是甭想进去，上了个佳木斯农学院。可那娃有志气，他爹妈平反后，自己考上了出国留学生，这会儿在美国哪！"

田大叔一个个如数家珍地介绍着那些当年在这荒草甸子里落过户的知识青年，桩桩件件琐琐碎碎的细小事情都记得清清楚楚，说起来有滋有味。不大的一个全家照片的镜框中，知青的照片竟有一多半。哥哥曾对我说：东北的老乡们对离去的我们大约已经印象依稀了，可我却时时想念他们，一辈子也忘不了他们。那时候我对哥哥的话是不以为然的，觉得他是在故作多情，又穷又苦的大荒草甸子有什么值得留恋的呢？既然你对东北老乡那样有感情为啥又要离开呢？现在我理解了，或许还不能说理解，只是悟到了一点以前不曾明白的东西：人与人之间真挚的情谊是弥足珍贵的，它不会因为地位的悬殊、距离的遥远而淡漠，只要这种感情真正是建立在同甘共苦的患难中。那些如今远走高飞的知识青年，当年毕竟诚心诚意地在这荒草甸子里抛下了辛勤的汗水，东北老乡们没有因为他们最终一个个地离去而忘却他们、抱怨他们。多么淳朴善良的乡亲们啊……

然而，就在我内心有了这番感慨的同时，我不无惊诧地觉察到，田大叔在滔滔不绝地念叨中竟一次也没有提到陆岩。

"田大叔，我干得也不比他们赖吧？"陆岩大约对田大叔缄口不提自己感到愤愤不平，他又给自己倒了半碗"北大荒"。

田大叔给他夹了一大筷子炒里脊，愣愣地看了他好一阵，才缓缓地说："干得是不赖，吃苦耐劳都没说的，来东北十多年了，只探过三次家吧？真不容易……"

田大叔又把脸转向我："我们两次推荐他上大学，他都把名额让给别人了，说是要在这里扎根一辈子。到后来知青走得差不多了，他爹妈打电报来，说母亲病重，其实是诓他回去，给他办好了参军手续。他到家一看妈好好的，二话没说，第二天就买票回来了。他真是一心扑在咱这荒草甸子上了。"

陆岩不耐烦地皱起眉头，显然是觉得田大叔跟我说这些没意思。没想到田大叔挥了挥手，说出一番陆岩和我都预料不到的话：

"不过话说回来，陆岩，你干是干得不赖，可要是和晓刚、老K他们比起来，总还是差那么一截子！不是差在干活上，而是差在……我也说不清差在什么地方，说不清！真的，你别瞪眼，咱们说话不会掺假，不晓得拐弯。不错，晓刚早就病退回杭，老 K 也上学走了，他们都没能在这里坚持住，而你在这里和本地姑娘结了婚，现在离了咱不管，你当初那份心意咱们清楚，你坚持到现在十三四年了吧，不容易，可是说实话，咱们总也没能把你当成自家人，总觉得你早晚还是要走的……"

"不——，我不走，大草甸的面貌不改变，我绝不走！"陆岩红着眼睛一仰脖子，把半碗白干灌了下去。

"不走又怎么样？"田大叔好像有些怜悯地看了陆岩一眼，"咱们社办企业刚办起阵，缺这少那，要技术没技术，要原材料没原材料，白手起家，啥也不懂。寻思你在县里当干部了，总能给咱村点照应。可你忙，也顾不上。大伙儿咬咬牙，自己出主意，想办法，几年工夫办起了五家厂。眼下政策好了，国家让咱农民富，咱这些不见世面的泥腿子脑瓜也开窍啦。我大闺女在的那个工艺品加工厂不就是一帮大嫂闺女自己搞起来的吗？原材料就是地里长的麦秸秆子、苞米皮儿，编出那些个包儿篮儿沙发垫儿什么的，都上广交会哪！每年纯利润就几十万。去年哈尔滨一所大学动力系的师生到咱们这儿搞社会调查，我让村子里一帮有心计的小伙子和他们交朋友，拜师傅，人家挺帮忙，临走帮咱们办起了一家生产冷却塔的制冷设备厂，技术力量都是他们提供的，产品质量能和大上海的名牌货竞争呢！咱们自己干，难是难一些，可挺有奔头。"

田大叔越说越来劲，显然，他对陆岩刚才说的"大草甸面貌不改变我绝不走"的话大不以为然。偏偏陆岩挺迟钝，可能是酒喝多了吧，到这种时候还要显示自己的能耐。

"你们社办企业今后有什么困难找我好了，产品推销，原材料进货，我都可以给你们想想办法。"

"我们现在就是大豆销不出去。村里的食品加工厂所需大豆只占年产量的百分之十。上半年我们去南方几个城市跑了跑，那儿对大豆兴趣也不大。你能不能在外贸方面给咱们找找路。"

陆岩想都不想就开始拍胸脯："没问题，省外贸局、地区外贸公司我都可以帮你们联系一下。"

陆岩情绪高涨起来，大约为田大叔终于有求于他而感到兴奋，他敞开衣领，又倒上一碗白干。

然而田大叔对陆岩的慷慨应诺却没有表现出强烈的反应，只是淡淡地说："不过你也挺忙的，到时恐怕又不一定顾得上。再说，我们也不能把希望完全寄托在外贸出口上，那得听人家摆布，我们还在想其他的办法。"

"是吗？那我们双管齐下，一起为大豆找出路。"陆岩仍处于兴奋之中，两眼闪着光亮。

我知道，他是确确实实想为大草甸干些事情的，对自己所具有的能量又充满了自信。可是，怎么说呢？……假如我向人伸出空手而得不到东西，那当然会苦恼；但是假如我伸出一只满握的手，而发现没有人来接受，那才是绝望呢！

当田大叔起身又去拿酒时，我望着陆岩涨红的脸，忍不住脱口对他说：

"他们并不需要救世主！"

陆岩一下子好像没有领会我的话，愕然地看着我。但马上他就明白我说此话的意思了，他眼里喷出怒火，脸被扭歪了。

我后悔自己也许不该说这样刺伤他的话。当田大叔又拿着两瓶"北大荒"进来时，我竭力想说几句轻松的话语缓和一下僵滞的空气。可是我一时什么话都想不出来。

陆岩双手抱着脑袋，拒绝再喝酒，整个人像突然垮了似的。

我惶惶地看着他，又看看田大叔，一句话也不敢说。

田大叔是聪明人，他觉察出我们之间有着不愉快，大约为了解脱这尴尬的场面，他打着哈哈说：

"呀，小陆子，你的酒量还不及我老头子嘛！得，不喝也罢。灵灵一定也累了，今天你们走了那么多路，要不就早点休息吧。"

田大叔放下酒瓶，开始张罗睡觉的事。

"孩他妈！把被子抱出来。娃儿们，把菜端下去，炕桌撤了。"

我原以为能睡到公社招待所去的，可一看表，此时已近十一点了，公社招待所离这里还有好几里地，黑灯瞎火的，况且我也实在走不动了。

大婶利索地从壁柜里捧出被子，一条条在长炕上铺好。我心里嘀咕，八个小孩，大叔大婶加陆岩和我共十二个人，东西两间厢房，我定是和六个女娃及大婶一条炕无疑了。八个人，够挤的，哎，凑合一夜吧。

大婶招呼我到灶房里洗脸洗脚。洗完后本想马上钻被窝的，可看到陆岩和大叔仍在房里说着话，我只好又无奈地套上鞋袜。

"灵灵，困了你就快睡吧。"大叔关切地说。

"睡吧，灵灵，你今天一定累得够呛。"陆岩也说，脸色和缓多了。

都叫我睡，可你们在屋里不走，让我怎么睡？我只得强撑住沉重的眼皮，坐在炕沿上。

田大叔见我仍不睡，以为我还有聊天的兴趣，又要叫大婶倒茶来。还是陆岩似乎意识到什么，看看我，嘴唇动了动。过了片刻，他对大叔说屋里闷得慌，想到外面透透气，拉着大叔出去了。

他们一出去，我赶紧问大婶："大婶，我睡哪儿呢？"

"咱家就这一条炕，委屈你了，闺女。"

"什么？"我脑袋"嗡"地一下胀大了。

我对东北农村的情况自觉做了充分的思想准备，对住宿条件也做了最坏的打算，可现在真要亲身体验，一时间仍然感到十分别扭，难以接受。

大婶惶惑地看着我，显然不明白我为什么还不上炕。

"这被子没人睡过，一直放在壁柜里，干净的。"

"不……不，没关系，不要紧的……"我语无伦次地自己也不知道在说些什么，但我心里明白陆岩拉着田大叔出去，无非是给我一个不至于太难堪的上炕机会罢了。我也不能让好心的大婶觉得有什么不安和歉疚。于是，我不脱衣服，穿着长裤长衣钻进了最靠里的被窝，用被子把自己包裹得严严实实。六个女娃见我睡下了，也都爬上炕，一溜排地紧挨着我躺下了。

我很累，但却睡不着。

昏黄的月光透过糊窗纸的小洞，在炕上投下凌乱斑驳的线条。院子里，窗棂下，田大叔和陆岩低低的说话声不时传进来。起先声音很小，什么也听不清，后来声音渐渐地大了起来，我不由地竖起了耳朵。

"……大叔，你今年盖新房子吧，沙子、砖头、玻璃、水泥我都联系好了，运输问题你也不用担心……"

噢，原来如此，镜泊湖的酒宴！

"陆岩呀，你帮得了大叔一家，帮得了咱大草甸里那么多户吗？"

"大叔……"

"大叔知道你的心，这些年来也真难为你了，可说句不中听的话，你还是不懂咱庄稼人最缺的是啥！"

"我！……"

"现在政策好了，钱袋子揣在腰里，气也粗了，可你看，房还是这房，炕还是这炕，连个电灯都没有，让人家城里姑娘笑话。咱不是花不起钱，而是有钱也没有地方让咱们花。说起来也是咱们自个儿没用。现在干啥政策都允许，要是咱们有文化有技术的，自个儿也能办个水泥厂、砖瓦厂，何苦要到处求爹爹告奶奶？外面变化一天一个样，可咱这大草甸还在老牛拖破车，咱缺的是啥？我八个孩子没有一个上得了中学，不是我存心耽误他们，也不是孩子脑瓜笨，是咱这荒草甸子留不住文化人啊！你文化高，留在这儿也有年头了，可你脑筋不会动在这上头。人各有志，我也知道，你想干大事，轰轰烈烈的，可是……哎，可惜苏岚那姑娘身子骨不硬朗，要不然……"

"大叔，她近来怎么样？她那病……"

"病"！我突然想起了那只药箱，心里微微一震，不由拗起身来，用手沾了点唾沫润湿了糊窗纸，捅出一个小洞，透过小洞朝外望去。看不到田大叔和陆岩的面容，只有月光下两条长长的黑影在静静地晃悠。

窗外的说话声又清晰地传了进来。

"晓刚妹妹……去看她吗？"

"不知道。我想……还是不叫她去好。"陆岩的声音不知为什么突然显得有点沙哑。

"为什么？"田大叔的声音大起来。

"对苏岚没好处。"

"……那……晓刚妹妹……知道她吗？"

说话声音轻下去了，我焦急地把耳朵贴住那个小破洞，然而依旧什么也听不清。

我无可奈何地又躺了下来，在黑暗中瞪大了两眼，望着头顶的天花板。田大叔说的那个姑娘会不会就是药箱的主人？陆岩说的那个回不了城的知青会不会也就是她呢？哥哥这样惦念她，陆岩又这样关心她，她究竟是一个什么样的人呢？他们之间又有着什么样的纠葛？为什么陆岩说我去看她对她会没有好处？……

一连串的问号搅得我心神不宁，我总觉得这问号的背后藏匿着一个久远的秘密，它和大草甸在我心中撒下的谜是联系在一起的。陆岩对我紧闭着心灵的窗户，也不愿意我去探究大草甸中深藏的隐秘，可我不是小孩子，我想弄明白的事情，陆岩也阻挡不了。我一定要见她！

不知怎么搞的，窗外的说话声冷不丁又响起来了，但说的完全是另外一个话题。

"……大叔，一个人也没什么，我惯了。"

"洪胤最近也回来了，你们见着了吗？"

"……"

"哎，我说小陆子，反正你们离也离了，你还留在这里干啥？你都三十四五朝四十奔的人了，还是早点回去吧。孤零零的一个人待在这里，别说你爹妈心疼，就是我们看着也……"

"……"

"不是大叔赶你，你和我们不一样，你可以干更有出息的事情。"

没有听到陆岩的回答。一切都归于沉寂。

果然不出所料，药箱的主人是苏岚！

第二天，当我把药箱交给陆岩时，他的脸一下子发白了，厚厚的嘴唇急剧地抖动着，那双亮得慑人的眼睛骤然间蒙上了一片黯然的雾翳。

我心里一瞬间泛起的那种窥得别人隐秘的快意顿时消失殆尽，我像做了一件错事一样，歉疚地望着陆岩。也许，别人不愿意让你知道的事情最好还是不要知道。

"……你哥都告诉你了？"陆岩沉沉地开了口。

"……没有，哥哥什么也没对我说。"我有些战兢地回答，沉默了一会儿又怯怯地补充道，"哥哥只是让我到了大草甸再把这只药箱拿出来，问你该把它交给谁……"

"你哥是一直也没有忘了她……"他背对着我，哑声说。

"我能去看看她吗？"我小心翼翼地提出了请求。

"你……最好还是不要去看她。"他转过脸，表情古怪地看着我，"灵灵，有些事情，过去了就让它过去吧，旧日的踪迹，即便寻到了，往往也都变样了，有什么意思呢？……药，我会带给她的。"

"不——"我的口气硬朗起来。他的阻拦，反倒使我的决心又变得不可动摇。

"好奇心有时会令人讨厌，太固执往往没有什么好处，懂吗？！"陆岩用微微发颤的手点燃了一支烟，深深地吸了一口，又重重地吐出了烟雾。

"我……不是好奇，也不是固执，"我迎着陆岩阴沉的目光，带着恳求的口吻说，"你不要老是把我当小孩。我们相隔十年，却好像整整隔了一代，我常常为此而感到遗憾。我想了解你们的过去，并不是为了猎奇，我总觉得坎坷的经历往往能告诉人一些生活的真谛。我从那么老远来到这大草甸，也许根本不能弥补这遗憾的十分之一，你为什么还要阻止我呢？让我去见见苏岚吧。再说，这也是哥哥交代过的……"

我的话是坦率诚恳的、从心底里发出来的，我并没有把握自己的话是否能打动陆岩，使他丢掉那种拒人千里的冷漠，但我相信自己恳切真挚的目光总能融化那座缺乏信任的矜持的冰墙。

陆岩注视着我，渐渐地神情变得温和起来，他搔了搔厚密的头发，突然改变了口气：

"和你争吵是挺有意思的！我已经发现了这一点！"他掐灭了烟，嘴角的斜褶纹似乎也略微舒展了一些。考虑了片刻，他下决心似的朝我一摆手：

"去就去吧，咱们这就走。不过你得做好充分的思想准备，你见到的也许根本不是一位南方姑娘，而是一个地道的东北大嫂，或许……还要糟些。"他的声音又变得涩涩的了，眼光也有些黯淡，流露出一种心绪不宁的神情。犹疑了一下，他说："你得答应，回去不要跟你哥说……"

"我……答应。"我机械地回答，心中有点不寒而栗。看陆岩的神情，听陆岩的口气，似乎我要去见的是一头吓人的东北熊！否则，下那么些毛毛雨做心理铺垫干吗？

任凭田大叔再三挽留，我和陆岩还是决定马上去苏岚处。田大叔见我们执意要走，叫来了一辆高头大马的东方红28型拖拉机，又装了两大袋的芸豆和赤豆，让我们捎给苏岚。

拖拉机颠颠簸簸地走在泥浆飞溅的路上，四周依旧是广袤无边的大草甸。它静静地躺卧在高天之下，有几分疲惫，有几分苍老。深深的大草甸是土黄色的，而高高的天空是湛蓝湛蓝的，这两种色彩的对比是多么强烈啊！一个是初春，一个是残秋，一个是明丽清亮的大海，一个是灰垢覆盖的土地，它们彼此遥遥相望，却又总是默默无言，只在天际的尽头，广袤的大草甸延伸到地平线的那端，和湛蓝纯净的天空悄悄地融成了一体。

我看看天，看看地，就这样按自己的思路在脑海里构画着一幅幅图景。陆岩坐在后面的拖斗上，抽着烟，一声不响地平视着前方。我注意地端详着陆岩，突然很想立刻就给他画一张像。这会儿我们离得很近，他脸部的轮廓相当清楚。我又一次发现他那又短又不成形、像两团黑棕麻似的眉毛，其实是很富有魅力的，鼻梁的上端，眉毛又浓又乱，但到了中段，这些眉毛就不那么乱了，它形成了一条带弧度的柔和而清秀的曲线。

"哟，我为什么没有注意到……"我本想说"我为什么没有注意到你的眉毛这样漂亮"，但话到嘴边又咽了下去，我毕竟还是不敢和他开玩笑。

就在这时，我发现在他的右边眉梢下面有一道细细的伤痕。那暗褐色的、像一根呈弧形的细长芦苇般柔韧而富有弹性的疤痕，在乱棕麻般的粗短浓眉下遒然上翘。

"注意到什么？"陆岩看了我一眼，问。

"我今天才注意到你眉梢下有一道伤痕，不过……它使你的脸更生动了。"

陆岩的手一抖，燃了半截的香烟落到了脚下。

我有些手足无措，觉得自己刚才的话说得太傻里傻气，尤其是对陆岩这样的人。

陆岩用手抚着这道伤痕，我发现他和我一样心神不定，似乎竭力在抑制自己。

沉默了一会儿，陆岩脸上显出感叹的神气，嘴角边掠过一丝淡淡的苦意。

"这伤痕是你哥哥留给我的。"陆岩说。

"我哥？为什么？"我惊诧地嚷起来。

"……为了苏岚。他们原是很好的一对，是我硬把他们拆散了。"

"你？！为什么——？"我瞪大了眼睛。

"……你哥哥脑瓜子聪明，是个读书搞学问的料，泡在这荒草甸子里能有什么出息？那阵子他又生肝炎，再在这儿干下去会把他累死。几次公社分配下来上大学的名额，我都把他报上去了……"

"你权力那么大？"我不相信似的盯着他。

"我那会儿已经是公社书记了。"陆岩从脚下捡起那半截子烟，又点燃了火，"可你哥就是不肯走，我知道，他是为的苏岚。"

"爱情就应该这样，为所爱的人牺牲一切。"我说，心里为哥哥感到自豪。

"可生活没有那么浪漫。我也是会唱高调的人，唱得比谁都响，可我深深明白，这要付出怎样的代价……这你恐怕不会懂。"

"我！"

"不要打断我。"陆岩重重地吸了一口烟，"苏岚的父亲是一位我党早期的地下工作者，'文革'初期，就被揪出来游斗，说他是隐藏多年'血债累累的叛徒'……没多久这位老人就不堪受辱，跳楼自杀了。后来她妈妈也改了嫁。我们这儿虽说一开始来的知青都是'可教子女'，但到后来，父母陆陆续续解放出来，子女也就开始三三两两地往回走了。可是谁都明白，苏岚是回不去了，谁会来管她？你哥要是和她……那两人都得泡在大草甸，晓刚这辈子也甭想出息了。"

"你就为这个……？"我用一种谨慎的语气问。

他没有马上回答，犹豫了一下，才说"你妈妈那时也来找过我……她说晓刚是她几个孩子中最孝顺体贴的一个，她老了，心脏又常有病，她希望晓刚能回到自己身边。她说晓刚很愿意听我的话，相信我能够说服晓刚。她没有提苏岚，但我心里很清楚，她不同意这件事。"

"妈妈！……怎么会……"我心里涌上一种说不出的滋味，我没想到妈妈也会有那么自私的时候。哥哥的爱情是神圣的，可被妈妈的插手搅乱了，妈妈呀！

"你就听命于我妈妈的旨意了？"

"我能说什么？老太太头发全都白了，我挺可怜她。"

"那么，苏岚……"

"她是一个心地非常善良的姑娘，爱你哥爱得那么深。现在想来，我对她是太残酷了，我在她面前是有罪的。"

"你——"

"那一年你哥回去探亲了。为了怕苏岚一人孤单，他已经两年没有回家过年，那次是苏岚逼着他回去，一直把他送到火车站的。你哥一走，我就想找机会和苏岚谈谈，我觉得只有让苏岚自己离开你哥，你哥他才可能离开大草甸……

"我把什么都和她谈透了，我对她说，你若是爱晓刚，你应该为他的前途着想。我这话的意思她自然很明白。

"她从头至尾默默地听着，没有说一个字，但我还是感觉到了她那单薄弱小的身子在簌簌发抖……从那一刻起，我就觉得自己对她负有责任了。我暗暗下决心，只要她还在大草甸，我就决不离开。我应该照顾她，帮助她。

"做出这个决定时我心里很激动，觉得自己是在做出一种很崇高的牺牲。那年头的青年人是很容易为自己所选择所认定的崇高行为激动得热血沸腾的，虽然那种崇高行为在旁人看来也许很可笑……"

陆岩不说话了。他微微张着嘴，默默地望着前面落满灰土的泥路。

"后来呢？"我轻轻地问。

"她失踪了一个星期，谁也没能找到她。我恐惧极了，害怕她会出什么意外。一星期后她又出现了，可是……"

"怎么啦？"我急切地问。

"她和曹麻子结婚了，我们公社一个四十多岁的光棍汉。咳，我哪里想到她会走这一步！"他用拳头狠狠地砸了一下自己的脑袋。

"为什么？"我不可思议。

"她当然不会告诉我们为什么，可是难道还用问为什么嘛？人在失去希望支柱的时候，你想想，会怎么样？那时候她已经病得不轻了，脸颊上常常泛着两块不太正常的红晕，可我们这些粗心汉谁也没有发现。她个子长得又小，地里的粗活实在干不动，那些民办教师、赤脚医生的位置又轮不到她，她大约觉得无力养活自己……"

"简直像听一个可怕的故事。"我喃喃地说。

"你哥探亲回来时，是我去车站接他的。也许是人们常说的心灵感应吧，他好像一下车就预感到什么不幸似的，攥住我的臂膀恶狠狠地问：苏岚怎么啦？她为什么不来？我告诉他苏岚和曹麻子结婚的消息时，你哥就像一头发了疯的狮子，也不管车站里那么多人就向我猛扑过来。这疤就是那次留下的。我理解你哥当时的心情……"

"你……"我不知道自己该说些什么，我明白自己无论说什么话对他目前的心境都是无济于事的。他把这些沉重的往事如此坦率地告诉我，对他来说是一件很难受的事，我知道这种时候任何表示同情、谅解和安慰的话，只能使他更加痛苦和困窘。

"我那时候还不了解人性多么矛盾，我不知道真挚中也会含有那么多的做作，高尚中蕴藏着多少卑鄙。我想起来真是好悔哟……"

他没有说下去，我也没有开口，就这么沉默了好一会儿。

"……苏岚再也不肯见你哥的面，直到我给你哥办好了病退手续，她都没在人前出现过。晓刚死活不肯走，硬要再见她一面。拖了好久，后来，白芸芸的调转手续也办好了，但她一直等着晓刚。晓刚背着人悄悄地大哭了一场，最后，他和白芸芸一起走了。临走时他带上了苏岚喂养的那只小黑猫，就是我们知青集体照上，你哥挎在篮子里的那只小黑猫。可到了火车站，那猫又逃回来啦，它不肯走，它不愿意离开大草甸，不愿意离开女主人……"

竟然是这样……我感到自己的心在发颤，嗓子眼里涩涩的。

"苏岚的病一直没有好，咱这儿的医疗条件，东北寒冷的气候，使她的肺气肿病无法痊愈。你哥回去后这么些年，一直没断了给她寄药，不过都是寄给我由我转交的。苏岚不知道，我也从不敢在她面前提起你哥。我想，忘了以前那些生活对她也许倒好些。"

我凝视着他，缓缓地说：

"你以为过去那些事情他们会忘记吗？真正的感情是忘不了的。"

"……所以，我不希望你去看她。"

他沉重地叹了一口气，嘴角边浮起一丝苦笑。"你一定对我很有看法了吧？"

没等我回答，他又好像自言自语地补上一句："那时候我是很虔诚的……你不太理解那个年代的事情。"

他缄默不语了，两眼眺望着远方。看来，他又深深地沉湎到那个他觉得不能被我理解的年代，沉湎在往事的回忆中了。

前面的泥路没有尽头地伸向远方，风在空旷的大草甸上发出沉滞的叹息，带着一种神秘的魅惑。眼前的一切好像都是那么明显，老远就可以看见，同时却又都是那么朦胧，似乎什么也不能认清。也许，就在那天涯的静谧里面，藏匿着陆岩不愿触碰的过去？

我终于忍不住问他：

"那个洪胤……"我本想问他洪胤是谁，话说了一半就觉得这是多余的，便改口道，"你和那个洪胤……怎么回事儿？"

其实这个问题我早就想问了，但却没有勇气。不是因为我怕自己显得没有分寸，而是我断定他什么也不会说。而现在，当他对我说了那么多，我想，我们彼此并不是不能深入交谈的，心灵的窗户一旦敞开，郁结在深处的东西大约也是愿意向人倾吐的。

果然，陆岩并没有因为我唐突的提问而显出不快，他那若有所思的目光从远处收回，转向了我，沉吟着看了我好一阵，然后说：

"生活中有很多事情是说不清楚的。在年轻的时候，我们常常迫不及待、认为一切都在前面，我们急匆匆地看见什么便抓住什么……我和她是在一次知青积代会上认识的，我们结婚不到一个月就离了。"他住了口，嘴角泛起一层自嘲的苦笑，"一结婚我就发现，我们俩完全是一场误会。这你也许又不能理解……"

"不——"我轻轻地打断了他的话。

我能理解，我觉得自己全能理解。生活中倘若没有失误和偏差，那又怎么还能叫生活？

我无意再知道详情了。

下午两点多钟，老铁牛总算把我们拖到苏岚所在的公社。

苏岚的屋子孤零零地坐落在草甸子深处。老远，陆岩就指给我看了。那里，一座不大的泥草房，四面都延伸着黄褐色的泥浆路，犹如伸出暮年多皱纹的手臂，在召唤我们进屋。

我跳下拖拉机就撒腿向泥草房奔跑，心里像揣着一头蹦跳不安的小鹿。你好啊，大草甸上的茅屋！干枯的蒿草在你身边摇曳，裸露的旷野把你搂在怀里，你会让我看到什么呢？泥草房里的女主人，我想来看你，又怕见到你，因为……

跑到泥草房边上时，我猛地住了脚，心里涌上一种难以名状的紧张。泥草房好像是新盖的，墙用草辫子和泥巴糊成，土坯上还渗透出湿气，没有漆过的、刨得光洁却也疤节呈露的木头门紧紧关闭着，似乎锁住了满屋的声音，剩下一片寂静。高高的干草垛上摊晒着几件土里土气的花布衣衫。低矮的栅栏旁躺卧着两只滚满泥浆水的大黑猪，正呼哧呼哧地喘着粗气；几只红冠黄毛的鸡婆在庭院里悠闲地散步，偶尔发出咯咯咯的叫声。一切都很平常，却十分恬静，典型的田园农舍人家，虽不是那种富足的景象，却也没有潦败的痕迹。但是使它陡然增色的是栅栏外几棵我也叫不上名儿来的阔叶树，虽然树干虬弯曲扭，树皮皲裂粗糙，但那密匝匝的绿荫却像一片在清风里颤动的少女的碧色头巾，鲜活的树叶儿簌簌地发出脆响。

"屋里有人吗？"我对着空寂的院落大声叫道。

没有回答。

"苏岚在吗？"我不死心，又叫道。

陆岩也过来了。

"怎么，没人？"他问。

我一摊手。

陆岩没有响，把大拇指和食指放进嘴里，双唇合拢，对着旷野一甩脑袋，骤然间从他嘴里飞出一长声悦耳的口哨。哨音未消，泥草房后面突然钻出一个扎羊角辫的脑袋，两颗桂圆核似的黑眼珠子滴溜溜地转。

"小桦，你妈呢？"陆岩看到了她。

"在广播站上班呢。"羊角辫并不肯露出身子，满眼好奇地打量着我。

"快去叫你妈回来，告诉她，来稀客啦！"

"哎！"羊角辫脑袋一晃不见了。

"是她女儿？"我问。

"是的，最大的，下面还有两个弟弟。在这儿，女人只生一个娃儿甭想过关。"

陆岩推开了门，转脸对我说："累了吧？先进屋歇歇。广播站离这儿两三分钟地，一会儿就能来。"

屋里潮气很重，内部修缮大约尚未完工，地上还堆着一些零乱的木头，窗门也没装上玻璃。炕上摆着肮脏的猫碟子，炕沿下几双沾满泥巴的破鞋东倒西歪地丢着。

"一个女人家带三个孩子，自己还要干活，够难的。"

"是啊，够难的。"我有口无心地应着陆岩的话，眼睛却在打量着炕上那只猫碟子。看来，她依旧养着猫，不知可还是当年那只黑猫？孤独的人儿常常这样，找不到人谈心，就找狗、找猫，找心爱的牧马或乳牛。那些具有特殊智慧的动物，往往很能理解人的酸辛，总能与人分忧去愁。也许，苏岚和她的黑猫也是这样？

蓦地，我被屋角五斗橱上放着的一只相框吸引住了。相片上是一个清秀文静的姑娘，嗬，她就是知青集体照中站在我哥旁边的那个小姑娘，只是这张单人照可比那相片上的她俊美多了。她穿一件双排扣的蓝布列宁装，一刀齐的短发不加任何修饰地贴在耳旁，一条白色的纱巾很随意地围在颈脖上，两边顺着圆柔的肩膀滑落下来，显得又自然又大方。一副肉色的细边眼镜架在她那秀气挺直的小鼻梁上，更增添了几分书卷气，完全是五四时期那种身穿白褂黑裙的女学生的端庄气质。

怪不得哥哥那么喜欢她。我心想。

院子里响起了急促的脚步声。

"陆岩吗？哪阵风把你给吹来了！带来哪位稀客呀？"

陆岩向我努努嘴，我知道这是她来了。

门开处，风风火火走进来一个矮小的女人，看到我，一愣神，退了几步，倚在门框上。

我怔住了。这难道是照片上那位年轻的女学生吗？哪里还有一丝一毫相似之处！面前这个女人瘦削苍老，皮肤又干又皱，头发虽像城里人一样卷烫过，但大约不善梳洗整理，像一棵长得疏松的花菜。不过她的衣服倒蛮新，也很整洁，就是脚上套着一双过大的半靴，显然不是她自己的。确确实实的，她完全是农村大嫂的形象了。唯一还能依稀找见当年影子的，就是鼻梁上那副肉色的细边眼镜，可它与她的一身显得多么不协调啊！

"小岚，她是舒晓刚的妹妹，这次到东北来体验生活，一定要我带她来看看你。"

"我叫舒灵灵，哥哥让我来看看你。"我伸出手。

"你好！你哥哥他好吗？"她脸上闪出平静的微笑，一点也没有我以为说到哥哥时她必定会有的不自在。她走上前来一把抓住我的手，紧紧地握在她的手里。

呵，这是一双怎么样的手啊！我想象不到这是她的手，简直是弯弯曲曲的葡萄枝，又像长满结疤的老树根，青筋突暴，关节处骨骼粗大，棕褐色的手掌上纹路像刀刻似的。

我呆呆地、一瞬不瞬地望着这双手。我看得出来，这双手谙熟生活中的一切：薅草、割麦、春种、秋收、养儿育女……饱经了人生坎坷和沧桑。我也明白，爱情的忧伤、别离的痛苦，以及令人断肠的孤独（我断定是这样），年复一年的生活阅历，都深深地刻在这双手上。

"你看我，高兴的，都忘了给你们倒茶。"见我盯着她的手不说话，她缩回了自己的手，忙着从柜里拿出红糖、茶叶，给我们泡茶，可是手颤抖着，茶叶都洒在了外面。

我醒过神来，赶紧说："小岚姐，我哥他……好的。"

"他现在干什么了？芸芸好吗？他们也该有孩子了吧？"她问这些话时满面含笑，神情又平静又坦然，就像是随意打听昔日的一个普通旧友，而且似乎也并不一定要等待我的明确答复。

我求救地看看陆岩，不知道自己应该怎样回答，我害怕自己说话不当，惹她想起已经过去了的一切。可恼的陆岩像有意回避我的目光，脸转向了窗外。

不管它，照直说。既然生活中曾经发生过什么，也就抹杀不了什么。人生中许许多多的事情都是难以预料的，也是自己很难把握的，很难说该由谁承担什么责任。

"我哥大学毕业后一直搞技术工作，当上了助理工程师，他学的是电机专业，最近有个什么发明还获得了省里的科技一等奖。"

"你哥读书时，功课就数物理和数学好，他还是我们班上的数学课代表呢。"苏岚把两杯红糖茶端到我们面前。

"他现在在攻第二外语，还想去考博士研究生呢。"话一出口我就后悔了，说这些干什么，不是伤她的心吗？

她却目光沉静地注视着我，平缓地说："是吗？他底子好，人聪明，能考上的。"

我还是从她平静的脸上看出了激动、自制，和一丝伤感的表情。我止住了话头，关于嫂子和他们的孩子我不想再说了。苏岚也没有再问的意思。她又从橱里拿出炒玉米、油爆黄豆、葵花籽儿，一一摆到小炕桌上。

"哟，该死的！这鸡婆怎么跑到炕上拉屎来啦？"

我一看，炕席上一摊黄绿色的鸡粪。

苏岚抄起炕沿旁的一把扫帚就朝堂而皇之蹲孵在被窝上的一只鸡婆打去。

鸡婆受了惊吓，放出一串"咯咯嗒——"的长叫，扑扇着翅膀从炕上飞跳下来。苏岚操着扫帚还要赶过去打，忽然发现炕上鸡婆蹲孵过的被窝上，一只粉粉嫩、白生生的大鸡蛋还在冒着热气，一下笑了，赶忙甩掉扫帚，从米缸里抓出一把小米朝惊恐未定的鸡婆撒去。

"好鸡娘娘，对不起，错怪你了，我赔罪，赏你吃点心。"她说这话时神情很陶醉，很自足，就像跟人说话似的。当鸡婆慢慢踱过来小心地啄着米粒时，她轻轻地蹲下身去，温柔地抚摸着鸡婆黄松松的翅膀。

她好像并不愁苦，她有她的快乐。我这样想着，朝陆岩看了一眼，只见陆岩正用十分惊讶的目光看着她。

苏岚并没有觉察到我们的神色，她站起身，一边打扫炕席上的鸡屎，一边说：

"真没想到你们会来，我们这儿也拿不出什么好东西招待灵灵，这鸡蛋待会儿在饭锅里焖熟了给灵灵吃。灵灵，你吃点爆黄豆、炒葵花子儿，这都是我们自己的土产。"她说着，又甩了一把暗褐色的烟叶给陆岩，"自己卷着抽吧。"

"回家过了？"苏岚问陆岩。

"嗯。"

"这回该走了吧？"

"不。"

"何必呢？"

"……"陆岩嘴唇动了动，却没有吐出字来，他从口袋里掏出一张小纸片，撮了点烟叶，笨拙地卷起来。

苏岚丢过去一盒火柴。

"听说老K这次回国探亲，你们见到了吗？"

"见到了。"陆岩的回答很简单。

"毛毛现在怎么样？穿起白大褂了吧？"没等陆岩说话，苏岚就自己对自己说，"在医院当大夫和咱这儿当赤脚医生不一样，可神气啰！"

"哎，冬瓜有没有来看你，听说他考进中央党校了，是培养地市级干部的，他可真出息。小傅呢？他怎么样？"

苏岚忙不迭地向陆岩打听各个同学的近况。看来她对自己那帮子如今各奔前程的插队同伴的情况了解得并不少，可这好像并没有影响她的情绪，她显得挺高兴的，话说得又多又快，脸上始终挂着微笑。那微笑舒展了她额头、眼角涌起的皱纹，使她看上去年轻多了。

"妈妈，晚上饭烧几碗米？"小羊角辫突然从门口探进头来。

"晓桦，叫过叔叔、阿姨了吗？没规矩。怎么不叫人哪！"

晓桦走进来，拉住她妈的衣角，看着我们显出很害羞的样子。苏岚把她搂在怀里，一只手为她摘去头上的几根草丝，眼里流露出无限的疼爱。

这是一幅多么生动的画面啊！我真想立即把它画下来，但是我没敢动，我明白如果自己一吱声，这画面也许就不复存在了。我静静地看着苏岚，看着她搂着女儿脸上漾起的幸福表情，心里说不清是一种什么样的滋味。她难道已经习惯于在这块土地上生存了么？她难道已满足于自己的生活了么？都说人的适应性和忍耐力是很强的，大概确实如此。看来陆岩是过虑了。

我悄悄地从包里取出照相机，想把这幅生动的画面摄下来。等回去以后把这照片给哥哥看看，我想他也会由此感到释然的。

还是被苏岚发现了。她高兴得就像小孩一样叫起来："照相机，你带相机了？能给我们拍一张吗？我都有十多年没拍照了！"

"当然，我拿出来就是想给你们拍照的。"我有点遗憾，那幅生动的画面消失了。

苏岚兴奋地站起身来，摸着女儿的脸蛋："晓桦，快，打扮打扮，把过年穿过的那件新衣服拿出来套上。"说着，又抱歉地向我一笑，"瞧我们娘俩的邋遢样，哪能上相。你等等，我也去收拾收拾。"

我点点头，不由自主地又朝五斗柜上那张相片瞥了一眼。

一直沉默着坐在一旁的陆岩这会儿开了口：

"灵灵，我给你们拍吧，你和她们一起合张影。"

我把相机递给陆岩。

"屋里光线太暗，你用闪光灯好了。"

苏岚在那儿翻箱倒柜，晓桦蹲在一旁叽叽喳喳地嚷壤："妈妈，这件衣服好看！妈妈，那件颜色鲜！"

苏岚拿出一件黄底大红花的布衫给晓桦穿上。天！那大约是冬天包棉袄的，又宽又大，还是对襟中式的。但晓桦快活得直笑，苏岚拉着她左看右看，嘴角也露出了满意的笑容。她又开始翻腾自己的衣服，穿一件，照照镜子，不满意，脱下来甩在炕上，又套上一件，上下瞧瞧，摇摇头，又剥下来丢在一边。不知为什么，我有些不忍心再看她。拍一张小照，她却忙乎得好像要去赴一个盛大的宴会。我转过脸去，发现陆岩的脸也对着窗外。望出去，栅栏外那几棵不知名儿的阔叶树依旧在簌簌作响，轻风吹进苞谷米的清香。

"灵灵，你看我穿这件怎么样？"苏岚在背后大声说。

我回过脸来，不由愣住了。她穿一件已经褪色的双排扣蓝布列宁装，一条泛黄的白纱巾围在颈脖上，这不是照片上那年轻姑娘的打扮吗？我的心发颤了。哎，她依然在寻觅过去，追溯不复再来的以往。可是，面前的她和照片上的她已经完全不一样了呀！我很难过，眼角发涩，我不知道说什么好。

见我不说话，她似乎有些尴尬，很快地走到镜子前，拿起一把大梳子，解嘲地说："嘻！就是我这头发太难看了，让我梳几下。"

她对着镜子一下又一下地梳理着那卷烫得像花菜一样的狮子头，可是，那弯弯曲曲、已经定了型的头发，怎么还可能梳理直，梳成像照片上一样秀美的齐耳短发呢？

我这么想着，突然听到"啪"一声，只见镜子旁的那个相框被按倒在五斗橱上。

我心一抖。

陆岩也看到了翻倒的相框和苏岚那微微抽动的双肩，他赶忙说："灵灵，你去给苏岚梳梳头。"

"不用了，这就行了。"苏岚转过身来，依旧含着微笑，"就这样拍一张吧，总算留个纪念。灵灵，来！晓桦，你站这儿。"

我走过去，一手挽着苏岚，一手搂住晓桦，口里说："陆岩，就看你的技术啦！"心里却在想，这张照片要不要给哥哥看呢？

照片刚拍完，苏岚的男人曹麻子回来了。确实够丑的，黑皮，麻子，身坯像头熊。看到我们他也不打招呼，马上退到一旁的灶房里去了。

"老曹，今儿家里有客，你去后塘摸点鱼来。"

"嗯。"灶间里瓮声瓮气地应了一下。

"苏岚，你别张罗，我和灵灵待会儿还得赶到公社招待所去。"

"早着哪！来了哪能不吃饭？你是寒碜我？"

"我……"

"别说了，要不，你和老曹一起摸鱼去吧，他刚从地里回来，也挺累的。"

陆岩和曹麻子一起走出去了。

苏岚看着他们的背影，一捋头发，"灵灵，男人摸鱼，咱们女人家上灶。晓桦，抱点柴火来。"

我跟着苏岚走进灶房。她手脚麻利地从水缸里舀出两大瓢水，倒进炉灶上的大铁锅里，随即蹲下身，把炉膛里的灰扒出来，将劈柴塞进去，点着了引火柴。不一会儿，炉火熊熊燃烧起来，火苗舔着滴着树脂的劈柴，发出噼噼啪啪的爆裂声。在缭绕着烟雾的火光中，苏岚的脸被映得通红，像涂抹了一层亮闪闪的油彩。

"苏岚姐，你可真能干。"

"能干？还不是逼出来的。记得我们刚来草甸子那阵，集体户八个知青轮流做饭，第一次轮到我，就把馒头做僵了，黑乎乎的像一只只硬壳小乌龟。那顿大家都饿肚子了，你哥和陆岩把我一顿好骂，我伤心地躲到灶房哭了一场。可现在……地道的家庭主妇啰。"

她直起腰，有些惆怅地看着通红的炉膛。

"小岚姐，我来烧火吧。"

"好吧，勤添着点柴火。"她离开灶前，开始淘米、下锅，接着又从灶台上方的篮子里取下一块咸肉洗净切片放进锅里，然后拿把笤帚把地面扫得干干净净。她做这一切是那么轻松、自如、熟练，很难想象她当年就是那个把馒头做成黑黑的"小乌龟"、躲在灶旁嘤嘤哭泣的小姑娘。生活是很能改变人、磨炼人的。

"小岚姐，你还有两个孩子呢？"

"都野在外头呢，不到天黑不着家，只有晓桦这闺女懂事些，能帮着干活了。"

"曹……"我把"麻子"二字咽下肚去，改口道，"老曹对你还好吧？"话一问出口我就发现自己多么傻，说这话干什么呢？

苏岚倒好像没在意，只淡淡地说："孩子都已经三个了，还能怎么样？"

"那……你就真的不想回去了？"我硬着头皮问出了这个我最想知道的问题。

"人是不能要怎么就怎么的，愿望和生活根本是两码事。粉碎'四人帮'后，爸爸的问题平反了，组织上说可以照顾我搞病退，我也真想回。可孩子怎么办？老曹说，你要真想回去，咱俩就离婚吧。听他这话，我怎能忍心？再说，三个孩子也不能没有妈妈……

"我其他没什么怨的，就是农村的教育质量实在太差，咱们这大草甸里没有一所像模像样的学校。大队的小学校里，一个老师教所有年级的课，家里一有事就让学生自习，三年级的学生连封信都不会写。我不能把孩子给耽误了，想把他们送回去念书，可是……"

"怎么样呢？"

"家里连我都不愿意见，何况是曹麻子的后代……"她苦笑了一下，脸上罩上了一片阴影。"我一咬牙就回来了。开始我很苦恼，我的身体也越来越差，肺气肿到了晚期，干活也干不动。那阵子我真想去死，要不是这儿的乡亲们……我也许坚持不下来。大队也很照顾我，把我安排到队部广播站工作。到后来我就没有时间去苦恼了。历史既然已经把我变为北大荒庄稼汉的妻子，我就得在这大草甸子里永远地生活下去。老是回忆往事没有好处，奢望不可能得到的，更容易让人自暴自弃，还是现实一点，尽自己的力量为大草甸干点什么吧。"

"你现在在队部广播站忙吗？"

"时间还有富余，我已和公社书记商量过了，我想办一所学校，正儿八经的学校，我要认认真真地给孩子们上课，教他们读书、识字、学文化。我的孩子们不能是文盲，大草甸的第三代也不能是睁眼瞎。有了文化，有了知识，没有的东西可以去创造……"

她说这些话时，两眼熠熠闪光，声音充满了活力，我简直有点不认识她了。

"小岚姐，你真不容易，说实话，我来以前还猜想你一定活得很痛苦，很郁闷。"我当然没敢说这种猜想的由来一多半是陆岩给我下的那些毛毛雨。"我真没有想到你还有这样勃大的事业心。"

"谈不上事业心，我也并非没有郁闷的时候。可是，人总得学会解脱，它是生活中很重要的一课呢！什么事情都需要寻找解脱。一个人一生中总可能遇到不如意的事，如果你以为世界上只有自己会有不如意的事，那么当然你会把它当作一个悲剧看待，会无尽地痛苦烦恼。但是如果你对自己说，世界上每一个男子、每一个女人都有自己的郁闷和痛苦，那么你就会拿正确的尺度来衡量自己的郁闷和痛苦，你就明白这并不是那么重要的了。"

我听傻了，两手机械地往炉膛里填柴禾，我没有想到面前这位在陆岩眼里显得那样可怜的农村大嫂会说出这么一番富有哲理的话来。

铁锅里的饭发出哧哧的响声，热蒸汽迷漫开来。

"灵灵，快退火，一会儿饭就香了。我们到院子里吹会儿风，待他们摸回鱼，咱们烧了就吃饭，误不了你们去公社招待所。"

院子里依旧是那样安谧宁静，栅栏外那几棵不知名儿的阔叶树在院子里投下斑斑驳驳的树影，像是在地面上撒下一串音符。

"这是什么树？"我问苏岚。

"岳桦树。"

"岳桦树？我只知道白桦，还从没听说过岳桦。"

"那是东北人自己给变种的白桦取的名字，不上品，也没有文字记载。"

"变种的白桦？"我感到十分惊讶，这弯弯扭扭、树皮皲裂的树又矮又不挺拔，怎么能和亭亭玉立、婀娜典雅的白桦联系在一起呢？

"不相信，是么？"苏岚笑了，越过栅栏，摘下一片树叶递给我，"可你看它的树叶和白桦树叶是一样的，它的树皮也是银白色，只是开裂得厉害，破相了。"

我接过树叶，放在手心里，仔细地端详着。

"岳桦和白桦本是亲生姐妹，同生父母，虽然岳桦没有白桦那样笔直挺拔的树干，没有白桦那样美丽光洁的树皮，可它们是同胞手足。"

"真可惜，姐妹俩一个那么美，一个却那么丑。"我感慨地说。

"丑吗？我倒不觉得。你知道吗，岳桦是唯一能在高寒地带活下来的阔叶树，它原来生长在平原，那时它也亭亭玉立，很秀美，可是到了高寒地带，它就慢慢变了。一到冬天，冰雪覆盖，压弯了岳桦的枝干，厚厚的雪层把它包得严严实实，看不到一点绿叶，寒冷冰雪的侵袭，狂风暴雨的攻击，生活的艰难，把它的美丽夺走了，造成了它疤痕累累、歪歪扭扭的外表，可它却能够在这里顽强地活下来了……"

那么多人赞美白桦，却从来没有人想到过岳桦，没人知道它啊！

陆岩和曹麻子回来了，摸了好多鱼。

这顿饭有鱼有肉，苏岚还炒了一大盘鸡蛋，菜是够丰盛的。可饭桌上的空气却非常沉闷。大家只是闷闷地喝酒。苏岚虽然不停地给我们夹菜，但话是很少的。

吃过晚饭，我们要走了。曹麻子悄没声息地不见了。苏岚一直把我们送到大路边的拖拉机旁。

此刻，已是黄昏，天际边烧起了绯红的晚霞，高空中一朵朵瑰丽的金黄色云彩，拖着阴影自北向南飘去，烟霭轻笼下的农舍身后，广袤的大草甸在灰蓝的薄暮里似乎还隐匿着许多尚不为我所知晓的世界，然而，我却要走了。

我从包里取出小药箱，郑重地递给苏岚：

"哥哥希望你养好病……"

苏岚看看药箱，看看我，最后把狐疑的目光投向陆岩。

陆岩垂下眼睑。

"原谅我，苏岚。这些年的药都是晓刚给你寄的，他不让我告诉你，我理解他的心思……"

苏岚一把抱过药箱，紧紧地搂在怀里，一颗泪珠溢出干涸的眼眶，沿着瘦削的脸颊慢慢地滚落下来。

拖拉机扬起尘土，慢腾腾地启动了。我站在拖斗里一个劲地向苏岚挥手。苏岚的身影越来越小，渐渐和泥草屋、岳桦树融成一体。

耳边虽已听不到岳桦树叶发出的簌簌脆响，但它的形象我是永远不会忘记的。

苏岚的身影已经看不见了，我还在那儿挥动手臂。

"行了，别挥手了，又不是演戏！"陆岩不客气地粗声朝我叫道。

"什么演戏？"我生气了，觉得莫名其妙。

"叫你别来，你硬要来，像慰问团似的蜻蜓点水到一下，轻轻松松地挥手再见。你走了就完了，可对她会怎么样？对她没有任何好处。她需要的是忘记过去！人麻木了也就平静了，我们的到来就像在已经平静的池水中扔下一颗石子，只能给她增加痛苦，唤起她对以往的回忆。我们拍拍屁股走了，她却会难过好久的……"

我默默地看着他那由于内疚和痛悔而变得更苍老的脸，好一阵才说："你把她看轻了……"

陆岩身子一颤，惊讶地抬头看着我。

"我现在终于明白你为什么一直待在北大荒不肯回去了。你以为你是在做出某种牺牲赎回自己的歉疚，苏岚要是知道你内心的真实想法，她是一定不会接受你的牺牲的。她并不是在延续生命，她还在生活中跋涉，虽然很艰难，但并不可怜。她没有你的玻璃、水泥，照样盖起了新房，她还想办学校，教育农民的孩子，她有她自己的新生活。你看到这一点了吗？你给予她怜悯，却没有给予信任，你只觉得你应该补偿她什么，却没有看到她自强的一面，你……根本不了解她！"

我一口气说完了这些话，自己都感到震惊，怎么敢用这样的口气和陆岩说话。但话说出口了，我反而感到轻松，我明白既然自己已经看到了这些（不管这些看法是否正确），要我藏在肚里不说是办不到的。我等待着陆岩暴跳如雷，对我进行无情反击。我懂得自己的任性和幼稚，有时候看问题难免偏颇。

没想到陆岩一声不吭，只是静默地、仿佛不认识我似的凝视了我很久。末了，他声音喑哑地说：

"灵灵，你比我想象中的……要成熟。"

我忽然觉得自己很想痛痛快快地哭一场，真的，很想哭！人与人之间多么需要互相了解和理解啊！

我终于要走了，要离开这对我来说曾是谜一样深远、梦一样缥缈，现在却变得如此亲近和实在的大草甸了。

陆岩一直把我送到车站。

淡紫色的暮霭里，喘着粗气在这个县城小站只作片刻停留的火车，似乎很不情愿地蜷卧着长长的身躯；车厢里已经开始亮起来的昏黄灯光，穿过窗户，投射在陆岩的身上。这个小小的车站连个像模像样的站台都没有，陆岩站在铁轨路基旁的一堆小土坡上。身后，一股急吁吁的风从远处的大草甸里奔来，吹起了他那蓬乱发硬的头发，卷得土坡旁的枯草麦秸在他脚下团团打转。

"大概又要下雨了，灵灵，你走得正是时候。"他淡淡一笑。

"是吗？"我也竭力想笑一笑，但却笑不出来。

"这回没让你吃到马哈鱼，算我欠你的。下次再来吧，一定补上。我再带你去草甸子里摸鱼，如果冬天来，就让你坐爬犁，只要你不怕摔跟头……"他显得蛮高兴，大声地向我频频许愿，话说得又多又快。我有些迷惑。当我的目光和他的目光相碰时，他忽然住了口，迅即将视线移开了。

难道，掩饰对他来说已成了习惯？我心里说不出是一种什么样的滋味，只觉得有一团热乎乎的东西压在喉头，吐不出，吞不下。

车窗外，疏落地飘洒进几颗冰凉的水珠，真的下雨了……现在，生活里又只剩下他孑然一人了。苏岚在这儿毕竟还有丈夫、孩子，有办学校的理想和愿望，可是，他呢……也许，苏岚说得对，人有时候需要解脱自己，老是沉浸在往事中是没有好处的，即便忏悔也应有个尽头。

车厢猛地震颤了一下，火车徐徐开动了。我探出头去望着陆岩，雨中，他仍然在小土坡上一动不动地站着，一只手插在裤兜里，另一只手却不停地、有力地向我挥动。那双眼睛依旧亮得慑人。一瞬间，我似乎从中寻觅到了一种潜藏的执着和坚毅……

火车越开越快，陆岩那粗壮坚实的身影也随着列车的远去而越来越小，渐渐地，和他身后那看不见的大草甸融合在一起。

哦，深深的大草甸，我真的看清楚你了么？

1983 年 3 月初稿于北京小关文讲所

1984 年 10 月改定于杭州